JN072728

吉野朝残党伝

天野純希
Amano Sumiki

潮出版社

吉野朝残党伝

目次

装幀：重原 隆
装画：槇えびし
図版：Malpu Design（佐野佳子）

主な登場人物

南朝方

- 多聞（たもん）　馬借の下人。尊秀、敦子と出会い、南朝方に参加する。
- 鳥羽尊秀（とばたかひで）　後鳥羽帝の後胤を称する。南朝の将。多聞を南朝方に引き入れる。
- 玉川宮敦子（たまがわのみやあつこ）　後醍醐帝の後胤。
- 若菜（わかな）・弥次郎（やじろう）・雉丸（きじまる）　尊秀配下の南朝兵。
- 名和長時（なわながとき）　南朝の将。賀名生村で多聞ら童を訓練する。
- 越智惟通（おちこれみち）　大和の有力土豪。名将として知られる。
- 楠木正理（くすのきまさみち）　楠木正成の玄孫。

北朝方

- 足利義教（よしのり）　室町幕府第六代将軍。
- 大覚寺義昭（だいかくじぎしょう）　足利義教の異母弟。南朝方が接触を図る。
- 一色義貫（いっしきよしつら）　一色家当主。侍所頭人。丹後・若狭・三河・山城守護。
- 武部直文（なおふみ）　一色家家臣。義貫の庶子。
- 遠藤玄蕃（げんば）　一色家家臣。直文の配下となる。
- 弘元坊（こうげんぼう）　足利将軍家の忍び。後に直文の配下となる。
- 足利持氏（もちうじ）　鎌倉公方。将軍の座を巡り、義教と敵対する。

上杉憲実（のりざね）　関東管領。鎌倉公方の補佐兼目付け役。

畠山持国（はたけやまもちくに）　畠山家当主。河内・紀伊・越中守護。

細川持之（もちゆき）　幕府管領。細川家当主。摂津・丹波・讃岐・土佐守護。

赤松満祐（みつすけ）　赤松家当主。播磨・備前・美作守護。

赤松則繁（のりしげ）　満祐の弟。

赤松教康（のりやす）　満祐の嫡男。

武田信栄（のぶはる）　幕府相判衆。

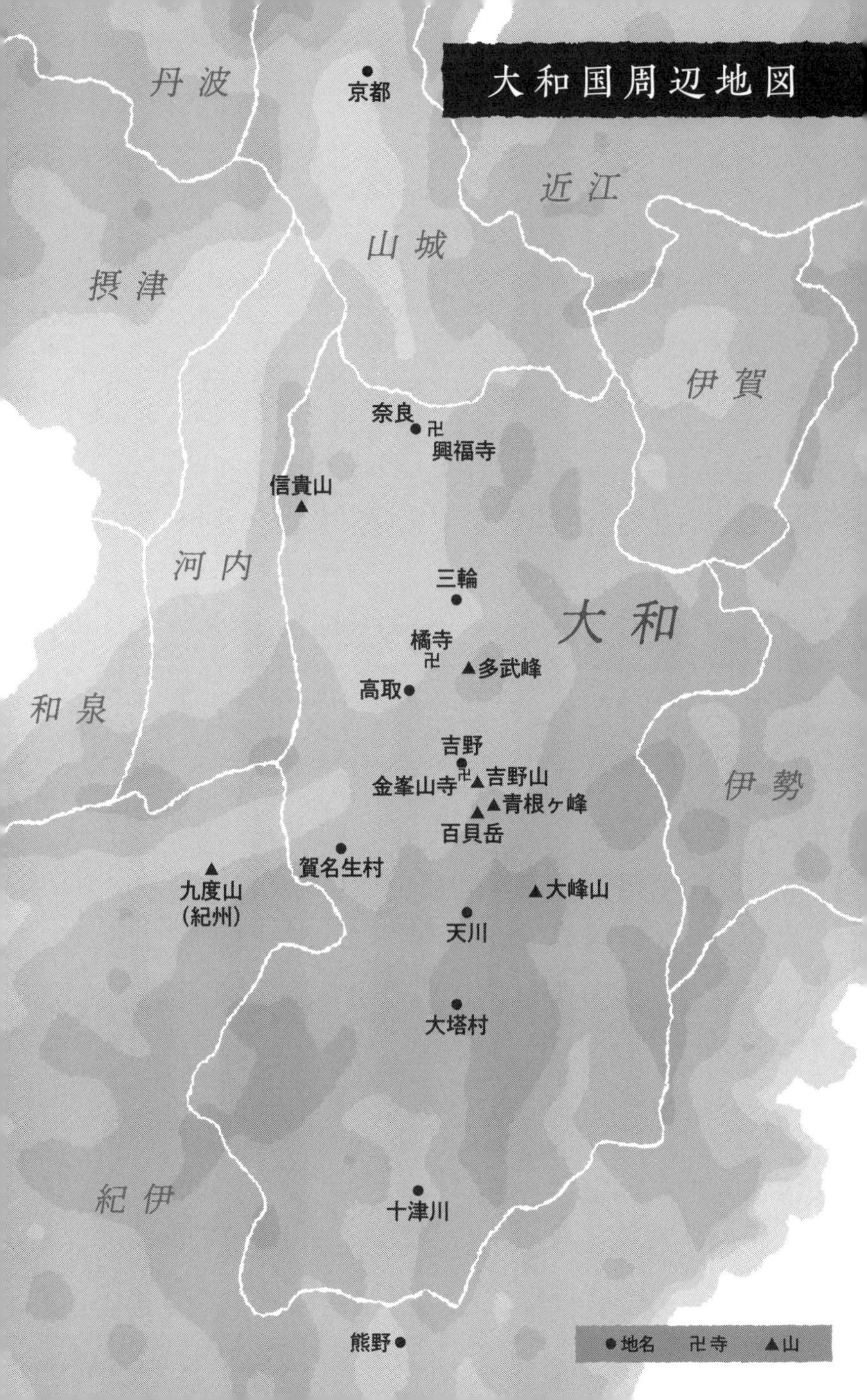
大和国周辺地図
丹波
京都
近江
山城
摂津
伊賀
奈良
卍
興福寺
信貴山
河内
三輪
大和
橘寺
卍
多武峰
高取
和泉
吉野
卍
金峯山寺
吉野山
伊勢
青根ヶ峰
百貝岳
賀名生村
九度山
（紀州）
大峰山
天川
大塔村
紀伊
十津川
熊野
●地名
卍寺
▲山

京都周辺地図

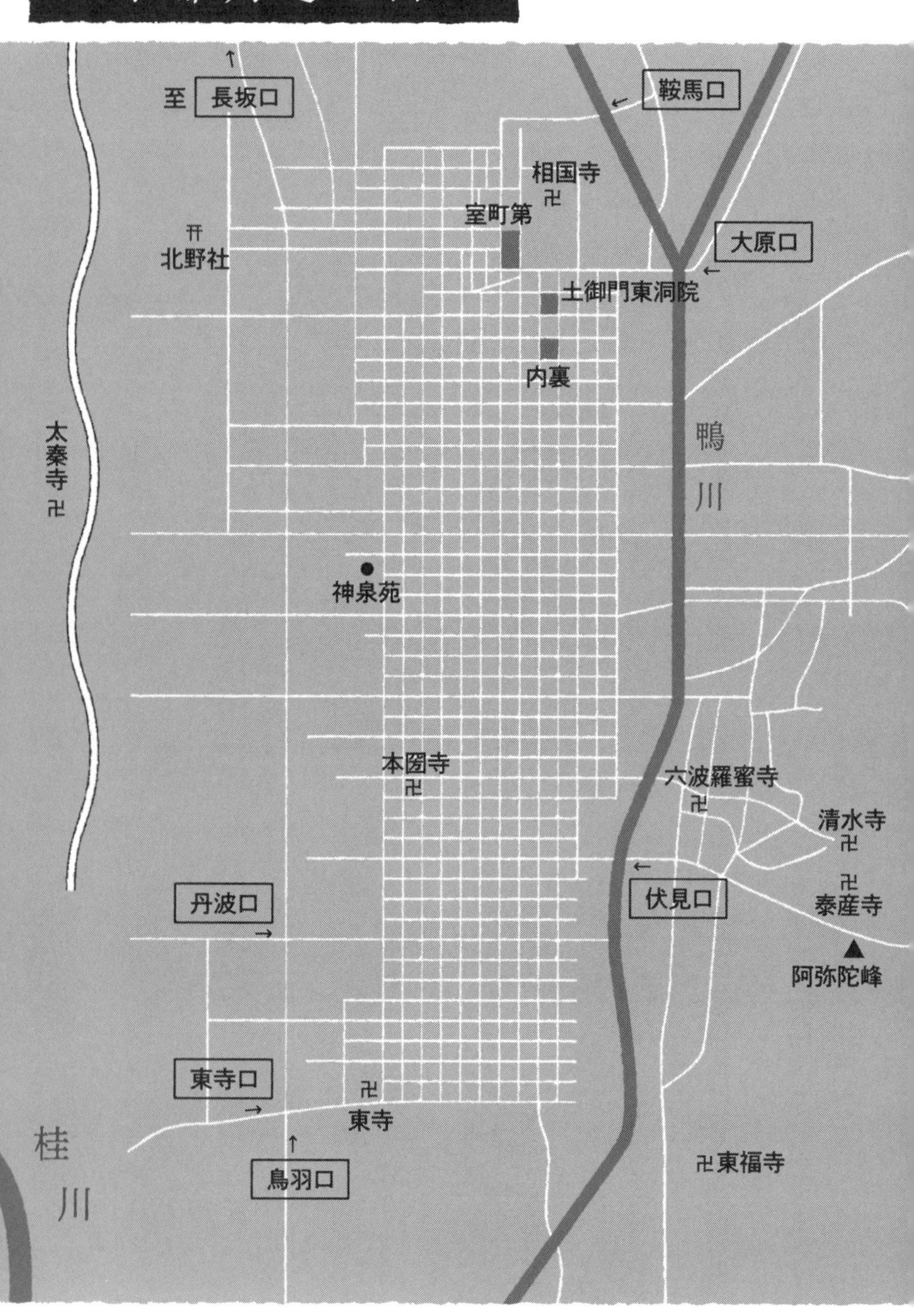
至
長坂口
鞍馬口
相国寺
室町第
北野社
大原口
土御門東洞院
内裏
鴨川
太秦寺
神泉苑
本圀寺
六波羅蜜寺
清水寺
伏見口
泰産寺
丹波口
阿弥陀峰
東寺口
東寺
桂川
東福寺
鳥羽口
京の七口
寺
神社
山

序章

寄る辺なき者

両手ですくった水を喉に流し込むと、暑さですっかりやられた体がほんの少しだけ生き返る心地がした。

我慢しきれず、川面に顔を突っ込み、喉を鳴らして飲んだ。名も知れない小川の冷たい水が、体中に染み渡る。

多聞は顔を上げ、頭を振って水を払った。他の下人たちも下帯一つで川に入り、それぞれに疲れきった体を冷やしている。

岩魚が泳いでいるのが見えた。空腹を覚えたが、捕まえて食っている暇はない。

雲一つない空からは相変わらず、殺意すら感じる凶悪な日射しが降り注いでいる。

去年は真夏でも身震いするような寒さだったが、この夏の暑さは尋常ではない。梅雨時にもまるで雨が降らなかったので、今年も凶作は間違いないだろう。

来年まで、飢え死にせずに生きていられるだろうか。喧しい蟬の鳴き声を聞きながら、ぼんやりと思った。

「お前、小さいけどいい体してるな。いくつだ？」

近くにいた若い下人が、声をかけてきた。見たことのない顔だが、この稼業だけあって、体つきはがっしりとしている。

「言っとくが、俺はそっちの趣味はねえぞ」

声を出すのも、人と喋るのも、数日ぶりだ。面倒なので素っ気なく答えたが、男は気にする素振りもなく、日に灼けた顔に笑みを湛えている。

「安心しろ。俺もその気はねえ。俺は太郎丸。お前は？」

「多聞。十三だ」

本当の歳は知らないし、興味もない。たぶんそのくらいだろうというだけだ。

「へえ、俺より三つも下か。ここは長いのか？」

「三年」

「そりゃすげえ。あんな奴の下で、三年とはな」

声を潜めて言うと、太郎丸は横目で河原を見た。

その視線の先では、棟梁の甚右衛門が地面に立てた日傘の下で、瓢の酒を呷っている。歳の頃は三十半ば。烏帽子直垂、腰には金銀をちりばめた派手な太刀。傍らに侍る下人に扇子で風を送らせる様は、尊大そのものだ。

馬借をはじめる以前は戦場で名の知れた侍だったというが、それも納得できる厳めしい風貌と堂々たる体躯だった。

「俺はいつか、商いをはじめる。どうだ、お前も俺の下で働かねえか？」

「何言ってやがる、馬借の下人風情が。馬鹿げた夢なんか見てないで、明日の飯の心配でもしたらどうだ」

「冗談じゃねえ。死ぬまで誰かにこき使われるなんて、俺はまっぴらだぜ。せっかくこの世に生まれてきたんだ、でっかい夢を持たなきゃ……」

面倒な奴に絡まれた。辟易しながら太郎丸の自分語りを聞き流していると、河原から「出発だ！」という甚右衛門の声が響いた。見ると、いつの間にか馬に跨っている。

「期日に遅れでもしたら全員、耳鼻削いで召し放ちぞ！」

耳障りな胴間声に、多聞は眉を顰めた。

召し放ちは望むところだが、耳や鼻を削がれてはたまらない。下人たちは、嘆息しながら川から上がった。多聞は着古した継ぎだらけの単衣を羽織り、帯代わりの麻縄を締める。

大の大人でも立つのがやっとなほどの荷を背負い、甚右衛門の後について歩き出した。

一行は甚右衛門以下、二十人の下人と、鎧を着込み、弓や薙刀を手にした兵が十五人。兵は甚右衛門の家来と、奈良で掻き集めた溢れ者たちだ。牛が曳く荷車は三台で、騎乗は甚右衛門一人。河内で荷を受け取って大和へ入り、奈良の興福寺まで届ける。それが今回の仕事だった。

荷の中身は、大部分が辰砂だという。顔料や薬の材料になる高価な品らしく、下人たちよりもはるかに大事に扱われていた。辰砂の入った木箱を落とそうものなら、甚右衛門の容赦のない蹴りが飛んでくる。

我ながらよく耐えているものだと、多聞は思った。

親は、顔も名も知らない。生まれたばかりの多聞は、襁褓にくるまれ寺の門前に捨てられていたという。物心ついた頃には同じような境遇の童たちと共に寺で暮らしていたが、その寺も三年前に戦で焼かれ、雑兵に捕まった多聞たちは、人買い商人に売り飛ばされてばらばらになった。

市場で多聞を二束三文で買い叩いたのが、甚右衛門だ。それからは文字通り、牛馬のごとくこき使われている。いや、働いた分の餌を貰えるだけ、牛や馬の方がましだろう。

多聞と一緒に買われた同年代の童は、一年と経たずに一人が病で死に、二人が逃げ出そうとして、甚右衛門と家来たちに殴り殺された。飢饉に疫病、あちこちで繰り返される戦のせいで、親を亡くした童など、市場へ行けばいくらでも手に入る。

人の命は、牛や馬よりずっと安い。多聞はそのことを、この三年の間に嫌というほど学んだ。生き延びるために必要なのは、丈夫な体と、何より運だ。


河原から街道に戻って半刻ほど進むと、徐々に道が険しくなってきた。

河内、大和国境の山々だ。ここの峠をいくつか越えれば、道のりはいくらか楽になる。

喘ぎながら上り坂を進んでいると、道は次第に狭くなった。両側に茂る木々に日の光が遮られ、いくらか涼しい。

「何だこれは！」

前方から、甚右衛門の声が聞こえた。

顔を上げると、行列が止まっていた。巨大な倒木が、道を塞いでいるのだ。

「下人ども。すぐにこの木をどけよ！」

甚右衛門が苛立たしげに命じる。

どかせてほしけりゃ、少しは休ませろ。腹の中で毒づきながら、背中の荷を下ろす。

下人たちが並んで倒木を持ち上げようとするが、びくともしない。甚右衛門は床几に腰を下ろし、兵たちは得物を置いて各々座り込んで休んでいる。

「どうした、早くしねえと日が暮れちまうぞ！」

兵の一人が野次を飛ばした。

「俺は奈良で愛しい女房が待ってんだ。さっさと帰って一発やりてえんだよ！」

他の兵たちから、げらげらと笑いが起こる。

「だったらてめえらも手伝えってんだ」

下人の一人がぼそりと呟いた刹那、多聞の耳元を何かが掠め、頬に鋭い痛みが走った。

直後、隣にいた下人がいきなり倒れ込んできた。その喉を、一本の矢が貫いている。

声を上げる間もなかった。森の中から次々と矢が放たれ、下人たちが倒れていく。多聞はもたれかかってきた死体を盾に、倒木の陰に隠れた。

「盗賊だ、森の中にいるぞ！」

叫んだ下人が眉間を射抜かれ、棒のように倒れる。矢が止んだかと思うと、森の中からいくつかの人影が飛び出してきた。腹巻を付け、太刀や薙刀を手にしている。

「者ども、迎え撃て！」

甚右衛門が叫び、たちまち斬り合いがはじまった。怒号と悲鳴、剣戟の音が交錯する。多聞は死体の血と汗の臭いに吐き気を覚えながら、周囲を窺った。

襲ってきた数人は、かなりの手練れのようだ。護衛の兵たちはたちまち斬り立てられ、数を減じていく。甚右衛門も太刀を手に戦っているが、殺されるのは時間の問題だろう。あの太郎丸とかいう下人がどうなったのかもわからない。

くそっ、最悪だ。声に出さず吐き捨てた。あの連中は、こちらを皆殺しにするつもりだ。このままここにいては殺される。逃げるなら、今しかない。

音を立てないよう死体をどけ、倒木を乗り越えた。駆け出し、一息で森に飛び込む。そのまま、ひたすら急な斜面を下った。枝が全身を打ち、あちこちから血が流れるが、構ってはいられない。息を切らしながら、脇目も振らず走る。

斜面を下りきったところで足を止め、振り返る。悲鳴も剣戟の音も、もう聞こえない。賊が追ってくる気配もなかった。

何とか、生き延びることはできた。大きく安堵の息を吐いて、その場に座り込む。

甚右衛門は殺されただろう。これで、晴れて自由の身だ。だがその喜びは、すぐに漠とした不安に取って代わられた。

銭も行くあてもない。奈良に戻るか。いや、いっそ京へ出てみるか。一度も行ったことはないが、奈良よりも多くの人がいるらしい。選り好みしなければ、仕事の口もあるだろう。

腹の虫が盛大に鳴った。まずはここから少しでも離れ、腹ごしらえだ。この山の中なら、兎の一羽くらい捕まえられるだろう。

立ち上がりかけたその時、かすかに血の臭いを感じた。直後、正面の藪が揺れる。身を隠そうとしたが、その前に「おい」と声がした。

聞き慣れた胴間声。現れたのは、やはり甚右衛門だった。血に塗れた太刀を手に、肩で息をしている。烏帽子は失われ、直垂はあちこちが破れていた。賊に斬られたのか、だらりと下げた左腕の先からは、血が滴っている。

「主を置いて逃げるとは、とんだ不忠者よ。可愛がってやった恩を忘れたか」

殺気をまき散らしながら、甚右衛門は太刀を肩に担ぎ、距離を詰めてくる。

「ふざけるなよ。いつから、ろくな食い物も与えねえで散々こき使うことを、可愛がるって言うようになったんだ？」

「口の減らん餓鬼よ。不忠者には、相応しい罰を与えねばな」

甚右衛門が踏み込んできた。振り下ろされる太刀を、後ろに跳んでかわす。転がりながら手近な石を摑み、投げつけた。呻き声を上げた甚右衛門が蹲った隙に、身を翻して駆ける。

だが十歩も走らないうちに、多聞は「痛ぇっ！」と悲鳴を上げ、前のめりに倒れた。

尻に、小刀のような物が突き刺さっている。小柄というやつだ。歯を食いしばって引き抜き、何とか立ち上がるが、もう思うように走れそうもない。

「すまんな、痛かったろう。だが、お前と追いかけっこをするほど暇ではないのでな」

再び振り返った。甚右衛門との間合いは、およそ一間半。口元には、下人を殴り殺した時と同じ陰惨な笑みを浮かべている。

「てめえ、人の尻に穴増やしといて、へらへらしてんじゃねえよ」

「気にするな。どうせすぐ、その首は胴から離れるのだ。穴が一つ増えたくらい、どうということもあるまい」

全身を打つ殺気に、じわりと汗が滲んだ。

逃げたところで、背中から斬られるだけだ。戦うしかない。ここで殺さなければ、殺される。

生まれてよかったことなど一つもないが、斬り殺されるのは嫌だった。

肚を決め、甚右衛門を見据えて笑う。

「哀れなもんだな。商いをしくじった腹いせに、童いじめかよ。それとも、あんたが野盗に襲われて、尻尾巻いて逃げたって言いふらされるのが恐いのか？」

甚右衛門のこめかみが、びくりと震えた。

「その減らず口、あの世で後悔いたせ！」

踏み出し、太刀を振り上げる。同時に、多聞も前に出た。握り込んだ砂を、甚右衛門の顔目がけて投げつける。わずかに動きが鈍った甚右衛門の懐に、上体を屈めて飛び込む。勢いのままぶつかり、もつれ合うように倒れた。

馬乗りになった。叫び声を上げながら、甚右衛門の顔面に肘を叩きつける。二度、三度、四度。前歯が折れ、鼻から血が噴き出す。

「おのれ……！」

襟首を摑んで撥ねのけられた。再び間合いが開く。太刀は、二人のちょうど中間に落ちていた。

先に動いたのは多聞だった。身を投げ出すように地面に飛び込み、太刀を摑んで立ち上がる。甚右衛門は舌打ちし、脇差を抜き放つ。

手にした太刀は、思っていたよりもずっと重かった。触ったこともなければ、使い方もよくわからない。だが、やるしかなかった。

大きく息を吸い、吐き出す。それを、幾度も繰り返した。両手で握った太刀を腰のあたりで構え、踏み出す。渾身の力を籠め、突きを放った。

太刀を払いのけようと、甚右衛門が脇差を振る。その刃が、二の腕に浅く食い込んだ。だが痛みを感じるより先に、太刀の切っ先は甚右衛門の喉元を捉えた。

重い手応え。切っ先が、うなじから突き抜ける。驚愕(きょうがく)の表情で目を見開き、甚右衛門は血を吐きながら崩れ落ちた。

太刀を引き抜く。甚右衛門は全身を一度大きく震わせ、それきり動かなくなった。

張り詰めた糸が切れたように、全身の力が抜けた。骸(むくろ)の傍らにへたり込み、荒い息を吐く。

開いたままの甚右衛門の目が、虚空(こくう)を見つめていた。喉元の傷口は、見知らぬ獣(けもの)の口のようだ。

これを、自分がやったのか。悪い夢を見ているようで、現(うつつ)とは思えない。

思い出したように、傷が痛みはじめる。顔を顰めると、いきなり背後から声がした。

「見事だったぞ、童(わっぱ)」

ぞくりと、背筋に冷たいものが走った。弾(はじ)かれたように立ち上がり、間合いを取る。

「相手が手負いとはいえ、侍を討ち果たすとは。歳のわりに、膂力(りょりょく)もある。よほど過酷(かこく)な労働を強(し)いられてきたのだな」

長身の、若い僧侶(そうりょ)だった。傍らにはなぜか、薙刀を手にした小柄な武者を一人従えている。ずっとそこにいたかのような佇(たたず)まいだが、気配などまるで感じなかった。

僧侶は編み笠(がさ)をかぶり、汚(よご)れた僧衣をまとってはいるものの、髪(かみ)は総髪(そうはつ)で、貴公子然とした端(たん)整(せい)な顔に微笑(びしょう)を湛えていた。武者を従えていることとあいまって、どこかちぐはぐな感じがする。

武者の方は、腹巻に籠手(こて)、脛当(すねあ)て。顔には半首という、額から頬を守る防具。女子(おなご)のように長い黒髪は後ろで一本にまとめ、身(み)の丈(たけ)ほどの薙刀を手にしている。よく見れば、歳の頃は多聞と同じくらいだろう。色白で目鼻立ちははっきりとしているが、そこに表情らしきものは見えない。

「お前ら、荷を襲った賊か？」

太刀を構えるが、二人から殺気は感じない。ひとまず、多聞を殺すつもりはなさそうだ。

「賊とはまた、ひどい言われようだな」

屈託のない声で、僧侶が答えた。

「確かに、この国の有りようを良しとする者たちにとって、我らは秩序を乱す賊であろう。弱き者たちを虐げ、強き者のみが栄える、今の世ではな」

「何言ってるかわかんねえよ。俺は、襲ってきたのはお前らかって訊いてんだ」

「さよう。あの荷は興福寺に運ばれたところで、富める者たちをさらに富ませるだけだ。だが我らが手に入れれば、辰砂を売り捌いた銭で、多くの者が救われる」

「施しでもしようってのか。気に入らねえな」

多聞のいた寺や奈良の寺社でも時々、施粥を行っていた。だがそんな思いつきですべて救えるほど、飢えた民の数は少なくない。あの連中にとっては弱者への施しなど、自分が悦に入るためのものにすぎないと、多聞は思っている。

「それより、俺に何か用か？　殺すつもりがないなら、放っておいてくれよ」

「その馬借の頭領を討つつもりで追ってきたのだが、そなたが先に手を下してしまったのだ」

「じゃあ、話は終わりだな。俺は行くぜ」

甚右衛門の骸から鞘を取り上げ、太刀を納めた。売り飛ばせば、それなりの値になるだろう。

「まあ待て。まだ話は終わっていないぞ」

「何だよ、しつこいな」

「そなたには見どころがある。どうだ、我らの同志にならんか？」

「同志？」

「弱き民草を虐げ、我が世の春を謳歌するすべての武士、公家、寺社、有徳人（金持ち）どもを倒し、あるべき世を作り上げる。それが、我らの志だ。戦い方は教えてやる。共に来ぬか？」

この僧侶が何を言っているのか、多聞には飲み込めなかった。だが、何か途方もないことをやろうとしていて、自分を仲間にしようとしていることはわかる。

しかし多聞にとっては、世の中のことなどより、明日の飯の種の方がよほど大事な問題だ。

「やだね。世直しがしたけりゃ、あんたたちだけで勝手にやってくれ。やっと晴れて自由の身になったんだ。俺は、俺の好きなように生きる」

「ならば、賭けをしてみぬか？ そなたがこの御方と勝負して勝つことができれば、一年は楽に暮らせる銭をやろう。負ければ、我らの同志となる」

僧侶は、傍らの武者に目をやった。口ぶりからすると、この武者の方が主筋になるらしい。

「冗談じゃねえ。こっちはあちこち怪我して、尻に穴まで開いてるんだ。そっちの方が有利じゃねえか」

「そなたはその太刀を使ってもいいが、この御方には、徒手で戦っていただく」

武者は不服げに僧侶を見やったが、口を挟むことはなかった。負けることなどないと決めてかかっているらしい。

「まあ、傷を理由にして逃げるとあらば、それもよかろう。ここで出会ったのも何かの縁だ。山を下りたら、この銭で何か美味い物でも食うといい」

僧侶が懐から取り出した小ぶりの袋を投げた。音からして、それなりの額だろう。かっと、腹の底が熱くなった。

「てめえ、何のつもりだ。俺は、物乞いになった覚えはねえぞ」

声音に籠めた怒気を、僧侶は涼しい顔で受け流す。

「わかった。その勝負、乗ってやる」

答えると、僧侶はにやりと笑った。

勝てば、一年分の銭。負けたところで、殺されるわけではないだろう。悪い話ではない。人の世など所詮、博打と同じだ。

薙刀を僧侶に預け、武者が進み出た。多聞も太刀を抜き、構えを取る。武者の身の丈は、小柄な多聞よりもさらに小さい。冷ややかなその目つきからは、やはり感情が窺えない。

一間余の間合いで向き合った。

「いつでもよい。かかってまいれ」

初めて、武者が声を発した。女のような高い声音が癇に障る。多聞は一気に踏み出し、太刀を振り上げた。

いきなり、武者の姿が消えた。と同時に、顎に凄まじい衝撃が走る。掌打を食らったのか。視界が揺れ、手から太刀が落ちた。膝を突きそうになるが、何とか堪える。

「このっ……！」

懐に入った武者を捕まえようと手を伸ばすが、逆に右腕を抱え込まれた。次の刹那、天地が回り、背中から地面に叩きつけられ、「ぐえっ」と間の抜けた声が漏れた。

「どうした、もう終わりか？」

大の字に倒れた多聞に、僧侶が声をかけてきた。武者は相変わらずの無表情で、こちらを見下ろしている。

幻術の類か。いや、違う。腕を取って投げ飛ばされたのだ。理解し、立ち上がった。足が軽くふらつくが、まだ戦える。

「おかしな技、遣いやがって。まだ終わりじゃねえぞ」

太刀は離れた場所に落ちていて、拾うには距離がある。足に力を籠め、武者に向かって突っ込んだ。顔を狙い、固めた拳を突き出す。だが、呆気なくかわされ、足払いをかけられた。すかさず立ち上がり、武者に飛びかかる。再び腕を取られ、また投げ飛ばされた。

「畜生、まだだ……！」

肩で息をしながら体を起こすと、再び武者の姿が消えている。背後から、腕が伸びてきた。武者の両腕が首に絡みつき、締め上げる。振り解こうともがくが、腕は外れない。さらに力が籠められた。多聞の両腕はだらりと下がり、視界の色が次第に薄くなっていく。

抗う力も尽きかけた時、多聞の鼻を、ほのかな甘い匂いがくすぐった。

もしかしてこいつ、女子か。薄れゆく意識の中で、多聞はぼんやりと思った。


目覚めると、僧侶と武者が多聞を見下ろしていた。

どれほど気を失っていたのか、すでに日が暮れはじめている。あちこち痛むが、どうやら死んではいないらしい。

「約束だ。そなたと我らは、今日から同志だ」

僧侶が笑みを浮かべて言う。差し出された手を乱暴に摑み、多聞は上体を起こした。

「まだ、名を聞いていなかったな」

「……多聞」

素っ気なく答えると、僧侶はほんの少しだけ驚いたような顔をした。

「そうか、かの楠木正成の幼名と同じ名とはな。これも、天の導きやもしれぬ」

「誰だよ、楠木なんとかって。で、あんたは？」

「私は鳥羽尊秀。かの後鳥羽帝の後裔であり、今は吉野の朝廷にて、一軍を預かっている」

またしてもわけがわからない。吉野というのは、奈良の南にある山奥の村のことだろう。だが朝廷というのは、京にあるもののはずだ。

「この国の歴史を何も知らぬようだな。まあよい、おいおい教えてやろう」

尊秀が、隣の女武者に顔を向けた。

「この御方は、後醍醐帝に連なる高貴な血筋にあらせられる。御名は、敦子様。これからは、こちらの姫君を主君と思い、お仕えいたせ」

高貴な血筋と言われても、ぴんとこなかった。京の都には幕府があり、将軍がいて、その上に帝がいるらしいことは、多聞もぼんやりとだが知っている。しかしその帝の一族が、なぜこんなところで雑兵のような恰好をしているのか。

当の敦子は、相変わらず押し黙ったままだ。何を考えているのか、まるでわからない。

「何のことやら、俺にはさっぱりだ。結局あんたたちは、一体何者なんだ？」

たまらず訊ねると、尊秀は微笑を湛えたまま答えた。

「我らは、百年前に崩御なされた後醍醐帝の御遺志を継ぐ者。幕府の者どもは、南朝残党などと呼んでいるようだがな」

尊秀は微笑を消し、多聞の目を真っ直ぐに見つめ、続ける。

「そなたのこれまでの生が苦しいものであったのは、そなたが悪いわけでも、運が無かったせいでもない。幕府の悪しき政と、それを良しとする権力者たちによって、そなたたちは苦しめられてきたのだ」

尊秀の言葉は、多聞の耳ではなく、心に直接響いてくるような気がした。

お前は悪くない。そんな言葉をかけられるのは、生まれてはじめてだった。

生きたければ身を粉にして働け。お前の代わりなど、いくらでもいる。恨むなら己の運の無さを恨め。これまで多聞が浴びてきた罵声の数々が、耳の奥に蘇る。

「人は、牛や馬とは違う。人が生まれながらにして、人として生きていける。そんな世を作るため、我らは幕府を倒さねばならん。共に、戦ってはくれぬか？」

その真摯な眼差しに、多聞は戸惑いと同時に、血の昂ぶりを覚えた。

死なないために生きるだけの、先など見えない真っ暗な日々。それを、終わらせることができるかもしれない。

難しいことは何もわからないが、その予感だけは、はっきりと感じることができた。

第一章 悪童

一

風が木々を揺らし、森をざわつかせていた。

五月も半ばを過ぎたにしては、ひどく寒い。多聞の吐く息は、真冬のように白かった。

ぽつりと、頬に水滴（すいてき）が落ちる。雨はすぐに本降りになった。遠くからは雷鳴（らいめい）も聞こえる。

好都合だった。雨は気配と音、足跡（あしあと）まで消してくれる。藪の中を這（は）うように進みながら、多聞は幸運に感謝した。

片手を上げ、後続の味方を止める。目指す小屋までは、五間ほど。見張りの姿はない。雨脚（あまあし）は強く、雷鳴も激しくなっている。こちらの接近に、敵はまだ気づいていないだろう。

周囲に、他に人家はない。小屋は、杣人（そまびと）か炭焼きが使っていたものだろう。恐らく、元の住人は殺されている。

振り返り、若菜に「行け」と合図を送った。若菜は頷（うなず）き、綱（つな）を跨（また）いで小屋に向かう。その後に多聞と弥次郎（やじろう）、小ぶりな弓を手にした雉丸（きじまる）の三人が続いた。

弥次郎はいつもの無表情だが、最も若い雉丸は案の定、緊張に蒼褪（あおざ）め、忙（せわ）しなく視線を左右に行き来させている。若干（じゃっかん）の不安を覚えながら、多聞は小袖（こそで）の帯に差した刀を抜いた。

太刀ではなく、やや短く反りの浅い打刀（うちがたな）。刃を上に向けて差しているため、太刀よりも抜刀しやすい。防具は、小袖の下に着込んだ鎖帷子（くさりかたびら）だけだ。

若菜が入口の木戸の前に立つと、多聞たちは積み上げられた薪（たきぎ）の陰に身を隠し、息を殺した。

中からは、男たちの話し声が聞こえてくる。博打にでも興じているのか、怒声も混じっていた。

事前の調べが正しければ、中には五人の男がいるはずだ。泥酔（でいすい）していてくれれば楽なのだが、さすがに高望みしすぎだろう。

「もし、ごめんください」

多聞の合図を受け、若菜が木戸を叩いた。

「もし、どなたかおられませんか？」

多聞と同い年とは思えない大人びた声で、若菜が呼びかけた。女童（めわらわ）らしく、袴（はかま）は着けず、薄桃色の小袖をまとっている。

「何だよ、うるせえな」

中から声がした。足音に続き、木戸が開く。

「夜分、申し訳ありません。山菜採りの途中で母とはぐれ、道に迷ってしまいました。どうかしばしの間、雨宿りさせて……」

言い終わる前に、若菜は背中に隠した短刀を男のみぞおちに突き刺す。

男が倒れるより早く、多聞たちも動いた。若菜と刺（さ）された男の脇をすり抜け、屋内へ飛び込む。

「何だ、てめえら！」

土間の向こう、板の間にいた男たちが慌てて立ち上がる。

板の間に向かって駆ける多聞の後ろから、雉丸の放った矢が飛んだ。一人の左胸に、矢が突き立つ。こちらが弓を持っていることで、敵はさらに動揺（どうよう）した。

多聞は板の間に駆け上がり、太刀を抜くのに手間取っている別の男の片腕を斬り飛ばした。返す刀で、悲鳴を上げて仰け反った男の喉を抉る。

視界の隅で、弥次郎が一人を斬り伏せるのが見えた。最後の一人が叫び声を上げ、多聞の背後から斬りかかってくる。

振り向きざまに、胴を薙いだ。切り裂かれた傷口から、腸が零れ落ちる。

「何なんだよ、お前ら……」

膝を突き、男が泣き出しそうな顔で言った。

「まだ、童じゃねえか……」

「それがどうした」

多聞は冷ややかに答え、刀を振る。裂けた喉から大量の血を流しながら、男は息絶えた。


死体の小袖で刃に付いた血を拭い、刀を納めた。板の間は血の海と化している。

初陣にしては、まずまずの首尾と言っていい。二十数えるほどの間に、すべてを終わらせることができた。相手は何が起こったのかもろくに理解できないまま、死んでいっただろう。

紀伊との国境に近い大和山中にあるこの小屋は、吉野を脱走して野盗に成り下がった、元南朝兵の根城だった。脱走兵たちは一月ほど前から、行商人や近隣の村々を襲うことを繰り返していたという。元々南朝方の兵には、野伏せりや溢れ者が少なくなかった。だが脱走兵を放置すれば、こちらの情報が幕府方に漏れる危険がある。

根城を襲い、一人残らず始末せよ。それが、多聞たちに初めて与えられた任だった。

「見ろ。こんなに貯め込んでいたぞ」

奥の納戸から、弥次郎が銭の詰まった壺を抱えて出てきた。奈良あたりまで出て、略奪品を銭に替えたのだろう。

「野盗というのは、ずいぶんと儲かるものらしい」

さして興味も無さそうに、弥次郎が呟く。人を斬った直後だが、まるで動揺は見られない。

弥次郎は、多聞より一つ上の十五歳。訊いたことはないが、この落ち着きぶりからすると、尊秀に拾われる前にも人を殺めたことがあるだろう。

「これだけあれば……」

若菜が無邪気な笑顔で、じゃらじゃらと銭を弄ぶ。

「お菓子が山ほど買えるなあ」

夢見るようなうっとりした顔で独りごちているが、その傍らには骸が転がっている。やはりこの女子は、頭の箍がどこか緩んでいるのだろう。

「おい、いつまで遊んでるんだ。こいつらの首級を獲って、引き上げるぞ。金目の物も、まとめて吉野まで運ぶ。びた一文、懐には入れるなよ」

「ちょっとくらいいいじゃない。つまんないの」

若菜が頰を膨らませ、渋々立ち上がった刹那だった。

「う、うわあっ……！」

土間で金目の物を漁っていた、雉丸の声。目を向けると、抜き身の太刀を手にした男が、入口から飛び込んでくるところだった。

「この、餓鬼どもが！」

雉丸は矢を番えようとするが、それより早く、男が斬撃を放った。雉丸は悲鳴を上げながら、転がるように土間の隅へと逃げていく。

もう一人いたのか。舌打ちしながら、多聞は駆け出した。刀を抜き、土間へ飛び降りる。

こちらが突きを放つより先に、鋭い斬撃がきた。かろうじて鍔元で受け止めたものの、両腕が痺れる。男は大柄で、膂力も強い。しかも、かなりの手練れだ。

いきなり、耳元を何かが掠めた。若菜が男に向かって投げつけた短刀だ。

男は太刀で短刀を叩き落としたが、そこにわずかな隙が生じた。多聞は前へ踏み出す。しかし、男は多聞が放った渾身の突きをかわし、太刀を振り上げる。

甲高い音とともに、刀が手から離れた。なおも襲ってくる斬撃を、後ろに転がって何とか避ける。小袖が裂け、胸に衝撃が走った。鎖帷子を着込んでいなければ、死んでいただろう。

不意に、男の動きが止まった。その背中に、雉丸の放った矢が突き立っている。多聞は刀を拾い、男の膝に斬りつけた。体勢を崩した男の横から、弥次郎が襲いかかる。

弥次郎の刀が一閃し、男の首が落ちた。

「危なかったねえ、多聞」

にやにや笑いを浮かべながら、若菜が言う。

「危ないのはお前だ。俺に当たったらどうするんだよ」

「そうなったらそうなったで、相手もびっくりして隙ができるでしょ」

怒る気も失せ、多聞は刀を鞘に納めた。

「ごめん、多聞。気づいたら、あいつがもう目の前にいて……」

消え入りそうな声で、雉丸が詫びる。

「いや、いい。気にするな」

雉丸が矢を射なければ、たぶん死んでいた。想像すると、今さらながら肌が粟立つ。

雉丸は猟師の息子で、親兄弟を野盗に殺されていた。一人だけ生き残って山を彷徨っていたところを、尊秀に拾われたのだという。臆病だが身のこなしは素早く、弓の腕も確かだった。

「しかし、事前の調べが間違っていたとはな」

太刀に付いた血を拭いながら、弥次郎が言った。

「どうせ俺たちを試すために、あの糞じじいがわざと少ない数を教えたんだろ」

多聞は好々爺然とした名和長時の顔を思い浮かべ、毒づいた。他の三人も頷いている。珍しく、全員の意見が一致したらしい。

ともかく、初仕事は無事にやりおおせた。後は吉野へ戻るだけだが、まだどこかに仲間がいるかもしれない。

「よし、帰るぞ。気を抜くなよ」

「はーい」

若菜が場違いに長閑な調子で答え、多聞は再び嘆息を漏らした。

二

この国では、百年以上も前から国を二分する戦が続いている。出会ったあの日、尊秀はそう言った。

後醍醐帝による倒幕と、建武の新政。足利尊氏の謀叛と新政の崩壊。その後、朝廷は足利幕府が擁立した北朝と後醍醐帝の南朝に分かれるが、六十年近い戦乱で南朝は次第に衰微していく。

そして三代将軍足利義満の時代、ついに和議が結ばれ、南北朝の合一が果たされた。それが、今から四十余年前のことだという。

だが和議の条件であった、南朝と北朝それぞれの血統から交代で帝を立てるという約定は、幕府によって反故にされた。

これを不服とした南朝方の将、北畠満雅は伊勢で兵を挙げたものの、幕府の大軍の前に敗死する。この合戦を契機として、旧南朝系の皇族が次々と出家させられた。尊秀が言うには、幕府は、南朝の血統そのものを断絶させようとしているらしい。

こうした情勢の下、南朝残党は吉野を中心とする大和、紀伊の山中で細々と勢力を保っていた。

長く南朝軍の主柱だった河内の楠木氏はかつての勢力を失い、伊勢の北畠家も幕府に降伏している。北畠満雅とともに挙兵した南朝皇胤の小倉宮は、助命の条件として出家し、今は京の勧修寺に入っていた。

「だったら、この姫さまを帝に立てたらいいじゃねえか。何とか帝の子孫なんだろ？」

多聞は、顎で敦子を指した。尊秀は不敬を咎めるでもなく、「そうもいかんのだ」と首を振る。

「敦子様は確かに後醍醐帝の血を引いておられるが、同志の中では小倉宮様を帝にという声が根強い。そもそも、皇位の証である三種の神器は、四十年前の南北朝合一の際に幕府の手に渡っている。神器無しに、帝を立てることはできん」

「じゃあんたたちには、担ぐ御輿も無ぇってことかよ。そんなんで、幕府と戦おうってのか？」

尊秀は「まあ、そういうことだ」とあっさり認めた。

「南朝の武力は、一国の守護にも到底及ばぬ。我らのみで幕府を倒すことは、まず不可能だろうな。しかし幕府も、一枚岩にはほど遠い」

足利将軍家の下には、各地を治める守護大名がいる。だが、その守護大名たちは南北朝の戦乱で勢力を伸ばし、将軍家に弓を引く者もしばしば現れた。最近では、東国を束ねる鎌倉公方の足利持氏が将軍家と対立を深め、いつ戦になってもおかしくないという。

「つまり、敵の内輪揉めに乗じるって寸法か」

「そういうことだ。大和では今、越智維通殿が幕府軍相手に奮戦しておられる。ここで鎌倉公方が大軍を率いて上洛すれば、幕府を倒すことも夢ではない」

越智維通の名は、多聞も幾度か耳にしたことがある。

大和の有力な土豪で、数年前から周辺の土豪と戦を繰り広げ、幕府からたびたび追討軍を送られている。その戦のせいで街道が封鎖されることが何度もあり、商いができなくなった甚右衛門は、その度に維通を口汚く罵っていた。

多聞にとって、戦は物心ついた頃からごく身近なものだった。戦は、武士たちの間だけでなく、寺社同士の諍いや、村と村の水争い、山争いが高じて起こることもある。

多聞の顔見知りの中にも、戦に出て略奪品で潤った者、逆に命を落とした者が何人もいた。よく知っている村が焼き討ちに遭うことも日常茶飯事で、戦の意味など考えたこともない。

当たり前のように近くにあった戦が、この国の歴史と深く繋がっている。それは、新鮮な驚きだった。尊秀の話を聞くうち、靄がかかっていたようだった自分の周囲の世界が、いくらかはっきりと見えてきたような気がする。

「後醍醐帝が建武の御新政で目指されたのは、帝を中心とした、この国に住まうすべての人々が等しく生きられる世だ。家柄も、武力や財力の有無も関わりなく、有能な者は取り立てて力を与える。だがそれを快く思わぬ者たちの策動により、新政は潰えた。そしてその結果、今も戦は絶えず、多くの民草が貧苦に喘いでいる。それを正すには、幕府を倒すしかないのだ」

そう語る尊秀に、多聞は訊ねた。

「もしも幕府を倒せたとして、その後、俺は何を得られるんだ?」

「それは働き次第だな。功を挙げれば、それに見合った恩賞が下されよう。領地を賜るも、官職を得るも、望みのままだ」

「そうか。そいつは、わかりやすくていいな」

世直しにも、政の話にも興味はない。知りたいのは、今の境遇から這い上がる方法だけだ。

だが、氏素性もない奴婢上がりがどれほど努力したところで、行き着く先などたかが知れている。どこかの武家か商家に奉公して一生こき使われるか、野盗か追い剝ぎ、あるいは物乞いに身を落とすか。どれも御免だ。

しかし、足利将軍家を討って幕府を倒せば、世の中のすべてがひっくり返る。今の自分には想像もつかないほどの高みに上れるかもしれない。

「いいぜ。あんたたちの同志とかいうやつに、なってやろうじゃねえか。将軍だろうが幕府だろうがぶっ倒して、俺は上に行く」


あれから、地獄のような日々がはじまった。

連れていかれたのは、吉野からさらに南西の山中に分け入ったところにある、賀名生という名の小さな村だ。かつては南朝の行宮が置かれ、吉野を追われた帝がこの地に逃れてくることもしばしばあったという。

村外れに建てられた十軒ほどの粗末な小屋には、五十人近い多聞と同年代の童と、数人の大人たちがいた。童たちはここで、南朝方の兵となるための修業をするのだという。その境遇は、戦や疫病で親を失った者、口減らしのために売られた者がほとんどだった。

「わしがこの村を取り仕切る、名和長時じゃ」

数日後、集められた童たちに向かって、大人たちの中でも年嵩の男が名乗った。

「そなたたちを待っておるのは、辛く厳しい日々じゃ。運が悪ければ、命を落とすこともあるやもしれぬ。じゃが、今の腐った世から弾き出されたそなたたちこそが、後醍醐帝の御志を遂げる礎となるに相応しいと、わしは信じておる。しかと励んでもらいたい」

歳の頃は五十前後だろう。物腰は温和だが、体つきは屈強で、目の奥の光は鋭い。甚右衛門などよりよほど腕が立ちそうだと、多聞は思った。
それからは、刀、弓、槍や薙刀の遣い方、印地打ち（投石）、鎧武者を相手にした体術を学んだ。指南役は村の大人たちで、尊秀や敦子の姿を見ることはなかった。

長時の言う通り、稽古は厳しいものだったが、馬借仕事で培われた体力のおかげで、何とか落伍せずにすんだ。屋根のある場所で眠り、飯の心配もない。

三月が過ぎた頃、見どころのある十人が選抜され、他の童たちとは別の、さらに厳しい修業を課されることになった。

ここからが、本当の地獄だった。武芸はもとより、変装や薬草の見分け方、毒薬の調合、錠前の外し方、簡単な読み書きと、戦うためのあらゆる技と知識を叩き込まれる。

ある時は、何十丈もの断崖を命綱無しで登り下りさせられ、ある時は獣がうろつく深い山中で、武器も持たず三日間過ごした。崖に渡された丸太の上で、一対一で戦わされたこともある。

当然のように、命を落とす者が出た。一瞬の気の緩みで足を滑らせ、崖から転げ落ちた者。体術の稽古で頭を打ち、そのまま目を覚まさなかった者。逃げ出そうとして、指南役に首を刎ねられた者もいる。三月足らずで、選ばれた十人は多聞、弥次郎、雉丸、若菜の四人に減っていた。

体は常に傷と痣だらけで、寝床に倒れ込むと、あっという間に朝が来た。剣術の稽古では気を失うまで木剣で打たれ、体術の稽古では幾度も投げ飛ばされた挙句、絞め落とされる。少しでも気を抜けば、命は無い。

騙された。これなら奴婢の方がましだ。何度そう思ったかわからない。それでも、戦う術を覚え、自分が日に日に強くなっていく実感を得られるのは、悪い気分ではなかった。

稽古の合間に、史書の講義も受けた。難解な書物は誰も読めないので、講義は名和長時の講読を聴く形になる。読まれるのはもっぱら、『神皇正統記』と『太平記』の二つだった。

歴代天皇の事績を記した『神皇正統記』は、難しい言葉が多くさっぱり頭に入ってこなかったが、『太平記』は合戦の場面が多く、単純に面白い。ちなみに名和長時は、『太平記』に出てくる後醍醐帝の忠臣、名和長年の子孫だという。

はじめのうちは居眠りばかりしていたが、千早、赤坂城に立て籠もった楠木正成が鎌倉の大軍を翻弄するくだりになると血が滾り、湊川の戦いで正成一党が壮絶な最期を遂げる場面では、我が事のように胸が痛んだ。建武の新政を崩壊させ、後醍醐帝の皇子大塔宮護良親王を謀殺した足利尊氏、直義兄弟には怒りを覚えた。後醍醐帝崩御の場面では、長時は珍しく声を詰まらせ、情に脆い雉丸などは、人目も憚らずぼろぼろと涙を零していた。

足利一族の悪行を繰り返し聞かされるうち、多聞の中にも使命感のようなものが芽生えてきた。後醍醐帝の目指した新たな世を打ち砕いて天下を乱し、自らの栄華を追い求めるばかりで、民に安寧をもたらすこともない。そればかりか、南北朝合一の約定を反故にし、後醍醐帝の血統を断とうと企てる。そんな悪しき幕府のために、多聞たち庶民は虐げられ、貧苦に喘いできたのだ。

村に来て一年が過ぎた頃、尊秀が現れ、童たちに修業の終了を告げた。

「皆、苦しい日々によく耐えてくれた。そなたたちこそ、この悪しき世を覆すための尖兵である。この一年の間に命を落とした者たちも、鬼となって我らの戦いに力を貸してくれよう」

大勢を前にした時の尊秀の言葉には、圧倒されるほどの迫力があった。大きな目を見開き、一人一人を見据えるように視線を動かしながら、激烈な言葉を並べる。

「我らが討つべきは、偽(にせ)の朝廷が任じた第六代将軍、足利義教(よしのり)である。彼(か)の者こそこの日ノ本を牛耳(ぎゅうじ)り、民草に塗炭(とたん)の苦しみを強いる諸悪の元凶である！」

尊秀の言葉を聴くうち、多聞は体中を流れる血が熱くなっていくような気がした。隣では、喜怒哀楽(きどあいらく)に乏(とぼ)しい弥次郎が珍しく顔を紅潮させ、普段は大人しい雉丸が「義教、討つべし！」と声を張り上げている。

修業がはじまる前はどこか怯(おび)えたようだった他の童たちも、まるで別人のように覇気(はき)を漲(みなぎ)らせていた。もっとも若菜だけは、眠たそうに欠伸(あくび)を嚙(か)み殺している。

「幕府と比べれば、我らの力は微々(びび)たるものだ。だが我らには、大義と信念がある。この二つがある限り、どれほど苦しき戦いが続いたとしても、我らは決して敗れぬ。そのことを、胸に刻みつけておくのだ！」

誰からともなく喊声(かんせい)が上がる。気づけば、多聞も熱に浮かされたような心地で拳を突き上げ、大声を放っていた。

初めての役目を終えて賀名生へ戻った翌日、多聞たちは尊秀から呼び出しを受けた。

村外れの小屋を出て、丹生川(にゅうかわ)の畔(あぜ)に建つ賀名生行宮へ向かう。門番の誰何(すいか)に答え、いかにも堅牢(けんろう)そうな冠木門(かぶきもん)をくぐると、萱葺(かやぶき)屋根の大きな屋敷が見えた。

裏庭に回り、地面に膝をついて尊秀を待つ。かつては帝が暮らす行宮として建てられただけあって、古びてはいても、どこか厳(おごそ)かで清浄(せいじょう)な気配が漂っていた。

「長時に聞いた。見事、務めを果たしたそうだな」

濡れ縁に現れた尊秀が、腰を下ろしながら言った。濃紺の直垂に立烏帽子。色白で瓜実顔の尊秀はこうして見ると確かに、高貴な血を引いているのだと思える。

「早速だが、次の任に当たってもらいたい。行き先は、京だ」

その言葉に、若菜がぱっと顔を輝かせた。年頃の娘らしく、都への憧れがあるのだろう。

「遊びに行くわけじゃないぞ」と若菜を肘でつつき、多聞は訊ねた。

「それで、俺たちは京で何を？」

「ある僧侶を、こちらの味方に引き入れたい。お前たちには、その手伝いをしてもらう」

「何だって、わざわざ坊主一人にそこまで」

尊秀は多聞たちを見据え、告げた。

「僧侶の名は、大覚寺義昭。将軍足利義教の、弟に当たる人物だ」

三

生まれて初めて見る京の都は、多聞が想像していたよりも華やいだ場所ではなかった。

どんよりと雲が垂れ込める空の下、都大路には物乞いが溢れ、鴨河原には行き倒れた者たちの骸がいくつも捨て置かれている。通りに軒を連ねる見世棚も、品は揃っているものの賑わいはなく、どことなく閑散としていた。

名の知れた寺社や公家、大名たちの屋敷は立派なものだったが、それもどこか白々しく感じる。

暦は六月に入ったが、相変わらず肌寒い。行き交う人々は背を丸め、何かに怯えているかのように足早に過ぎ去っていく。

「なんか、思ってたのと違う」

きらびやかで活気に溢れた都の姿を思い描いていたらしい若菜が、不満げに声を上げた。

東寺口から京へ入った尊秀と多聞ら一行は、室町小路を北へ進んでいた。尊秀は商人風の身なりで、多聞たちは汚れきった粗末な小袖という出で立ちだ。傍から見れば、人買い商人と売り物の童たちにしか見えないだろう。

「確かに、どこか重苦しいものを感じるなあ。人の顔が、何となく暗いというか……」

あたりを見回しながら言う雉丸に、弥次郎がぽつりと「政のせいだ」と応じた。

「弥次郎の言う通りだな」

尊秀が、声を低くして言った。

「この十数年というもの、どこも凶作続きだ。だが、京には諸国から、多くの米が送られてくる。なぜかわかるか？」

「鄙よりも京の方が、米が高く売れるからでしょうか」

答えたのは雉丸だった。

「そうだ。京には十万とも二十万とも言われる人がいるが、米を作る者はほとんどおらん。ゆえに米の値は高騰し、利を当て込んだ商人たちが鄙で安く米を買い占め、京で高く売って利鞘を稼ぐ。そうすると、どうなる？」

「鄙から米が無くなり、米を作っているはずの百姓たちが飢える、ということですか？」

「そうだ、雉丸。そして飢えた民は、米を求めて京に集まる。しかし、人が集まれば米の値はさらに上がり、貧しい者は米を買うことができなくなる。結果、洛中には物乞いが溢れ、そこかしこに骸が転がるというわけだ」

「それを、将軍や大名たちは黙(だま)って見てるのかよ」

口を挟んだ多聞に、尊秀は頷く。

「さしたる領地を持たぬ足利将軍家は、富裕(ふゆう)な商人たちからの税で支えられている。商人が得る利はすなわち、幕府の利と言ってもいいのだ」

納得のいく話ではなかったが、それが世の理(ことわり)というやつなのだろう。割りを食うのは常に、貧しい者たちだ。そんなことを考えながら歩いていると、どこかから言い争う声が聞こえてきた。

少し行った先の小さな店。数人の僧兵が、主らしき男に向けて何事か喚(わめ)き立てている。

諍いの原因は、借銭(しゃくせん)のようだった。大方、土倉(どそう)に借りた銭が返せなくなったのだろう。洛中の土倉の多くは、叡山(えいざん)が営んでいる。

僧兵たちは跪(ひざまず)いて返済の猶予(ゆうよ)を懇願(こんがん)する主を口々に罵(ののし)り、取り囲んで蹴りつけはじめた。主をさんざんに痛めつけると、僧兵たちは店に押し入り、金になりそうな物を次々と運び出していく。その中には主の娘らしき、多聞たちよりも幼い女童もいた。

助けを求め、女童が泣き叫ぶ。だが、京ではさして珍しい光景でもないのだろう。往来を行き交う人々は誰もが顔を背(そむ)け、見て見ぬふりで通り過ぎていく。

不意に殺気を感じ、肌がひりついた。

若菜だった。女童と金目の物を抱えて遠ざかる僧兵たちの背中を、今にも追いかけて斬りつけんばかりの目で睨み据えている。

「よく見ておけ」

若菜の肩に手を置き、尊秀が言う。

「これが今の、日ノ本の都の姿だ」


尊秀に連れられて入ったのは、四条河原の能登屋という商家だった。

主の能登屋庄左衛門は南朝の手の者で、十年以上前から京で土倉を営んでいる。この店は、京における南朝方の拠点の一つなのだという。

「そなたたちにもそろそろ、足利義教という男について教えておいた方がいいだろうな」

蒸し風呂で旅の垢を落とすと、尊秀が四人を集めて言った。

無論、多聞たちはその名こそ聞いているが、いかなる人物なのかまでは知らない。

足利義教、当年四十一。三代将軍・義満の子として生まれ、幼くして仏門に入った義教は、本来ならば将軍の座に就くはずではなかった。

実際、義満の死後は兄の義持が四代将軍となり、義持は五代将軍に自身の子・義量を就け、自らは大御所として実権を握った。しかし義量が十九歳の若さで急死すると、義持もその三年後に、後継を指名しないままこの世を去った。

幕府重臣の評定によって、次期将軍は義持の四人の弟たちの中から選ばれることが決まったが、重臣たちの意見は割れ、後継者選びは紛糾する。やむなく、弟たちが石清水八幡の神前で籤を引いて、当たった者を次期将軍とすることになった。

この時、当たり籤を引き当てたのが、当時青蓮院門跡となっていた義円である。当時三十五歳の義円は還俗して義教と名乗り、六代将軍に就任した。仏門にあった者が将軍位に就くのは異例のことで、人々は義教を「籤引き将軍」「還俗将軍」などと揶揄したという。

そうした声に抗うように、義教は父義満に倣って将軍権力の強化を目指した。有力大名の合議で運営される幕府の体制を改め、政のすべてを将軍の意思で決めようというのだ。

義教は、有力大名家の家督相続に介入、その勢力を削った上で、自身が気に入った者を当主に据えるということを始めた。そのやり方に異を唱える者や、義教の不興を買った者は遠ざけられ、失脚の憂き目を見る。今では、将軍に次ぐ地位の管領でさえ、義教に表立って意見できなくなっているらしい。

そして弾圧は大名衆にとどまらず、幕府を誹謗した公家や庶民にまで及んでいた。献上品の梅の木の枝が一本折れていたため処罰された者。料理が口に合わなかったという理由で斬首された者。義教の悪行について口にしただけで、首を刎ねられた者までいる。

どれほど些細なことでも、義教の耳に入ればいかなる処罰を受けるかわからない。京の人々は互いの密告を怖れ、疑心暗鬼に陥っていた。

「何だよ。ただの我が儘で手前勝手な奴じゃねえか」

多聞の感想に、尊秀は苦笑した。

「ああ。だがそれだけではないぞ。大名たちの意向に流されず、己の信念を貫き通す。よほど強靭な意志がなければ、できぬことだ」

「ただの坊主上がりじゃない、ってことか」

「そうだ。しかしそのぶん、付け入る隙も生まれる。大名、公家、庶民を問わず、今の京に住まう者たちは例外なく義教を怖れ、怯えている。あんな恐ろしい将軍には、早くいなくなってほしい。そう願っている者も少なくあるまい」

「義教の弟とかいう坊主も、そのうちの一人なのか？」

「いや、そこまではいっていない。大覚寺義昭殿は少々臆病な御仁でな。今はまだ、己の身に災厄が降りかからぬよう、息を潜めているといったところだ」

「そんな奴、味方にしたところでしょうがないんじゃないか？」

「問題は、器量や人となりではない。義昭殿は足利家の血を引き、将軍の座に就く資格があるということだ」

「尊秀様、お待ちください」

割って入ったのは、雉丸だった。

「まさか尊秀様は、義教に代えて、義昭という御方を将軍に就けるおつもりなのですか？」

「そうだ。義昭殿が我らと結んで兵を挙げれば、義教を疎ましく思う大名も呼応する。幕府を二つに割ることができるのだ」

「しかし……」

「言いたいことがあるなら、言っておけ」

促され、雉丸は意を決したように口を開く。

「我らは後醍醐帝の御遺志を継いで戦っているのだと、尊秀様は仰いました。しかしその策では、我らが勝ったとしても、幕府は存続することになります。それは、武士の世を終わらせるという、後醍醐帝の御遺志に背くことになるのではありませんか？」

雉丸は一つ一つ言葉を選びながら、真剣そのものといった面持ちで訴える。ずいぶんと生真面目に考えているのだなと、多聞は感心半分、呆れ半分の思いがした。

「なるほどな」

尊秀は微笑を浮かべ、雉丸に向かって答えた。

「確かに、そなたの言うことは正しい。しかし正しさだけで戦に勝つことはできないというのも、また事実だ。まずは幕府を割って大名同士を戦わせ、武士の力を削ぐ。しかる後に、南朝皇胤を帝に立て、真の倒幕を果たす」

「真の、倒幕……」

「そうだ。義教を討って将軍となった義昭殿が、政権を我らに返上するならそれでよし。それを拒むようなら、武力によって幕府を倒す」

多聞には回りくどい策に思えたが、それだけ、今の南朝と幕府には力の差があるということなのだろう。尊秀の答えに、雉丸も納得したようだ。

「それで、俺たちは何をすればいいんだ？」

「先ほども言ったように、義昭殿は内心で義教に怯えながら、その先に進めずにいる。その背中を多聞、そなたに押してもらう」

四

今年二月、義教の側室・日野重子が待望の男子を産んだ。その報せを受け、多くの公家や僧侶が重子の兄・日野義資の屋敷に祝いに訪れた。

だが義資は、それ以前に義教の不興を買って所領を没収、家督を息子に譲り、蟄居の身にある。義教は見張りに義資邸を訪れた人々を調べさせ、六十余名ことごとくを処罰した。

日野家は、足利尊氏が北朝を立てる際に大きな役割を果たしたことで重用され、足利将軍家代々の御台所を輩出するまでになっている。南北朝合一後もその権力は維持され、義資も正三位、権大納言の地位にあった。その権勢が、義教に疎まれたのだ。

たった四月前には祝い客でごった返していたという義資邸は、嵐が過ぎ去るのをじっと待つように、ひっそりと静まり返っていた。

かつての日野家の権勢を象徴する壮麗な四脚門の門扉には、板が打ちつけられ、門前には棒を手にした男が二人。恐らく侍所の兵だろう。行き交う人々を威嚇するように、厳めしい顔つきで睨みを利かせている。

「童、ここはお前のような者が来るところではない。早々に去ね」

物乞いに扮した多聞に、門番の一人が言った。犬でも追い払うように手を振る。多聞は身を竦め、足早にその場を立ち去った。

祝い客が処罰された後に、屋敷の警固は厳しくなったと尊秀が言っていたが、思っていたほどではない。あれなら、潜入はそれほど難しくはないだろう。

いったん能登屋に戻り、夜更けを待った。弥次郎、雉丸、若菜の三人は別の役目で、能登屋にはいない。深更になると身仕度を整え、再び義資邸へ向かった。

闇の中でも目立たない、濃紺の小袖と袴。腰に脇差を帯び、背には小道具類の入った袋。万一に備え、小袖の下には鎖帷子を着込んだ。

四脚門のある東側を避け、北側の塀を乗り越えた。裏庭に下り、身を低くして縁の下に入る。

手燭のか細い灯りを頼りに、這い進んだ。屋敷の絵図は、頭に叩き込んである。南へ五間、西に折れてさらに二間。あった。柱に結びつけられた紐。屋敷に潜伏している間者が付けたものだ。

手燭の火を吹き消し、頭上の床板を二度、一度、三度に分けて叩く。ややあって、床板が外され、かすかな灯りが漏れてきた。

「菊」

低く言うと、灯りの向こうから「鶴」と声がした。鶴は、日野家の家紋だ。

床板をさらに二枚外し、屋内に上がる。間者は半年前から中間として日野家に潜入している、尊秀の手の者だ。

古い書物の臭いが鼻を衝く。上がった部屋は、文庫だった。壁一面の棚に、書物が山のように積まれている。夜更けともなると、近づく者はいないだろう。

「寝所の場所は、わかっているな？」

間者の問いに、無言で頷く。

「では、俺はここまでだ。しくじるなよ」
間者が去ってしばらくして、文庫を出た。武家屋敷とは違い、宿直の者はいない。廊下を進み、突き当たりを右に折れ、二つ目の部屋。義資の寝所だ。襖を開き、滑るように中へ入る。寝息が二つ聞こえた。一つは義資。もう一つは裸体の若い女。舌打ちしそうになるのを、多聞は堪えた。

部屋には、空になった瓶子がいくつも転がっていた。膳には、食べ残した酒の肴が残っている。かなり過ごしたらしく、義資の鼾はひどい。目を覚ます恐れはなさそうだ。

腰の脇差を抜き、気配を殺して義資の枕元に片膝をつく。よほど幸福な夢を見ているのか、義資の寝顔は穏やかで、口元は緩んでいる。

まったく、いいご身分だな。多聞は内心で吐き捨てた。

外では貧しい民が行くあてもなく彷徨い、飢えに苦しみ、倒れ死んでいっている。将軍の不興を買ったというが、それでもこんな立派な屋敷で暮らし、食う物にも困らない。この男はきっと、下々の飢えや貧しさなど、想像したことさえないのだろう。

多聞は切っ先を義資の左胸にあてがった。

力を籠め、一息に押し込む。短く呻き声を上げ、義資は呆気なく息絶えた。たぶん、自分が死んでいくことさえ理解しなかっただろう。

ゆっくりと刃を引き抜いた時、隣の女がいきなり体を起こした。目を見開いた女の口から声が発されるより早く、多聞は露わになった女の胸に脇差を突き刺した。

だが焦りからか、刃はわずかに急所を逸れた。女は凄まじい形相で両腕を伸ばし、多聞の首を締め上げる。しかし、その力は悲しいほどに弱い。脇差に捻りを加えると、首に掛かった手から力が抜け、女は目を開けたまま事切れた。

落とした義資の首を布に包み、寝所を後にした。

文庫に戻り、床下を経て庭に出る。茂みの中で小袖と袴を脱ぎ、裏返しにして再び着た。裏地は淡い紺色で、町中を歩いていても目立たない。

塀を乗り越えて通りに出た。周囲を窺うが、気配はない。尾行がついていないか確かめながら、能登屋への道を戻る。

公家や大名屋敷が建ち並ぶ一帯を抜けると、家を持たない者たちの姿が増えてきた。地面に敷いた筵の上で、力尽きたように眠る物乞いたち。ほとんど骨と皮だけに痩せ衰えた老人や子供も少なくない。朝には、息絶えている者もいるだろう。

ふと、脳裏に先刻の女の顔が蘇った。

ただの妾か遊女だろうと思っていたが、あの様子からすると、本気で義資に想いを寄せていたのかもしれない。咄嗟に脇差を突き出したが、他に方法はなかったのだろうか。

いや、考えるな。あの女は、運が悪かっただけだ。己に言い聞かせ、歩を進める。

路地に入った。道は狭く、物乞いたちの姿も無い。

不意に、総身の肌が粟立った。弾かれるように振り返る。

人影。飛び退き、脇差の柄に手をかけた。雲間からわずかに顔を出した月の明かりが、影を照らし出す。中肉中背、薄墨色の筒袖に筒袴。顔は覆面で覆い、刀は背に負っている。構えを取るでもなく佇んでいるだけだが、明らかに手練れだ。

日野家からの追手ではないだろう。これほどの手練れを公家が抱えているとは思えない。

「ほう。よくよく見れば、まだ童か」

影が言った。高くも低くもない、男の声。

「尋(たず)ねたきことがいくつかある。同道願おうか」

「ふざけるなよ。まずはてめえが名乗りやがれ」

答えながら、小脇に抱えた義資の首を地面に置いた。

影は、まるで隙だらけなように見えて、どう動いてもかわされそうな気がする。間合いはおよそ二間。こちらから飛び込んでも、短い脇差では届かないだろう。

「なかなか威勢(いせい)のいい童だ」

影は苦笑したようだった。その余裕が、癇に障る。

「だが、務めを果たしたことで気が緩んだな。周囲には、もっと気を配っておくことだ」

「てめえに説教される筋合いはねえよ。訊きたいことがあるなら、力ずくで訊いてみな」

挑発し、脇差を抜き放った。隙が見えないなら、相手から仕掛けさせて、隙を見出すしかない。

影がだらりと下げた左腕を軽く持ち上げると、いきなり腹に衝撃が走った。息が詰まり、体がくの字に曲がる。膝を突きそうになるのをどうにか堪えた。

どう動くか注視していたにもかかわらず、どんな技を食らったのかもわからない。何かを投げたのか。相手はその場から、一歩も動いてはいないはずだ。だが、足元には何も落ちていない。

再び、影が左腕を振った。多聞は直感のまま、右へ飛ぶ。

何かが、多聞がいた場所を突き抜け、一瞬で影の手元に戻っていった。鎖。その先端に、小ぶりの分銅が着いている。頭に食らえば、一撃で即死だろう。

いや、情報を引き出すのが目的なら、こちらを殺すことはできない。相手の狙いは、頭以外だ。ならば、かわすことはできる。乱れた息を整え、影の左腕に意識を集中した。

動いた。多聞は瞬時に横へ跳び、腹を狙って飛んできた鎖分銅をかわす。影の手元に引き戻される鎖分銅を追うように、前へ踏み出した。

身を低くして、膝頭を狙って斬りつける。だが、斬ったと思った瞬間、影の姿が目の前から消えた。左斜め後ろ。影が、抜いた刀を振り下ろす。かろうじて脇差で受け止めた。刃から柄を通して、両肩まで痺れが走る。

だが、この間合いなら刀身の短いこちらが有利だ。多聞は立て続けに斬撃を放つ。

しかし、そのどれもが虚しく空を斬るばかりだった。影は円を描くような足捌きで、流れるように斬撃の通り道をすり抜けていく。まるで柳の枝を相手にしているように、刃は目の前にいるはずの影を捉えることができない。

ならばと、体ごとぶつかるつもりで突きを放った。影は半身を引いて突きをかわし、さらに体を回転させる。

次の刹那、左側頭部に何か硬い物が当たり、とてつもない衝撃が走った。一瞬、意識が遠のく。

「くそっ……！」

どうにか踏み止まり、渾身の力を籠めて下から斬り上げた。影は嘲笑うかのように後ろへ跳び、間合いを取る。

回転する勢いで、鎖を巻いた拳で一撃を放ったのか。見えたわけではない。たぶんそうだろうというだけだ。

「これは驚いたな。あの一撃を受けて立っていられるとは。よほど頑丈にできていると見える」

肩で息をしている多聞に比べ、影の息はまるで乱れていない。

次はどう動くのか。必死に頭を働かせた。また鎖分銅か、それとも刀で斬りかかってくるのか。

「一つ、教えてやろう。相手の動きを読むということは、その読みに己が縛られるということでもある。相手に合わせて動こうと考えた時点で、お前は負けている」

「そうかい。ご親切なことだな」

「なに、礼には及ばん。お前がこの教えを活かす機会は、二度とあるまい」

初めて、影が殺気を露わにした。向き合っているだけで、全身から汗が噴き出してくる。

多聞はこめかみから流れる血を拭い、構えを取り直した。逃げたところで、鎖分銅の餌食になるだけだ。ならば一か八か、前に出るしかない。

意を決し、地面を蹴った。間合いが詰まる。影はまだ、動きを見せない。こちらがどう仕掛けても、対処できるとたかを括っているのだろう。

その自信が命取りだ。多聞は右手を振り、脇差を投げつけた。影は刀で脇差を弾いたものの、その体勢には大きな隙が生じている。

さらに踏み込み、懐へ飛び込んだ。影の目を狙い、人差し指と中指で突きを放つ。

しかし、影はいとも容易く突きをかわし、同時に伸ばした多聞の手首を掴んだ。ふわりと体が浮き、背中から地面に叩きつけられる。肘の関節を決められ、抗う間もなくうつ伏せにされた。

「まだわかっておらんな。相手の動きを読もうとしなければ、意表を衝かれることもない。奇策で勝とうなどとは思わぬことだ」

影が、多聞のうなじに肘を乗せた。

「久しぶりに楽しめる勝負だったが、これまでだ。どこの手の者か、洗いざらい吐いてもらう」

軽く押さえつけられた程度にしか思えないが、動くことも、声を出すこともできない。上手く息が吸えず、意識が遠のいていく。

不意に、上からの圧力が消えた。咳き込みながら体を起こすと、何者かが影と対峙していた。尊秀だった。僧形に身をやつし、編み笠で顔も見えないが、その気配は間違いない。仕込み杖を手に、二間ほどの間合いで影と向き合っている。

影は、はじめて両手で刀を構えていた。多聞を相手にしていた時の余裕は、微塵も見えない。二人の間に流れる気は、近づいただけで切れそうなほど張り詰めている。体は自由になったものの、多聞はその気に圧され、動くことができない。

尊秀が実際に戦うところは、誰も見たことがないという。だが、こうして影と対峙する姿を見ただけで、尋常な腕ではないことがわかった。

ふっと息を抜くように、影が構えを解いた。

「やめておこう。そなたとわしとでは、勝負はつくまい」

そう言って、刀を背中の鞘に納める。

「何者かは知らぬが、いずれまた会うこともあろう。その時まで、童をしかと鍛えておくがよい」

影が踵を返し、駆け出した。夜の闇に融けていく背中を追うでもなく、尊秀は多聞に歩み寄る。

「怪我はないか？」

「ああ、何とか。あいつ、いったい何者なんだ？」

「大方、将軍家が使っている忍びだろう。それにしては、いくらか変わり者だがな」

尊秀が小さく笑う。確かに、あの男は戦いを愉しんでいるように見えた。

「俺たちは、あんな奴らと戦わなきゃならないってことか」

「そういうことだ。役目は、しかと果たしたようだな」

尊秀が、路上に置かれた布包みに目をやった。

「恐らく義教も、義資を密殺するつもりで忍びを放っていたのだろう。ところがお前が現れたので、後をつけてみた。そんなところだろうな」

「そんなことより、さっさと帰ろうぜ。腹が減っちまった」

「そうするか。務めを果たした褒美に、米の飯を食わせてやる」

「本当か！」

「ああ。若菜たちには黙っておけよ」

米の飯など、これまで生きてきた中でも数えるほどしか口にしたことがない。

鎖分銅を受けた腹の痛みに顔を顰めながら、多聞は能登屋への道を急いだ。

第二章

菊童子

一

越智維通は、本陣に設えた物見櫓から、麓に蟠踞する幕府軍を見据えた。

「まったく、懲りぬ連中よ」

維通の呟きに、隣に立つ箸尾為憲が「いかにも」と応じた。

永享九年三月。大和　橘寺に本陣を置く幕府軍は、総大将の一色義貫以下、土岐、畠山ら十一人にも及ぶ大名が参陣し、一万五千の大軍となっている。

対する味方は、箸尾為憲をはじめ、沢、秋山ら大和の土豪を中心とした五千足らず。こちらは要害の多武峰に拠っているとはいえ、かなりの劣勢であることは否めない。しかも、味方の軍勢の多くは、決まった主を持たない野伏せりだ。敗勢が濃くなれば、すぐに逃げ散る。

だが維通は、劣勢であることをさして気に留めてはいない。味方の兵力が敵を上回っていたことなど、この数年で一度としてなかったのだ。それでもこの八年、維通は幾度も幕府の追討を生き延び、勢力を保ってきた。

戦のきっかけは今から八年前、大和の土豪・井戸家の者が、些細な諍いから一人の僧侶を殺害したことだった。殺された僧侶の縁者に当たる豊田家が仇討ちのため兵を挙げ、井戸家に合戦を仕掛けたのだ。それからは、井戸・豊田の両家それぞれに近い者たちが次々と参戦し、戦火が拡大していくというお定まりの展開となっている。

南朝に与(くみ)してきた南大和の越智家と、北朝に与してきた筒井(つつい)家は、古くから大和を二分して和戦を繰り返してきた。南北朝が合一すると、越智家も幕府に従ってきたが、対立の火種は常に燻(くすぶ)っていた。それが、僧侶の殺害によって一気に燃え広がったという形だった。幕府の矢留め（停戦）命令も無視し、筒井家は井戸に、越智家は豊田に味方して八年もの間、飽(あ)きることなく延々と戦を続けている。

「しかし此度(こたび)ばかりは、籤引き将軍も本気のようですな」

三十代半ばの箸尾為憲は、維通と同年輩(どうねんぱい)だった。人柄(ひとがら)は実直で麾下(きか)からの信頼も厚く、維通の右腕と言ってもいい。

「京ではこのところ、鎌倉公方が兵を挙げるとの噂(うわさ)がまことしやかに囁(ささや)かれているそうだ。その前に我らを滅(ほろ)ぼし、後顧(こうこ)の憂(うれ)いを断とうと考えているのだろう」

東国の武士たちを束ねる鎌倉公方・足利持氏は、籤引きで将軍となった義教を認めず、将軍となるべきは自分であると公言して憚(はばか)らないという。

将軍義教の政は、この数年でさらに強権的になっていた。幕府の意に従わない比叡山延暦寺(ひえいざんえんりゃくじ)を焼き、反抗的な守護大名から家督を奪うことまで行っている。些末(さまつ)な事で罰せられる者も多く、三年前には側室の兄に当たる日野義資に刺客(しかく)を放ち、暗殺したというもっぱらの噂だった。

「将軍家のやり方に不満を持つ者は多い。ここで大和の反乱を何としても鎮圧(ちんあつ)して、幕府の力を示したいのであろう」

「となると、力攻めですかな」

「いや。義教の思惑(おもわく)はどうあれ、あの陣(じん)にいる大名たちの中で、本気で戦おうという者はおるまい。手柄を立てたところで、大和を領地として与えられるわけではないからな」

寡兵の越智勢がこれまで戦い抜いてこられたのは、その理由が大きかった。多くの大名は、己の利に繋がらない戦に本腰を入れることはない。敵の中で本気で戦っているのは、大和に領地を持つ筒井や井戸といった土豪たちだけだ。

「とはいえ、やはり一万五千の大軍相手となると、苦しき戦になりますな。しかも一色勢は、当主の義貫が直々に出馬してきております」

一色義貫は、これまでも幾度か幕命を受け、大和に出陣していた。当世の大名には珍しく務めに忠実で、用兵も堅実だった。

「案ずるな。策は講じてある」

「あの者たち、ですか」

為憲の眉間に、かすかに皺が寄った。

「鳥羽尊秀なる御仁、それがしはどうも信用しきれぬところがあります」

「確かにな。だが、麾下の者たちも含めて、有能であることは間違いない」

戦がはじまった当初、維通には、幕府に反抗しようという意図はなかった。あくまで、身に降りかかる火の粉を払うだけのつもりだったのだ。

しかし、当初は矢留めを呼びかけていた幕府が筒井方に与して追討軍を派遣してくるようになると、幕府への反乱という形を取らざるを得なくなった。南朝と手を組むことにしたのも、そのためだった。

今の南朝には総大将と呼べる者はおらず、幾人かの将が各々の麾下を抱え、それぞれに幕府と戦っていた。その中からこの数年で台頭してきたのが、鳥羽尊秀という男だ。

その経歴には不明な点が多い。南朝皇族の落胤とも後鳥羽上皇の末裔とも噂されているが、確かなのは数年前に忽然と現れ、賀名生や吉野を拠点に反幕府活動を開始したということだけだ。尊秀が動かせる兵力は、せいぜい三百人ほどだった。だがそれだけの人数で頭角を現してきたのには、〝菊童子〟と呼ばれる一団の力が大きい。

菊童子は尊秀直属の兵で、人数は五十人。その名の通り、ほとんどが二十歳にも満たない若さで、中には元服前の童も少なくなかった。しかしいずれも相当な手練れで、奇襲や攪乱、さらには暗殺といった、まっとうな武士が不得手とする戦い方に長けている。

三年前、日野義資を暗殺して首を持ち帰ったのも、実はこの菊童子の者だと言われていた。その名は、後鳥羽帝が菊の花を殊の外愛でたことに由来するらしい。

「今宵、菊童子が敵本陣に夜襲をかける。その機に乗じて討って出るぞ。それまで、兵たちは休ませておけ」

「承知」

「童に戦をさせるのは、わしにも忸怩たる思いがある。だが、手段を選んでいるほどの余裕は、我らには無い」

年端もいかぬ童ですらも戦に投じなければ、生き残ることはできない。それは情けないと同時に、維通をひどく寒々しい気分にさせた。

南朝の支柱として活躍した先祖たちの輝かしい武勇譚を、維通は物心ついた頃から幾度となく聞かされてきた。

著名な新田義貞、楠木正成、北畠顕家らに負けず劣らず、越智一族は南朝を支えてきた。後醍醐帝の鎌倉倒幕に加わり、謀叛を起こした足利尊氏に立ち向かい、四條畷の戦いの後、吉野に攻め入った幕府軍に果敢に挑みかかった祖父や曾祖父は、幼い維通の誇りであり、目標でもあった。

しかし、維通が生まれる十年以上前に南北の朝廷は合一され、越智家は幕府に従うこととなった。維通の父は、大和を支配する奈良興福寺やその上にいる幕府の顔色を窺いながら、忍従の中で疲れ果て、病に斃れた。

このまま、一介の土豪で終わりたくはない。家督を継いでからも、そんな思いが常にあった。南朝への忠義や、幕府への反発からではなかった。ただ、武人として己の名を挙げたい。父祖に恥じることなく、胸を張って生きていたい。その思いを募らせていた折の、この戦だった。

幾度かの大きな勝利で、越智維通の名は諸国に知られるようになっている。しかし結局は、容易に勝ち負けのつかない戦を延々と続けているだけだった。

このところ、戦に倦みはじめている自分がいる。それでも、生き残るためには戦い続けなければならない。虚しさに似た思いを押し殺し、夜襲の刻限を待った。

橘寺の敵本陣に火の手が上がったのは、子の刻過ぎだった。事前に申し合わせた通りだ。麾下の軍勢は、すでに出撃の準備を終えている。

「出陣」

維通の下知に応え、喊声が上がった。愛用の大太刀を肩に担ぎ、馬腹を蹴る。五千が一丸となって、麓まで駆け下りた。敵陣からはぱらぱらと矢が射掛けられるが、こちらの前進を止めるほどの数ではない。

最初に立ち塞がったのは敵の前衛、筒井勢だ。だが、本陣への襲撃で敵兵は動揺している。筒井勢の騎馬武者が一騎、向かってきた。互いに雄叫びを上げ、馳せ違う。大太刀に、重い手応え。振り返ると、騎馬武者はちぎれかけた首から血を噴き出しながら、落馬した。

戦に倦みながらも、実際に戦場に立てば、血の滾りを抑えきれない。武士というのはまったく厄介な生き物だと、維通は自嘲した。

「足を止めるな。橘寺まで突き進め！」

為憲が、槍で前方を指した。火の手はさらに大きくなり、周辺を煌々と照らしている。

前衛を突き破るのに、さして時はかからなかった。敵は数こそ多いものの戦意に乏しく、すでに逃げ腰になっている。ほとんどの敵兵が、戦うことなく背を向けた。

さらに土岐、山名の陣を突破し、橘寺に迫る。聖徳太子が建立したという由緒ある堂舎が、炎に包まれていた。

「維通殿」

近くにいた武者が、近づいてきた。

鳥羽尊秀だった。戦場の喧噪にあっても、不思議とよく通る声で報告する。

「一色義貫は、すでに逃亡いたしました。首級を挙げるには、ちと遅うございましたな」

かすかに混じった皮肉を聞き流し、残敵の掃討を命じた。方々で戦は続いているが、踏みとどまって戦おうという大名はいないようだ。

追撃に出た味方が戻ってくる頃には、夜は明けていた。

一色義貫の首こそ獲れなかったものの、数年ぶりの大勝利だ。味方の兵たちは後で銭に替えるため、敵の骸から鎧兜や太刀を剝ぎ取ることに余念がない。

「敵本陣に火を放ったは、この者たちか」

尊秀の背後に、数人の雑兵が並んで片膝を突いていた。

菊童子の主立った者たちだ。炎の中を駆け回ったのか、全身が煤と返り血で汚れきっている。

「実際に策を立て、指揮を執ったは、この者にございます」

尊秀が、菊童子の一人を指した。

「多聞と申します。以後、お見知りおきを」

若い小柄な雑兵が、顔を上げて名乗った。戦のすぐ後だからか、その身からは獰猛な山犬を思わせる気を放っている。

だが、それだけではない。臆することなくこちらを見上げるその目の奥に、維通は強い意志の力を感じた。野心というよりも、今より少しでも上に行きたいという渇望か。武家の嫡男として生まれ育った自分には、想像もつかないような辛苦を舐めてきたのだろう。

見たところ、多聞はまだ十七、八歳だった。他の者たちも同じくらいか、それより若い。

我が子ほどの若者たちの力で得た勝利。胸中に芽生えた複雑な心情を押し殺し、声をかける。

「よくやってくれた。そなたたちがおらねば、この戦はもっと長引き、犠牲も多く出たであろう」

「ははっ。お褒めいただき、あ、ありがたき仕合せにございます」

畏まった言葉遣いに慣れていないのだろう。舌を嚙みそうになりながら答える多聞に、維通は小さく笑った。

二

馴染みの店を出ると、冷え冷えとした夜風が頬を撫でた。まだ八月に入って間もないが、冷え込みは真冬のように厳しい。この数年は、日輪が力を失ったかと思うほど日射しが弱々しかった。

武部直文は、四条烏丸の「田辺屋」から一色邸への帰路についていた。室町第と通り一つ隔てて隣り合う一色邸まで、酔い覚ましにはちょうどいい道のりだ。

遊女屋の建ち並ぶ一角は、いつものように賑わっていた。通りの両側からは、管弦の音や男女の笑い声が聞こえてくる。だが狭い路地に視線を転じれば、家を持たない者たちが筵を敷き、身を寄せ合うようにして眠っている。

日夜、贅を尽くした宴を繰り広げる貴顕たちと、その灯りに吸い寄せられる羽虫のごとき、貧しく弱い民。今の都では、それらが壁一枚を隔てて同居していた。そして、幕府の重臣である一色家に仕える自分は、貴顕の側に身を置いている。

直文は物心ついた頃から、この京の都が好きではなかった。人や物が溢れ、一見豊かで華やかなように見えても、そのぶん猥雑で、人々の欲や憎悪が澱のように淀んでいる。

七年前に十五歳で元服し、京の一色邸に詰めるようになっても、それは変わらない。むしろ、嫌悪(けんお)の度合いは増していた。京へ流れ込む流民の数は年々増えているが、貴顕たちの贅沢(ぜいたく)ぶりは変わらないどころか、よりひどくなっている。

とはいえ、大名家の一家臣に過ぎない自分に何ができるわけでもなかった。同輩たちの中でも浮き上がり、さしたる役目も与えられてはいない。

三月の大和橘寺の合戦でも、活躍の場は無かった。直文も本陣に控えていたものの、何者かが寺に火を放ち、ろくに戦うこともないまま撤退を余儀(よぎ)なくされたのだ。結局、幕府勢は何の得るところもなく兵を引いている。

いつ役立つとも知れない剣の腕を磨き、夜ごと一人で町に出て酒を呑(の)み、馴染みの女を抱く。直文がやっていることといえば、せいぜいその程度だ。

背後に視線を感じたのは、三条通を過ぎたあたりだった。

尾行を受けるのは、これがはじめてではない。尾行される理由も、心当たりがある。からかうような気分で辻(つじ)を折れ、大通りから狭い路地に入った。

背後から、足音が追ってくる。三人。直文は足を止め、振り返った。

身なりこそ粗末だが、三人とも太刀を佩(は)き、烏帽子もかぶっている。恐らく、主家を失い食い詰めた牢人(ろうにん)だろう。義教の治世となってから、この手合いは増える一方だ。

「俺に、何か用か?」

「なんだ、気づいてやがったのかよ」

首領格らしき、長身の男が笑いながら言った。腕はそれなり。他の二人は問題にもならない。

「有り金全部、置いてきな。そうすりゃ、命までは取らねえ」

「ただの物盗（ものと）りか。つまらんな」

落胆（らくたん）しつつ、太刀の鯉口（こいぐち）を切った。三人も太刀を抜き放つ。

雑な殺気が、肌を打った。一人が叫び声を上げて駆け出し、もう一人も続く。

刀身を鞘に納めたまま、直文は踏み出した。先頭の一人と馳せ違いながら、抜き打ちで肘から先を斬り飛ばす。そのまま動きを止めず、次の一人の腿（もも）を斬り裂いた。

悲鳴を上げて二人が倒れたところで、足を止めた。残った首領格の男は、まだ余裕の表情を浮かべている。

「なるほど。確かに、なかなかの腕だ」

「ほう。誰かに俺のことを聞いたのか。いくらで雇（やと）われた？」

「知る必要もあるまい。ここで死ぬのだからな」

男が構えを取った。周囲の気が張り詰めていく。男は、こちらが手加減できるほど弱くはない。一つ間違えば、死。それが、どこか心地よくもある。剣先に意識を集中し、見るともなく相手を見る。相手の動きを読むことはしない。

太刀を構える位置を、わずかにずらした。周囲の気が、かすかに乱れる。一瞬の機を逃さず、男が踏み出してきた。

上からの斬撃。右に動いてかわしつつ、刀を斜め下から振り上げる。脇腹の肉を斬った。だが、浅い。顔を歪（ゆが）めながらも踏みとどまった男に向け、突きを放つ。

切っ先は男の喉を貫き、うなじに達した。

太刀を鞘に納め、腿を押さえてのたうち回る男の傍にしゃがみ込（こ）む。

「言え。誰に雇われた」

「し、知らねえ。おれは、賭場であいつに誘われただけで……」

男は、顎で首領格の骸を指す。もう一人は、大量の血を失い、話すこともできそうにない。見切りをつけ、直文は立ち上がった。

「急いで血を止めろ。運が良ければ、死なずに済む」

言い置いて踵を返した刹那、直文は再び視線を感じた。恐らく、あの連中に自分を襲わせるよう頼んだ者の一味だ。殺気は感じない。

今すぐに何か仕掛けてくるわけではないだろう。さして気にもせず、直文は歩き出した。


翌日、直文は主君である一色義貫から呼び出された。

表書院の上座に座る義貫は、当年三十八。幕府創業の功臣であり、細川・斯波・畠山の三管領家に次ぐ、四職家の地位にある一色家の当主である。丹後・若狭・三河・山城の守護職にして、京の治安を司る侍所頭人という要職にも就いていた。

「昨夜は、つまらぬ斬り合いをしたそうだな」

いきなり、義貫が言った。

「ご存知でしたか」

「仮にも、侍所の頭人だ。洛中には、多くの〝目〟を放っておる」

累代の大名にしては、義貫は職務に忠実だった。その人となりは、謹厳実直という言葉が相応しい。さしたるうまみも無い京の治安維持に多くの人と銭を割いているのも、それが庶人の利益に繋がると考えてのことだ。

「本日のお召しは、そのことでしょうか」

「いや、そうではない。そなたにもそろそろ、しかとした役目を与えようと思うてな」

直文は一応、義貫の旗本ということになっているが、大和での戦に幾度か出陣しただけで、それ以外はひたすら剣を振って過ごしていた。

その出自から、直文は周囲に腫れ物扱いをされている。人付き合いを好まない直文としては、それはそれでありがたかった。

嫌な予感を覚えながら、訊ねる。

「役目というと？」

「先月、大覚寺義昭様が出奔されたのは聞いておるな」

「はい」

七月十一日、大覚寺門跡にして義教の弟に当たる義昭が、わずかな従者と共に出奔、行方をくらませていた。

一昨年の夏に、義教の将軍即位に尽力した幕府内の実力者、三宝院満済が没してから、義教の政はますます強権的なものになっている。侍所の牢には些細な罪で罰せられた者が溢れ、市中の監視も強化されている。義教の勘気を受けて失脚する大名や公家も跡を絶たず、義教の治世を「万人恐怖の世」と評する者もいるらしい。

義昭の出奔も、兄の猜疑心を怖れてのことだろう。ありそうなことだと、直文は思っていた。

「これはわずかな者しか知らぬが、義昭様はただ、出奔なされたわけではない」

「と言いますと？」

「出奔の前夜、侍所に投げ文があった。義昭様が南朝の残党と手を組み、諸大名を巻き込んで挙兵を企てておる、とな」

「それはまた、途方もない話にございますな。にわかには信じ難い話かと」

聞いた話では、義昭は兄に似ず温厚で、たいそう気の弱い人物だという。そんな大それた企てをするとは思えなかった。

「わしも最初は疑った。何者かが義昭様を陥れるための罠……ここだけの話だが、上様が弟君を討つための口実なのではないか、とな」

だがその直後、まるで事が露見したことを悟ったかのように、義昭は大覚寺から出奔した。

「そのことが直ちに、計画が事実であったことを示すものではない。だが幕府としては、見過ごすわけにもいかん。上様は激怒され、一日も早く義昭様を連れ戻せと仰せだ」

「それで、それがしは何を？」

「上様の御下知を受けた忍びが畿内各地を捜索した結果、義昭様は賀名生におられることがわかった。そなたには家中の精鋭を率い、義昭様の奪還を指揮してもらいたい」

「賀名生というと……」

「さよう。鳥羽尊秀の、本拠地だ」

この数年で名を知られるようになった、南朝残党を束ねる将の一人だ。

その台頭ぶりは著しく、最近では他の南朝の将たちも、その傘下に収めつつあるという。橘寺の合戦で本陣を襲撃したのも、尊秀麾下の菊童子だと言われていた。だが一色家中には、その素性はおろか、顔や年恰好すら知る者がいない。

「幕府と鎌倉公方の手切れが近い。この機に乗じ、義昭様を担いで兵を挙げ、上様に不満を抱く諸大名を味方につける算段だったのだろう。そしてそれが露見し、義昭様は賀名生に逃れた。そう見るのが自然だ」

「しかし、山深い賀名生に攻め入り、義昭様を連れ戻すとなると、一筋縄ではいきますまい。敵も警戒し、それなりの兵力を賀名生に集めているはずです」

「承知の上だ。しかし、上様の厳命である」

断れば、一色家はすべてを失いかねない。不可能だとしても、やってみせるしかないのだろう。

大将に自分が選ばれたのも、たとえ死んだとしても、家中にさしたる影響が無いからか。

どうやら、嫌な予感は当たったようだ。内心で嘆息していると、背後に気配を感じた。

昨夜、牢人崩れを斬った後に感じたのと同じ気配だ。振り返ると、いつの間にか開け放されていた庭に、一人の男が片膝をついている。身なりは下人風で、年の頃は三十前後か。顔にも体つきにも、目立った特徴は無い。

「義昭様の捜索に当たった忍びの者だ。賀名生への道案内は、この者が務める」

「弘元坊と申します。以後、お見知りおきを」

頭を下げ、男が名乗った。

「昨夜、牢人に俺を襲わせたのも、そなただな？」

「ご無礼をいたしました。あの程度の者に斬られるようでは、此度のお役目は果たせませぬゆえ」

悪びれない態度に、不快の念は感じない。そんなものかと思っただけだ。

弘元坊によれば、尊秀の名を幕府方が摑んだのは、一昨年のことだった。

その頃、大和や河内、伊勢で、荷駄が襲われる事件が相次いでいた。その多くが、年貢を京へ運ぶ馬借や車借の行列である。居合わせた者によれば、襲ってきたのは、年端もいかない童たちだったという。

事態を重く見た幕府は警固を増やし、弘元坊ら忍びの者たちもそこに加えた。そして捕らえた童の一人を拷問にかけたところ、鳥羽尊秀と、菊童子の名が浮かび上がってきた。

「しかし、口を割った者たちの中にも、尊秀を直接知る者はおりませんでした。その出自も不明で、わかったのは、この数年の間に南朝方の旗頭として台頭してきたということだけで」

「ではそなたも、尊秀の顔を知らぬのか」

「いえ。確たる証はありませぬが、今思えば、あれが尊秀だったのではと思える男に、一度だけ会ったことがございます」

弘元坊によれば、それは今から三年前、日野義資が暗殺された夜のことだった。日野邸に放たれた刺客を尾行し、捕縛しようとしたところ、僧形の若い男に阻まれたのだという。

「待て。日野義資卿の暗殺が、尊秀の命によるものだったと言うのか？」

「はい。上様の不興を買った義資卿が殺されれば、誰もが上様が命じたと考えます。周囲の者は、次は自分ではないかと怯え、上様への謀叛を企てる者も現れる。それを狙ったのでしょう」

「なるほどな」

実際、義資の暗殺は義教が命じたものだと、世上では噂されていた。幕府が否定したところで、逆効果になるだけだ。

「とはいえ、それがしも上様から、日野邸の監視を命じられておりました。尊秀の手の者に討たれなければ、遠からずそれがしが、義資卿暗殺を命じられたことでしょう」

「どちらにしろ、義資卿は殺される定めにあったということか。気の毒なことだ」

義資の首は持ち去られ、暗殺の翌日に鴨河原に晒されていたという。あの一件で、京童はますます義教を恐れ、反感を抱くようになっている。

「それで、その僧形の男は尊秀に間違いないのだな?」

「日野邸に送り込まれた刺客が、まだ年端もゆかぬ童にございました。あの童が菊童子の一員だとすると、あの僧形の男が尊秀である見込みは高いかと」

とはいえ、弘元坊も認めているように、確かな証があるわけではない。

「要するに、我らは敵将について、ほとんど何も知らぬということか」

敵地の奥深く攻め入り、得体の知れない敵と戦う。想像よりもずっと困難な戦となりそうだ。

気づくと、弘元坊の姿は消えていた。伝えるべきことは伝えたと判断したのだろう。

「そなたの麾下となる者たちは、人選を済ませてある。この者たちを集め、すぐにでも役目に取り掛かれ」

義貫から手渡された書付を開き、記された一色家家臣たちの名に目を通す。いずれも、家中で知られた剛の者たちだ。ここに名がある者たちの所領から動員した雑兵まで含めれば、直文が動かせる人数は、およそ二百といったところか。

とはいえ、よほど入念な策を立てなければ、義昭の奪還どころか、生きて帰ることも難しい。

「先ほど、義昭様を連れ戻せと仰せでしたが、義昭様がそれを拒まれた場合は……」

「斬れ。上様も了承なされておる」

「承知いたしました」

「この役目を見事果たした暁には、恩賞は望みのままだ。しかと励め」

恩賞か。まとまった銭が入れば、馴染みの遊女を身請けして、家の一つも買ってやれるかもしれない。

立ち上がり、表書院を出ようとした義貫がふと足を止め、振り返った。

「この役目は、極めて困難なものとなろう。だが、無駄死にはするでないぞ。わしはまだ、息子に先立たれたくはないのだ」

生きて帰れるかどうかも怪しい役目を与えておいて、今さら父親面か。

直文は醒めた思いで頭を下げ、無言で表書院を後にした。

三

深く険しい山道が続いていた。

聞こえるのは、虫の声と草木のざわめき、そして麾下の将兵の息遣いだけだ。生い茂る木々の梢に遮られ、月明かりは届かない。五十人が頼れるのは、先頭の兵が持つ一本の松明のみ。

夜明け前、直文は麾下の中から選りすぐった五十人を率いて紀州九度山を出発した。それから東へ進んで大和に入り、山中に分け入って二刻以上が経つ。

「あと一つ峠を越えれば、賀名生です」

前を行く案内の者が振り返り、声を潜めて言った。弘元坊が雇った、このあたりの山々を狩場とする猟師である。賀名生にも、毛皮を売りにしばしば訪れているという。

直文は、小休止を命じた。動きやすさを優先して武装は最小限にしてあるが、山は思っていた以上に厳しく、将兵は体力をかなり消耗している。

糒を口に入れ、竹筒の水で流し込んだ。夜の山中は、想像していたよりもはるかに寒い。兵たちは身を寄せ合い、足踏みをして寒さを堪えている。

義昭奪還の命を受けたのが、八月上旬。それから一月を、情報収集と麾下の訓練に費やした。

義昭が賀名生にいるというのは、弘元坊配下の忍びが摑んだ情報だった。かつて南朝の御所だった賀名生行宮に、義昭とその従者たちらしき一行が逗留しているらしい。

直文の立てた策は、大掛かりなものだった。

敵地の奥深くに位置する賀名生に攻め入るには、隙を作らせなければならない。そのため、直文は義貫を通じ、一色勢を中心とする幕府軍に越智維通が籠もる多武峰を攻めるよう要請した。今頃、多武峰周辺では幕府軍と越智勢の小競り合いがはじまっているはずだ。

その一方で、一色勢の別働隊一千を、奈良から吉野へと向かわせた。敵の目から見れば、こちらが多武峰を攻めると見せかけて、実際には吉野を狙っていると映るだろう。

だが、それも陽動だった。敵が吉野の守りを固めれば、そのぶんだけ賀名生は手薄になる。

そこに、相手が予想していないであろう紀州から山中を進んできた直文の軍が攻め入るというのが、今回の策だった。先行して賀名生を見張っている弘元坊からは今朝、二百ほどの軍勢が吉野方面へ向かったという報せが届いていた。

直文はかすかな緊張を覚えていた。わずか五十人とはいえ、一軍を指揮するのはこれがはじめてだ。五十の命が、自分の肩にかかっている。その重圧は、戦を前にした昂ぶりとはまるで異質なものだった。

「そう気を張られますな」

声をかけてきたのは、副将格の遠藤玄蕃だった。

「休むべき時は休む。それも、将たる者の務めにございますぞ」

「そうだな」

直文は腰を下ろし、木の幹にもたれかかった。

玄蕃は丹後の小豪族出身で、義貫の旗本を務めていた。年の頃は三十代半ば。家中きっての弓の名手で、細々とした実務にも優れている。だが、些細な不正も見逃せない生真面目さゆえ同僚に疎まれ、出世の機会に恵まれていない。

他の配下の者たちも皆、似たようなものだった。能力はあるが、素行や周囲との折り合いが悪く、家中で厄介者扱いされているような連中ばかりだ。

しかしそれは、直文自身にも言えることだった。

元服するまで、自分の父が一色家家臣・武部良文であることを疑ったことはなかった。

烏帽子親は、主君の義貫だった。その時義貫は、直文の実父が己であることを明かしたのだ。

直文は、義貫が十六歳の時、端女に産ませた子だという。義貫の父である満範はすでに没していたので、義貫はその若さですでに一色家の当主だった。実母は直文を産み落とすと同時に死に、赤子は子のいない良文に与えられ、武部家の跡取りとして育てられることとなった。

生まれて間もない直文が家臣の家に下げ渡されたのは、かつて一色家で起きた家督争いが遠因となっていた。満範には、持範(もちのり)という庶長子(しょちょうし)がおり、満範の死後、義貫と当主の座を巡って争うこととなったのだ。

結局、幕府の裁定で義貫が一色家当主となり、持範は身を引くことで決着したものの、その影響はいまだ家中で燻っている。今でも家中の一部では、将軍義教の覚えめでたい義貫の甥(おい)・教親(のりちか)を当主に据えようという動きがあるらしい。

こうした家中の状況にあっては、直文の存在が特別な意味を持ちかねない。利用しようと窺う者。逆に、疎んじる者。尾行の気配を感じるようになったのも、元服間もない頃からだ。自然と、直文は他人を遠ざけるようになっていった。

いつしか、人と交わる代わりに、剣を振るようになった。剣の道を極めようなどと志したわけではない。他に無心になれそうなものが無かったというだけだ。

ただ、剣は自分に向いていた。決まった師につくわけではなく、ただひたすら素振りを繰り返す。それだけで、稽古で朋輩(ほうばい)たちに負けることはなくなった。剣で大事なのはまず、どれだけ長く振り続けていられるかだ。

戦にも幾度か出た。大和の越智勢を相手にした初陣では、足が震え、雑兵を幾人か斬ったものの、その時のことはほとんど覚えていない。しかし、戦の恐怖にもすぐに慣れ、やがては退屈さえ感じるようになった。

鳥羽尊秀とは、どれほどの男なのだろう。腕が立つのか、それとも頭が切れるのか。願わくは、この日々の鬱屈を忘れさせてくれるほど手強い相手であってほしいものだ。

「直文殿、そろそろ」

玄蕃に促され、直文は腰を上げた。

四

小高い山の頂からは、賀名生が一望のもとに見渡せた。かつては「穴生」と書かれただけあって、谷底に流れる丹生川に沿って家々が連なるだけの、小さな村だ。その中で一際大きなものが、賀名生行宮だろう。

合流した弘元坊によると、行宮にはわずか二十人ほどの守兵がいるだけだという。日は昇りはじめているが、通りにはまだ、人の姿が見えない。

「よし、一気に攻め入るぞ。続け」

馬は一頭も連れていない。全員が徒歩で、山を下りる。

村に入ると少人数に分かれ、家々の陰に潜みながら行宮へ向かった。家々は静まり返っていて、今のところ罠の気配は無い。さして広くもない、谷間の土地だ。行宮の前に出るまで、ほとんど時はかからなかった。弘元坊配下の忍びが塀を乗り越え、内側から門を開く。

太刀を手に、門内に雪崩れ込んだ。襲撃に気づいた敵兵がわらわらと外に飛び出し、方々で斬り合いがはじまった。敵は士気も練度も低く、さらに不意打ちで動揺している。すぐに崩れ立ち、得物を捨てて逃げ出す者が出はじめた。

「逃げる者は追うな。手分けして屋内を探せ！」

目的はあくまで義昭の身柄だ。いかに早く義昭を確保して賀名生を離れられるかに、事の成否はかかっている。

向かってきた一人を一刀で斬り伏せ、屋内に上がった。襖を次々と開け、部屋の中を確かめていく。行宮といったところでせいぜい、いくらか大きな農家程度だ。部屋もそれほど多くはない。

「直文殿、義昭様の姿が見えません！」

「馬鹿な。よく探せ！」

台所、文庫、厠、さらには床下まで捜索したものの、義昭の姿はおろか、義昭の従者や侍女、下人の類まで、一人として見つからない。

「どういうことだ、弘元坊。義昭様は、ここにいるはずではないのか？」

「今朝、賀名生を出陣した軍勢の中に、義昭様らしき御方はおられませんでした。となると……」

「偽の情報を摑まされた、ということか？」

「恐らくは」と、弘元坊が頷く。

どうやら、まんまと踊らされたらしい。舌打ちし、直文は玄蕃を呼んだ。

「撤収だ。来た道を通り、九度山まで戻る。移動中は、常に気を緩めるな。いつどこから、何人の敵が襲ってくるかもわからん」

敵中深く孤立し、敵の兵力も不明。状況は絶望的だ。

だが直文は、血の昂ぶりを感じていた。一つでも判断を誤れば、そこに待つのは死。肌が粟立つような恐怖と同時に、これ以上ないほど生きていると思える。

「我ながら、業の深いことよ」

呟き、天を仰いだ。空はかなり明るくなっている。村人たちも、じきに異変に気づくだろう。

「玄蕃、麾下を半数ずつの二隊に分けろ。まず、俺が一隊を率いて先行する。そなたはもう一隊を率い、村を出るまで何事も無ければ後に続け。合流場所は、先刻小休止を取った炭焼き小屋だ」

「承知」

「弘元坊、お前は俺の隊だ。何か異変があれば、すぐに知らせろ」

手早く二手に分かれると、直文は太刀を抜いた。

「一息で駆け、村を出るぞ」

門をくぐり数間駆けたところで、不意に殺気が肌を打った。

「武部様！」

弘元坊が叫んだ直後、耳元を矢が掠め、背後で悲鳴が上がった。

通りの両側、民家の屋根の上に、いくつかの人影。頭上から十数本の矢が降り注ぎ、さらに数人が倒される。

「倒れた者に構うな、走れ！」

だが、民家の陰から湧き出すようにして現れた十数人が、前方を塞いだ。敵は雑兵のような出で立ちだが、よく見れば童のような体格の者も多い。恐らく、あれが菊童子だ。

頭上に加え、正面からも矢を射掛けられる。直文は太刀で矢を払いながら叫んだ。

「突破する。続け！」

駆け出した。弘元坊が走りながら放った鎖分銅が、一人の頭を砕く。敵は弓を捨て、刀を抜いて迎え撃つ構えを取った。向かってきた一人が、立て続けに斬撃を放つ。元服前の童にしか見えないが、そのあたりの野伏せりなどよりよほど腕が立つ。

数度目の斬撃を受け流し、首筋を斬り裂いた。手加減などしていたら、こちらがやられる。

激しい斬り合いの中、味方が討ち減らされていく。直文も、数カ所に浅手を受けていた。

一人、かなりの遣（つか）い手（て）がいた。面頬（めんぼお）と胴丸（どうまる）、頭巾（ずきん）で頭を覆い、打刀ではなく脇差を手にしている。華奢（きゃしゃ）な体つきだが動きは素早く、舞（ま）うような動きで味方の攻撃をかわしながら、一人、二人と斬りつけていく。

その遣い手が、こちらへ向かってきた。身を低くして、伸び上がる勢いで突きを放つ。きわどいところで横へかわし、太刀を下から跳ね上げた。面頬と頭巾が飛び、長い髪が舞う。

女だった。歳は恐らく十七、八。後ろへ跳んで間合いを取り、直文を睨み据える。

「そなたのような若い娘まで、戦の場に出すとはな」

「女だから、どうだって言うの？」

どこか艶（つや）のある声が返ってきた。口元には、笑みさえ浮かんでいる。

「悪いが、女子供とて容赦はせぬ」

直文が踏み出しかけたところで、女が指笛を吹いた。敵が散っていく。後方から、玄蕃の隊が向かってくるのが見えた。

「ご無事でしたか」

「ああ。どうにかな」

だが直文の隊は、二十間も進まないうちに半数ほどに討ち減らされていた。十数間先で、いったん散った敵が再び集まりはじめている。

「手負った者を連れて、先を急げ。殿軍（でんぐん）には俺が立つ」

追い立てるように玄蕃を促し、十人ほどでその場にとどまった。すぐに、散った敵が矢を射掛けてきた。直文の左肩に、矢が突き立つ。

「武部様！」

「浅手だ。大事ない」

矢柄（やがら）をへし折り、道の脇に建つ祠（ほこら）の陰に飛び込んだ。山へ通じる道は、すでに敵が固めている。合流場所まで行くには、いくらか遠回りするしかなかった。

物陰に隠れながら、少しずつ進むことを繰り返した。その間も、矢は間断なく降り注ぐ。ようやく、敵の矢が尽きた。敵は屋根を伝い、こちらを包囲する動きに出ている。

「行くぞ」

物置小屋の陰から飛び出した。すかさず、屋根から下りてきた数人が立ち塞がる。一人の腕を斬り飛ばし、もう一人の脚を斬り裂いた。さらに走る。

山が見えた。斜面を駆け上る。息が切れてきた。矢傷は、思ったよりも深いらしい。

敵はさらに追い縋（すが）ってきた。足を止めては戦い、また走る。幾度か続けるうちに味方ともはぐれ、直文の近くにいるのは二人だけになっていた。

すでに、深い森の中だった。日の光は木々に遮られ、あたりは薄暗い。

どれほど歩いたのか、ようやく敵の追撃がやんだ。

「武部様、少し休みましょう。出血が激しくなっておられます」

「いや、このまま進む。足を止めるな」

答えた直後、樹上から影が降ってきた。

獣。瞬時に思ったが、下りてきたのは人だった。振り返った一人が首筋から血を噴き出して倒れ、ほぼ同時にもう一人の喉が抉られる。直文は後ろへ跳び、間合いを取った。

二人を斬ったのは、小柄な男だった。打刀を手にしているだけで、鎧も兜も着けていない。

「あんたが親玉か」

男が、構えも取らずに言った。やはり、まだ若い。だが、太刀筋は尋常ではなかった。

「そなたが、菊童子の頭目か？」

「まあ、そんなようなもんだ」

「なぜ、今さら南朝などのために働く。いたずらに世を乱すだけだとわからんのか？」

「俺はな、あんたらみたいな力を持った連中だけが生きられる世の中が、心底気に入らねえんだよ。南も北もどうでもいい。俺たちが戦ってるのは、この糞みてえな世をひっくり返すためだ」

口ぶりからして、南朝にゆかりのある者とも思えない。大方、どこかから百姓の子を集めて、戦う術を仕込んだのだろう。

「鳥羽尊秀から、そう吹き込まれたか。だが、南朝を再興したところでどうなる。せいぜい、再び乱世が来るだけだろう」

「構わねえさ。そうなったら、武士も公家も有徳人も、まとめてぶっ潰してやる」

「そうか。だがいかなる理想を掲げようと、女子供を己が道具に仕立て上げるような輩の作る世が、良きものになるとは思えんな」

「あんたたち侍には、死ぬまでわからねえよ」

にやりと笑い、男がようやく構えを取った。獣じみた殺気が、直文の肌を打つ。これ以上、情報を引き出すのは難しそうだ。

直文は、正眼に太刀を構えた。男は大きく右足を引き、右下段の構えを取っている。

男を見据えたまま、周囲を窺う。他に人の気配は無い。男は単身で、直文を追ってきたらしい。

「ずいぶんと、仲間を殺ってくれたな。礼はきっちりとさせてもらうぜ」

「配下を殺されたのは、こちらも同じ。仇は取らせてもらう」

「名を、聞いておこうか。俺は一色家家臣、武部直文」

「多聞」

答えるやいなや、多聞が何かを投げた。小柄。右に動いて避ける。同時に、多聞が踏み込んできた。地を這うように駆け、足を狙って刀を薙ぐ。

後ろへ跳躍してかわし、上段から撃ち込んだ。が、すでに多聞はそこにいない。右下から跳ね上がってきた刀を、かろうじてかわす。

隙だらけの胴を、横から薙いだ。斬ったと思ったが、固い物に刃が弾かれた。小袖の下に、鎖帷子を着込んでいる。

直文は驚きを覚えた。鎖帷子を着込んでなお、これほど速く動けるとは。想像を絶するような修錬を積んだのだろう。

互いに後退り、間合いを取る。矢傷から流れた血が、指先から滴り落ちた。傷口が熱を持ちはじめている。

剣の腕は、紙一重の差で直文の方が上だろう。しかし、長引けばこちらが不利になる。直文は大きく息を吐き、再び正眼に構えた。

相手は明らかに、攻めの剣を身上としている。睨み合ったまま、こちらが弱っていくのを待つつもりもないだろう。必ず、自分から動く。

多聞はじっと、こちらの隙を窺っている。どう動くか、予想することはしなかった。相手の動きを読めば、自分自身が縛られることになる。

すべては流れのまま。肚を括った。勝敗も生死も、天が決めればいい。

時の流れが、ひどく遅く感じる。左腕の感覚が、ほとんど消えかけていた。剣を握っているかどうかさえ曖昧だ。

肌に触れる気が、わずかに変わった。その刹那、多聞が前に踏み出す。

直文も、合わせて前に出た。馳せ違う。かすかな手応え。刃がぶつかることはなかった。

間を置かず、多聞が撃ち込んできた。二度、三度と刃が交錯し、火花が散る。首筋を狙い、太刀を振った。多聞の顔が遠ざかり、刃が空を斬る。直後、腹に衝撃を受けた。

蹴りを受けたのだと悟った時には、次の攻撃が来ていた。きわどいところで受け止め、突きを放ったが、多聞は後ろへ跳んで避けている。

間合いが開いた。互いに、肩で息をしている。野の獣と戦っているように、直文は感じた。型に嵌まらない剣だ。想像もつかないようなところから、斬撃が放たれる。

左の脇腹が熱い。斬られたが、深くはないようだ。多聞は、左の頬と右の肩口から血を流している。これほどの遣い手と立ち合うのは、初めてだった。体の奥底から何かが込み上げてくる。

そうか、これは悦びか。思わず、頬が緩む。

「何だよ、気持ち悪いな」

そう言う多聞も、口元に笑みを浮かべている。

だが、これ以上長引かせるわけにはいかない。直文はすでに、血を失い過ぎている。時折視界が霞み、膝が折れないよう踏ん張っているのがやっとだ。あと、一撃か二撃。それで決まる。

不意に、多聞の心気が乱れた。別の気配。いきなり、多聞が飛び退る。

「てめえ、あの時の……」

多聞が顔を向けた先、木々の合間から、弘元坊の姿が見えた。次々と放たれる鎖分銅をかわしながら、多聞が遠ざかる。

「邪魔が入ったな。次は、無傷の時にやろうぜ」

言い残し、多聞は踵を返し駆け去っていった。弘元坊も、追おうとはしない。

「ご無事でしたか」

勝負に水を差された不快さを押し殺し、「何とかな」と応じた。

「玄蕃様の下知で、お探ししておりました」

「そうか。玄蕃の隊は？」

「深手を負った者が一人、落命いたしました。全体で、二十一人を失っております」

「惨敗、だな」

「申し訳ございませぬ。偽の情報を見抜けなかった、それがしの落ち度にございます」

「いや、俺が立てた策が甘かった。あれほどの手練れが揃っているとはな」

みすみす敵の罠に陥り、何も得る物の無いまま、多くの味方を失った。義教の気性を考えれば、切腹を命じられることも十分にあり得る。義貫も、一色家を危険に晒してまで、庶子の直文を庇いはしないだろう。

それはそれで、仕方のないことだった。この役目を受けた時から、死はもとより覚悟の上だ。

太刀を納めた途端、眩暈に襲われ、膝を突いた。

「すぐに手当てしましょう。まずは、血止めを」

弘元坊は直文の左肩に血止めの薬草を塗り込み、膏薬を貼った。それから手際よく晒しを撒きつけ、左腕を吊る。脇腹の傷は、縫うほどではないようだった。

「多聞は、お前のことを知っていたな。あれが、三年前に京で会ったという童か？」

「はい。見違えるほどの腕になっておりましたが」

「できれば、もう一度立ち合ってみたいものだな」

そう言うと、弘元坊が珍しく笑みを見せた。

「何だ。何か可笑しいか？」

「いえ。もう少し、醒めた御方かと思っておりましたので」

玄蕃たちの待つ炭焼き小屋に向かった。歩きながら、多聞という若者の太刀筋を思い起こす。

矢傷がなければ、勝負はどうなったか。次に立ち会った時には、どうかわし、どう攻めるか。

そんなことを考えている自分に気づき、直文は苦笑した。

第三章

東国擾乱（じょうらん）

一

叩きつけるような雨と風に、多聞は全身を打たれていた。右は岩肌、左は切り立った崖。落ちれば、確実に命を落とす高さだ。

目を閉じ、頭の中で剣を構えた相手の姿を思い浮かべる。長身で精悍な顔つきの武士。賀名生で斬り合った、武部直文という一色家の家来だ。

互いに構えを取ったまま、向き合う。一歩踏み込めば、剣が届く間合いだ。

右目に雨が入った。その刹那、直文が動く。多聞は繰り出された突きを弾き、袈裟掛けに斬り下ろした。が、直文は滑らかな足捌きで、いとも容易くかわす。

円を描くような動き。あの鎖分銅を使う忍びと戦った時も、似た動きで斬撃をことごとくかわされた。ならばとさらに前へ出た瞬間、水たまりで足元が滑り、多聞は左足を崖から踏み外した。

咄嗟に灌木を摑み、どうにか堪えた。落ちかけた半身を何とか引き上げ、地面に座り込む。

「くそっ」

吐き捨て、剣を鞘に納めた。

昨年九月に幕府軍が賀名生を襲撃して、半年ほどが過ぎている。

かつて後醍醐帝が本拠とした吉野は、周囲を深い山々に囲まれた天然の要害だ。吉野山の周辺に建ち並ぶ多くの寺社は、そのまま砦として使うこともできる。大峰山を経て南へ向かえば十津川、熊野へ通じ、東へ向かえば交易の要衝、伊勢大湊にも出られた。

賀名生の戦いの後、多聞たちは吉野へ移り、金峯山寺の僧房に起居しながら次の下知を待っていた。大和では、多武峰を拠点とする越智維通と幕府勢が、相も変わらず合戦を続けている。とはいえ、昨年の橘寺の戦い以後は睨み合いと小競り合いに終始し、菊童子の出る幕は無かった。

多聞はこのところ、剣の鍛錬に明け暮れている。

今の自分の腕では、直文に勝つことは難しい。賀名生で互角の勝負ができたのは、直文が矢傷を負っていたからだ。次に戦場で出会えば、確実に斬られる。そんな思いが、多聞を駆り立てた。

吉野の近辺には、修験道の聖地とされる大峰山をはじめ、険しい山々が多くある。一歩足を踏み外せば命は無いような山を駆けながら、頭に思い浮かべた直文を相手に剣を振る。

そんな稽古をもう半年以上も続けているが、想像の中でさえ、直文に勝てたことは一度もない。

雨の山道を下りながら、左頬の傷を指で触れた。直文と斬り合った時に受けた傷だ。かなり深かったので針と糸で縫い合わせたが、鼻の横から耳元にかけて、三寸ほどの傷跡が残っている。

尊秀に拾われたのは、もう五年も前のことだ。あれから、幾度となく戦場に立ち、数えきれないほどの敵を斬ってきた。働きが認められ、菊童子を束ねる頭にも選ばれた。

今思えば、それが慢心を生んだのだろう。幕府方の武士に、自分と渡り合える者などいない。そう決めてかかり、一人で敵将に挑んだのだ。その結果、受けたのがこの傷だった。

この借りは必ず返す。そうしなければ、上には行けない。

翌朝も山へ出かけようと仕度をしていると、尊秀から呼び出しを受けた。

金峯山寺の本堂に当たる蔵王堂は、物々しい雰囲気に包まれている。吉野を一つの城とたとえるなら、本丸に当たる場所だ。要所を固める軍兵や僧兵の厳しい視線を受けながら、尊秀の坊に向かった。

「来たか、多聞」

坊の中には尊秀と、見知らぬ若い武士がいた。

いや、烏帽子直垂を身に着けてはいるが、よく見れば男ではない。五年前に尊秀が連れていた、南朝ゆかりの姫君だ。名は確か、敦子といった。

会うのはあの時以来だ。賀名生の山中で修業に明け暮れていた頃も、その後も、一度も顔を見ていない。以前よりも、敦子はずいぶんと大人びたように見えた。

「ようやく、次の仕事か？」

「そうだ。敦子様の護衛として、鎌倉へ行ってもらう」

「鎌倉？　またずいぶんと遠いな」

「鎌倉公方足利持氏殿が、我らとの共闘に同意なされた。敦子様には、もろもろの条件を詰めるため、使者として鎌倉へ赴いていただく」

京から遠く離れた東国の武士たちを統制するために置かれた鎌倉公方は、坂東八カ国に加え伊豆、甲斐の計十カ国を管轄している。足利尊氏の四男・基氏を祖とし、持氏で四代目となるが、幕府創立から百年を経る間に自立を強め、たびたび本家である足利将軍家と対立してきた。

前将軍の義量が嗣子をもうけないまま没すると、持氏は自身が将軍の座に就けると考えた。だが次の将軍はあろうことか、籤によって選ばれた元僧侶の義教だった。持氏はこれに激怒し、公然と異を唱えた。

対する義教も永享四年、富士遊覧と称して駿河まで大軍を進め、持氏に圧力をかけている。この時は合戦にこそ至らなかったが、その後も両者の対立は解消されないまま、一触即発の様相を呈していた。

南朝方は以前から持氏に共闘を持ちかけていたが、言を左右してはっきりとは応じなかった。だが昨年、大覚寺義昭が南朝に付いたことで、ようやく同意したのだという。

「畿内の幕府勢は、多武峰の越智維通殿が釘付けにしている。ここで持氏殿が東国の軍勢を率いて上洛すれば、幕府勢は背後を衝かれることになる。義教のやり方に不満を抱く大名たちも、こぞって我らに味方しよう」

「そう上手くいけばいいけどな」

「無論、簡単に事が運ぶなどとは考えておらん。鎌倉公方府も、一枚岩には程遠い。特に厄介なのは、関東管領上杉憲実だ」

尊秀が言うには、何かあれば将軍家と事を構えようとする鎌倉公方をこれまで抑えてきたのは、公方の補佐役兼目付役とも言える、関東管領だった。

現在の管領である山内上杉家当主・憲実は文武ともに秀でた器量人で、これまでも一貫して、将軍家と鎌倉公方家の融和に努めてきた。将軍家を敵視する持氏からは疎んじられているが、多くの東国武士たちから信望を集めているため、いまだ管領の座にある。

「だったら、その憲実ってのを殺っちまえば、話は早いんじゃないのか？」

「それは最後の手段だ。持氏殿が憲実を討てば、それを不服とする者たちが叛旗を翻すやもしれん。討つとしても、同時に憲実派を壊滅(かいめつ)させねば意味が無い」

「面倒なことだな」

「くれぐれも、先走って憲実暗殺など考えるなよ」

しぶしぶ、多聞は頷いた。

「それはそうと、何で使者が敦子様なんだ。あんたが行った方がまとまりやすいんじゃないか?」

「南朝の帝の血を引く私が鎌倉まで赴くことで、我らの誠意を示すためです」

それまで黙っていた敦子が、初めて口を開いた。

「幕府という強大な敵と共に戦うには、互いの信頼こそ肝要(かんよう)。我らと持氏殿は、互いを利用し合うのではなく、志を同じくする同志とならねばなりません」

やわらかだが、芯(しん)に強さが籠もる凛(りん)とした声音。その心地よさに聞き惚(ほ)れそうになっている自分に気づき、多聞は慌てて唇(くちびる)を引き結ぶ。

「万一交渉が決裂すれば、持氏殿は私を捕らえ、幕府に差し出そうとするやもしれませぬ。そなたも、覚悟しておくように」

「そうならないために、俺が護衛につくんだろ?」

にやりと笑うと、尊秀が「そういうことだ」と答えた。

「鎌倉では、何が起きるかわからん。菊童子の中から、腕の立つ者を何人か選んで連れていけ。お前がいない間、頭は弥次郎にやらせる。三日のうちには発(た)て」

考えた末、鎌倉までは芸人一座を装(よそお)うことにした。

総じて若い菊童子が目立たず動ける上、もしも怪しまれたとしても、軽業程度なら披露できる。菊童子からは、身軽な若菜と雉丸を選んだ。訊ねられたら、孤児たちが集まって芸を身につけたのだと答えればいい。

五月末、吉野を発った一行は伊勢を経て、東海道を下った。出発前にはいくらか気負っていたが、拍子抜けするほど旅は順調に進んでいる。

「うわあ、すごい！」

峠を越えたところで現れた富士の山に、若菜がはしゃいだ声を上げた。雉丸も呆気に取られたように、雄大な富士の姿を見つめている。

この時季には珍しく、雲一つ無い青空だった。その下で、富士は悠然とそびえ、頂上から麓へとなだらかに裾野を広げている。景色に心を動かしたことなどない多聞でも、その光景には圧倒されそうになるのを感じた。

多聞は東国どころか、畿内を出るのも初めてだった。菊童子の他の者たちも似たようなものだ。普段の役目よりも、どことなく目が輝いている。

「これほどまでに、美しいとは」

市女笠を上げ、溜め息を吐くように、敦子が言う。野の花を愛でるように穏やかなその横顔は、あの日多聞を手ひどく投げ飛ばした女子と同じ人物だとは、とても思えない。

旅の間、敦子は他の者たちと交わろうとせず、ほとんど口を開くこともなかった。表情を窺っても、喜怒哀楽らしきものは微塵も窺わせない。情の薄い女なのだろうと、多聞は思っていた。

「何か？」

視線に気づいた敦子が、こちらを振り返った。

「別に。そんな顔もできるんだな、と思って」

思ったままを口にすると、敦子は不意を衝かれたように大きな目を瞬(またた)かせ、それから険しい顔つきで多聞を見据える。

「一つ言っておきます。私は世が世なら、内親王宣下(せんげ)を受けて然(しか)るべき身。口の利き方には気をつけなさい」

そう言って、怒ったように歩き出す。

「あーあ、怒られた」

にやにや笑いを浮かべ、若菜がからかうように言う。

「うるさい。先を急ぐぞ」

憤然(ふんぜん)と答えながら、多聞は敦子を追いかけた。

一行が鎌倉へ入ったのは、六月三日のことだった。

およそ二百五十年前、源頼朝(みなもとのよりとも)が幕府を開いた武士の都。その後、幾度となく兵火に焼かれながらもその度に蘇り、今も東国の都であり続けている。そう聞いてはいたが、多聞の目に映る鎌倉は、京よりもよほど栄えているように見えた。

通りに軒を連ねた見世棚には、京や奈良ではなかなか目にしない新鮮な魚介や、奥州(おうしゅう)で作られた太刀や馬具が並んでいた。それを売り買いする人々の張りのある声からは、義教の治世で息を潜めて暮らす京の民よりも活気が感じられた。

聞けば、数日後には鎌倉祇園会(ぎおんえ)と呼ばれる大きな祭りが控えているらしい。その盛大さは、京の祇園会に勝るとも劣らないのだという。

とはいえ、町は賑やかなばかりではなかった。時折、具足に身を固めた軍兵が、民を押しのけるようにして大通りを駆けていく。兵たちの顔つきは、今にも戦がはじまるかのように険しい。

「幕府と鎌倉公方の手切れが近いっていうのは、本当みたいだね」

駆け去る武士たちを眺めながら、雉丸が言った。

「どうせ戦になるのなら、取りあえず目の前の祭りを精いっぱい楽しもう。そんなふうに思っているのかも」

「そうだな」

多聞も同意した。

「上の連中がはじめた戦で真っ先に痛い目に遭うのは、いつだって弱い民だ。祭りくらい楽しまなきゃ、やってられねえよ」

「何を言うのです」

怒気を含んだ声音で言ったのは、敦子だった。

「我らは、その弱き民を救うために戦っています。武士同士の醜い争いと同列に語ることは許しません」

その居丈高な口ぶりに、思わず眉間に皺が寄った。

「だったら言わせてもらっていいかい、姫さま」

「お、おい、多聞……」

袖を引く雉丸の手を振り払い、敦子に歩み寄る。

「戦に、きれいも汚いもねえんだよ。誰が何のために戦っていようが、下々の者には関わりねえ。田畑は荒らされるし、邪魔な家は焼かれる。なけなしの食糧（しょくりょう）は奪われ、女は雑兵どもの慰（なぐさ）み物、餓鬼は売り物だ」

「そのようなことはわかっています。だからこそ……」

「鎌倉公方をけしかけて、幕府を倒そうってんだろ？　それが実現すれば、とんでもない大戦になるぜ。いったい何人死ぬのか、見当もつかねえ」

「多聞殿、そなたはこの戦に異を唱えるのですか？」

「そうじゃねえよ。幕府も武士の世も、ぶっ潰せばいいさ。だけどな、俺たちの手は、もう嫌ってほど汚れてるんだ。自分たちの戦はきれいな戦だなんて、ろくに手を汚してない奴の思い上がりだって言ってるんだよ」

気まずい沈黙（ちんもく）が流れた。雉丸は黙り込み、若菜は我関せずといった様子で、勝手にどこかで買ってきた饅頭（まんじゅう）を頬張（ほおば）っている。

脳裏に浮かぶのは、日野義資を暗殺した時、やむなく殺した女の顔だった。

あれから、多聞は幾度となく手を汚してきた。何の罪も無い者や女子供を手にかけたことも、数えきれないほどある。雉丸も若菜も、それは同じはずだ。

敦子はしばし多聞を睨みつけた後、無言のまま踵を返した。

二

鎌倉公方御所は、関東一円を束ねる政庁に相応しい豪壮な建物だった。

鎌倉に入った翌日、敦子は護衛の多聞を連れ、御所を訪れた。行き交う者を圧するような厳めしい造りの大御門をくぐり、案内の者の後に従って中へと進む。

会見は非公式だが、南朝からの正使であることに変わりはない。敦子は髪を下ろし、白の小袖に打掛を羽織っていた。着慣れていないせいか、どことなく居心地が悪い。

邸内の要所には槍を持った番兵が立ち、警固に当たっていた。敦子たちが南朝の者と知ってか知らずか、こちらへ厳しい視線を向けてくる。

鎌倉の武士たちの緊迫の度合いは、想像以上だ。近々、持氏が上杉憲実討伐を命じる。あるいは逆に、憲実派が持氏打倒の兵を挙げる。そんな噂が、市中でもまことしやかに囁かれていた。何が起きてもおかしくないと尊秀は言っていたが、確かにその通りなのだろう。

「そう固くなるなよ。顔が強張ってるぞ」

遠侍で待つ間、多聞が軽口を叩いた。

「緊張などしておりません。そなたこそ、自分の役目に集中しなさい」

撥ねつけるように言うと、多聞は「はいはい」と、不平顔で横を向く。

そうは言ったものの、重圧を感じているのは事実だった。持氏は南朝との共闘に同意しているが、この会見で機嫌を損ねれば、挙兵そのものをやめるかもしれない。

「公方様がおいでになられます。こちらへ」

敦子は遠侍に多聞を残し、対面所に向かった。しばし待つと、小姓が持氏の御成りを告げる。平伏はしない。あくまで、対等な同盟である。卑屈になる必要はない。

数人の家臣と共に現れた持氏が着座すると、敦子は初めて一礼した。持氏は不機嫌を隠そうともせず、値踏みするような目で、無遠慮に敦子を眺め回す。

持氏は当年四十一。大柄で肉付きがいいが、その目からは野心と同時に強い猜疑心が窺える。

「そなたが、玉川宮の姫君か」

顎鬚を撫でながら、持氏が言った。

「はい。敦子と申しまする。以後、お見知りおきを」

持氏は苛立たしげに、指で脇息を叩いている。己の不機嫌さを見せつけ、周囲を従わせる類の人物なのだろう。

「尊秀め、女子を使いに寄越すとは、わしもずいぶんと低く見られたものよ。のう、持家」

「まこと、かの御仁は何を考えておられるのやら」

端整な顔立ちをした家臣が阿るように言い、敦子に侮蔑の視線を向けてきた。

一色持家。歳は、三十半ばほどか。有力守護の一色義貫と同族だが、持家の家は代々鎌倉公方に重臣として仕えている。隣に座る叔父の直兼と共に、持氏派の中心として権勢を振るってきたが、上杉憲実と対立し、現在は蟄居の身にあると聞いていた。この場にいるところを見ると恐らく、持氏は近々この持家を復帰させるつもりなのだろう。

「しかし、敦子様のご器量はなかなかのものにございますぞ。美しき宮家の姫君を手なずけて己の駒に仕立てるとは、尊秀殿も相当なやり手のようですな」

持家の愚にもつかない戯言に、男たちが声を上げて笑う。

「無骨な我ら坂東武者には、思いもつかぬ策よ」

「まこと、うらやましき限りじゃ」

敦子は内心で嘆息した。この連中の目には、若い女子など同じ人間に見えていないのだろう。自分の容姿が人より秀でていることを、敦子は自覚している。しかし、それで得をすることよりも、不快な思いをすることの方がはるかに多い。特に、こうした内輪の盛り上がりしか視界に入っていない連中の前では。

「もうよい」

軽口を叩き合う一同を制し、持氏がこちらを見据えた。

「いかに血筋や見目が良かろうと、天下の行く末を左右する話し合いの場に、女子の出る幕などない。帰って、我らと手を組むつもりがあるなら自ら出向いてまいれと、尊秀に伝えよ」

自分の立場の方が上だと見せつけ、相手を委縮させて己の意のままに事を運ぶ。それがこの男たちの、いつものやり方なのだろう。

尊秀から聞いていた通り、持氏は愚物だ。確信した敦子は、落胆と同時に肩の力が抜けていくのを覚えた。所詮、狭い鎌倉の中しか知らない者たちだ。いかようにもあしらえる。

「お言葉ながら、持氏様」

臆することなく持氏を見返し、敦子は続ける。

「確かにこの身は女子なれど、天下万民の行く末を思う気持ちに男も女もございませぬ。そして何より、わたくしは尊秀より交渉のすべてを委ねられ、この地に赴いておりまする。わたくしを軽んずるは、南朝を軽んずるも同じこと。その点、何卒ご考慮のほどを」

女子に反論されるなどとは夢にも思っていなかったのか、持氏は一瞬驚いたように目を見開き、それから眉間に皺を寄せた。

「それでも女子とは話し合えぬと仰せなら、致し方ありませぬ、このまま帰らせていただきまする。まこと残念ですが、共に幕府を討つという盟約は、白紙にするより他ございませぬ」

しばし、持氏と視線がぶつかった。敦子は逸らさず、両の目に力を籠める。

「ふむ。なかなかに骨のある女子のようじゃな」

数拍の後、いかにも余裕があるかのような笑みを口元に浮かべ、持氏が取り繕った。

「よかろう。話だけは聞いて進ぜる。訊ねたき議も、いくつかあるゆえな」

「ありがたき仕合せ」

形としては将軍家の臣下である持氏が兵を挙げるには、大義名分がいる。畿内の南朝方の兵力も魅力だろう。持氏にとっても、この盟約を破談にするわけにはいかないのだ。

「大和の戦況はいかがか。我らが兵を挙げたところで、大和の南朝方が敗れれば、幕府を倒すことは難しいぞ」

「ご心配には及びません。越智維通殿がかの楠木正成にも劣らぬ名将であることは、この数年、幕府の大軍を相手に戦い続けておられることで証明しております」

「越智維通の勇名は、東国にも鳴り響いておるぞ。義教めを討ち果たした後は、厚く遇してやらねばなるまい」

「加えて、我らは大覚寺義昭殿も、天川の御所にお迎えいたしました。味方の士気は、沖天の勢いにありまする」

再び、持氏が不機嫌を露わにする。同じ足利の血を引く義昭を、後々の競争相手と考えているのだろう。

「かような者をあてにせずとも、我が東国勢と南朝方だけで、十分に幕府に勝つことができよう。そもそも義昭は、つい昨年まで僧籍にあった者ではないか」

「ですが、将軍家の実弟を担ぐことで、味方は確実に増えます。今は、一人でも多く味方を集めるべき時かと存じます」

「わかった、義昭の件はよい。それより、小倉宮様はまだ、京におられるのか？」

「はい。幕府の目を欺くためにも、事は慎重に運ばねばなりませぬゆえ」

南朝後亀山帝の孫に当たる小倉宮聖承は十年前、北畠満雅の挙兵に参加して捕らえられ、幕命により京で出家させられていた。

幕府と北朝を倒し、この小倉宮を帝に立てる。それが、尊秀をはじめとする南朝方の将たちの、最終的な目標だった。

「改めて確かめるまでもあるまいが、小倉宮様が帝となられた暁には、わしが征夷大将軍に任ぜられる。そう考えてよいのであろうな？」

十年前、持氏は小倉宮と北畠満雅に対し、兵を挙げるなら自分も共に起つと約束していた。だが結局、持氏は動かず、幕府の大軍に囲まれた満雅は自害して果てている。その時のことを、持氏は一度として詫びていない。覚えているかどうかさえ、怪しいものだった。

「無論、小倉宮様も尊秀も、そのつもりでおります」

微笑んでみせると、持氏は餌を見せられた犬のように、頬を緩めた。

「されど、それはまだ先の話。まずは今の幕府を討ち倒し、小倉宮様を帝位にお就けすることこそ肝要にございます」

尊秀の目指す世に、幕府も征夷大将軍も無い。だが、鎌倉公方の武力抜きで義教を討つことは不可能だ。騙すようなやり口は不本意だが、やむを得なかった。

「十日後、嫡男賢王丸の元服の儀を行う。その場にて、倒幕の意を宣するつもりじゃ。そなたはしばしこの地にとどまり、我が戦ぶりをつぶさに見届けるがよい」

体のいい人質だろう。だがそれも織り込み済みだった。東国の戦況を尊秀に報せる役目も、敦子は帯びている。

「承知いたしました」

敦子は初めて床に手をつき、頭を下げた。

持氏を同志として扱う。当初のその思いは、とうに消えている。持氏の武力を利用して幕府を倒すことができれば、それでいい。この短い会見の間に、敦子は考えを改めていた。

戦に、きれいも汚いもない。多聞の言葉が、脳裏を過ぎる。

確かにその通りかもしれない。自分もこうして少しずつ汚れていくのだろうと、敦子は思った。

三

琴の音が聞こえる。

狭く、薄暗い板敷の部屋。調度は片付けられることなく散乱し、床には埃が積もっている。

琴を弾くのは、敦子自身だ。その手はまだ小さく、弾き方も覚束ない。何度もつかえながら出す音は、調子外れのものばかり。

不意に手首を強く摑まれ、心臓が早鐘を打った。傍らから、女人の金切り声が響く。

「何度言ったらわかるのじゃ。なぜそなたは、いつまで経っても上手く弾けぬのじゃ！」

殴りつけるような罵声の雨に打たれ、敦子は泣きながら必死に「ごめんなさい、ごめんなさい」と繰り返す。腕を、背中を、頭を激しく何度もぶたれ、敦子は頭を抱えて蹲る。

女人は手近にある物を手当たり次第に摑み、投げつけた。文箱、硯、化粧道具。磁器の小皿が壁にぶつかり、甲高い音を立てて割れる。

敦子は目の前に落ちた小皿の破片に、衝動的に手を伸ばした。指や掌が切れて血が流れるのも構わず、破片を握る。

振り返った。敦子を睨み据え、女人がこの世のすべてを呪うような声音で言う。

「そなたなど、生まれてこなければよかった」

次の刹那、敦子は叫び声を上げ、握りしめた破片を女人に向けて突き出した。

目が覚めると、全身が汗に濡れていた。大きく息を吐く。まだ、夜明けには間がありそうだ。

また、あの夢を見るようになってしまった。たぶん、戦が近づいているせいだろう。

武蔵国府中、高安寺の一室だ。護衛の菊童子たちも、別の部屋で起居している。

持氏はすでに、挙兵の意を明らかにしていた。六月、鎌倉鶴岡八幡宮で催された嫡男賢王丸の元服式で、賢王丸に「義久」という諱を与えたのだ。

鎌倉公方家の当主は代々、将軍から偏諱を受けている。持氏の「持」の字は、四代将軍義持から与えられたものだ。本来ならば、賢王丸は義教から一字をもらい「教氏」と名乗るべきだが、持氏は足利将軍家の通字である「義」の字を嫡男に名乗らせた。賢王丸がいずれ足利将軍家の当主となると、天下に宣言したのだ。さらに持氏はこの席で、蟄居していた一色持家の復帰を発表している。

関東管領上杉憲実は、病と称してこの式を欠席していた。持氏が式に現れた憲実を討つという風聞が立っていたためだ。

持氏と憲実の手切れが明白になると、鎌倉は騒然とした。往来は、坂東諸国から持氏のもとへ馳せ参じる武士たちと、戦から逃れようとする民、商機を見出して集まってきた商人や遊女たちでごった返した。京から、義教自ら軍を率いてやってくる。持氏は、南朝方と手を結んだ。西国の大大名が、持氏に呼応して兵を挙げた。そんな虚実入り乱れた風聞も飛び交っている。憲実は苦悩のあまり自害を図ったものの家臣たちに押し止められ、八月十四日に領国の上野へと下っていった。

持氏は翌十五日、一色持家に憲実追討を命じ、上野へ向けて出陣させた。そして十六日には自らも軍を率いて鎌倉を出発、この府中高安寺に本陣を置いている。また、持氏は別働隊に、相模における上杉方の重要拠点、河村城を攻略させた。

速やかに上野の憲実を討ち、東下してくる幕府軍を迎え撃つ。それが、持氏の戦略だろう。

だが敦子は、憲実を鎌倉で討たなかったのは、大きな失敗だと考えていた。関東全土の武士が一丸とならなければ、幕府の大軍は打ち破れない。憲実を討つのが遅れれば遅れるほど、持氏の勝機は小さくなっていくのだ。

持氏が鎌倉を出陣して一月余り。上野へ侵攻した一色勢は、憲実の巧みな防戦に手こずり、いたずらに時を重ねている。持氏は府中にとどまったまま、重臣の上杉憲直を箱根方面に向かわせ、東海道を進む幕府軍の主力を迎え撃つよう命じた。しかし、すべてが後手に回っている印象は否めない。

畿内でも、幕府と南朝方の戦が激しさを増していた。幕府は義昭討伐のため大軍を大和へ送り、多武峰で合戦になっていた。そして先ごろ、越智維通は大軍の圧力に抗しきれず、ついに多武峰を放棄、吉野へ後退したという。

外が薄っすらと明るくなりかけた頃、人の気配がした。

縁に出ると、雉丸が庭で片膝をついていた。菊童子の中で最も足が速いので、畿内の尊秀との連絡役を務めている。

「このような刻限に申し訳ありません。ただ今、戻りました」

「もう起きていました。それより、畿内で何かありましたか？」

「幕府の要請により、北の朝廷が持氏様追討の綸旨を出しました。錦旗も下されたとの由」

「そうですか」

あの義教が、北朝の帝に縋るとは意外だった。だがこれで、持氏は朝敵ということになる。坂東武者たちの中にも、動揺する者が現れるだろう。

「それともう一つ。昨日、小田原、風祭一帯で大合戦があり、上杉憲直様率いるお味方が大敗を喫しました。憲直様の生死は不明との由」

敗因は明らかだった。持氏は上野、府中、箱根の三つに軍勢を分け、兵力は集中して動かすべきという兵法の鉄則を無視した。せめて、上野には最低限の兵力だけを割き、箱根から来る幕府軍には持氏自ら主力を率いて当たるべきだった。

これまで敦子が何度も行った献策に、持氏らは一度たりとも耳を貸さなかった。坂東武者たちから見れば、敦子は西国の余所者、しかも若い女だ。意見をされることすら不快に感じているのは明らかだった。

小田原、風祭での大敗から二日後、持氏は東進してくる幕府軍を迎え撃つため、府中から相模中部の海老名へ本陣を移した。この間も綸旨の効果が表れ、味方の離反が相次いでいる。

持氏は一軍を派遣し、西から迫る幕府軍の迎撃を命じた。だが、やはり自ら前線に立とうとはせず、味方の士気は振るわない。十月三日には、持氏から鎌倉の守備を命じられていた三浦時高が任を放棄し、自領へ引き上げていった。

「旗色が悪いどころか、もう勝ち目なんて無いんじゃねえのか？」

陣をぶらついてきた多聞が、戻ってきて言った。

敦子たちは本陣の近くに百姓家をあてがわれ、そこで起居している。戦に出るでも軍議に呼ばれるでもなく、全員が暇を持て余していた。

「雑兵どもが噂してたぜ。上野の味方は離反者が続出して、もう戦どころじゃないらしい。一色持家は、明日にも海老名まで逃げ帰ってくるってよ」

上野の味方が崩れたとなると、持氏は南北から挟み撃ちされる形になる。もはや、上洛どころか鎌倉の陥落もあり得る形勢だ。

「姫さま。そろそろ、考えといた方がいいぜ」

「考えるとは、何をです？」

「決まってるだろう。持氏はもう終いだ。このままここに居たって、ろくなことにはならねえ。その前に、さっさと逃げ出そうぜ」

声を潜めて言う多聞に、敦子は頭を振った。

「そなたの危惧はわかります。ですが今、ここを離れるわけにはまいりません」

多聞の言う通り、箱根を抜かれ、上野でも敗退した今、持氏の勝利の目はほぼ消えた。だが盟約を結んだ以上、敗色が濃厚だからといって、逃げ出すことはできない。それをすれば今後、南朝と手を組もうという者は現れないだろう。

「じゃあ、滅びゆく鎌倉公方家に、最後まで付き合おうってのか？」

「無論、そこまでする必要はありません。持氏殿が降伏を決したその時、陣を離れます」

「持氏はてめえの命惜しさに、俺たちを幕府に差し出すかもしれねえぞ」

「あー、あの人ならやりそう」

他人事のように、若菜がけらけらと笑う。もう四月以上も共に過ごしているが、この娘が何を考えているのか、敦子には皆目わからない。

「その時には、そなたたちが私を守ってくれる。違いますか？」

挑発するような口ぶりで言うと、多聞は口を尖らせ、「しょうがねえな」と応じた。

その後も、海老名の本陣にもたらされるのは悪い報せばかりだった。

一色勢を破った上杉憲実が、武蔵府中まで軍を進めた。府中には持氏を見限った坂東武者たちが続々と参陣している。自領に戻っていた三浦時高は鎌倉へ攻め入り、町を焼いたという。海老名からも、鎌倉の方角に立ち上る煙がはっきりと見えた。海老名の陣からは、逃亡兵や自軍を率いて離脱する将が相次いでいる。

陣中が騒然とする中、敦子は持氏の本陣に呼び出しを受けた。

本陣は、海老名に所領を持つ土豪の屋敷である。戦況を反映し、周囲を固める兵たちの様子はやはり浮足立っている。

広間にいるのは、持氏と小姓だけだった。まだ日は高いが、酒を飲んでいたらしい。

同じ陣にいながら、顔を見るのは実に二月ぶりだ。豊かだった頬はこけ、目の下にはくまが貼りつき、憔悴しきっているのは明らかだった。

敦子は周囲の気配を探った。今のところ、殺気は感じない。隣室に武者を隠しているということもなさそうだ。万一に備え、天井裏には雉丸、床下には多聞が潜んでいた。何かあれば、すぐに持氏を人質に取れる。

「見ての通り、戦の趨勢は決した。上洛どころか、箱根の西に兵を進めることすらかなわなんだわ。将軍職への野心に取り憑かれ、百年続いた鎌倉公方を滅ぼした暗君。後の世に、わしはそう記されることとであろう」

自嘲の笑みを湛え、手酌で注いだ酒を呷る。

「憲実め。あ奴さえおらねば、今頃わしは京へ上り、義教の首級と対面しておったはずじゃ。いや、あ奴だけではない。一色、三浦、千葉……。さんざんわしを煽っておきながら、いざという時にはまるで役に立たぬ。それどころか、矛を逆さまにしてわしに兵を向けるとは……」

際限なく続く繰り言を、敦子は冷めた思いで聞いていた。

この期に及んで、他人への恨みつらみしか口にできないとは。これまでも、すべてを何かのせいにして生きてきたのだろう。やはり、人の上に立つ器ではない。坂東の大軍を率いて上洛するなど、荷が勝ちすぎたのだ。

「それで、お召しの件は」

訊ねると、持氏は敦子がいたのも忘れていたかのように、濁った目を向けてきた。

持氏が手を叩くと、広間に二人の少年が入ってきた。着座し、敦子に頭を下げる。二人ともまだ、十歳になるかどうかという年頃だ。

「我が子の春王丸と安王丸じゃ。この二人を、日光まで落ち延びさせてもらいたい」

「そのような重大な役目を、何ゆえ余所者の我らに」

「そなたの護衛に付いておる菊童子とやらは、相当な腕だと聞いておる。もはや、この陣におる者どもは誰一人として信用できぬのでな」

この男にも、父としての情はあったらしい。少しだけ見直し、「わかりました」と答えた。

「お役目、謹（つつし）んでお受けいたします」

「わしは明日、残る全軍を率いて鎌倉に入り、最後の決戦を挑む所存じゃ。恐らく、万に一つも勝ち目はあるまい。だが、このまま終わるつもりはないぞ。この身が滅びようと、我が子らが必ずや、憲実と義教を討ち果たしてくれよう」

「御子たちにも、戦をさせるおつもりですか」

「当然じゃ。いつの日か、我が子らの下に坂東の武者どもが再び馳せ参じ、籤引き将軍を討ち滅ぼす日が必ずまいる。そうであろう、春王、安王」

「はい、父上」

「憎き籤引き将軍は、我らが倒してみせまする！」

二人が答える。父の言葉に微塵も疑いを持っていない、穢（けが）れの無い眼差し。

我が子にまで、呪いをかけるのか。思ったが、口を噤（つぐ）んだ。この戦を引き起こした側にいる自分には、何も言う資格などない。

四

その日のうちに、春王丸と安王丸、そして従者兼道案内と共に海老名を発った。

「命懸（いのちが）けで餓鬼（がき）のお守りかよ。割に合わねえだろ」

多聞はそう言って反対したが、敦子は取り合わなかった。鎌倉公方の血を引く者に恩を売っておくという打算もあったが、それ以上に、この二人を助けたいと、なぜか強く感じたのだ。

武蔵は敵の手に落ちているので、真っ直ぐ北上するわけにはいかない。いったん東へ進み、金沢六浦湊から船で下総へ向かうことにした。

一行は、戦から逃れてきた百姓を装っていた。敦子も若菜も男装し、腰に刀を差している。どこに幕府方の軍勢がいるかわからない上に、落ち武者狩りに出くわす恐れもある。間道を使い、少しずつ慎重に進んだ。

「せっかく初めての東国なのに、なんか散々」

出発翌日の夜、山中で焚火を囲んでいると、若菜がぼやくように言った。

「物見遊山に来たわけじゃないんだから」

雉丸がなだめるが、若菜は膨れ面を作ってごろりと横たわる。

六浦湊までは、あと三里ほど。このまま夜通し歩きたいところだが、童を二人も連れていてはそうもいかない。今夜はここで野宿するしかなかった。

「あー、お腹減った」

「さっき糒食べたばっかりだろ」

「あんなんじゃお腹膨れないよ。美味しくないし」

若菜と雉丸のやりとりをぼんやりと聞きながら、敦子は春王丸、安王丸の様子を窺った。

二人は寄り添いながら焚火に手をかざし、寒さに耐えている。

聡明で素直な子供たちだった。粗末な身なりで険しい山道を休みなく歩かされても、文句一つ言わない。持氏の遺志を継いで義教を討つまで、不平は漏らさないと決めているのだろう。そのけなげさに、敦子はかすかに胸が痛むのを感じる。

「何かいる」

若菜がいきなり体を起こした。敦子は傍らの刀を掴み、あたりを窺う。ここから鎌倉まで、それほど距離はない。幕府方の兵、あるいは落ち武者狩り。どちらが現れてもおかしくはなかった。

数拍の後、従者の一人の喉を矢が貫いた。血を吐いて倒れた従者に、安王丸が悲鳴を上げる。

敦子は春王丸と安王丸に飛びつき、地面に伏せさせた。続けて放たれた数本の矢が、頭上を飛び去っていく。草を掻き分ける音とともに、矢が飛んできた方向から、いくつかの人影が現れた。

四人。いずれも雑兵の身なりで、手には抜き身の刀を提げている。袖印は、持氏方の者だ。恐らくは脱走兵だろう。いきなり襲ってきたのは、敦子たちを捕らえて売り飛ばす魂胆か。

斬るしかない。意を決して刀の鯉口を切った時、多聞と若菜、雉丸はもう動き出していた。

瞬く間に、敵のうち三人が喉を抉られ、腕を飛ばされ、首筋を斬り裂かれた。

「姫さま、行ったぞ！」

多聞が叫んだ。残る一人が敦子に向かってくる。

鞘を払い、低く構えた。相手は叫び声を上げ、刀を高く振りかぶる。敦子は地面を蹴り、馳せ違いざま刀を横に薙ぐ。

左腿を深く斬られた相手が、地面に倒れ込んだ。刀を逆手に持ち替え、相手の喉に振り下ろす。

激しく噴き上がった鮮血が敦子の頬を濡らし、相手は声も無く絶命した。

刀を鞘に納め、尻餅をついたままの安王丸に手を差し伸べる。

「先を急ぎましょう。さあ、お立ちください」

安王丸は首を振り、兄の袴に縋りついた。春王丸も、弟を庇うように抱き寄せ、鬼か物の怪でも見るような視線を敦子に向けてくる。

「おい、餓鬼ども。人が死ぬのを見るのは初めてか？」

多聞が二人に訊ねた。春王丸が、無言で頷く。

「これが戦だ。敵も味方も、何の関わり合いもない民百姓も、際限なく死んでいく。それが嫌なら、さっさと出家して、経でも読んで一生を終えるんだな」


六浦の湊は、鎌倉に幕府があった頃から東国の物流の中心として栄えてきた。深い入江をいくつも抱える天然の良港で、多くの商家や寺社が集まり、この戦がはじまる前は、鎌倉にも劣らない賑わいを見せていたという。

幸い、このあたりは兵火にかかっていない。それでも、町全体がいつ襲ってくるかわからない幕府方の軍勢に怯えているのは、通りを歩く人々の表情を見ただけで、ひしひしと伝わってくる。寺社の境内や六浦川の河原は、戦から逃れてきた民で溢れ返っていた。

町で仕入れた情報によれば、持氏は十一月二日に鎌倉へ向けて進軍を開始したものの、その途上で上杉憲実勢の先鋒と出くわし、戦うことなく降伏の意を伝えたという。持氏は責任のすべてを家臣たちに押しつけ、処分を憲実に委ねたらしい。

「まあ、そんなこったろうと思った」

多聞は冷ややかに言ったが、持氏の子供たちはうなだれ、唇を引き結んでいた。

気の毒ではあったが、かけてやる言葉が見当たらなかった。敗北は、すなわち死。持氏はその覚悟を持ちきれないまま、兵を挙げたのだろう。

下総行きの船は、散々探し回った末に、相場の三倍の船賃を出すことでようやく手配できた。船は二十挺櫓の大きなもので、戦を逃れてきた有徳人も多く乗り込んでいる。

出航を待つ間、敦子は甲板に立って海を眺めた。空は曇天で風はひどく冷たいが、海は凪いでいる。船旅が珍しいのか、多聞たちは飽きることなくあちこちを眺めて回っていた。

結局、何のための戦だったのか。ふと、敦子は虚しさに襲われた。

海老名から六浦至る道中の村々は、どこも荒れ果てていた。敵味方問わず、兵糧調達の名目で略奪に遭ったのだろう。田畑はことごとく踏み荒らされ、火をかけられた家も少なくない。焼け跡に座り込んだまま、死んだように動かない老人。泣き喚く乳飲み子を抱え、呆然と虚空を見つめる母親。身を寄せ合い、泣きながら親を呼ぶ幼い兄弟。そんな光景を幾度も目にした。

持氏に兵を挙げさせれば、幕府を倒すまでいかずとも、痛撃は与えられると信じていた。だが、持氏は幕府にさしたる痛手も与えられず敗北し、鎌倉は焼け、村々は荒廃した。この光景を生み出した責めの一端は、自分にある。

――そなたなど、生まれてこなければよかった。

夢の中のあの言葉が、脳裏に蘇る。

いや、夢などではない。確かにこの耳で聞いた言葉だ。恐らく物心つく前から、幾度も浴びせられた呪いの言葉。

思い出すな。頭を振り、己に言い聞かせる。今の自分は、いつも怯えながら生きていたあの頃の自分よりずっと強い。理不尽に抗うことも、刀を持って戦うこともできる。

それでもあの言葉は、ふとした拍子に蘇り、過去の自分を容赦なく突きつけてくる。

敦子は右手に視線を落とした。掌に薄く残った傷跡。あの時、割れた小皿の破片を強く握ってできたものだ。もう、死ぬまで消えることはないだろう。

「敦子殿」

背後から声がした。振り返ると、春王丸、安王丸が並んで立っている。

「昨夜は取り乱し、無礼を働いてしまいました。お詫び申し上げます」

春王丸が言い、二人は神妙な顔つきで頭を下げる。

「何も、詫びることなどありません。初めて人が斬られるところを目の当たりにすれば、取り乱すのは当然のことです」

「あれからずっと考えておりました。父はなぜこの戦をはじめ、呆気なく降ってしまったのか。民に塗炭の苦しみを味わわせてまで、義教公を討つ意味とは何なのか」

一つ一つ言葉を確かめるように、春王丸が言う。

「父の心の裡はわかりません。しかし私は、多くの武士や民を苦しめ、憎悪の種を蒔き続ける義教公を許すことはできない。父の遺志だからではなく、私は己の意志で、義教公を倒したい」

「私も、兄上と共に戦います」

二人の強い眼差しを受け止めた瞬間、心の中に風が吹いたような気がした。

ああ、そうか。この二人は自分たちの力で、親にかけられた呪いを解いたのだ。

敦子は甲板に膝をつき、二人の手を取った。

「お二人を、心より尊敬いたします。いつかお二人が起たれる時には、必ずや馳せ参じましょう」

二人が頷いた時、船頭が出航を告げた。碇が上げられ、太鼓の音に合わせて櫓が水を掻く。走り出した船は波を掻き分け、水の上を軽やかに進んでいく。

気づけば、曇天の切れ間から眩い日の光が射していた。

第四章

吉野の戦い

一

大和国高取城に集結した軍勢は、一万五千を超えようとしていた。城のある山の麓には、様々な旗印が林立している。最も多いのは一色家で、他には土岐家、細川家、畠山家、赤松家、安芸武田家と、有力大名の旗がひしめいていた。

永享十一年三月。武部直文は三百の麾下を率い、この陣営に参じていた。目標は、吉野に集結した南朝方の殲滅である。

足利持氏の挙兵に端を発した東国の争乱は、鎌倉公方家の滅亡という形で終息していた。

昨年十一月、上杉憲実ら幕府方に敗北した持氏は降伏し、称名寺で出家した。憲実は持氏嫡男の義久に鎌倉公方を継がせることを提案したが、将軍義教はこれを拒絶、憲実に持氏父子の討伐を重ねて命じる。今年二月、憲実はやむなく称名寺を攻め、持氏と義久は自害して果てた。

その間、上方でも幕府方と南朝方の戦いは続いていた。昨年八月には、幕府方は多大な犠牲を払いながらも越智維通の本拠である多武峰を攻め立てた。維通は抗戦を断念し、多武峰を放棄して行方をくらませている。

その維通が吉野に現れ、再び軍勢を集めているとの報せが届いたのは、今から一月ほど前のことだ。大和や伊勢、紀伊に潜伏していた南朝方が馳せ参じ、かなりの兵が集まっているという。

義教は諸大名に再度の大和攻めを命じ、一色義貫を総大将に任じた。今度こそ維通の首級を挙げ、禍根を断てとの厳命である。

着陣の報告を終え、城の麓に割り当てられた陣屋に戻ると、遠藤玄蕃が言った。

「天然の要害に加え、敵兵力も不明。しかも敵将があの越智維通となると、なかなかに厳しい戦となりましょうな」

「確かに、難しい戦となるのは間違いないだろうな。だがだからこそ、ここで南朝の主立った将の首を獲れば、抜群の武功となる」

「賀名生での敗北を補って余りある手柄、というわけですか」

「そういうことだ」

大覚寺義昭奪還のため賀名生を襲撃したのは、もう一年半も前のことだった。

あの日の屈辱は、直文の心にいまだ深い爪痕を残していた。鳥羽尊秀の策に翻弄され、多くの麾下を失い、直文自身も首を獲られかねなかったのだ。激怒した義教は直文の切腹まで口にしたが、義貫の説得でどうにか事無きを得ていた。

義貫に助けられた。それが、直文の心に引っかかっている。できることならあの父に、借りなど作りたくない。

その後も、直文は義昭と尊秀の捜索に全力を挙げ、南大和の南朝方の拠点をいくつも襲撃した。だが、二人の足取りは摑めず、偽の情報に踊らされて無駄足を踏むことも一再ではなかった。

そうした折の、吉野攻めへの参陣命令だった。戦の役には立たないであろう義昭はともかくとして、尊秀は必ず吉野にいる。直文はそう確信していた。

尊秀を討つ。そして、義貫に借りを返す。それがこの戦での、直文の目標だった。

「ご一同、参陣ご苦労に存ずる」

その日の夕刻に開かれた軍議で、上座に就いた義貫がまず頭を下げた。

高取城の広間には、伊勢守護の土岐持頼、幕府相伴衆の武田信栄、河内・紀伊・越中守護の畠山持国、管領・細川持之の一族で阿波守護の細川持常、伊予守護の河野教通ら、錚々たる顔ぶれが集っている。直文は、その末席に連なっていた。

床には、奈良から大和、河内、伊勢、紀伊熊野に至る詳細な地形が描き込まれた大きな絵図が広げられている。一年半の間、義昭と尊秀を追っていた直文は、ほとんど人の通らない間道まで頭に入っていた。この場に呼ばれたのも、それを買われてのことだろう。

「速やかに吉野を落とし、必ずや越智維通の首級を挙げよ。それが、上様よりの御下知である」

一同に向け、義貫が告げた。その声音には、どこか悲壮さのようなものが漂っている。

維通が幕府に弓を引いて、すでに十年近くになる。その間、幕府勢は幾度となく維通を取り逃がし、再挙を許してきた。義教の堪忍袋も、そろそろ限界なのだろう。再び維通追討に失敗すれば、義教の怒りは義貫ら諸将へ向かうことになる。

「間者の報せによれば、吉野に集まった軍勢は、少なくとも三千とのことである。さらに金峯山寺の僧兵や熊野の衆徒が加われば、五千、六千、あるいはそれ以上にも達する恐れがある」

義貫の言葉に、諸将の表情が曇った。城攻めには、敵の三倍の兵力が必要とされる。しかも敵が拠るのは、天険と言っていい吉野だ。力で攻め落とそうとすれば、こちらの損害も甚大なものとなるのは明白だった。

「難しき戦となろう。何か策がおありの方があれば、遠慮なく申し出られよ」

最初に挙手したのは、畠山持国だった。

「こちらは一万五千の大軍とはいえ、敵の兵力がわからぬでは、力攻めはかなうまい。吉野へ通じる街道を封じ、兵糧攻めにしてはいかがかな？」

持国は、当年四十二。四代将軍義持、五代将軍義量の時代に幕府管領として権勢を振るった畠山満家の嫡男で、大和攻めには幾度も参戦している。その渋面からは、この戦に乗り気でないことがありありと伝わってきた。

「それはようござる。無理な力攻めで、犠牲を出すこともござるまい」

「道を封じるだけなら、大軍は不要。最低限の兵力だけ残し、あとは国許へ帰してもよかろう」

持国の意見に、諸将の多くが賛意を示した。

大名家の当主たちの頭にあるのは、幕府への忠誠でも世の安寧でもなく、自家の存続と己の利益だ。さしたる恩賞も望めない大和攻めへ幾度も駆り出され、兵力と戦費を消耗することに、誰もが辟易としている。

総大将は義貫だが、この中で最も家格が高いのは、管領家の一つである畠山家だ。その当主の持国が言外に力攻めを拒んだことに、諸将は胸を撫で下ろしているのだろう。

「ご意見は承った。だがそれで、上様は納得なされまい」

義貫が言うと、座が静まり返った。

「そもそも吉野の地は山深く、いたるところに抜け道がござる。半年、一年かけたところで、攻略はかなうまい。その間、上様が辛抱強く待たれるとお思いか？」

義教の逆鱗に触れれば、守護職の没収や家督の剝奪はおろか、家の存続すらも危うくなる。

己の得にならない戦などやりたくはないが、義教の機嫌も損ねたくない。かといって、誰かが抽んでた功績を挙げることは阻みたい。それが諸大名の、偽らざる本音だろう。この士気の低さと将たちの連携の悪さが、維通が十年に及ぶ抵抗を続けられた要因だと、直文は見ていた。

加えて、将たちは疑心暗鬼に苛まれている。義昭が南朝方に投じた今、誰が寝返ってもおかしくはない。諸将が積極的に戦おうとしないのも、無理はなかった。

「何を暗い顔をなさっておるのだ、ご一同」

重苦しい空気を吹き飛ばすように、土岐持頼が声を上げた。

年の頃は四十前後。長身の美丈夫で、かつて宮中の女官と密通して守護職を解任されるという事件を起こしていた。そうした見かけや経歴に似合わず、叡山攻めや北畠満雅の反乱鎮圧に活躍した、歴戦の武人でもある。

「敵が幾千おろうと、その大半は野伏せりや溢れ者ではないか。いくらか僧兵が加わったところで、たかが知れておる。錦旗を押し立てて威風堂々進軍し、正面から蹴散らしてやろうぞ！」

豪放に笑うと、持頼は義貫に向き直り、両拳を床につけた。

「越智維通なる者、一度手合わせしてみとうござった。方々は腰が引けておられるゆえ、先陣の栄誉はぜひ、それがしに賜りたい。維通が首級、見事持ち帰って進ぜよう」

「おのれ、腰が引けておるとは何事か！」

「土岐殿、言葉が過ぎようぞ！」

諸将が口々に喚き、我も我もと先陣を求める。厭戦に傾いていた場の雰囲気は、瞬く間に一掃されていた。持頼と視線を交えた義貫が、わずかに微笑する。

なるほど上手いものだと、直文は思った。義貫はあらかじめ、持頼に先陣を志願するよう頼んであったのだろう。二人は普段から親交が深く、昵懇(じっこん)の仲だという。義貫はここに集まった諸将の中で、持頼に最も信頼を置いているはずだ。

「よろしい。では、先陣は籤引きといたす。されど、何の策も無しに天険の吉野を攻めるは、やはり不安がある。そこで」

義貫の目が、末席の直文に向けられた。

「武部直文。そなたはこの一年半の間、大和の山中に分け入り南朝方を追ってまいった。吉野周辺の地勢にも詳しかろう。何か、策はあるか？」

義貫に参陣を報告した際に下問されたので、吉野攻めの策は進言してある。それを直文自身の口から言わせることに、義貫は何かしらの意味を込めているのだろう。自分が義貫の庶子であることは、知っている者は知っている。己の子を引き立てようという意図を察し、敵意にも近い目を向けてくる者もいた。

知ったことか。内心で吐き捨て、口を開いた。

「では、申し上げます」

二

一際強い風が吹き、桜の花弁が舞い散った。見渡す限りに咲(さ)き乱(みだ)れていた桜も、もうほとんどが散りかけている。

越智維通は、吉野山の入口に当たる一之坂砦を見回りながら、山を覆う桜を見上げた。

金峯山寺の開祖である役小角は、千日に及ぶ厳しい修行の末に金剛蔵王権現の姿を感得し、これを山桜の幹に彫刻した。これを金峯山寺の本尊として祀ったことから、吉野では桜が神木と見做され、数多く植えられたのだという。

来年の桜を見ることはあるだろうかと、維通は思った。少なくとも、吉野に集まった将兵のうち何十人か何百人かは、確実に命を落とすことになる。そこに自分が含まれるか否かは、五分五分といったところか。

昨年八月に多武峰を放棄して、半年余り。分散して南大和各地に潜んでいた南朝方は、吉野で再び集結していた。越智、箸尾ら大和の武士の他、鳥羽尊秀とその麾下や河内の楠木党、天川、賀名生、十津川の郷民、さらに吉野金峯山寺の僧兵が加わり、総勢はおよそ四千五百。五千は超えるだろうと思っていたが、予想よりも兵の集まりは悪かった。

対する幕府方は、高取城に一色義貫を総大将とする大軍を集めていた。かつては越智家の城だった高取城は、吉野からおよそ一里半の距離に位置している。恐らく数日のうちには、吉野へ攻め寄せてくるだろう。

兵たちは、砦の増強に忙しなく立ち働いていた。空堀は深く、土塁は高くし、塀や柵は修繕、補強されている。兵のほとんどは野伏せりや溢れ者だが、士気は思っていたほど低くない。

野伏せり、溢れ者といっても、その出自は様々だ。飢饉や年貢の取り立てに苦しみ、田畑を捨てた農民。戦に敗れ、父祖伝来の土地を追われた武士。いずれも、他に行き場所の無い者たちだ。

そして誰もが心の中に、幕府への恨みと、今の世の有り様に対する怒りを抱えている。だがこの士気の高さは、恨みや怒りだけではない。

維通は、隣を歩く女人に目を向けた。紺地に金銀の刺繡を施した鎧直垂に、戦場でもよく目立つ赤糸縅の鎧。艶のある黒髪を後ろでまとめ、腰には黄金造りの太刀を佩いている。

玉川宮敦子。この地に集まった南朝方の中では最も高貴な血筋のため、名目上の総大将に祭り上げられている。今回の戦では、敦子の下で、維通や鳥羽尊秀らの将が実際の指揮を執るという形になっていた。

「おい、姫様がおいでじゃ！」

敦子に気づいた兵たちが作業の手を止め、地面に膝をつく。

「皆の者、苦労である」

凛とした声音で、敦子が声をかけた。

「だが、私に礼を尽くすより、普請を続けてほしい。女子に見惚れて砦を落とされたとあっては、我らはよい笑い者じゃ」

戯言めかした言葉に、兵たちは声を上げて笑い、作業に戻っていく。

兵たちに姿を見せ、声をかけるのが自分の役割と心得ているのだろう。担がれた御輿とはいえ、敦子に対する兵たちの信望は篤い。

その整った容姿や血筋から来る気品もさることながら、敦子は総大将に相応しい胆力のようなものを身につけていた。戦況としては追い詰められているにもかかわらず士気が高く維持できているのは、敦子の存在によるところが大きい。

前に顔を合わせた時よりも、敦子はずいぶんと大人びていた。以前は常に張り詰め、周囲に弱さを見せまいとしているように見えたが、今は無用な棘が消え、余裕さえも感じられる。

昨年、敦子は南朝の使者として東国へ下り、幕府方と足利持氏の戦を見届けていた。その際、幕府軍の目をかいくぐり、持氏の遺児たちを日光まで送り届けたという。その経験が、敦子を一回り成長させたのだろう。

「維通殿。この戦、やはり避けては通れぬのでしょうか」

本陣の置かれた金峯山寺蔵王堂へ戻る道すがら、敦子が言った。

「今の我らに、幕府方と正面きって戦うだけの力があるとは思えません。鎌倉公方も滅ぼされた今、力を蓄え、味方を増やすことに専念するべきだったのでは？」

「仰せはごもっとも。されどここで息を潜めて逼塞しては、幕府の追及が激しくなるばかり。現に、多武峰を放棄して以来、各地の拠点が襲撃され、多くの味方が討たれております」

「散らばって討たれるのを待つよりも、一丸となって抗するべきだと？」

「はい。まずは我らの生きる場所を守らぬことには、幕府を倒すことなどかないませぬ」

実際はそれに加え、多武峰の失陥で領地を失った大和の武士たちが、戦を強く望んだこともある。これ以上戦を避け続ければ、領地の返還と引き換えに、幕府に降る者も現れかねない。一口に南朝方と言っても、立場によって思惑は様々で、一枚岩には程遠い。

「維通殿は何ゆえ、戦を続けておられるのです？」

不意に問われ、維通は返答に窮した。

南朝再興の大義に興味も無ければ、幕府を倒して立身を遂げたいという野心も無い。頭を押さえられながら生きることへの反発と、己の将器を試したいという思いがあっただけだ。

だがそれも、長い戦いの中で次第に萎えていった。それでも戦をやめないのは、単なる意地、もしくは業のようなものなのかもしれない。

維通が答えに詰まるのを見て、敦子が口を開いた。

「私は、この国に住まうすべての者が、人らしく生きられる世を創りたいと願っています。誰にも奪われず、誰からも奪わずにすむような世を。青臭い夢物語だと、嗤われるやもしれませんが」

真っ直ぐ前を見据えて語る敦子の姿に、維通は目映さを覚えた。

「嗤いません」

思わず、口を衝いて出た。

「誰が嗤おうと、それがしは嗤いませぬ。それがしはこれより、敦子様の夢物語のため、戦うことにいたします」

敦子は足を止めてこちらへ向き直り、微笑を浮かべた。

「ありがとう。まずは、この戦に勝ちましょう。我らの生きる場所を守るために」

翌日正午過ぎ、金峯山寺蔵王堂には、上座に就く敦子の他、鳥羽尊秀、名和長時、箸尾為憲、河内の楠木一族ら主立った将が居並んでいた。幾人かの僧形の男は、金峯山寺の僧侶たちだ。

高取城に潜り込ませた間者から、出陣が明朝に決まったという報せが届いたのは、つい先刻のことだ。先陣は、猛将として知られる伊勢守護・土岐持頼だという。

明日の夕刻には、敵は吉野に到着する。恐らく、攻撃開始は明後日の朝だろう。

維通は、床に広げられた絵図にじっと視線を落としていた。絵図には、吉野山を中心とする大和南部一帯が描き込まれている。

吉野山とその周辺を一つの城に見立てると、攻め口は二つ。北の大手口と、南の搦め手口だ。北を流れる吉野川は外堀に当たる。その南岸に建ち並ぶ町屋のすぐ南が、大手門に当たる一之坂砦だった。その東には丹治砦、西には六田砦があり、この三つの砦が互いに支え合うことで、北から攻め寄せる敵を迎え撃つことができる。

ここを突破されたとしても、本丸に当たる金峯山寺までは、勾配の厳しい上り坂が続く。その途中には空堀や土塁、柵が幾重にも巡らされ、方々に建ち並ぶ寺院や塔も、それぞれ砦の役割を果たしている。険しい地形と、無数に張り巡らされた防塁。いかなる大軍も、大手から吉野を攻め落とすことはかなわないだろう。

だが、鉄壁の防御を誇る吉野も不落を誇るわけではない。

今から百年以上前、後醍醐帝の皇子・護良親王が吉野で鎌倉幕府打倒の兵を挙げた。この時、護良親王は大手から攻め寄せる鎌倉方の大軍をよく防いだものの、搦め手に当たる南の青根ヶ峰方面から侵入した敵の奇襲を受け、敗北を喫していた。金峯山寺の南側は北側の大手に比べ、さらに地形が険しく道も細い。まさかここから攻められることは無いだろうと、防備を手薄にしていたのが仇となったのだ。

幕府方も当然、この故事は知っているだろう。大手を攻めると同時に、搦め手にも兵を向けてくるはずだ。となると、ただでさえ少ない兵力を、搦め手にも割かなければならない。

維通は絵図から顔を上げ、鳥羽尊秀に向かって言った。

「搦め手口の守備は尊秀殿にお願いしたいと存ずるが、いかがか」

尊秀の麾下は三百と少ないが、いずれも山岳戦に長け、奇襲を得意としていた。地形が険しく、伏兵を置きやすい搦め手口の守りにはもっとも適している。

「三百ではいささか心もとないゆえ、金峯山寺の僧兵一千を連れて行かれよ」

「承知いたした」

意外なほどあっさり、尊秀が承諾した。端整な顔立ちと、頬に張り付いたような微笑。相変わらず、その表情からは心底が窺えない。

この戦に乗り気ではないのだろうと、維通は見ていた。賀名生や天川、十津川を転々としている鳥羽勢に、吉野を死守しなければならない理由は無い。搦め手の守備を引き受けたのも、大手で大軍を相手にするよりも、自軍の消耗を抑えられると考えたからだろう。

軍議が散会すると、居室に使っている坊に戻り、維通は再び思案を巡らせた。

最初の数日で、どれだけ敵に犠牲を強いることができるか。それが、勝敗の分かれ目になる。兵糧を運び込める抜け道がいくつもあるため、吉野は兵糧攻めでは落とせない。長い滞陣になれば、付け入る隙も生じるはずだ。

とはいえ、外に味方がいない現状では、吉野を守りきったとしても、それ以上の攻勢は難しい。鎌倉公方家が今も健在ならば、情勢は大きく違っていただろう。幕府の軍が東国に出払っている隙を衝き、義教を倒そうと考える大名も現れていてもおかしくはない。

そうなると、持氏の挙兵は幕府にとって、むしろ好都合だったとも言える。潜在的な脅威を取り除く口実を、持氏は自ら与えてしまったのだ。そしてその結果、幕府は東国の動静に気を配る必要が無くなり、諸大名は持氏の二の舞となることを恐れるようになった。

「まさか」

持氏に兵を挙げさせることに最も積極的だったのは、鳥羽尊秀だった。掌中(しょうちゅう)の玉である敦子を使者としてまで、持氏に挙兵を説いたのだ。尊秀が、こうなることを予期していたとすれば。

いや、あり得ない。あの時点で、鎌倉公方と手を組むのは極めて妥当(だとう)な策だった。持氏があれほど呆気なく敗れるなど、誰も予想できなかったのだ。

考えすぎだろう。戦が近づくと何もかもが気にかかり、疑ってしまうのは、昔からの悪い癖(くせ)だ。

維通がこれまで戦ってこられたのは、尊秀の支援があったればこそだ。一昨年の橘寺の合戦では、菊童子の働きで一色義貫を討ち取る寸前までいった。それを何の証も無く疑うとは。

剣でも振って、少し頭を休めよう。思い立ち、絵図を畳(たた)んで立ち上がった。

「これは、越智様」

外に出ると、行き会った数人の若い兵が、片膝をついた。そのうちの一人に、見覚えがある。

「そなたは確か……」

「菊童子の多聞です」

そうだ。橘寺の合戦の後に、尊秀に紹介された若者だった。明日の戦のことで、尊秀から下知を仰いだ帰りだという。

「ちょうどいい。軽く剣でも振ろうと思っていたのだが、一勝負せぬか。相手がいた方が、張り合いがある」

維通が一瞬放った殺気を、多聞はにやりと笑って受け止めた。やはり、相当の腕と自信を持っているのだろう。

「承知いたしました。では、お手柔らかに」

「そなたこそ、あまり本気になるなよ。戦の前に、死にたくはないからな」

間合いを取り、互いに抜刀する。多聞は身を屈め、剣先が地面に触れそうなほど低く構えていた。野の獣と向き合っているような心地に、肌がひりつく。

いい気散じになりそうだ。思わず緩んだ頰を引き締め、維通は地面を蹴った。

三

彼方から聞こえてくる喊声を、多聞はぼんやりと聞いていた。

幕府勢が吉野川を越え、戦端が開かれて三日。敵は麓の一之坂、丹治、六田の各砦を攻め立てているが、いまだ一つも落ちてはいない。戦況は、おおむね膠着と言ってよかった。

「退屈だな」

菊童子の陣屋として割り当てられた小さな僧房の縁に寝転がり、多聞は呟いた。

金峯山寺蔵王堂のさらに南に位置する、愛染宝塔と称される一角だ。このあたりには多くの寺院や僧房、仏塔が建ち並び、搦め手口の守備に当たる鳥羽尊秀勢三百と、金峯山寺の僧兵一千が陣を置いている。

いまだ、搦め手口から敵が現れる気配はない。初めは気を張っていた将兵も、三日目ともなれば手持無沙汰で、それぞれ思い思いに時を潰していた。

空は穏やかに晴れ渡り、喊声の合間には鳥のさえずりも聞こえてくる。

「暇なら、お前も手伝え。動かないと、体が鈍るぞ」

庭から、菊童子の若い兵たちに剣の稽古をつけている弥次郎が言ってきた。離れたところでは、雉丸も弓を教えている。稽古といっても、いつ戦になるかわからないので、さして激しいものではなかった。

「気が乗らねえ」

戦がはじまる前に一度、越智維通と軽く手合わせをした。腕はほぼ互角で勝敗こそつかなかったものの、菊童子の兵を相手にあれほど面白い立ち合いができるとは思えない。

「別にいいじゃない、退屈でも」

縁に座る若菜が、庫裏でくすねた菓子を齧りながら言う。

「戦わずにすむなら、それにこしたことはないでしょ。戦は嫌い」

若菜が戦を嫌がるのは、道義云々からではない。汗や泥、返り血で汚れるのが嫌なのだ。

「よくねえよ。それじゃあ手柄が立てられないだろ」

「それで、姫さまに褒められようって？」

若菜は足をぶらつかせながら、にやにやと笑う。

「馬鹿言ってんじゃねえ。誰があんな不愛想な……」

言いかけて、多聞は口を噤んだ。

「皆の者、苦労である」

数人の兵を引き連れて現れたのは、鳥羽尊秀だった。多聞は体を起こし、庭に片膝をつく。

「お前たち、よもや気を抜いてはおるまいな」

尊秀の後に従う名和長時が言った。

「大手では、今も激しい戦が続いておる。敵がいつ、別働隊を搦め手に回してこぬとも限らぬ。くれぐれも油断するでないぞ」

「長時殿。来るのかどうかもわからない別働隊を待っているばかりでは、ここにいる兵を遊ばせておくことになります。半数は、大手の応援に回してもいいのでは？」

「多聞。軍略については我らが話し合って決めること。お前が案ずる必要はない」

「しかし」

「まあよいではないか、長時」

多聞の不満をなだめるように、尊秀が言った。

「多聞もそろそろ、大局を見る目を養っておいてもよかろう」

尊秀は庭に降り、地面に指で吉野周辺の絵図を描いてみせる。

「まずは、相手の立場になって考えることだ。幕府方は大軍だが、正面からこの吉野を落とすことは不可能に近い。だが当然、南朝方は搦め手にも兵を配しているだろう。斬り合いの時、しっかりと身構えた相手を崩すのに、お前ならどうする？」

「同じところを攻め続ける。頭なら頭。続ければそのうち、足の守りがが空きになる」

「そういうことだ」

尊秀が笑う。つまり、ひたすら大手を攻めるように見せて、こちらに搦め手の防備を解かせることが狙いということか。確かに、斬り合いに喩えられれば多聞にもわかりやすい。

「私の勘だが、あと三日、いや二日のうちに、敵は搦め手から襲ってくるぞ。物見は頻繁に放っておけ。敵が現れたら、一人も生かして返すな」

顔つきや口ぶりこそ穏やかだが、尊秀の声音は、ひどく冷徹なものを孕んでいる。

翌日、尊秀の言葉通り、搦め手口を見張っていた雉丸から敵が現れたとの注進が入った。数は千五百。主力は一色勢で、吉野の南の山中を流れる脇川に添って北上しているという。

尊秀は鳥羽勢と僧兵を青根ヶ峰一帯に配し、自らも手勢とともに愛染宝塔に本陣を置いた。

「千五百か。いささか多いな」

そのくらいが、狭い山道を進める限界の兵力だった。それだけ、敵も必死だということだろう。

「多聞。お前は菊童子を率い、百貝岳に潜め。敵がこの愛染宝塔に攻めかかったところで、背後を衝くのだ」

愛染宝塔の南に位置する百貝岳は、敵の側背を衝くには格好の場所だ。あわよくば、搦め手口の大将の首も狙える。

百貝岳の中腹に潜んで待つと、山中を進む敵の姿が見えてきた。士気も練度もさして高くは見えず、行軍の列は長く伸びきり、遅れる兵も出ている。山中の行軍に慣れていないのだろう。

「おい、弥次郎。何かおかしくないか?」

「何がだ?」

「敵は、搦め手からの攻撃に勝負を賭けているはずだろう。だったら、もう少しましな軍を出してくるんじゃないのか?」

「考えすぎだろう。幕府軍は元々、士気が低い。その上、長い滞陣で嫌気（いやけ）がさしている。全体の質がさらに落ちていても、不思議じゃない」

確かにその通りなのだろう。だが、胸に染（し）みついた違和（いわ）は拭えない。

やがて、喊声が聞こえてきた。敵が、愛染宝塔の尊秀本隊に攻撃を仕掛けたのだ。

本隊は地の利を巧みに活かし、方々に伏兵を置いて矢と礫（つぶて）を放っていた。長い山中の行軍ですでに疲弊（ひへい）していた敵は、早くも浮足立っている。

「行くぞ」

多聞の下知で、菊童子が動き出した。気配を消し、草木に紛（まぎ）れながらそろりそろりと敵に接近していく。いくらか開けた場所に、二百人ほどが固まっていた。

采配（さいはい）を手にした鎧武者が苛立たしげに声を荒らげ、下知を出している。鍬形（くわがた）を打った兜に、紺（こん）糸縅（いとおどし）の大鎧。あれが搦め手軍の大将だろう。距離はおよそ二町。後方に気を配る様子もない。

半町の距離まで近づいた。無言で片手を上げ、前に向けて振り下ろす。

森の中から放たれた矢が、敵兵の背中に次々と突き立つ。奇襲に気づいた敵が、慌ただしくこちらへ向き直った。ぱらぱらと矢が放たれるが、狙いは定まっていない。

喊声を上げることもなく、五十人の菊童子が弥次郎を先頭に斬り込んでいく。あどけなさの残る姿に戸惑い、躊躇（ためら）いを見せた敵が最初の餌食となった。それなりに腕の立つ敵の武者たちも、菊童子の兵たちの素早さに翻弄され、斬り刻まれていく。

激しい斬り合いの中で、多聞はあの男を探した。武部直文。この戦場のどこかにいるはずだが、姿は見えない。ここにいないとすると、大手側の軍に配されたのか。

探すのを諦(あきら)め、敵の大将に向かった。背後から奇襲を受けたと悟った敵の前衛が、こちらへ戻ってこようとしている。その前に、大将の首を獲らねばならない。

大柄な武者が、多聞の前に立ち塞がった。腕はそれほどでもないが、膂力(りょりょく)が強い。数合斬り結び、鍔(つば)競り合いになった。その脇を弥次郎が駆(か)け抜(ぬ)け、敵の大将に向かっていく。

大将を守ろうとする敵の近習(きんじゅう)を、弥次郎は一人二人と斬り伏せていく。多聞が大柄な武者を倒すと同時に、弥次郎の刀が大将の喉を抉った。

大将を失った敵が、たちまち崩れていく。鳥羽勢と僧兵も反撃に転じ、後は掃討戦となった。

僧兵たちが手柄を求め、逃げた敵を追って山へ入っていく。

やはり、ここに武部直文はいなかったようだ。落胆を覚えつつ、菊童子をまとめた。

死んだ者は一人もいない。三人が手傷を負ったが、戦えないほどではない。

「まあ、上出来だな」

「大将首も獲ったし、姫様に褒められるね」

雉丸が邪気の無い笑みを見せた刹那、誰かが遠方を指した。金峯山寺蔵王堂の方角から、敵襲を告げる狼煙(のろし)が上がっている。

「そんな、何で……」

「こっちの敵は、囮(おとり)だったってことだ」

多聞は舌打ちした。

「救援に向かうぞ」

「待ってよ、多聞。尊秀様に報告を……」

「後だ。蔵王堂が落ちれば、この戦は負ける」

それに、あそこには敦子がいる。

「急げ！」

先頭に立ち、多聞は駆け出した。

四

直文の下知で、いくつかの僧房や仏塔に火がかけられた。

炎と煙が上がり、視界が遮られる。これで、敵はこちらの兵力を読みづらくなる。

直文の読み通り、金峯山寺の蔵王堂にさほどの兵はいなかった。

広い吉野を守るには、方々に兵を配さなければならない。大手の三つの砦から、金峯山寺へ通じる参道。さらには搦め手口。要所を固めれば、おのずと本陣に当たる蔵王堂周辺は手薄になる。

そこを、道も無い山中を進んだ直文の軍が衝く。その策が当たったという形だった。

鉈(なた)で木の枝を伐(き)り払い、木の幹に結んだ綱を頼りに崖を下る。そんな苛酷(かこく)な行軍を、丸二日続けた。足を滑らせ、消えた兵も四人いる。だが、その苦労は無駄ではなかった。

こちらは直文直属の三百のみだが、この近辺にいる敵もせいぜい五百といったところだ。不意を打ったぶん、こちらが有利に戦を運べる。

「武部様」

雑兵姿の弘元坊が、近くに来て囁いた。

「搦め手口の軍勢は、背後より奇襲を受けて敗走。愛染宝塔を固めていた一千の僧兵が追撃に出て、山へ入りました」

千五百もの味方を囮にするのは気が引けたが、義貫はさしたる躊躇も見せず、直文の献策を容れた。囮に使ったのは、水面下で一色家の家督を狙う義貫の甥、教親に近い家臣たちだ。今頃、自分たちが囮役を務めたなどとは露とも思わず、山の中を逃げ惑っているのだろう。

周囲は乱戦模様だった。蔵王堂を固めているのは戦慣れした越智家の兵だが、いきなり本陣を衝かれたことで、動揺は隠しきれずにいる。

越智維通、もしくは鳥羽尊秀の首。そのいずれかを獲れば、南朝方はかなりの力を失う。幕府内での一色家の立場も、大きく向上するだろう。

境内に通じる門扉が、内側から開かれた。塀を越えて侵入した、弘元坊の配下の働きだ。

「よし、斬り込むぞ。維通を探せ！」

あたりに菊童子の姿は見えないということは、鳥羽尊秀もここにはいないのだろう。恐らく、搦め手口の軍を壊滅させたのは、尊秀と菊童子だ。救援に駆けつけられる前に、維通の首を挙げねばならない。道らしい道も無い山中を進むため、麾下は直文を含め、雑兵のような軽装だ。あまり長引かせたくはなかった。

二十人ほどの手勢をまとめ、境内に突入した。次の刹那、前を駆けていた兵の頭を、矢が貫く。放ったのは、縁に立つ若い武者だ。兜は着けず、額に鉢金を巻いている。その周囲を、十数人の敵兵が固めていた。

「皆の者、怯(ひる)むな。敵は寡兵ぞ。救援が来るまで、何としても持ちこたえよ！」

戦場には不釣り合いな、涼やかな女の声。身に着けた武具のきらびやかさを見る限り、菊童子ではなさそうだ。そして何より、女武者に激励された敵兵の顔つきが、明らかに変わっている。何者かはわからない。だが、南朝方にとって重要な人物であることは間違いないだろう。あるいは、南朝の皇統に繋がる者ということもあり得る。

「玄蕃、あの女子は殺すな。生きたまま捕らえよ」

「承知いたしました」

境内の方々で、斬り合いがはじまった。直文は薙刀で向かってきた僧兵と斬り結びながら、縁に目を向ける。壮年(そうねん)の鎧武者が女武者の袖を摑み、何か喚いていた。ここから離れろとでも説いているのだろう。

あの壮年の武者が、越智維通か。僧兵を斬り伏せ、縁に向かって駆ける。

気づいた鎧武者が、庭へ下りた。背に負った大太刀を抜き、直文の前に立ちはだかる。

「越智維通殿か？」

「いかにも。そなたは？」

戦場嗄(か)れした、野太い声。発する気は、相当な手練れのものだった。

「一色家家臣、武部直文。あの女子は何者だ。南朝の皇女か？」

「知りたくば、わしに勝つことだな」

いきなり、維通が前に出た。上からの斬撃を、後ろへ跳び退(との)いてかわす。刃風(はかぜ)だけでも頬が切れそうだった。

大太刀の刃渡りは、五尺を越えているだろう。それを易々と使いこなす膂力と技量は、尋常なものではない。

「強い相手に出合えて嬉しい。そんな顔だな」

大太刀を構え直し、維通が笑う。

「そなたも、わしと同じ病らしい」

踏み込んだ。間合いを詰め、突きを中心に鎧の隙間を狙う。維通は最小限の動きで捌きながら、反撃を繰り出してくる。受け止めるだけで肩まで痺れが走る、まさに豪剣だった。

周囲の敵味方は、自分の相手で精一杯だ。それでなくても、この斬り合いに割って入ることができる者はいないだろう。大将同士の一騎討ちなど愚の骨頂だが、血の滾りは抑えきれない。言われてみれば、確かに病なのかもしれない。

「そなたは何のために戦う。忠義か、それとも己の立身出世か？」

「どちらも興味は無いな」

間合いを取り、睨み合った。技量はほぼ互角。だが、維通は大鎧を着こんでいるため、隙は少ない。対する直文は胴丸と籠手、脛当てだけだが、そのぶん素早く動ける。

博打のようなものだ。賭けるのは、己の命。面白いと、直文は思った。

刀を下段に構え、体勢を低くした。じりじりと、間合いを詰めていく。

殺気。肌を打つと同時に、前に出た。頭上から、大太刀が振り下ろされる。跳ね上げた直文の太刀が、音を立てて折れた。

右肩に衝撃。鍔元に近く、深く斬られてはいない。そのまま維通に組みつき、脇差を抜いた。

脇の下の、鎧の隙間。刃をあてがい、引いた。呻き声を上げ、維通が遠ざかる。

維通の右の脇が、赤く染まっていた。見る見る、足元に血溜まりができていく。

「勝負はついた。得物を捨てろ。介錯してやる」

答えず、維通が笑みを浮かべる。まだ、戦う気でいるらしい。

「維通殿！」

女武者が叫んだ。矢が尽きたのか、太刀を手にしている。

「ここは退かれよ。生きて、再起を期すのだ！」

しばし維通を見つめ、女武者が背を向けた。

「逃がすな。捕らえろ！」

叫んだ直文に、維通が斬りかかってきた。だが、その斬撃は見る影もないほど遅く、力も無い。

直文は難なくかわした。

「あの御方は、我らの希望だ」

「何？」

「わしらのような、戦場でしか生きられぬ愚か者にも、あの御方は道を示してくれる。あの御方を、討たせるわけにはいかんのだ」

「そなたほどのつわものが、女子に縋るか」

「嗤わば嗤え」

荒い息を吐き、膝を震わせながら、それでも大太刀を振る。脇差で受け止めた斬撃は、悲しいほど軽い。押し返し、脇差の切っ先を首筋に当てる。

「口惜しいな。ようやく、戦う意味を見出せたのだが……」

「人が争うことに、意味などない」

両腕に力を籠めた。肉を斬り、太い血の管を断つ。

「哀れな男よ……」

言い遺し、維通が崩れ落ちる。

境内は、ほぼ制圧されていた。斬り込んだ味方のうち、半数近くが手負っている。それほど、激しい戦いだった。

あの女武者の姿は見えない。だが、何としても捕らえようという気は失せていた。

維通が討たれたことで、蔵王堂の外の敵は戦意を失いつつある。大手口でも、味方が攻勢に出ていた。三つの砦のうち、すでに二つは落ちたという。吉野全域の陥落も、時間の問題だ。

「武部様。搦め手口の敵が、こちらへ向かっております」

弘元坊が、報告してきた。

「菊童子か？」

「はい。鳥羽尊秀の本隊は動かず、撤退の準備に入ったようです」

「この戦に、見切りをつけたか」

まだ、越智維通討死にの報せは届いていないだろう。にもかかわらず引き上げにかかっているということは、最初から吉野を死守するつもりがなかったということだ。

ほどなくして、大手口で最後に残った一之坂砦が陥落し、火の手が上がった。蔵王堂周辺の敵もほぼ討ち果たされ、残った者は武器を捨てて降伏するか、山へ逃げ散るかしている。

しばらくすると、玄蕃が戻ってきた。

「申し訳ありません、逃げられました」

「そうか」

「女武者は、こちらへ向かっていた菊童子と合流すると、そのまま菊童子に守られながら、東の山中へ姿を消しました」

追撃を断念したのは、いい判断だ。菊童子を追って山へ入れば、かなりの兵を失い、玄蕃も討たれていたかもしれない。

「弘元坊。菊童子の後をつけろ。どこへ向かうか、確かめるのだ」

「承知」

「玄蕃は、あの女武者が何者か調べておけ。降伏した敵の中に、知る者がいるはずだ」

それから半刻足らずで、戦は終結した。越智維通以下、南朝方は多くの名のある士（さむらい）を討たれていたが、味方もかなりの損害を出している。その半数ほどは、搦め手の一色勢だった。直文の麾下は十人が討死にし、二度と戦に出られないほどの深手を負った者は七人いた。

その夜、直文は勝利を祝う宴を抜け出し、陣屋で玄蕃の報告を受けた。

「玉川宮（たまがわのみや）の娘だと？」

南朝の皇統に繋がる玉川宮は、長慶帝（ちょうけい）の皇子であり、後醍醐帝の曾孫（そうそん）に当たる。南北朝合一以後は幕府から扶持（ふち）を与えられ、京でひっそりと暮らしていた。

誰もが忘れかけていた貧しい宮がにわかに耳目（じもく）を集めたのは、今から八年前、宮の長女が将軍義教の側室に迎えられたためだ。義教が南朝皇胤への圧力を強めつつある中で、それから逃れるために娘を差し出したのだと、人々は噂した。

都の中央に返り咲いたかに見えた玉川宮家だが、一昨年、再び家運が傾いた。東の御方と称されるようになった宮の長女が、密通の咎で流罪となったのだ。

事の詳細は明らかになっていない。東の御方が誰と密通したのか、どこへ流罪になったのかさえ、公にはされなかったのだ。

「だが、あの女武者は二十歳にもなってはおるまい。歳が合わぬのではないか？」

「はい。女武者の名は敦子。東の御方の、妹に当たるとの由」

「なるほどな。それで、その妹がなぜ、南朝の陣営にいたのだ？」

「あくまで南朝兵の間で語られる噂程度ですが、どうやら東の御方が上様の側室となってしばらく後に、鳥羽尊秀が京から連れてきたようです」

南朝方が皇位に就けようと目論む小倉宮は、いまだ勧修寺にあって幕府の厳重な監視下に置かれている。尊秀は、小倉宮に代わる御輿にしようと、敦子を引き入れたのだろう。

だが、ただの御輿ではないと、直文は思った。越智維通ほどの武人を心酔させ、兵たちの士気を奮い立たせる。飾り物の傀儡にできることではない。

ふと、維通と交わした言葉が頭をよぎる。

何のために戦うのか。その問いの答えを、直文は持っていない。

武士として生まれたから。主君に命じられたから。理由など、その程度のことでしかない。強いて言うならば、退屈しのぎになればいいというくらいだ。

「……哀れな男か」

「は？」

訝る玄蕃に「何でもない」と首を振り、直文は苦笑した。

第五章 万人恐怖

一

目覚めると、見知らぬ場所にいるような錯覚に襲われた。

思わず夜着を跳ね除け、太刀を探す。八畳ほどの部屋。床の間には、山水画の掛け軸と花入れ。枕元には、水差しが置かれている。

直文は息を吐き、苦笑を漏らした。

何のことはない。「田辺屋」の二階の部屋だ。四条烏丸にある行きつけの遊女屋で、昨夜はここに泊まっていた。額の汗を拭う。覚えてはいないが、またろくでもない夢を見ていた。

隣で眠っていた女が、体を起こした。はだけた小袖から、胸元が覗いている。

「すまん。起こしたか」

小さく首を振り、女は小袖の胸元を掻き合わせた。

桐乃という、田辺屋が抱える遊女だった。この数年、他の女は抱いていない。取り立てて器量がいいわけでも、男好きのする体というわけでもない。ただ、遊女にしては口数が少なく、無駄に愛想を振りまかないところが気に入っていた。

日はすでに、だいぶ高くなっている。外からは、寒さを吹き飛ばすような笛と太鼓の音が聞こえていた。新年を祝う獅子舞だろう。

数年ぶりの、京で迎える新年だった。

永享十二年、正月。吉野での戦から、十月近くが過ぎている。直文が京へ戻ったのは、昨年の晩秋だ。それまでは、麾下とともに南朝方を追って大和から紀伊、伊勢の山中を歩き回っていた。

南朝方最大の拠点である吉野を落とし、越智維通を討ち取ったとはいえ、鳥羽尊秀の配下はほぼ無傷だ。玉川宮敦子や大覚寺義昭の行方も、依然としてわかっていない。

山中では、幾度となく襲撃を受けた。ただの野伏せりの時もあれば、忍びの技を駆使する精鋭もいた。そのため、十津川や天川といった敵の拠点と思しき場所には、近づくことさえできない。

昼夜の別なく襲ってくる敵に加え、方々に仕掛けられた巧妙な罠。将兵はまともに眠ることもできず、絶え間無い緊張を強いられる。直文自身も、幾度か討死にを覚悟した。

死者が三十人に達すると、直文は撤収を命じた。無理押ししたところで、犠牲が増えるだけなのは明白だった。

さしたる成果は挙げられなかったものの、京へ戻ると義貫から褒美を与えられた。吉野の戦で、越智維通を討ち取った手柄を評価されたのだ。

褒美や出世に興味は無かったが、七条大宮に小さな家を持てたのはありがたかった。屋敷と呼ぶのも憚られる粗末な物だが、何かと息苦しい一色邸に比べれば、はるかに居心地がいい。

「桐乃。そなた、この正月でいくつになった？」

「二十三になりました」

桐乃は嫌がる素振りもなく、淡々と答える。二十三ともなると、田辺屋でも古株だろう。

「俺の家に来ないか。家は手に入れたものの、女手が足りなくてな」

「うちに、妾になれと？」

「形は何でもいい。俺は正室を迎えるつもりも、他に妾を持つつもりもない。さして出世もしないだろうが、それでも良ければ、お前を家に迎えたい」

桐乃の目が、真っ直ぐ直文を見つめてきた。なぜか落ち着かない気分になり、直文は水差しの中身を飲み干す。

微笑むでも頬を赤らめるでもなく、桐乃は淡々と「わかりました」と答えた。

「これでもうちは安うおまへんけど、払えるんやったら」

桐乃らしい色気の無い返事に、直文は笑った。


身仕度を整えて田辺屋を出ると、一色邸へ向かった。

年が明けて程ないこともあって、町は朝から賑わっていた。獅子舞や辻芸人が人だかりを作り、通りの両側にあるきらびやかな店からは、小歌や笛の音、男女の嬌声が聞こえてくる。往来では遊女が白粉の匂いを振りまきながら、客を引いていた。

だが、行き交う人々の浮かれ方はどこか控えめだった。酔漢はいても、羽目を外して喚き散らすような者はいない。誰もが周囲を窺いつつ、目立ち過ぎないように振る舞っている。

人々が何を恐れているかは、考えるまでもなかった。将軍家の放った密偵である。

義教の猜疑心はこのところ、ますます強まっている。はじめは南朝方や諸大名の動向を探らせていた密偵の数をさらに増やし、町方にまで放っていた。政への不満を口にした者は老若男女、貴賤を問わず次々と捕らえられ、罪に落とされている。

罪人を捕らえれば恩賞が得られるため、密偵たちは些細な軽口も見逃さない。わずかな銭のため、あるいは気に食わない相手を陥れるために密告を行う者も、跡を絶たない。牢には罪人が溢れ、六条河原では毎日のように処刑が行われていた。

一色邸に出仕すると、同僚が慌ただしく近づいてきた。

「武部殿、急ぎ御所へ向かわれよ。上様が、貴殿をお召しじゃ」

「それがしを？」

「詳しいことはわからん。ともかく急げ」

自分が呼び出されるなら、南朝方との戦についてしかなかった。義昭や尊秀の行方を摑めなかった咎で、切腹を申しつけられるかもしれない。

そうなったら、潔く腹を搔っ捌くまでだ。頭に浮かんだ桐乃の顔を振り払い、一色邸を出た。

将軍御所である室町第は、一色邸から通り一つ隔てた目と鼻の先にある。年賀の挨拶に訪れた武士や公家、富裕な商人たちで、門前は市をなしていた。

烏丸通に面した東門から御所内へ入ると、案内の者に遠侍へ通された。部屋は義教への謁見を待つ貴顕で溢れ返っている。

「武部殿、こちらへ」

さほど待つこともなく、声をかけられた。周囲の恨めしげな視線を浴びながら立ち上がり、渡廊を通って会所に入った。

直衣立烏帽子姿の義教は、すでに上座に就いていた。左右には、管領の細川右京大夫持之をはじめとする、畿内近国の大名数名が居並んでいる。中には、父義貫の姿もあった。

大名たちは皆、直文よりも上座の義教を気にしているように見えた。いずれも顔つきは硬く、座には緊張の糸が張り詰めている。よほど、義教の勘気を恐れているのだろう。

「そちが、義貫の息子か」

平伏すると、低い声が降ってきた。

これが叡山を焼き、四代続いた鎌倉公方家を滅ぼし、「万人恐怖の世」を創り出した男か。遠目から見たことはあるが、言葉を交わしたことはない。そんな機会が来るとも思っていなかった。

「ははっ。一色家家臣、武部直文と申しまする。御所様におかれましては……」

「面を上げよ。型通りの挨拶なら、朝から聞き飽きた」

応永元年の生まれというから、この正月で四十七歳になったはずだ。瘦身で色白。鼻と顎の下に細い髭を蓄えている。鼻梁は高く、切れ長の細い目から、感情は窺えない。整った面立ちだが、同時にどことなく陰鬱さも感じさせる。

思いのほか威圧感は無く、癇の強さも感じない。三十代半ばまで僧籍にあったためか、体つきは華奢で、無骨さのないきれいな手をしている。武とは無縁の、どこにでもいそうな男。それが、直文の抱いた正直な印象だった。

「そう硬くなるな。別に、腹を切れなどとは言わぬ。呼び立てたは、大和の南朝方の様子をそちの口から聞きたかったからじゃ」

かすかに安堵しつつ、直文は南朝方について語った。

吉野を落とし、越智維通を討っても、南朝方の壊滅にはいたっていないこと。大和、紀伊、伊勢の山間部では今なお、南朝に忠義を尽くす者が多いこと。いずれも義貫を通じて報告を上げてあったが、義教は自分の耳で確かめたかったのだろう。

「つまり、南朝はいまだ健在で、いつまた蜂起するかわからぬということか」

「少なくとも、鳥羽尊秀の一党は、昨年の戦でさほどの痛手を被っておりません。むしろ、越智家の残党を配下に加え、さらに勢力を増している節があります」

「ふむ。これは厄介なことよのう」

義教は顎髭を撫でながら、細川持之に顔を向けた。

「放っておけば、彼の者どもは性懲りもなく兵を挙げるぞ。さすれば、第二、第三の持氏が現れ、天下は麻の如く乱れるやも知れぬ。そうなる前に再度出兵し、南朝の血を引く者どもを根こそぎ討ち果たす必要があるのではないか？」

「上様の仰せ、まことにごもっとも。直ちに諸大名に号令し、討伐軍を送るべきかと」

真っ先に賛意を示したのは、畠山持国だった。吉野での戦意の無さが、まるで嘘のようだ。その変わり身の見事さに、直文は鼻白む思いがした。

「右京大夫はいかがか」

義教が、細川持之にじろりと目を向ける。

「は。良きご思案かと存じます」

搾り出すように、持之が言った。

諸大名の中でも指折りの勢力を誇る細川家当主で、八年前に管領に任じられて以来、義教の治世を支えてきた人物だ。まだ不惑を過ぎたばかりだが、十歳は老けて見える。義教と諸大名との板挟みで苦しんでいるという噂は、事実らしい。

「上様」

意を決したように、義貫が両手を床について言った。

「連年の戦により諸大名は疲弊し、米価の値上がりで民も困窮しております。性急な出兵は、逆に将軍家への不満を生む結果ともなりましょう」

義教と畠山持国が眉間に皺を寄せ、持之は苦しげに胃のあたりを押さえる。

「敵も、主将の一人である越智維通を失ったばかりで、すぐに再挙するとは思えません。一年、いえ、せめて半年、兵と民を休ませてからでも……」

「ならん」

義貫の言葉を遮り、義教は一蹴した。座の空気が、さらに一段と張り詰める。

「確かに、将兵や民草は疲弊し、政に不満を抱いてもおろう。だが、余は天下のため、ひいてはこの日ノ本に住まうすべての人々の安寧のため、苦渋の思いで戦を命じておるのだ。わかるな？」

童に言って聞かせるようにゆっくりと、義教が言う。畠山持国などは、深く感銘を受けたというように、深く頷いている。

「元をただせば、昨年の戦で義昭と鳥羽尊秀を討ち漏らしたそちの責任であろう。己の不手際を棚に上げ、将兵と民草が苦しんでおる責めを、余に押しつけるつもりか？」

「恐れながら……」

言いかけた直文を、義貫が目で制した。

「仰せの通り、すべてはそれがしの至らなさゆえ。この上は再度、それがしに追討軍の大将をお命じくだされ。必ずや義昭と尊秀の首級、持ち帰ってご覧に入れまする」

諫言は跳ね除けられ、出兵は止められない。ならば、誰もが嫌がる大将の役を買って出る。一色家を守るための、ぎりぎりの決断だろう。父の苦労が身に染みてわかった気がした。

「よくぞ申した。余の思いをしかと汲んでくれたこと、嬉しく思うぞ」

初めて、義教が白い歯を見せた。張り詰めた座の空気が、かすかに緩む。

直文は、ひどく寒々しい思いがした。これが今の、この国の政か。ここには、理念も道理も存在しない。実情を無視した上の者の意向と、下の者たちの打算や保身。それだけで、すべてが決まっていく。唾でも吐きたい衝動に、直文は駆られた。

「返礼というわけではないが、義貫の忠義には、何か報いてやらねばなるまい」

義教がこちらへ顔を向け、直文は背筋を伸ばした。

「武部直文。今日より、そちを我が近習といたす。昨年の戦で、越智維通を討ち取った褒美じゃ」

「それは」

「近習と言っても、余の側に侍る必要はない。これまで通り、義昭と尊秀を追え。ただし、今後は陪臣ではなく、将軍家近習としての格をもって遇する。悪い話ではあるまい、義貫」

「ははっ、ありがたき仕合せにございます。直文、御所様に御礼申し上げよ」

直文ではなく、義貫に与える餌のようなものだろう。これも政か。内心で吐き捨てる。

「身に余るご配慮、恐悦至極に存じまする」

泥田に足を取られたような心地で、深く頭を下げた。

二

敦子は白小袖に打掛姿で甲板に立ち、波の音と海鳥の声に耳を傾けていた。

どこか遠い、異国の地に来たような気分だった。空も山野の緑も色が濃く、風や土の匂いもどことなく違う気がした。湊を囲むように険しくそそり立つ山々は、いかにも無骨で荒々しく、吉野の山がなだらかに思えるほどだ。

それほど大きな湊ではないが、船着場には大小多くの船が停泊している。小ぶりな漁船から関船と呼ばれる軍船、ジャンクという、大陸の人々が使う大きな船も一艘見える。

日向国、櫛間。初めて訪れる、九州の地だ。まだ二月だが、南国ゆえかかなり暖かい。

「そろそろ着くよ、多聞。しっかりして！」

雉丸の声に振り返ると、多聞が船縁に寄りかかってぐったりしているのが見えた。隣にいる若菜は、介抱してやるでもなく、ぼんやりと空を見上げている。

敦子たちが乗るのは、紀伊熊野水軍の関船だった。紀伊国那智の湊から四国へ渡り、土佐国に潜伏していた大覚寺義昭を拾ってさらに九州へ。風待ちも入れて、一月近くがかかっている。

「着きましたか」

艫の屋形から出てきた義昭が言った。

義昭が菊童子の手引きで大覚寺から出奔したのは、もう三年前のことだ。義昭は三十七歳になり、髪と髭を蓄え、烏帽子直垂姿もすっかり板についている。とはいえ、顔つきは人となりそのままに穏やかで、物腰もやわらかい。

「義昭様、船酔いは？」

「大丈夫です、敦子殿。それより、あの者の心配をしてやってください」

多聞に目をやり、義昭が微笑む。この人が、本当にあの足利義教の弟なのだろうか。義昭と話をするたび、敦子は不思議な思いがした。

船着場には、出迎えの武士たちが並んでいた。櫛間の領主である野辺家の者たちだ。

義昭は昨年の吉野合戦の直前に、土佐の南朝方の下に身を寄せていた。だが三月ほど前から、四国に義昭がいるという噂が広まり、管領細川家の領国である土佐でも捜索が厳しくなっている。

そのため尊秀は、義昭は土佐から日向の南朝方である野辺家の下へ移すことにした。敦子の役目は、義昭を無事に日向へ送り届けることである。多聞がいない間の菊童子の指揮は、例によって弥次郎が執っている。

「雉丸。怪しいところは？」

船縁から身を乗り出し、雉丸が湊に目を凝らした。元猟師だけあって、雉丸は遠目が利く。

「ありません。いくらか緊張してはいるようですが、何か企んでいるようには見えませんね」

野辺家は建武の昔から南朝方に属し、薩摩、大隅、日向三国の守護を兼ねる北朝方の島津家と戦ってきた。南北朝合一後は心ならずも島津家に従っているが、島津家中では家督を巡る内紛が頻発し、その支配が揺らいでいるという。

船が接岸し、水夫たちが手際よく舫いの作業を終えた。

「玉川宮敦子様、並びに大覚寺義昭様、ご着到！」

船酔いの多聞に代わり、雉丸が大音声を上げた。野辺家の者たちが、一斉に片膝をつく。

「櫛間領主、野辺盛仁にございます」

厳めしい顔と体つきをした、中年の武士が名乗った。訛りが強くて聞き取りづらいが、その朴訥な笑顔から、敦子と義昭を心から歓迎していることはわかった。

この人物なら、裏切ることはなさそうだ。かすかに安堵し、盛仁が用意した屋敷へ移った。

まだ真新しい木の香りが漂う屋敷の広間で、歓迎の宴が催された。野辺家はさほど富裕には見えないが、酒はふんだんに用意され、膳には鹿や猪の焼き物の他、黍女子に飛魚といった、上方では目にしたことのない魚が並んでいる。

若菜は珍しい料理に目を輝かせ、箸をまったく止めない。多聞も注がれた酒を次々と干し、酒豪揃いの野辺家の面々から喝采を浴びていた。

「ささ、敦子様」

酔いが回った様子の野辺盛仁が、敦子の前に腰を下ろし、酌をしてきた。

「畏れ多くも、後醍醐帝の血を引く御方を我が領地にお迎えできましたこと、末代までの栄誉にござりまする」

「こちらこそ、危険な役目を引き受けていただき、ありがたく思っております」

「何と、もったいなきお言葉」

盛仁が目を潤ませた。それから、野辺一族と九州南朝方の歴史を訥々と語りはじめる。

桓武平氏に連なる野辺一族は、鎌倉幕府から守護に任じられた島津家が九州へ下向するはるか以前から、この櫛間で生きてきた。しかし、島津家は以前からいた在地の領主たちを圧迫し、事あるごとにその領地を削ろうとする。北朝に付いた島津家に対し、野辺一族が南朝に付いたのは、奪われた父祖伝来の土地を取り戻すためだった。

やがて、後醍醐帝の皇子である征西将軍宮懐良親王が九州へ上陸し、島津家をはじめとする北朝方を次々と討ち破っていった。懐良親王率いる征西府は、十年以上も九州を支配して衰退を続ける南朝を支えたものの、幕府が派遣した九州探題今川了俊に敗れ、瓦解する。

南朝方が九州全土を平定し、島津家さえも屈伏させていた輝かしい時代をいま一度。その強い思いは、盛仁の言葉の端々から感じられた。

「我ら一族郎党の命、敦子様と義昭様に捧げる所存にございます」

感極まったように声を詰まらせながら、盛仁が言った。

恐らく盛仁は、そして多くの南朝方の武士は、幕府を倒す意義も理解せず、その後の政のあり方に思いを巡らせることもないだろう。

だが、それを責めることはできない。ほとんどの武士にとって、大切なのは父祖伝来の土地を守ることと、家名を存続させることだけだ。理想で、一族郎党は養えない。

かすかな後ろめたさに、敦子は襲われた。自分にあるのは、後醍醐帝に繋がる血統だけだ。この場にいる者たちの命を捧げられる資格など、ありはしない。

酔いのせいか、体が熱い。外に出て、風に当たった。縁に腰を下ろし、夜空を見上げる。ずいぶんと遠くへ来たように思えるが、星も月も、上方の空と変わりはない。

足音に振り返ると、義昭だった。厠から戻るところらしい。

「これは義昭様、お疲れではありませんか？」

「ええ、まあ。九州の武士は、実に酒が強い。長く寺にいた私にはなかなか……」

照れたように笑い、義昭は敦子の隣に座った。

「この地で私は、どれだけの歳月を送るのだろう。そんなことを考えてしまいます。再び京の都を目にすることが、本当にあるのだろうかと」

「申し訳ございません。我らの不甲斐なさゆえに」

「責めているわけではありません。本音を言えば、私はそれも悪くないと思っているのです」

「それは」

「貴女にだから話すことですが」

そう前置きし、義昭はいくらか声を低めて語った。

「私は元来が臆病で、武士には向いておりません。将軍となった兄の行いを聞くたび、次に殺されるのは自分ではないかと震えていたのです。寺にいた頃の私は、ひたすら兄に怯え、己の体に流れる血を恨むことしかできませんでした」

似ていると、敦子は思った。

なぜ、帝の血など享けて生まれてしまったのか。この血のせいで、自分は一生苦しまなければならないのか。幕府との戦に身を投じるまで、敦子もそればかりを考えていた。

「そんな折、親しくしていた日野義資殿が、将軍家の放った刺客に殺されました。そして、恐怖が頂点に達した頃、尊秀から誘いを受けたのです。悪逆非道の義教を討ち、自らが将軍になる気はないか、と」

日野義資を暗殺したのは、尊秀の命を受けた多聞だった。無論、口には出せない。

「私は、将軍の座が欲しいわけでも、世直しをしたいわけでもない。それでも、尊秀の誘いを受けた。ただ単に、殺される恐怖から逃げ出したのです。嗤ってくれても構いません」

「本当に臆病であれば、己が地位を守るため将軍家に阿り、二心無きことを示そうとするのではないでしょうか。しかし義昭様は、そうはなさらなかった。決して臆病な御方ではないと、私は思っています」

「そう言っていただけると、いくらか救われる」

義昭はどこか悲しげに、小さく笑った。

「この三年で、私も少しは世の中が見えてきました。やはり、恐怖で人を押さえつける兄の政は間違っている。私は満足に弓も引けないが、苦しんでいる民や武士を救うため、この身に流れる足利の血が役立つのであれば、いくらでも利用してほしい。それが今の、偽らざる思いです」

腰を上げ、義昭は広間へ戻っていく。

血の呪い。親兄弟の呪い。女に生まれた呪い。この世は、ありとあらゆる呪いに満ちている。そういうものだと諦めてやり過ごすか、それとも身を呈して戦うか。

義昭は戦うことを選んだのだと、敦子は思った。

三

大きく船が揺れるたび、多聞は必死に込み上げるものを堪えていた。

義昭を櫛間に送り届けた帰路である。日向灘に比べれば瀬戸内は穏やかだと聞いていたが、嘘ばかりだ。もう腹の中には吐く物も残っていない。舳先に立って気持ちよさそうに目を細めている敦子の気が知れなかった。

船がまったく合わないと知ったのは、持氏の遺児を日光へ送り届ける途上、相模の六浦湊から下総へ渡った折だった。あの時はまだ短い間だったが、今回は旅程のほとんどが船の上だ。多聞にとっては、まさに地獄の道のりだった。

小豆島を過ぎ、播磨灘に入ろうというところで、いきなり見張りの水夫が叫んだ。

「前方に船影！」

家島の陰から、船影が湧き出してくる。船は大小合わせて十艘、いや、二十艘はいそうだ。海賊ではないだろう。多聞たちの船には、瀬戸内で最大の勢力を持つ村上水軍の水先案内人が乗り込み、通行証代わりの旗も掲げている。熊野水軍と村上水軍を揃って敵に回すほど愚かな海賊はいない。

だとすると、幕府の命を受けた大名家の水軍か。この船に敦子が乗っていることが露見したのかもしれない。

「旗印は巴、赤松家の紋です！」

見張りが再び叫び、船上に戦慄が走った。

赤松家は播磨、備前、美作三国を領する大大名で、その軍は剽悍をもって知られる。大和でも幾度か矛を交えたが、赤松家の将兵は、士気も練度も他家を大きく凌いでいた。

赤松の船団は、こちらを取り囲むように大きく拡がっている。関船が五艘。残りが、小早舟と呼ばれるいくらか小さい舟だ。いずれも、武装した兵たちが乗り込んでいる。

「帆を下ろせ。皆の者、戦仕度じゃ！」

船頭の命で、水夫と兵たちが慌ただしく動き出した。若菜が腰の脇差を抜き放ち、雉丸は弓に矢を番える。僧兵たちは甲板に楯を並べ、敦子を守る陣形を組んだ。多聞も船縁を摑んで立ち上がったが、足はふらつき、体に力が入らない。

「おい、何とかして逃げられねえのか？」

多聞はふらつきながら、船頭に詰め寄った。

「手遅れじゃ。潮の流れも風向きも悪い。逃げきれはせんわ」

「じゃあ、敵の真ん中を突っ切れよ！」

「無茶を申すな。絡め取られて沈められるのが関の山じゃ！」

言い合っている間にも敵船は見る見る近づき、こちらをぐるりと取り囲む。

一際大きな関船が、こちらの真横にぴたりと付けてきた。

「この船に、玉川宮敦子殿がおられると聞いた。まことか？」

関船の甲板から、一人の大柄な武士が叫んだ。一人だけ平服で、小袖の上に派手な色遣いの女物の単衣を羽織るという珍妙な出で立ちだ。烏帽子も着けず、総髪を後ろでまとめている。

「矢を番えよ。あの男を狙え！」

命じた僧兵の頭を、敦子が「やめなさい」と制した。

「しかし、敦子様」

「敵の狙いは私一人。無駄に血を流すことはありません」

「冗談じゃねえ。俺たちの役目は、あんたを守ることだ」

「下がりなさい、多聞。今のそなたは、何の役にも立ちません」

ぴしゃりと撥ねつけられ、返す言葉もない。敦子は僧兵たちを掻き分け、前に出た。

「玉川宮敦子は私です。貴殿は？」

「赤松家当主満祐が弟、左馬助則繁に候」

「赤松の一族が、私にいかなる用か」

「そう恐い顔をなされるな。こちらに害意は無い。南朝の姫君がここを通られると聞いて、ご挨拶に伺っただけにござる」

「そちらの言葉を信ずるに値する証は？」

「信じられぬのも無理はない。では、それがしがそちらにまいるとしよう」

則繁と名乗った男は太刀と脇差を家来に預け、身一つで軽々と飛び移ってきた。

「ご覧の通り、寸鉄も帯びてはおりませんぞ。着物も脱げと仰せなら、従いましょう。ただし、下帯まではご勘弁願いたい」

僧兵たちに囲まれながら、豪放に笑う。年の頃は四十前後か。焼けた肌、潮嗄れした声は、大名の一族には見えない。長身で逞しい体躯は、海賊の大将と言われても違和が無かった。

「それには及びません。それより、この船に私がいることを、どこで耳にされたのです？」

「蛇の道は蛇、というやつですな。それがしも将軍家に追われておる身ゆえ、その筋には伝手が多くあるのです」

「追われているとは、いかなる意味です？」

「ちと、長い話になりまする。道中、ゆるりと語ることといたしましょう」

「我らを、どこへ連れて行くと？」

「連れて行くなど滅相もない。我が兄、満祐が敦子様にお目通りを望んでおります。お会いいただければ、恐悦至極に存じまする」

「満祐殿が、播磨に戻っておられるのですか？」

「無論、表向きは京の屋敷におることになっておりますが」

「おい、おっさん。本当に罠じゃねえんだろうな？」

割って入った多聞に、則繁が顔を向けた。いきなり、肌が粟立つほどの殺気が全身を打つ。思わず、多聞は刀の柄に手をかけた。

「威勢がいいな、若いの。だが……」

則繁がにやりと笑った刹那、手首を摑まれた。抗う間もなく体が宙に浮く。そのまま、背中から甲板へ叩きつけられた。

「口の利き方には気を付けろ。こちらは丸腰で話し合いに来たのだ。敬意をもって扱うのが礼儀であろう？」

「てめえ……！」

「やめよ、多聞！」

鋭く制し、敦子は則繁に頭を下げる。

「配下のご無礼、お許しください。満祐殿との会見、承知いたしました」

「こちらこそご無礼仕った。ではこれより、敦子様の護衛は我ら赤松水軍が承る」

何事も無かったかのように、則繁が白い歯を見せる。

叩きつけられた背中がまるで痛んでいないことに、多聞はようやく気づいた。

播磨の悪党から身を起こした赤松家は、南北朝の争乱で一貫して足利方に与した家だった。その功績により細川、斯波、畠山の三管家に次ぐ四職家に列され、幕府創業の功臣として遇されている。

だが、四代将軍義持の代になると、家運はにわかに陰りはじめた。義持の近習として側近くにあった則繁が些細な諍いから、宴の席で細川家の家臣を斬殺したのだ。則繁は義持から切腹を命じられたものの、出奔して姿をくらませた。

この一件で赤松家への心証を悪くしたのか、義持は満祐の所領播磨を没収し、自身が寵愛する満祐の又従弟、持貞へ与えようとした。

これに対し、満祐は京の自邸を焼いて播磨へ帰国、戦仕度を始める。義持は満祐討伐を命じるが、その後、持貞の不祥事が発覚したことで討伐令は撤回。持貞は切腹し、満祐は赦免される。

義教が将軍の座に就くと、満祐は長老格として、幕府で重きを成した。しかし一昨年、義教は大覚寺義昭と通じたという嫌疑で、満祐の家臣三名に切腹を命じた。さらに義教は、持貞の甥に当たる貞村を近習に取り立てて寵愛している。一部では、義教が満祐の領地を没収し、貞村に与えるのではないかという風聞も囁かれていた。

「なるほどな」

則繁が語った赤松家の事情を聞き、多聞は吐き捨てた。

「それで、てめえらの地位を守るために、俺たちに近づいてきたってことか」

「まあそう言うな、若いの。武士というのは、色々と面倒なものなのだ」

盃の酒を呷り、則繁は自嘲じみた笑みを浮かべた。

「〝若いの〟じゃねえ。多聞だ」

「では多聞、お前も呑め。互いのことを知るには、盃を交わすのが一番だ」

そう言って、則繁は多聞の盃に酒を注ぐ。

室津の湊にある、大きな商家の広間だった。湊に入った敦子一行は、この赤松家の御用商人の屋敷でもてなしを受けている。満祐は明朝、室津にやってくるとのことだった。

庭から、美味そうな匂いが漂ってきた。すでに日は落ち、庭の方々で篝火が焚かれている。庭の中央の焚火には大きな鍋が架けられ、その周囲では屋敷の女たちが忙しなく立ち働いている。

「瀬戸内名物の水軍鍋でございます。姫様のために、腕によりをかけて作りましたぜ。どうぞ、ご賞味を！」

赤松の郎党が運んできた椀の中身は、豪快にぶつ切りにされた魚や鳥、野菜を味噌で煮込んだものだった。必ず蛸を入れるのが瀬戸内流らしい。

「ありがとう。いただきます」

箸をつけた敦子が、顔を綻ばせた。

「美味しい。このように美味なる物は、久しぶりに食しました」

郎党は感極まった表情で平伏し、嬉しそうに庭へ駆け戻っていく。

「則繁殿の郎党の方々は、他の大名家とどこか違いますね」

敦子が庭に目を向けて言った。確かに、則繁の郎党は大名家の家臣というよりも、多聞がよく知る野伏せりや溢れ者たちに近い気をまとっている。

「細川家の家臣を斬って逐電した後、それがしは九州へ渡り、かねて懇意にしていた肥前唐津の商人に匿われ申した。そこで船の扱いを学び、見よう見まねで商いもするようになりましてな。あの者たちは、その頃の仲間にござる」

家来ではなく仲間と言った則繁を、多聞は少しだけ見直した。

「なかなか面白うござったぞ。海原を越えて朝鮮、明へ渡り、商いで揉め事があれば、海賊の真似事もいたしました。海の向こうには無数の国々があり、様々な人がおり、見たことのない文物がいくらでもある。狭い日ノ本で家を守るため右往左往するなど、実に馬鹿馬鹿しくなりまする」

「しかし則繁殿は、赤松家のために播磨へ戻られました」

「切腹を命じられたそれがしを庇い、九州へ逃がしてくれたのは、兄満祐です。その恩は、返さねばなりません」

思いのほか、義理堅い男なのだろう。大名の一族などろくなものではないと思っていたが、この男は少し違うらしい。

それから則繁は、異国での見聞を語りはじめた。

朝鮮、明、琉球にシャム。薄っすらと聞いたことがあるような気がするだけで、どんな土地なのか想像もつかない。黄金に輝く寺院や仏像。信じられないほど高く分厚い城壁に囲まれた巨大な町。碧い目や、黒い肌を持つ人々までいたという。

身振り手振りを交えた則繁の話に、多聞はいつの間にか惹き込まれていた。

四

頭上を木々が覆う暗い山道を抜け、敦子は安堵の吐息を漏らした。

眼下のいくらか開けた場所に、村が見える。やや離れた場所には、砦も築かれていた。

南大和、大塔村。吉野陥落の後、尊秀はこの地を本拠としていた。ここはかつて、吉野で鎌倉打倒の兵を挙げて敗れた大塔宮護良親王が再起の秋を待った、南朝ゆかりの土地だという。

険しい山々と鬱蒼とした森に囲まれた大塔村だが、人は多い。豊富な材木と熊野川を利用した水運で、村は意外なほど豊かだった。護良親王を支え共に戦った竹原、戸野両家の子孫をはじめ、南朝方への忠誠も篤い。

昨年の戦で越智維通、箸尾為憲ら名のある将を多く討たれた南朝方だが、尊秀は大塔村を拠点に、いまだその勢力を保っている。むしろ越智、箸尾らの残党を取り込んだため、兵力は増加していた。

村の手前で、弥次郎と菊童子の兵たちに行き会った。

吉野の失陥後も、菊童子は人数をさらに増やし、今では百人を超えていた。戦があればそのぶん、親を失い、行き場を失くした童が多く出る。そうした童は、武士への憎しみも強い。利で動く大人たちよりも兵として頼りになるというのが、尊秀の考え方だった。

「これは、敦子様。お帰りなさいませ」

弥次郎が片膝をつき、頭を下げる。兵たちは数人がかりで、戸板に乗せた童を運んでいた。

「この者はいかがしたのです、弥次郎」

「はっ。体術の稽古中に頭を強く打ち、命を落とした兵にございます」

「そうですか。それは、気の毒なことです」

見ると、死んだ兵はまだあどけなさを残している。たぶん十一、二歳というところだろう。菊童子の中でも、かなり若い方だ。敦子は手を合わせ、瞑目した。

「この者は元々非力で、武芸の才覚に欠けておりました。戦場に出ても、さしたる働きはできなかったでしょう」

骸を見下ろし、弥次郎が言った。

「しかし、たとえ稽古でも、気を抜けば命を落とす。そのことを知らしめたことで、他の兵はさらに強くなります。この者の死は、決して無駄ではありません」

その物言いに、敦子は違和を覚える。だが、上手く言葉にすることはできなかった。

年端もいかない童を戦場へ送ることの後ろめたさは、常に感じている。しかし、菊童子が南朝方の大きな戦力になっていることは否定し難い事実だ。尊秀や弥次郎の考えも、ある面では正しい。それでも、脳裏にこびりついた違和を、敦子は拭えなかった。

村人たちは、敦子を神仏でも見るような目で仰ぎ、道を空けて恭しく平伏した。

あの御方が、玉川宮の姫様じゃ。何とお美しい。そんな声が聞こえてくる。このあたりの民が抱く皇族への尊崇は、やはり他の地とは比べ物にならない。

「皆の者、苦しゅうない。面を上げ、それぞれの仕事に励みなさい」

微笑を浮かべて言うと、村人たちはさらに深く頭を垂れる。

こうした振る舞いが板に付いてきたと、自分でも思う。同時に、かすかな嫌悪のようなものも感じた。求められる役割を、ただ演じている。そこに、自分という人間は存在しない。

「お帰りなさいませ。此度の上首尾、祝着至極に存じます」

村外れの小高い山に築かれた砦の広間で、尊秀が出迎えた。他に、名和長時ら主立った将が数人居並んでいる。

「先に書状で報せた通り、播磨室津において赤松満祐殿と会見いたしました」

一同に向け、敦子は報告した。会見の成果は、可もなく不可もなしといったところだ。互いに腹の底を見せあったわけでもなく、盟約を結ぶところまでは至っていない。

満祐としてはあくまで、将軍家と手切れになった場合に備えて、南朝と組む道筋を作っておくという程度のことだろう。もしも義教との和解が成れば、赤松家は南朝と接触した事実を消しにかかるはずだ。

「これはまさに、好機というものにござろう」

諸将の座に連なる壮年の武士が、声を上げた。

楠木正理。かの楠木正成の玄孫に当たる、河内楠木党の棟梁である。これまでも幾度か河内で兵を挙げて幕府を悩ませたものの、今は本拠の河内を追われ、尊秀に合流していた。

「今こそ、赤松家と堅い盟約を取り結び、倒幕の兵を挙げさせるべきと存ずる。赤松勢が播磨に幕府勢を引きつけたところで我らが京を衝けば、義教の首を獲ることも可能。それがかなわずとも、大覚寺義昭殿を奉じて義教打倒の檄を飛ばせば、呼応する大名家も現れましょう」

「楠木殿。それはちと、甘いのではないかな」

「甘いとはいかなる意味か、鳥羽殿」

気色ばむ正理に、尊秀は涼しい顔で答えた。

「鎌倉公方が挙兵しても、呼応する大名家は一つとして無かった。それほど、義教が諸大名に植えつけた恐怖は根深い。赤松家を味方に引き入れた程度では、大勢を覆すことはかなうまい」

「私も、尊秀殿と同意見です」

言うと、正理は鋭い視線を向けてきた。ただの御輿、しかも若い女が口を挟むのが気に入らないのだろう。

「昨年の戦で、我らは吉野と多くの将兵を失いました。今は拙速に走らず、時をかけて少しでも多くの味方を募ることこそ肝要。それも、利害だけでなく、真に信頼できる味方を、です」

「敦子様の仰せ、まこと気高きものと存じまする」

鼻で笑うように、正理が言った。

「されど、悠長に構えておる暇はありませんぞ。義教は再び、諸大名に大和への出兵を命じました。戦はもう、目の前に迫っておるのです」
「尊秀殿、それはまことですか？」
「はい。すでに、京には軍勢が集結しております。ですが、この大塔村は吉野よりさらに山深く、周辺の村々に住まうのも、南朝への忠義篤き者たち。幕府勢が深入りすれば、たちまち退路を断たれ、兵糧は枯渇いたしましょう」
「では鳥羽殿は、亀のように頭を引っ込め、嵐が過ぎ去るのを待てと言われるのか」
「そうだ、楠木殿。今は正面切って幕府の大軍を迎え撃つよりも、耐えて捲土重来を待つべき時であろう。もっとも、貴殿一人で手勢を率いて打って出ると言うなら、止めはせぬが」

低く言うと、正理は口を噤んだ。これ以上、尊秀との亀裂を深めるのは得策ではないと判断したのだろう。

越智維通の死後、尊秀はいつの間にか、南朝方の主将という立場を確立しつつある。ある意味では、維通の死と吉野の失陥で最も利を得たのは、尊秀だとも言えた。

それから数日後、東国から思いがけない報せが届いた。

三月初め、日光に潜んでいた足利持氏の遺児、春王丸と安王丸が、東国で兵を挙げたのだ。二人は下総の結城氏朝に迎えられて結城城に入り、周辺の佐竹、宇都宮、小山といった有力豪族も幕府方と結城方に割れているという。関東は、再び大乱の様相を呈しつつあった。

「私を、結城城へ行かせてください」

尊秀の居室を訪い、敦子は言った。書見中だった尊秀が、こちらに顔を向ける。

「これはまた、突飛なことを仰せられる」

「突飛ではありません」

二人が再び起った時には、必ず駆けつける。敦子はそう、春王丸と安王丸に約束していた。

「幕府はいずれ、結城城に向けて大軍を送り込むでしょう。そうなれば、支えきることは難しい。ですが、持氏殿の遺児に加え、南朝の宮家の者が結城城に入ったとなれば、関東の豪族たちも矛先が鈍るはず」

「なりませぬ。いかにして、結城城に入るおつもりか。関東には軍兵が満ち溢れ、いたるところに関所が設けられておりましょう。しかも、昨年の戦で貴女の存在は幕府に知られている」

「それは、多聞たちの力で……」

「菊童子は、貴女を守るためだけにいるのではありません」

撥ねつけるように言って、尊秀は続けた。

「一色家を中心とした軍勢は、すでに京を発し、大和に入っております。将軍家が最も警戒しているのは、東国の混乱に我らが乗じること。ゆえに、敵は我らの討伐に本腰を入れてくるはず。貴女にはここに残り、将兵の士気を鼓舞していただかねばなりません」

「では、持氏殿の遺児たちは見殺しにすると？」

覚えず、尊秀を見据える両目に力が籠もる。

「結城城は、入り組んだ沼沢に守られた天然の要害と聞きます。容易なことでは落ちますまい。ですが、武運拙く敗れたとしても、我らにはどうすることもできませぬ」

「それでも、手を組んだ相手は見捨てないという気構えだけでも見せるべきです」

「そのために、この地にいる味方はお見捨てになられますか？」

問われて、敦子は答えに窮(きゅう)した。

「此度の挙兵は、持氏殿の遺児たちの意思ではありますまい。恐らく、鎌倉公方滅亡後、勢威(せいい)を増した上杉憲実(うえすぎのりざね)に反発する関東の豪族たちが、彼らを担ぎ上げたものでしょう。いわば、武士同士の我欲(がよく)による争い。我らが与する筋合いではございませぬ」

「ですが、私は兵を挙げれば駆けつけると、あの二人に約束しました」

「大人になられませ、敦子様」

声音(こわね)を和(やわ)らげ、なだめるように言う。

「武士どもを動かすのは志や情ではなく、あくまで利得のみ。そんな者たちと渡り合うためには、我らもまた、情に流されぬことが肝要。おわかりいただけますな?」

敦子は答えない。頭では理解できる。だが、わかりたくはなかった。

「敦子様。ご自身の望みを、よもやお忘れではありますまいな」

「無論、片時も忘れたことなどありません」

晴子(はるこ)を、生贄(いけにえ)同然に義教に差し出され、弊履(へいり)のように捨てられた姉を、救い出す。そのために敦子は、ここにいる。

「ならばそのために、最善の道を歩まれませ。小事に囚(とら)われ、大事を見失うことのなきよう」

話はこれで終わりだというように、尊秀は書見台に視線を落とす。

小事か。敦子は立ち上がり、居室を後にした。

いつの頃からだろう、敦子の中に、尊秀に対するかすかな疑念が生まれていた。

本当に、幕府を倒そうという志があるのか。それがあったとして、幕府を倒した後に、いかなる世を創ろうと考えているのか。そして、越智維通を見殺しにしたのはなぜなのか。

敦子を逃がすため、維通や多くの兵が命を落とした。大塔村の村人たちは敦子を神か仏のように思い、仰ぎ奉っている。それだけの価値が、果たしてこの身にあるのか。

答えは出ない。わかるのは、自分は春王丸、安王丸との約束に応えられないということだけだ。

五

足利持氏の遺児が挙兵したとの報せが届いても、大和攻めが中止されることはなかった。

一色義貫は、信貴山の麓に据えた本陣を動かすことなく、大和全域に目を配っていた。

三月上旬に京を進発して、すでに二月近くが経つ。大和に投入された二万を超える軍勢は、数千ずつに分かれ、信貴山の他、高取、吉野、三輪などに陣を置いている。今のところ、大きな戦は起きていない。南朝方は息を潜め、嵐が過ぎ去るのを待つつもりだろう。

義貫が大和の西端にある信貴山に本陣を据えたのは、河内にも不穏な動きがあるからだった。数年前に河内から追われた楠木党が舞い戻り、幕府方の豪族の領地を荒らして回っているという。

楠木党は、兵力こそさしたるものではないが、甘く見て放置しておけば、鎌倉幕府の二の舞にもなりかねない。大軍を擁しながら河内の楠木正成を討てなかったことが、足利尊氏の謀叛を呼び、鎌倉幕府の滅亡へと繋がったのだ。警戒するに越したことはない。

関東の戦況は、京を経て毎日のように報せが届く。幕府方の総大将・上杉憲実は鎌倉を出陣し、常陸・下野・下総あたりでは激しい戦いになっているようだ。

　鳥羽尊秀がどこにいるのかは、相変わらず不明だった。同様に、玉川宮敦子、大覚寺義昭の行方も定かではない。

　味方の先鋒は、敵の拠点と目されていた天川に入ったものの、敵の姿は無かった。恐らく、尊秀は吉野よりさらに南の大塔村か十津川あたりに拠点を移したのだろう。彼の地は吉野や天川よりもさらに山深く、何の確証も無しに大軍で攻め入るにはあまりに危険が大きい。

　ぶつかり合いこそ無いものの、戦はとうに始まっていると言っていい。今は、南大和の山岳地帯全体を城とする南朝方と、信貴山一帯に拠る幕府方が睨み合うという形だった。

「御大将はおられるか！」

　具足を鳴らしながら現れたのは、安芸武田家の当主、武田信栄だった。相伴衆として義教の寵愛を受けているが、今回は軍監として参陣し、信貴山本陣の守りに就いている。

「これは武田殿、いかがなされた？」

「いかがではござらぬ。京を出陣して、じきに二月。いつまでこのようなところで、いたずらに時を過ごすおつもりか！」

　端整な顔に苛立ちを滲ませ、信栄が喚く。二十八歳になる信栄は、義教の寵を笠に着た横柄な振る舞いが多いが、実戦の経験はほとんど無い。この機に、目覚ましい手柄を立てておきたいという焦りがあるのだろう。

「何度も申しておるが、戦には機というものがござる。迂闊に動いて、窮鼠に咬まれる猫になりたくはござるまい」

「お言葉ですが、これでは咬まれる以前に、鼠(ねずみ)一匹見つけられぬ無能な猫ということになりますぞ。このままでは早晩、上様のお怒りを買うは必定(ひつじょう)。速(すみ)やかに出陣を下知(げち)なされよ」

「出陣と申されるが、どこを目指すと？」

「決まっております。天川に敵がいないのであれば、さらに南、大塔村か、十津川か。草の根分けても鳥羽尊秀の首を獲るしか、我らに道はござらぬ」

「そのために、こうして方々に物見を放ち、敵の居場所を見定めておるのだ。それが待てぬとあらば、手勢を率いてどこへなりと攻め入られるがよい。敵中深くで孤立し、山中に屍(しかばね)を晒(さら)すこととなっても、天晴(あっぱ)れ見事な死に様よと、上様のお褒めにあずかれよう」

　義貫がそこまで言うと、信栄は口を噤んだ。武田勢は三千。自分が独力で尊秀を討つ兵力も将器も持たないことを、信栄は理解している。

「武部直文様、お戻りになられました」

　陣幕の外から、声がかかった。

「物見が戻りました。ともに報告を聞いていかれますかな？」

「いや、結構」

　元々色白な顔を赤く染め、信栄が出ていく。入れ違いに、直文が陣幕をくぐって入ってきた。

「ずいぶんと苛立っておられましたな」

「放っておけ。戦もできぬ寵臣(ちょうしん)という評判を覆したいだけの男だ」

「なるほど。気の毒な御仁(ごじん)ですな」

　麾下を率いて大塔方面に物見に出ていた直文は、雑兵のような軽装で、具足も直垂も泥で汚れきっている。

「それで、首尾は？」

「大塔村の外れに、いくらか大きな砦が築かれておりました。敵の主力が大塔村にあるのは間違いないでしょう。砦の守りの厳重さからすると、尊秀はともかく、玉川宮敦子がいることは大いに考えられます」

「よし、よくやった」

一礼して踵を返した直文に、義貫は「待て」と呼び止めた。

「そなた、妻を迎えたそうだな。祝言を挙げる気は無いのか？」

「はい。妾というわけではないのですが、正室を迎える気もありませんので」

「それでは、武部の家名が途絶える。形だけでもよい、この戦が終わったら、祝いの席を設けよ。わしも、そなたの妻となる女子を見てみたい」

「それは……身分卑しき女子ゆえ、ご容赦を」

「ならば、重臣の誰ぞの養女ということにすればよい。京へ戻り次第、そのように取り計らっておく。よいな？」

どう答えてよいのかわからないというように、直文は曖昧に頷いた。

自分の血を享けたせいで、日の当たらない生を歩ませている。その思いは、常にあった。家中の者たちと交わろうとしないのも、己の血を意識しているせいだろう。

直文が下がると、義貫は大和全域を描いた絵図を開いた。信貴山には、義貫直属の一色勢四千と武田勢三千。南西の三輪に、土岐持頼の三千。残る赤松、細川、畠山らの一万は、高取、吉野、天川に分散している。

数ではこちらが圧倒的に有利だが、それだけに、尊秀は真正面からの戦を避けるだろう。広大な山岳地帯を逃げ回る尊秀を捕捉し、首を獲るのは不可能に近い。それどころか、地の利を活かした奇襲で思わぬ損害を被る恐れもある。

ここは、奇襲を受けても揺るがないほどの大軍で山中を慎重に進み、拠点を一つずつ落としていく他ないだろう。拠るべき土地をすべて失えば、尊秀も力を失うはずだ。

決断すると、義貫は大きく息を吐いた。疲労が全身を満たしている。戦陣の疲れだけではない。義教との関係。いつ果てるとも知れない、幕府内の権力争い。甥の教親を当主に据えようと画策する、家中の反義貫派。

義教の機嫌を損ねれば、家督と領国を奪われる。少しでも気を緩めれば、他の大名だけでなく、家中の者にさえ足をすくわれかねない。そうした不断の緊張は、義貫の体を少しずつ蝕んでいる。

不意に胸が苦しくなり、咳き込んだ。口に当てた掌に、生暖かい感触がある。駆け寄ろうとする近習を「大事無い」と制し、気づかれないよう、懐紙で掌の血を拭う。

休んでいる暇は無い。病が外に漏れれば、戦に影響するだけでなく、一色家の屋台骨まで揺らぎかねなかった。京で留守を預かる嫡男の義直は、まだ二十歳にもなっていない。今、自分に何かあれば、教親を推す家臣たちが台頭し、家中は大きく乱れるだろう。

とにかく、この戦に勝利を納め、幕府内での一色家の立場を盤石にしければならない。

「触れを出せ。明朝、本陣を南へ進める」

近習を呼び、命じた。

「山中での、長い戦になる。兵たちには酒を振る舞ってやれ。ただし、過ごさぬ程度にな」

六

直文は割り当てられた陣屋で、遠藤玄蕃と盃を交わしていた。

陣の方々で篝火が焚かれ、その周囲の車座では、兵たちが振る舞われた酒を惜しみながら呑んでいる。量はわずかだが、二月近い滞陣に倦んだ兵たちは上機嫌で、踊り出す者までいた。

直文が空けた盃に、玄蕃が手にした瓢から酒を注ぐ。

「此度もまた、長い戦となりましたな」

玄蕃の横顔には、隠しきれない疲労の色が滲んでいる。

直文とその麾下は半月近くをかけ、大和南部の状況を探り歩いてきた。戦になることこそなかったものの、絶え間ない緊張を強いられる厳しい役目だ。

「それがしは今年、不惑を迎え申した。正直、この役目にいつまで耐えられるかと思います」

「確か、国許に息子がいたな」

「この春に、ようやく元服いたしました。会うのは、年に一度か二度ですが」

玄蕃の盃に酒を注ぎ、直文は言った。

「この戦が終わったら、しばし体を休めろ。丹後に帰って、妻子と過ごしてやれ」

「お心遣い、痛み入ります」

外が騒がしくなっていた。笑い声や陽気な唄声（うたごえ）。笛や太鼓の音まで聞こえてくる。

ふと、地が揺れたような気がした。

いや、気のせいではない。床に置いた盃の酒が、かすかに波立っている。急ごしらえの陣屋の柱が、ぎしぎしと音を立てた。

玄蕃も気づいたようだ。盃を置き、太刀を引き寄せている。揺れは、まだ続いていた。地震にしては長い。そして、少しずつ大きくなっている。

入口の木戸が開き、弘元坊（こうげんぼう）が現れた。

「武田信栄、謀叛にございます」

「何だと？」

聞き返すと同時に、喊声（かんせい）が沸き起こった。馬蹄（ばてい）と足音。馬の嘶（いなな）き。聞き慣れた、戦場の音。

信栄が、南朝方に寝返ったというのか。確かに信栄と義貫は折り合いが悪かったが、南朝に付いたところで、勝ち目があるとは思えない。そこまで愚かな選択を、あの信栄がするだろうか。

いや、今は考えている暇などない。具足を着込み、兜（かぶと）をかぶって陣屋を飛び出す。

満月の夜で、外は明るい。その月明かりの下で、一方的な殺戮（さつりく）が繰り広げられていた。

敵地から遠く離れたこの地で戦になるとは、誰も予想していなかった。完全に不意を衝かれた一色兵は、降り注ぐ矢に為（な）す術（すべ）もなく倒れていく。つい先刻まで宴が開かれていた場所には、無数の屍が折り重なっていた。

「弘元坊、御屋形様の下へ急げ。この場から落ち延びていただくのだ」

「承知」

弘元坊が駆け去ると、直文は太刀を抜き放った。敵が矢を射掛けるのをやめ、打物を手に斬り込んでくる。数は、一千は下らないだろう。

「狼狽えるな。陣を組み、迎え撃て！」

叱咤するが、味方の混乱は収まらない。ほとんどが背を向けて逃げ出し、得物を手にする者はほんのわずかだ。まとまっているのは、直文麾下の三百だけだ。舌打ちし、麾下に向けて叫ぶ。

「斬り込むぞ。敵の出鼻を挫く！」

先頭に立ち、駆け出す。勢いに乗った敵に、真正面からぶつかった。こちらが前に出てくるとは思っていなかったのだろう。敵に動揺が走る。

三百が一丸となってぶつかり、退いてはまたぶつかることを、幾度か繰り返した。だが、敵はさらに増え、味方は徐々に数を減じていく。

気づくと、直文の隊は敵中に孤立していた。麾下は散り散りになり、近くにいるのは五十人にも満たない。

「あれにあるは、一色義貫が庶子、武部直文ぞ！」

武田勢の将が叫んだ。周囲の敵兵の視線が、一斉にこちらへ向けられる。

正面の雑兵が、長刀を突き出してきた。穂先が顔を掠め、兜が飛ぶ。頬から血が流れ出すのを感じながら、太刀を振り上げる。雑兵の喉が裂け、血が噴き上がる。返す刀で、横から斬りかかってきた武者の腕を飛ばした。

背後から騎馬武者が駆け抜け、背中に一太刀浴びた。たたらを踏んだが何とか堪え、馬首を返した騎馬武者の脚に斬りつける。落馬した武者に、味方の雑兵がとどめを刺す。

視界の隅で、玄蕃が蹲るのが見えた。脇腹に矢を受けている。駆け寄ろうとしたが、数人が立ち塞がった。片手突きで一人を倒し、二人目に斬撃を浴びせた時、太刀が音を立てて折れた。

好機と見た敵の武者が、斬りかかってくる。腰に組みついて押し倒し、脇差で喉を抉った。武者の太刀を拾い、立ち上がりざまにもう一人を斬り伏せる。

立ち上がった玄番が、片手で太刀を振るっていた。左肩にも深手を負っている。直文は、玄蕃と斬り結んでいる敵兵を後ろから斬り伏せた。

「玄蕃、しっかりしろ！」

「かたじけない」と応じた玄蕃の顔からは、血の気が失せていた。だらりと下げた左腕は赤く染まり、脇腹からもかなり出血している。

「なかなかに、厳しゅうございますな」

蒼白な顔で、玄蕃が笑う。

「どうせなら、信栄の首を斬り飛ばしてやりたいが、それも難しそうだな」

「残念ながら」

ならば、一人でも多く道連れにするまでだ。覚悟を決め、太刀を握り直した。一瞬、脳裏に過った桐乃の面影を、すぐに振り払う。

「我こそは一色義貫が子、武部直文。討ち取って手柄といたせ！」

叫んだ刹那、再び地が揺れたような気がした。

振り返る。直文たちを囲む敵の背後から、百騎ほどの一団が襲いかかっていた。

囲みが割れる。直文は騎馬の一団の中に、義貫の姿を認めた。具足に数本の矢を突き立てながら、太刀を振って下知を飛ばしている。傍には、弘元坊の姿もあった。

なぜ、さっさと逃げなかったのか。怒りとも戸惑いともつかない感情が湧き上がる。

新手が加わり、あたりは再び乱戦になっていた。群がる敵兵を払いのけ、近習たちに守られた義貫の馬前に進み出る。

「無事だったか、直文」

義貫が歯を見せて笑う。

「何ゆえ、落ち延びられなかったのです」

「我が子を置いて逃げ出したとあっては、一色家当主の名折れゆえな」

「愚かな……」

思わず、そんな言葉が口を衝いて出た。当主自らが命を賭して救い出す価値など、自分には無い。武門の棟梁ならば、己が生き残ることを最優先にすべきだ。

「そんな顔をするな。わしは、賢明な大名よりも、愚かな人でありたいのだ。嗤うか？」

直文を見つめ、義貫が問う。

「……いいえ」

満足そうに頷いた直後、義貫が激しく咳き込んだ。口に当てた掌から、血が滴り落ちる。義貫は蹲るように、馬の首にもたれかかった。異変を察した近習たちが、側に集まってくる。

胸の病。しかも、かなり悪い。この体で戦陣に在り続けたのか。

直文は近習たちに命じた。

「ここは俺が食い止める。お前たちは、御屋形様を連れてすぐにここから退け。何としても、無事に京までお連れするのだ」

「お待ちください」

玄蕃が、荒い息を吐きながら言った。乗り手を失った馬を一頭、曳いている。

「武部様は、御屋形様のお側に。殿軍は、それがしが承ります」

束の間、視線がぶつかった。満身創痍だが、その目はまだ死んではいない。

頷き、玄蕃が曳いてきた馬に跨る。

「さらば」

声をかけ、義貫の馬の轡を握り、馬腹を蹴った。

七

「もう、ここでよい」

掠れた声で言った義貫が指差したのは、名も知らない古い寺だった。

戦場の喧噪は、だいぶ遠ざかっている。だが、近習たちは追手を食い止めるために次々と馬を返し、残ったのは直文と義貫、弘元坊の三人だけだった。義貫の状態はかなり悪い。直文も弘元坊も、全身に傷を受けている。どちらにしても、休息は必要だった。

朽ちかけた山門をくぐって境内に入り、出てきた老僧に「すまんが、休ませてくれ。それと、水を頼む」と銭を渡す。

弘元坊を見張りに残し、本堂に入った。義貫の具足を解き、床に横たえる。落ち延びる途中にも二度、血を吐いていた。これ以上、馬に乗せるのは無理だろう。

老僧が運んできた水を少しだけ飲み、義貫が口を開いた。

「信栄は、南朝に寝返ったわけではない」

「どういうことです？」

「あの者には、南朝に通じる度胸も才覚も無い。わしを討つよう命じたのは十中八九、上様だ」

「馬鹿な」

確かに義貫と義教の関係は、良好とは言い難い。だが四カ国の守護を兼ね、長く幕府を支えてきた義貫を騙し討ち同然に討つ。そんな真似を、武門の棟梁たる将軍が命じたというのか。

義貫が体を起こした。肩で息をしながら、直文を見つめる。

「直文。わしはここで、腹を切る。そなたは生き延び、義直を、弟を助けてやってくれ。勝手な願いではあるが」

義直を弟だと思ったことなど、一度も無い。あくまで、主君の嫡男としてしか見てこなかった。

「急げ。じきに、ここへも追手が来る。信栄ごときに、我が首級を渡すな」

止められはしない。立ち上がり、太刀を抜いた。

義貫が鎧直垂の前をはだける。

「わしの子として生まれたばかりに、苦労をかけた。そなたには、詫びねばならぬ」

「何の。これはこれで、楽しんでおります」

「そう言ってくれると、いくらか救われるな」

義貫が脇差の鞘を払った。直文は太刀を手に、後ろへ回る。

「ままならぬ一生であったが、最後は我が子の手で果てられる。天に感謝すべきであろうな」

「父上……」

義貫は小さく笑い、腹に脇差を突き立てる。

「御免」

義貫のうなじに向け、太刀を振り下ろす。

父と呼んだのはいつ以来だろう。落ちた首を見つめ、直文は思った。


京へ辿り着いたのは、翌日の午の刻過ぎだった。

弘元坊とはいったん別れ、洛中へは別々に入った。身に着けているのは、老僧から譲ってもらった古い僧衣だ。編み笠を目深にかぶり、足を速める。

一色邸に近づくと、焦げくさい臭いが漂ってきた。往来に、人だかりができている。その向こうに見える邸の門を、軍兵や直垂姿の武士たちが忙しなく出入りしていた。

「何か、ございましたか？」

直文は、傍にいた商人風の男に訊ねた。

「夜明け前から戦があってな。ずいぶんと激しい戦で、ようやく収まったところだ」

「戦というと、一色家と将軍家ですかな？」

「いや」と声を潜め、商人が答える。

「それが、どっちも一色の軍勢でな。寄せ手は、義貫様の甥御で、教親様というらしい。邸の側はよく粘ったんだが、将軍家の仲裁で降参したそうだ」

義貫が討たれた同じ夜に、教親が一色邸を攻めた。教親と武田信栄が、最初から通じていたということだ。そしてこれほどの大事が、義教の許しを得ずに行われるはずはない。

やはり、義貫の見立ては正しかった。大和への出陣は、義貫を討つための謀だったのだ。

腸が煮え立つのを堪え、さらに訊ねた。

「邸には、一色義貫様の御嫡男がおられたはずですが」

「ああ。どうやら、しばらくは伊勢家が預かるってことで話がついたらしい。これで、一色家の家督は教親様のものってわけだな。あの直垂の武士たちが、伊勢家の連中なんだろうよ」

伊勢家は、代々幕府の政所執事を務める家柄だ。一色邸の留守居が予想外に善戦したため、義教は仲裁という形を取って、矛を納めさせたのだろう。邸内からは、戸板に乗せられた死人が次々と運び出されている。商人に礼を言い、直文は踵を返した。

人だかりを抜けると、尾行がついていた。二人。義教が市中に放った密偵だろう。

気配を隠しきれていないあたり、腕はさほどでもない。だが、直文が持つのは懐に隠した短刀が一振りだけだった。

しばらく歩き、人気の無い狭い路地に入ったところで、いきなり走り出した。慌てて追ってくる足音が聞こえる。曲がり角で待ち伏せ、前を駆ける男の足を払った。手にした短刀をうなじに突き立てる。もう一人が足を止め、太刀を抜いた。

直文は倒した相手の太刀を奪い、鞘を払った。男は烏帽子直垂姿だが、あちこちに接ぎが入り、太刀の鞘も塗りが剝げている。銭目当てで密偵役を買って出た、貧しい武士だろう。

「貴様、一色家の者か！」

自分を武部直文と知った上で、追ってきたわけではないらしい。

「だったら、安心して殺せるな」

呟(つぶや)き、踏み出(だ)した。


死体を物陰に隠すと、七条大宮の家に向かった。

このあたりは、下級武士の邸宅が多い。戦騒ぎのせいか、行き交う人々の目つきは険しく、町全体がどこか浮足立っているように思えた。

自邸の粗末な門をくぐり、家に入った。桐乃の他に年老いた下女と壮年の中間(ちゅうげん)が一人ずついるが、出迎えはない。懐の短刀を抜き、裏庭に回る。

肌が粟立った。血の臭い。庭に、下女と中間が倒れていた。確かめるまでもなく、死んでいる。

二人とも、胸を貫かれていた。抗った形跡はない。相手は、かなりの手練(てだ)れだろう。

草鞋(わらじ)を履いたまま、家に上がった。広間に桐乃の姿はない。息を殺し、寝所の襖(ふすま)に手をかける。

鼓動が速まる。生まれて初めて、直文は神仏に祈った。

襖を開く。桐乃は褥(しとね)に横たわっていた。直文は片膝をつき、夜着を捲(めく)る。

桐乃の顔は、幸福な夢でも見ているかのように、穏やかだった。だが身に着けた小袖の左胸には、赤い染みが広がっている。

目を閉じ、呼吸を整えた。

不意に、背後にあるか無きかの気配が現れ、直文は咄嗟(とっさ)に横へ跳んだ。

刃風（はかぜ）がうなじを打ち、編み笠が飛ぶ。転がりながら振り返り、中腰で構えた。

「さすがだな。よくぞかわした」

黒装束（くろしょうぞく）に身を固めた男だった。手には反りの無い、やや短い刀を手にしている。他に、仲間がいる気配は無い。男の放つ気は、弘元坊やその配下のものとよく似ている。

「教親に雇われた忍びか。それとも、将軍家の手の者か」

「どうせここで死ぬのだ。知る必要もあるまい」

男は小さく笑ったようだった。覆面に隠れ、その口元は見えない。

「それより、その女の死に様を知りたくはないか。なかなか見物だったぞ。この体は好きにしていい、だから命だけは助けてくれ、とな。元遊女らしい、浅ましき女子よ」

「安い挑発だな」

鼻で笑うと同時に、短刀を投げつけた。同時に、前に踏み込む。男は短刀を難なくかわし、待ち受けていたように右手で片手突きを放つ。

切っ先が、直文の左の肩口を捉えた。構わず、そのまま前に出て男の懐へ入る。

男の刀が、肩の肉を抉った。不思議なほど、痛みは感じない。右腕を突き出し、人差し指と中指を男の目に突き入れる。呻（うめ）き声を上げた男の右腕を両腕で抱え込み、ありったけの力を加えた。

鈍い音とともに、男の腕があらぬ方向に曲がる。続けて、男の頭を摑んで膝を叩き込んだ。倒れた男に馬乗りになって、両膝で男の腕を押さえる。

拳を固め、顔面に振り下ろした。歯が折れ、鼻が潰（つぶ）れても、さらに殴り続ける。

何度拳を打ち下ろしたのか。誰かに、後ろから腕を摑まれた。

「もう、おやめなされ。とうに死んでおりまする」

弘元坊だった。田辺屋で落ち合うはずだったが、直文が現れないので様子を見に来たのだろう。

「田辺屋にも、忍びが張りついておりました。手当てをしたら、すぐにここを離れましょう」

頷き、立ち上がった。両の拳に感覚が無い。骨が折れたか、罅が入っているらしい。

手当てを終えると、直文は血で汚れた僧衣を捨て、小袖と袴に着替えた。桐乃を埋めてやる暇も無い。桐乃の死に顔を目に焼きつけ、家から離れた。

弘元坊が向かったのは、鴨河原だった。このあたりには、飢饉や疫病、戦で村を捨てた者たちや、食い詰めた溢れ者が建てた粗末な小屋が軒を連ねていて、所司代の手の者も容易には立ち入れない。潜伏するには恰好の場所だ。

拾い集めた木材で、弘元坊が手際よく小屋を建てた。

「これから、いかがなされます?」

「やることはもう、決めている。そのためにはまず、傷が癒えるまで生き抜くことだ」

何をするかは、言うまでもなかった。弘元坊も、聞こうとはしない。

「その太刀は目立ちます。しばらくは埋めておきましょう」

「そうだな。持っていても、どうせこの腕では遣えん」

どこか、夢の中にいるような心地がした。義貫も桐乃も、もうこの世にいない。玄蕃も恐らく討たれた。つい先日まで幕府のために深山を駆けずり回っていた自分が、今は追われる身だ。

「今さらだが、お前はなぜ、俺に付き合っている。元々は将軍家に使われる忍びだろう?」

「さて、自分でもようわかりませぬ」

太刀を埋める穴を掘りながら、弘元坊は答えた。

「もしかすると、あなた様の抱える業を、いましばし見ていたいのやもしれませぬ」

「業、か」

確かに、自分はいつしか、そうしたものを抱え込んでしまったのだろう。

穴の底に太刀を置き、土をかぶせていく。

剣を持たない生き方というのも、あり得たかもしれない。ぼんやりとそんなことを思いながら、埋められていく太刀を見つめた。

八

また、母の夢を見た。

夢の中の母は、まだ病を得ていない。肌に艶もあり、黒々とした髪が美しかった。

母は微笑みながら、幼い自分に何事か語りかけている。声が聞こえないのがもどかしい。もっと近づきたい。声を聞きたい。そう思って膝を進めようとするが、なぜか体が動かない。

手を伸ばしたところで、いつも決まって母の姿は掻き消え、夢が終わる。

武家の棟梁としてあるまじきことだと、義教は思う。名実共にこの国の頂点に立ち、「万民恐怖の世」を創り出した将軍足利義教が、この歳になってもまだ、母を夢に見ているなど。

着替えと朝餉をすませ、書院で訴状の山と向き合った。

その大半が、名も知らない土豪同士の土地を巡るいざこざと、商人間の銭の貸し借りについての訴えだ。わずかな土地や銭に心血を注ぎ、役人に多額の賂を遣って訴訟を起こしたのだろう。浅ましい限りだが、武力に訴えないだけ、まだましというところか。

将軍という地位に就いてみてわかったのは、この世がどれだけ醜く、人々がいかに欲得ずくで動いているかということだった。

幼い頃から必死に学んだ仏の教えなど、俗世では何の役にも立ちはしない。武士も僧侶も公家も百姓も、誰もが餓鬼のごとくに己の欲ばかりを追い求め、他者を蹴落として顧みることがない。どれほど高邁な理想を掲げて政に臨んだところで、己の得にならなければ誰も動かず、理解しようとすらしない。嘆息を漏らしながら、訴状を選り分けていく。

廊下から、近習の声が聞こえた。

「申し上げます」

「武田信栄様、帰洛の由。上様にお目通りを願い出ております」

三日前、信栄は一色勢の本陣を急襲し、義貫を討ち取った。同日、土岐持頼も大和三輪の陣中で配下の豪族に背かれ、殺害されている。どちらも、義教の密命に従ってのことだ。

翌日には京の一色邸を義貫の甥に当たる一色教親が攻め、留守居の家臣たちは降伏。義貫嫡男の義直は伊勢家に預けられた。一色家の家督は教親に継がせ、丹後と伊勢半国の守護を与えることになっている。信栄に与える餌は、義貫が持っていた若狭の守護職だった。

一色義貫と土岐持頼は、自分の治世には必要が無い。二人ともそれなりに有能ではあったが、義教が大名たちに求めているのは、自分に対する絶対の忠誠だけだ。

将軍が政のすべてを決め、大名たちがそれを忠実に実行する。それがこの国の最も美しい姿だと、義教は考えていた。だがその理想を、誰も理解しようとしない。政は、己の我欲を満たすためのものと心得違いしている輩が、あまりにも多すぎる。

きりのいいところで訴状の決裁を切り上げ、対面所に向かった。小具足姿で平伏する武田信栄は、戦場の汚れも落としていない。己の働きを誇示するため、敢えてそうしているのだろう。鼻白みながら上座に就き、脇息にもたれかかる。

型通りの言上を受け、型通りに労いの言葉をかける。それでも信栄は、褒められた犬のように喜色を浮かべた。

「して、義貫の首級は？」

訊ねると、信栄は顔を引き締めた。

「まことに申し訳なきことながら、義貫めの首級は、彼奴が自害した寺から持ち出されておりました。恐らく家臣の手によって、すでに何処かへ埋められたかと」

「何だと？」

眉根を寄せて睨むと、哀れなほどに蒼褪め、床に手を突く。

「さ、されど、あ奴が死んだことは間違いありませぬ。ご心配には及ばぬかと……」

「しかと確かめたのだな？」

「御意！」

必死に額を床に擦りつける姿に、それ以上追及する気も失せた。義貫の首は鴨河原に晒してやるつもりだったが、見つけ出すのは困難だろう。

「まあよい、手柄に免じて首級の件は赦す。早々に若狭へ下向し、義貫の残党どもを始末いたせ」

「ははっ、ありがたき仕合せ」

他人が自分を恐れ、ひれ伏す様を見るたび、誇らしさと不快の念が同時に込み上げる。顔を見るのが嫌になり、手を振って信栄を下がらせた。

書院に戻って残りの訴状と向き合ううち、ふと思い出したことがあった。文机の隅に置いた小さな鈴を鳴らす。

「ここに」

障子を隔てた庭から、低い声が響いた。

将軍家の間諜を束ねる頭だ。障子越しにしか話したことがないので、義教は顔すら知らない。

「武部直文の件、いかが相成った？」

義貫が討たれた翌日、洛中に放った間者が三人殺されていた。そのうちの一人は、武部直文の屋敷で死んでいる。直文は信貴山での戦を生き延び、京に潜んでいると考えるのが妥当だった。

「申し訳ございません。洛中を八方手を尽くして探させておりますが、足取りはいまだ摑めず」

「そうか。まだ生きておるのだな」

直文を召し出した時のことを、義教は思い起こす。

義貫の庶長子というが、あまり似てはいない。世を斜めに見ているような、醒めた目つき。それが、義教の癇に障った。今思えば、義貫誅殺を決めたのは、あの目を見た瞬間だった。

あの男は今、何を思い洛中に潜んでいるのか。実父を討たれた恨みか、それとも家の軛から逃れた喜びか。なぜか気になった。

「何としても見つけ出せ。生け捕りにして、我が面前に引き立てるのだ」

「御意」

気配が消え、静寂が戻った。

輒か。声に出さず呟き、苦笑する。義教にとって、足利という家は、輒そのものだった。


父である三代将軍義満は、義教母子にひどく冷淡だった。義教が六歳の時に母が病没した時には、義満は悲しむ素振りも見せず、翌日には家臣の屋敷で宴を開き大酒を食らっていたという。ほとんど口も利いたことのない父だったが、十歳を前にした頃、久方ぶりに対面した時に言われた言葉は片時も忘れたことがない。

「この者は必要ない。寺に入れておけ」

犬でも捨てるような口ぶりで、父はそう言った。

その一方で、父は義教と同年の異母兄弟、義嗣を溺愛した。すでに将軍職を嫡男の義持に譲っていたものの実権は手放さず、義嗣を側近くに置いてあたかも真の後継者であるかのように扱っていたという。

だが、父は義嗣が元服した直後に急死し、後ろ盾を失った義嗣も後に京を出奔、義持の命で殺害される。関東で起きた叛乱に関わっていたのが理由だとも言われたが、真偽は定かではない。

そうした出来事を、義教は寺の中で聞いた。

その頃の義教は、京にある天台宗の寺院、青蓮院で僧として学問に励んでいた。仏典を読み込み、古今の書物を諳んじるのに、さしたる苦労は無かった。むしろ、書物を前に四苦八苦している他の僧侶たちが不思議に思える。気づけば、周囲から「天台開闢以来の逸材」などと称されるようになっていた。将軍家の血を引く義教への諂いもあったのだろうが、悪い気はしない。

十五歳で得度した義教は、数年で青蓮院門跡となり、天台座主の地位にまで上り詰めた。

だが、将軍の一族というだけで得た地位では、少しも満足できなかった。武家の世界で必要とされなかった自分が、この国に幾万といる僧侶たちの頂点に立ち、腐敗しきった仏法界を正す。それは、位人臣を極めた義満にさえできなかったことだ。

しかしその望みは、義持の死によって断たれる。

石清水八幡宮の神前で籤が引かれ、次期将軍になることが決まった時、義教はすでに三十五歳になっていた。義教は幾度も拒んだが、「神意」である籤の結果に逆らうことはできない。半ば引き立てられるように青蓮院を出ると、あれよあれよという間に還俗させられた。

腹立たしいのは、長く仏門にいた義教を、周囲の者たちが童同然に扱うことだった。

やれ髪を伸ばせ、妻を娶れ、武芸を身に付けよと何かにつけて指図され、武士としての心得、将軍としての有りようを、童に言い聞かせるように説かれる。ついこの間まで天台座主だった義教にしてみれば、屈辱以外の何物でもない。

それでも、最初の数年は堪えた。名を義円から義宣、さらに義教へと改め、宿老たちの望む家から妻を迎え、言われるがまま政を執る。それが足利将軍家の、ひいては天下安寧のためと思えばこそ、堪えることもできた。

だが、義持の代から幕府を支えてきた宿老たちが世を去ると、鎌倉公方足利持氏や南朝の残党が不穏な動きを見せはじめ、そこに比叡山延暦寺まで加わった。

世の争乱を防ぐべき大名たちは、己の利を追い求め、互いの足を引っ張り合う。口さがない公家や京童たちは、義教を「籤引き将軍」と侮り、「坊主上がりの将軍に天下は治められない」と、半ば公然と口にする。義満の代には確かにあった将軍の権威は、今や地に堕ちたも同然だった。

正さねばならない。政は乱れ、人心は荒みきったこの国に秩序を取り戻し、あるべき美しい形に作り変える。それが、神意によって将軍の座に就いた自分の為すべきことではないのか。

そうだ。この身は、神によって選ばれたのだ。恐れることなど、何一つとしてありはしない。気づいてしまえば、これまでの忍耐が馬鹿馬鹿しくなった。もう誰の顔色も窺う必要は無い。己を解き放ち、信ずる政を行う。それこそが、神意に適う道なのだ。

それから何年が経ったのか。義教の目指す理想の政には、まだほど遠い。

強訴を繰り返す延暦寺を攻め、鎌倉公方を滅ぼし、脅威になり得る一色家と土岐家も排除した。だが、関東では持氏の遺児が兵を挙げ、南朝の残党も大和山間部にいまだ蟠踞している。大覚寺義昭は四国に潜んでいるという情報が入ったものの、再び行方を眩ませていた。

すべての元凶は、南朝だった。時代の移ろいを解せず、いたずらに戦を引き起こし、世を乱す。あの者たちを根絶やしにしない限り、この国に平穏は訪れない。

義教は、今年で四十七。残された時は、それほど多くはない。時に、苛立ちが抑えきれなくなることがある。

不味い料理を出した料理人。酌をする際に義教の膝に酒をこぼした侍女。梅の枝を折った庭師。いずれも怒りにまかせて打擲し、御所から追い出した。面と向かって義教の政を批判した僧侶は、煮えたぎった湯を頭からかぶせ、舌を切って放逐した。

あまりにも愚かな訴訟を起こす者は、湯起請にかけることも多かった。煮えたぎる湯に腕を入れさせ、火傷をしなければ訴えを認めるというやり方だ。

神意に適えば火傷などしないというが、これまで義教は、その〝神意〟とやらに適う訴人をいまだ見たことがない。欲に塗れた訴人たちが湯を前に恐怖に震え、泣き喚く姿を目にするたび、義教は得も言われぬ快感のようなものを覚えた。


「仕度が整いましてございます」

近習の赤松貞村が告げ、義教は「うむ」と腰を上げた。

貞村は赤松家の一族だが、当主の満祐とは距離を置き、義教に忠義を尽くしていた。さして使える男ではないが、義教はいずれ、満祐に代えて赤松家の当主に就けるつもりでいる。

御所の奥にある小さな庭。義教は縁に腰を下ろした。他に、貞村ら数人の近習が居並んでいる。

庭に敷かれた筵には、後ろ手に縛られた男が二人、座らされていた。顔のあちこちが腫れ上がり、衣服は埃と泥に塗れ、方々が破れている。その前では火が焚かれ、湯が沸かされていた。

洛中に放った間者が捕らえた罪人だった。間者によれば、二人は洛中で土倉を営む商人で、遊女を交えた宴の席で今の政を批判していたという。

「但馬屋喜平次と、木津屋孫七だな。余が、そなたたちの申す籤引き将軍、義教じゃ」

「は、ははっ」と初老の痩せた男――但馬屋喜平次が答えた。まさか、将軍直々の詮議を受けるとは夢にも思わなかったのだろう。その背は、憐れなほどに震えている。

一方の木津屋孫七は、頷きを返しただけだった。いかにも頑強そうな体躯で、歳の頃は四十前後。牢で激しい責めを受けたはずだが、臆した様子はなく、目の光も死んでいない。久しぶりの、骨のありそうな罪人だ。

「喜平次、何か申し開きはあるか。直答（じきとう）を許す」

「も、申し開きも何も、私はこの男の話に相槌（あいづち）を打っただけで、心の底では上様の悪口などとんでもないことだ、後で御上（おかみ）にお報せしようと思うておったのでございます。このような責めを受ける謂（い）われは毛頭ございませぬ。何卒（なにとぞ）、ご寛恕（かんじょ）を……！」

まくし立てると、喜平次は地面に額を擦りつける。たちまち気分が冷め、この男から興味が失せた。手にした扇（おうぎ）で、喜平次を指して命じた。

「湯起請にかけるつもりでおったが、面倒じゃ。斬れ」

近習が庭に下り、泣き喚く喜平次を引き立てていく。

「さて、孫七。次はそなたじゃ」

肉を斬る音とともに喜平次の声が途切れたが、孫七は動じる気配がない。覚えず、義教の口元が緩んだ。

「密告してきた木津屋の奉公人の申し立てによれば、そなたはこう申したそうじゃな。〝あと一、二年のうちに、籤引き将軍は首を刎（は）ねられる。大和で南朝方が起ち、西国からは大覚寺義昭が大軍を率いて上洛する。足利将軍家は滅び、真の帝の世が始まるのだ〟と」

「いかにも、申しました」

いささかの怯（ひる）みも見せず、孫七が答える。

「その話、誰から聞いた。そなたは南朝方と通じ、あらぬ噂を広めて京の人心を乱そうとしておるのであろう。誰の指示で動いておるか吐けば、命だけは助けてやってもよい」

世間では、義昭は大和山中にいると思われていた。実際は四国にいて、再び姿を眩ませたことを知る者は、幕府の中でも限られた者だけだ。

不可解なのは、この噂が京童の間で密かに囁かれ続けていることだ。誰かが意図的に流布しているとしか思えない。

「調べでは、そなたは武家の出だそうだな。生国は河内。楠木党が深く根を張った国じゃ」

孫七はこちらを見据えたまま、否定も肯定もしない。

「京で店を開いたのは十年前。その銭はどこから出た。一介の牢人が蓄えられる額ではあるまい。楠木一族から南朝のために働くよう命じられ、都へ出てきた。違うか？」

「愚かな者は、互いに何の関わりも無い事柄を無理やり繋ぎ合わせて〝真実を見つけた〟と騒ぎ立てる。どうやら上様も、その類の御方と見えますな」

ぴくりと、こめかみが震えた。殺意が込み上げるが、孫七は薄い笑みを湛えたまま、昂然と胸を張っている。怒りを露わに腰を上げかけた貞村を、「控えよ」と低く制した。

「商人らしく口は回るようだが、答えになっておらんな。納得いくよう、返答いたせ」

「店を出す銭は、父から借りたものと、方々からの借銭でまかないました。私の知る限り、その中に楠木一族と関わりのある者はおりませぬ」

「客の中に、南朝とゆかりのある者は？」

「いいえ。いたとしても、素性を明かすはずがありますまい」

「確かにな。では、問いを変えよう。何故そなたは、義昭が西国で兵を挙げるなどと語った。誰かから、義昭の行方を聞いたのではないか？」

「大和へ幾度となく兵を出しながら、義昭様の所在はいまだ不明。ならば、西国へ逃れたと考えるのが道理にございましょう」

「なるほど。そなたの申す事、いちいち理に適っておる。だが、南朝方に通じておらぬという、確かな証は無い」

「これは、異なことを仰せになられる」

鼻で笑うように、孫七が言った。

「もともとありもしないものを証し立てることなど、神仏でもない限りできはしませぬ。私が南朝方と通じているという証を示さねばならぬのは、上様の方でございましょう」

「口の減らぬ男よ。よほど命が惜しくないと見える」

「口が減らぬついでに、一言申し上げておきましょう。京童、いや、この国に住まう者は皆、上様の治世にうんざりしております。意に添わぬ者を退け、自らに阿る者のみを用い、間者を放って民の口を封じる。世が鎮まらぬ原因は南朝方ではなく、そうした上様の政によるもの」

義教の怒りを恐れ、居並ぶ近習たちが息を呑んだ。

「銭貸しふぜいが、よく申すものよ。そなたたち土倉こそ、弱き民を虐げ、食い物にしておるのではないか？」

「生きるために必要な銭を貸し付け、その者が払えるだけの利を得る。それが、我らの商いのあるべき姿にございます。暴利を貪る輩がはびこるのは、政が悪しきゆえにございましょう」

「余の政が悪しきものに見えるは、我が志を理解しておらぬゆえじゃ。人は愚かであるがゆえに、恐怖で縛りつけねばならぬ」

「縛られておるのは、上様でありましょう」

「何？」

「強き将軍であらねばならぬ。その呪縛（じゅばく）に、上様は苦しんでおられる。違いますか？」

「笑わせるな。それは呪縛などではない。強き将軍として世の乱れを鎮めるは、まぎれもなく余の意志じゃ」

「まことにそうでしょうか。亡き義満公に認められたい。よくやったと褒められたい。心の奥底にあるそんな願いが、歪（ゆが）んだ形で表に出ているのでは？」

頭の中で、何かが外れたような心地がした。

この者は必要ない。父の声が、あの言葉が、脳裏にはっきりと蘇（よみがえ）る。

立ち上がり、庭に下りた。孫七に歩み寄り、蹴り倒す。さらに全身を蹴りつけ、衝動のままに踏みつけた。呻き声ひとつ上げない孫七に、体中の血がさらに熱くなる。

何度蹴りつけたのか、義教は荒い息を整えた。無言で手を差し出す。察した貞村が、義教の太刀を持って駆けてくる。受け取り、鞘を払った。

「言い遺したことがあれば、聞いて進ぜよう。申せ」

孫七は血と一緒に折れた歯を吐き出し、くぐもった声で笑った。

「俺を斬ったところで、足蹴（あしげ）にしてきた者たちの恨みは消えぬ。憎しみは生ある者に受け継がれ、貴様の首を狙い続けるぞ」

「ならば、ことごとく返り討ちにいたすまで。余の志を解せぬ者は、この国に必要ない」

太刀を振り下ろした。噴き出した血が袴を濡らし、義教は顔を顰める。

「寝所へ行く。着替えと酒を持て」

孫七の骸に目をやった。その目は、憎悪を滾らせたまま見開かれている。

「貞村。若い近習から、見目のよい者を選んで寄越せ」

酒だけでは、この血の昂ぶりを抑えられそうにない。血の付いた太刀を投げ捨て、義教は踵を返した。

九

両側を険しい山に挟まれた、川沿いの狭い街道だった。

武部直文は、濃い緑の筒袖、筒袴に身を包み、深い藪の中から街道を見下ろしている。

太刀は背に負い、顔も覆面で隠していた。周辺には十数人が潜んでいるが、山は深く、遠目からはそこに人がいるとは誰も気づかないだろう。

京から北へ延びるこの若狭街道は古くから、京へ塩や海産物を運ぶ重要な道だ。今も若狭から京の方角へ、米俵を満載した車が数台、十人ほどの護衛に守られながら進んでいる。

六月も終わりに近づき、日射しは強い。今年は雨が少なく日照りが続いたため、今年も米の値は跳ね上がるだろう。

背後に気配を感じたが、直文は振り返らない。

「来ました」

弘元坊の声。

「騎馬五十。前衛十五騎、中央二十騎、後衛が十五騎。徒(かち)は二百五十。そのうち五十が、荷駄(にだ)運びの人足です」

「信栄は？」

「中央の先頭近く。葦毛(あしげ)の馬に、赤糸縅(あかいとおどし)の具足」

「よし。手筈(てはず)通りに」

低く言うと、気配が消えた。

義貫の死から、およそ一月半が過ぎている。その間、直文は京、大津(おおつ)、坂本(さかもと)を転々としながら傷を癒やすかたわら、生き残った義貫の家臣たちを集めて回った。

直文と弘元坊を含め、総勢わずか十七人。うち、五人が直文の配下だった。他の面々も義貫への忠義に篤く、信栄への深い憎しみを抱えている。精鋭とはいかないが、士気は高い。

信栄が若狭へ下向するという情報を弘元坊が仕入れてきたのは、三日前のことだった。

若狭守護職は信栄に与えられたが、一部の義貫旧臣が抵抗を続けているという。信栄の下向は、それを鎮圧するためだ。

払暁(ふつぎょう)からここに潜んで、三刻以上になる。比叡山から、北へおよそ五里。百井川とそれに沿った街道が、大きく蛇行(だこう)している。直文と弘元坊が足を運んで入念に調べ、選び出した場所だ。

事が成るにしろ成らないにしろ、ほとんどの者がここで死ぬだろう。直文自身も、生き延びるつもりはなかった。

仇を討ったところで、義貫も桐乃も生き返りはしない。死んだ人間は、喜びも悲しみもしない。それでも、ここで何もしなければ、自分の中の何かが死ぬ。この先何十年も死んだように生き続けるのは、死ぬよりずっと恐ろしい。

やがて、前方に軍勢が見えてきた。

街道は、百井川の左岸に沿っている。直文がいるのは、百井川右岸の河原を見下ろす崖の上だ。崖といってもそれほどの高さはないので、駆け下りることは不可能ではない。

息を殺し、前衛をやり過ごした。中央の先頭近くを、葦毛の馬が進んでくる。

茂みの中から目を凝らし、顔を確かめる。間違いない。武田信栄だ。

道は、直文のいる場所から少し行ったところで左に折れ曲がっている。中央先頭がその曲がり角にさしかかった時、直文は右手を挙げた。

直後、街道の左側の斜面から、数本の大木が道を塞ぐように倒れ込んだ。中央の五十人ほどが、前後を倒木に塞がれて孤立している。そこへさらに、いくつもの岩が転がり落ちてきた。急な斜面で勢いづいた岩が、馬や人を押し潰していく。

逃げ遅れ、下敷きになった兵が断末魔の悲鳴を上げる。混乱した馬が棹立ちになり、何人かの武者が振り落とされる。

「敵襲だ！」「御屋形様をお守りせよ！」

口々に叫ぶ武者たちに向けて、矢が降り注いだ。射手は十人。全員、街道の左側に配してある。

予想通り、敵は信栄を守りながら川を渡ってくる。

束の間、直文は目を閉じる。桐乃の顔が浮かんだ。笑っても、怒ってもいない。ただ、じっとこちらを見つめている。

目を開き、立ち上がった。太刀を抜き、斜面を駆け下りる。周りに潜んでいた五人も、後に続く。反対側からも現れた伏兵に、ようやく川を渡り終えた敵は狼狽している。

太刀を振る。血煙を上げ、敵兵が倒れる。あるのはただ、静かな殺意。斬り合いの音が、どこか遠いものに感じる。

「何をしておる。殺せ、皆殺しにせよ！」

恐怖の入り混じった叫び声。信栄。烏帽子も失い、髪を振り乱している。

目が合った。覚えず、直文は頬に笑みを浮かべる。距離は七、八間。届くか否かは考えもせず、地面を蹴った。行く手を阻む敵兵の腕を斬り飛ばし、喉を斬り裂き、目を抉る。

視界の方々で、味方が討ち倒されていく。信栄の前に立ちはだかる壁が厚くなっていく。

前後左右から、刃が襲ってきた。肩口。次に、右の二の腕を斬られた。だが、浅い。腕はまだ動く。刃毀れだらけの太刀を捨て、斬りかかってきた敵の太刀を奪った。

腰に組みついてきた一人を振り飛ばし、正面の敵の喉を貫く。切っ先を抜くと、火傷しそうなほど熱い血が全身に降りかかった。馬の背にしがみつくようにして、信栄が遠ざかっていく。その間には、十数人の敵がいた。

何かが凄まじい速さで視界を横切り、目の前の敵が倒れた。さらにもう一人。鎖の先に付けられた分銅。弘元坊のものだ。正面の壁が崩れ、直文は太刀を振るいながら信栄に近づいていく。

脇差を抜き、投げつけた。首に脇差を突き立てた馬が棹立ちになり、信栄を投げ出す。身を起こし、中腰になった信栄に駆け寄り、太刀を振り下ろした。

信栄の額から頬にかけて、赤い線が走る。頭蓋(ずがい)を断ち割れる。思ったが、半寸短かった。

悲鳴を上げ、信栄が倒れたところへさらに踏み込み、太刀を突き出す。切っ先は鎧の隙間(すきま)を縫(ぬ)い、鎖骨(さこつ)のあたりに突(つ)き刺(さ)さった。だが、まだ致命傷(ちめいしょう)ではない。

あと一撃。再び太刀を振り上げた時、背中を斬りつけられた。刃は小袖の下の鎖帷子(くさりかたびら)に弾かれたものの、その間に、信栄との間に敵兵が割り込んでくる。

いつの間にか側にいた弘元坊が、袖を引いた。

「もはやこれまで。ここは退かれませ」

「ならん。奴はここで殺す」

「真に討つべきは、将軍家にござろう。今はまだ、死ぬべき時ではありません」

群がる敵を斬り払いながら、弘元坊が言う。そうしている間にも、信栄は遠ざかり、川を渡ってくる敵は増えていた。対岸の味方は、あらかた討たれたのだろう。

ここで信栄を殺すことにこだわって、命を捨てるか。それとも義教を討つため、生き延びるか。

唇を噛み、直文は身を翻(ひるがえ)した。

十

深い藪の中を、泳ぐようにして進んでいた。息は上がり、時折意識が遠のく。そのたびに、桐乃の顔が浮かんだ。

こんなところで死ぬのですか。何も成し遂げることなく、終わるのですか。そう問われているような気がして、直文は止まりかけた足をどうにかまた動かすことができた。

全身に受けた傷がいくつあるのか、自分でもわからない。先を進む弘元坊の姿を見失わないようにするだけで精一杯だった。

「追手は諦めたようです。しばし休みましょう」

頷き、いくらか開けた場所に出た。近くを流れる小川で傷口を洗い、布できつく縛る。弘元坊も方々に傷を受け、かなり消耗していた。

「ここは、どのあたりだ？」

「恐らく、すでに丹波に入っているかと」

かなりの距離を歩いたということだ。いつの間にか、日は山の向こうに没しようとしている。

不意に、肌がひりついた。正面の木々の向こうに、何かがいる。手練れというのとは少し違う、野の獣にも近い気配。どこかで感じたことがあると、直文は思った。

「よお、久しぶりだな」

現れたのは若い男だった。三年ほど前に賀名生で斬り合った、菊童子の頭目。名は確か、多聞といったか。弘元坊が鎖を弛ませ、いつでも放てるように構えを取る。

「やめとけよ。今のあんたらじゃ、二人がかりでも俺には勝てないぜ」

刀を抜くこともなく、無造作に歩み寄ってくる。獣じみた気配を放ちつつも、殺気は感じない。だが、斬りかかる隙はまるで見えなかった。この男も、相当な修羅場をくぐってきたらしい。

多聞がここにいるということは、南朝方は、こちらの動きを把握していたということだ。恐らく、気取られないほど遠くから、直文たちをずっと見張っていたのだろう。

「越智維通の仇討ちか。それとも、敗けた我らを嗤いに来たか」

「仇を討ちたいのは山々だが、禁じられている。俺はただの案内役だ」

「案内？」

「ここから少し行ったところに、あんたに会いたいって人がいる」

少なくとも、害意は無さそうだ。弘元坊と視線を交わし、太刀を鞘に納めた。


山中を四半里ほど進んだ炭焼き小屋に、その男はいた。

畳数枚分の土間と板の間があるばかりの、狭い小屋だった。男と直文の他には、弘元坊と多聞がいるだけだ。とはいえ、周囲の森には男の手の者が潜んでいるだろう。

山伏姿の男は、板の間で端座している。歳の頃は、三十前後だろうか。涼やかな目元に鼻筋の通った、美男と言ってもいい顔立ち。だが、その表情からはいかなる感情も読み取れない。

どれほどの腕か推し測れないことに、直文は戸惑った。隙だらけのように見えるが、迂闊に斬りかかれば即座に両断されそうな気もする。

「鳥羽尊秀殿、だな？」

弘元坊の顔を見れば、男が誰なのかはわかった。この数年、直文が追い続けてきた、南朝方の将。こうして膝を突き合わせることになるとは、思いもしなかった。

「いかにも、武部直文殿。貴殿には、かねてより一度、会ってみたかった」

微笑を湛え、尊秀が頷く。人を惹きつける笑みと声音。この男は危険だと、直文は直感した。

「用件は、おおよそ察しがつく。俺に、南朝方に降れというのだろう？」

「降れなどとは言わぬ。だが、貴殿と我らが手を組めば、互いに大きな利が得られるのではないか。貴殿とその忍びの二人だけで、将軍家は討てまい」

「俺が、将軍家の首を狙うと？」

「配下を死なせながらも生き延びる道を選んだのは、より大きな獲物を狙うため。違うか？」

すべてを見透かしたように、尊秀が言う。

確かに、将軍家に敵対するという点で、直文と尊秀は同じところに立っている。

「我らに忠誠を誓う必要はない。貴殿の好きなように動いてもらって構わん。こちらは貴殿が必要なだけ、銭と人手を提供しよう」

「どうも話がうますぎるな。それで、南朝に何の益がある？」

「亡き一色義貫殿の息子が、南朝に味方する。我らが欲しいのは、その事実だ」

「なるほどな」

一色家の家督は教親に与えられたが、それを認めない義貫の遺臣は多くいる。そうした者たちを、まとめて南朝方に引き入れる魂胆だろう。降るのではなく同盟だというのなら、こちらとしては悪い話ではない。直文にとっても、銭と人手は必要だ。

「話はわかった。だが、なぜ俺たちが武田信栄を襲うまで待った？　もしも俺が死んでいたら、貴殿の欲しい事実とやらは手に入らなくなっていたのではないか？」

「事を起こす前に話を持ちかけたところで、貴殿は聞く耳を持たなかっただろうからな。敗れたからこそ、我らと手を組んでもいいと思いはじめている。違うか？」

確かにその通りだ。つい先刻までは、自分の手で信栄を討つことしか頭になかった。

「それに、ここで死ぬ程度の運しか持たぬのであれば、手を組んだところで意味はない」

「俺は、幕府がどうなろうと興味はない。北だの南だのも、どうでもいい。俺が欲しいのは、将軍義教の首だけだ。もしも南朝の天下になったとしても、大名になるつもりもない」

「無論、それで構わぬ」

言って、尊秀は小さく笑う。

「やはり、貴殿は私が見込んだ通りの男だな。身の丈に合わぬ、つまらぬ野心を持つ者より、よほど信用できる」

惹きつけられそうになっている自分に気づき、直文は気を引き締めた。この男にかかれば、童を忠実な兵に仕立て上げるなど、造作もないことだろう。

横目で弘元坊を窺った。この話を受けることに、異存はないようだ。

「いいだろう。その申し出、受けさせてもらう」

「そうか。よくぞ決断してくれた。礼を言う」

「それで、南朝は今、何を目論(もくろ)んでいる？　関東の乱に乗じて、何か起こすつもりか？」

「いや。今はまだ、力を蓄えるべき時だ。結城氏朝殿や持氏殿の遺児たちには気の毒だが、彼らは起つべき時を見誤った」

多聞の表情が、かすかに曇った。もしかすると、持氏の遺児と面識があるのかもしれない。

だが尊秀の立場からすれば、それもやむを得ないだろう。結城氏朝が幕府軍を破り、関東全土を制するようなことになれば話は別だが、その見込みは限りなく薄い。

「それで、貴殿はこの先、いかがする？」

「まずは、丹後か若狭に身を潜め、仲間を募ってみる。場合によっては、教親や武田と一戦交えるかもしれん。もっとも、俺にどれだけの一色家臣がついてくるかはわからんが」

「では我らは、できる限りの支援をしよう。ただし、貴殿にはつまらん死に方をしてほしくない」

迂闊に事を起こすな。そう言っているのだろう。

直文は頷いた。どの道、しばらく動くことはできないのだ。

「我らはこれで立ち去るとしよう。今後は、手の者を連絡に寄越す。貴殿らは、今宵はここで休まれよ。そこの行李の中に、当座の銭と薬、酒と食い物も入っている」

直文が敗れ、この山中に逃げ込むことまで読みきっていたのだろう。

「それはまた、気が利くことだ。外の森に潜む菊童子も、引き上げさせるのか？」

「無論、そうする。手を組んだ相手を、見張る必要もあるまい」

尊秀は皮肉を微笑で受け流し、多聞を促して立ち上がる。

「言っておくけどな」

土間に下りたところで、多聞が振り返った。

「あんたとの決着は、まだついてないぞ。いつかまた、俺と勝負しろよ」

童のような言い草に「覚えておこう」と応じ、直文は苦笑する。

二人が出ていくと、行李を開けた。言った通り、銀の粒や薬草、酒と食糧が詰まっている。こんなところでつまらない小細工はしないだろうと、瓢の酒を呷った。

鳥羽尊秀の腹の底にあるものが、まるで見えなかった。そもそも自分はあの男について、何も知らない。

「丹後へは、俺一人で向かう」

外から気配が消えると、弘元坊に向かって言った。

「お前は、尊秀について探ってくれ。生まれや育ち、南朝の将となった経緯。軍資金の出どころも気になる。とにかく、あの男に関することを調べられるだけ調べろ」

「やはり、信用しきれませんか」

「童を集めて戦の道具にするような男だ。人としては、俺とは相容れん」

賀名生を急襲した際、多くの童を斬ったことは、いまだ忘れられない。あの時の不快さは、今も根強く心に残っている。

義教の首を獲る。そのためなら、南朝と手を組むことも厭いはしない。だが、あの男にいいように利用されるのは癪だった。尊秀が何者かを探り、真意を明らかにする。本当に手を組むか否かは、その後だ。

十一

永享十二年が暮れようとしている。

雪が降りしきる四条通を西へ歩きながら、敦子は目深にかぶった市女笠をわずかに上げた。ただの町娘を装いつつ、さりげなく周囲に目を配る。今のところ、尾行はついていないようだ。

年の瀬とあって、往来に人通りは多い。だが、人々の表情は相変わらず暗かった。

今年も天候が不順で、米の高値が続いていた。この寒空の下でも、鴨河原には粗末な小屋が並び、多くの貧民がひしめいている。寺社による炊き出しも行われてはいるが、すべての貧民が腹を満たすには遠く及ばない。そして、村を捨てて京へやってくる百姓は、今も跡を絶たなかった。

それでも、富裕な商人は米の高値に乗じて利を上げ、銭貸しを営む土倉や酒屋は肥え太っていく。富める者と貧しい者の差は、これからもますます開いていくのだろう。

今年も、世上は騒がしかった。五月には一色義貫と土岐持頼が将軍家の命で謀殺され、七月には義貫を討った武田信栄が、若狭に入国した直後に没している。義貫の怨霊によるものだと密かに囁かれてはいるが、実際は武部直文に襲われた時の怪我が原因だった。

その後、直文は丹後や若狭で一色、武田を相手に小さな戦を繰り返しているというが、詳しいことまでは伝わってきていない。

関東では、下総結城城に立て籠もった結城氏朝が、幕府の大軍を相手に粘り強い抵抗を続けている。米価の高騰は、東国から米が入ってこないことも一因だ。

「姫さま、あれ、見てきていい？」

隣を歩く若菜が、菓子が並んだ見世棚を指差す。苦笑しながら頷くと、若菜は駆け出した。

しばらく歩くと、目指す屋敷が見えてきた。

「ようこそおいでくださいました」

出迎えた壮年の男が、恭しく頭を下げる。

能登屋庄左衛門。この屋敷の主で、十年以上も前から京で土倉を営んでいる。表向きはただの商人だが、南朝の手の者だ。菓子を頬張るのに夢中の若菜を残し、奥の座敷に入る。

「お待たせいたしました、則繁殿」

「何の。それがしもつい先刻、着いたところにござる。ご足労おかけし、申し訳ない」

会見を求めてきたのは、赤松則繁の方だった。至急、話し合いたいことがあるという。

「それで、用件は」

「兄満祐が、病を得ました」

今年三月、義教は些細な理由から満祐の弟義雅の所領を没収し、遠縁で将軍家近習の赤松伊豆守貞村に与えた。それを不満とする満祐は病と称し、幕府への出仕をやめている。

「その時は仮病にござったが、二月ほど前から、まことに病を得ておるのです」

はっきりと盟約を結ぶには至っていないが、赤松家は南朝の有力な味方となり得る、数少ない家だ。満祐が倒れ、幕府寄りの者が当主となれば、南朝にとっては大きな痛手となる。

「それで、病は重いのですか？」

「兄が病んでいるのは、心です」

居室に籠もったきり何日も口を利かない。かと思えば、いきなり「兵を挙げ、義教を討つ」と口走る。「腹を切る」と言い出して家臣たちを慌てさせることも、一度ならずあったという。

「元々、兄は気性が荒く、癇が強すぎるところがありました。それが、籤引き将軍の世となり忍耐を強いられ続けたことで、体より先に心が音を上げたといったところでしょう。一色義貫殿、土岐持頼殿が謀殺され、次は自分だと思い込んでいる節もあります」

則繁とは父子ほども歳が離れた満祐は、すでに還暦になっていた。堪え性がなくなるのも理解できるが、いささか度を過ぎている。則繁が病というのも頷けた。

「今のところ、家臣や屋敷で働く者たちには固く口止めしてあります。ただ、いかに気の病とはいえ、謀叛を口走ったことが将軍家に知られれば……」

「家督の剝奪（はくだつ）、領国の没収もあり得る、と」

「そういうことです。そして、将軍家が満祐に代えて赤松当主に据えるのは、伊豆守貞村でしょう。かの者が当主となれば、赤松の家は割れまする」

「それで、則繁殿はいかがすべきと？」

「兄の言葉を、実現するしかありますまい。我ら赤松家と南朝が固く盟約を結び、将軍家との決戦に打って出るのです」

こちらを圧するような気を放ちながら、則繁が言う。

「ですが、我らは長く幕府の攻勢に晒され、吉野で多くの将兵を失いました。その痛手は、今も癒えてはおりません。起つにしても、まずは態勢を整え……」

「態勢が整った時には、結城城は落ち、赤松家は割れ、将軍家に不満を持つ大名はあらかた討ち果たされておるやもしれませんな」

遮るように言った則繁に、返す言葉がなかった。

「兵は拙速を尊ぶ。いくら万全の態勢を整えたところで、機を逸すれば、戦には勝てませんぞ」

起つべき時が近い。その実感は、敦子にもあった。

強権を振るい続ける義教への、大名たちの不満。苦しくなる一方の暮らしと、それを一向に改善しようとしない幕府の政に対する、民の怒り。それらはもう、抑え難いところにまできている。

だが、赤松家と組んで倒幕の兵を挙げるとなると、これまでとは比べ物にならないほど大きな戦となるだろう。また、多くの武士と無辜の民が犠牲となる。日々の米すら手に入れられない貧しい者たちが、どれほど命を落とすのか。

「迷っている間にも、人は死んでいく」

敦子の躊躇いを見透かしたように、則繁は言った。

「飢えや寒さで死ぬ者。追い剝ぎに斬られる者。些細な罪で責め殺される者。それを止められるのは、我らのみにござろう。この万人恐怖の世を、我らの手で終わらせるのです」

則繁の大きな目が、敦子を真っ直ぐ見据える。

「このままでは、どこでまた戦の火の手が上がるかわかりませぬ。事と次第によっては、幕府そのものが瓦解し、大名同士が潰し合いをはじめるやもしれませんぞ。さすれば、唐土の春秋戦国のごとく、乱世は百年、二百年と続くでしょう」

最悪の未来を想像し、敦子は唇を引き結んだ。

己の手が血に汚れることを、恐れてはならない。義教は、自分たちの手で討つしかない。

「幕府と真っ向から戦って、勝てますか？」

意を決して訊ねると、則繁は目に不敵な色を浮かべ、にやりと笑った。

第六章 雷鳴の秋

一

大津の町は正月早々、人で溢れ返っていた。

琵琶湖に面する水運の要衝であり、園城寺や石山寺の門前町として、古くから栄える湊町だ。通りには酒屋、土倉、問丸が建ち並び、寺社も多い。

だが、この町に京のような華やかさはない。往来を行き交うのは、ほとんどが馬借や車借の厳めしい男たちだった。

通りを歩きながら、多聞は懐かしさに似たものを感じた。屈強な体つきの男たちが声を合わせ、荷を満載した車を押していく。かつては自分も、あの中にいた。尊秀に出会わなければ、今も奴婢同然の暮らしをしていたはずだ。

あれからもう、八年もの月日が流れていた。血に塗れた、一歩間違えばすぐに死が待っているような日々だったが、奴婢として牛馬のように使い潰されるよりはずっとましだ。

多聞は仕事を求めて流れてきた溢れ者を装い、周囲を窺う。

馬や車に積まれた荷は、米俵が多い。結城城を囲む幕府軍に届けられる兵糧米だろう。これだけの米が東国へ送られれば、都で米価が高騰するのも無理からぬ話だった。

どこかで、男たちが声を合わせて歌っている。昼日中から、酒盛りでもしているらしい。多聞は声のする方へ足を向けた。

琵琶湖に面した浜辺に、いくつもの車座ができている。たぶん、五十人はくだらないだろう。

「よう、景気がいいな」

車座の一つに歩み寄り、声をかけた。

「何だ、おめえは。働き口でも探してるのか？」

禿頭の壮年の男が、椀を手に振り返る。まだ日は高いが、かなり酔っているようだった。

「丹波の太郎丸ってのは、どこにいるんだ？」

訊ねると、禿頭が立ち上がった。数人がそれに続く。

「うちの頭に、何か用か？」

男たちは、探している相手の手下のようだ。探し回る手間が省けた。

「大事な話がある。太郎丸に会わせてくれ」

「怪しい野郎だな。頭に何の用だ」

酒臭い息がかかる。多聞より頭一つ大きく、腕も太い。大方、僧兵上がりか何かだろう。

「お前じゃ話にならねえ。さっさと頭を呼べよ」

「面白ぇ。ちょうど退屈してたところだ。俺に勝ったら、頭に会わせてやる」

おっ、喧嘩か。いいぞ、やれやれ。気配を察した男たちが囃し立てる。

「仕方ねえな。さっさと来い」

二間ほどの間を空け、互いに素手で向き合った。

「腕の一本くらいは覚悟しろよ」

言うや、禿頭が動いた。体躯を恃みに突っ込んでくる禿頭を、円を描くような動きでかわす。

振り向きざま、禿頭が拳を固め、右腕を振ってきた。

「遅ぇ」

身を屈めてかわし、背後に回る。後ろから禿頭の首に腕を巻きつけ、おぶさるような形でそのまま砂浜へ背中から倒れ込んだ。両足を胴に回し、首を絞め上げる。しばしもがくと、禿頭は呆気なく気を失った。

立ち上がると、一人の背の高い男が手を叩いた。

「小さいのに、たいしたもんだ」

人懐こい笑みを浮かべ、近づいてくる。歳は、多聞より三つか四つ上くらいか。

「俺が、丹波の太郎丸だ。あんた、名は？」

「多聞」

答えると、太郎丸は眉間に皺を寄せ、多聞の顔をまじまじと見つめた。

「お前、甚右衛門のところにいた、多聞か？」

思いがけない名が出て、思わず目を瞠った。

「俺だよ。甚右衛門が襲われた時、話をしただろう」

そういえば、尊秀と出会ったあの日、襲われる前に新入りと何か話をしたような気がする。

「思い出した。あんただったのか」

「よく生きていたな。今も、甚右衛門の下にいるのか？」

「いや、あいつは死んだ。あの日、俺がどさくさに紛れて斬った」

答えると、太郎丸は「そいつはいい気味だ」と、声を上げて笑った。

「それで、俺に何の用だ?」
「あんたに一つ、儲け話を持ってきた」
再び多聞の顔をまじまじと見つめ、太郎丸は言った。
「よし、再会を祝して一杯やろう。俺の屋敷へ来い」

あの日、尊秀たちの襲撃から逃げ延びた太郎丸は、ちゃっかり荷の辰砂を一箱くすねていた。それを奈良で銭に替え、商いで増やして馬借屋を立ち上げたという。元々商才があったのだろう、今では近江の馬借衆の中でもかなり顔が利き、配下は百人を超えているらしい。

太郎丸を通じて、近江の馬借衆と繋がりを作れ。それが、尊秀から受けた命だった。ほんのわずかとはいえ、太郎丸と面識があったというのは好都合だ。

昨年の暮れ、南朝と赤松家の盟約が成った。当主の満祐は病に臥せっているというが、今の赤松家を動かしているのは、嫡男の教康や弟の則繁ら、反幕府派だ。

この盟約を受け、尊秀はすでに動き出している。馬借衆への接触も、その一環だった。

「それにしても、お前が南朝のために働いているとはな」

大津の町外れにある、太郎丸の屋敷だった。

「あんたこそ、その若さでこんな立派な屋敷を建てるなんて、たいしたもんだ」
「まあ、おおっぴらに口にできないこともやってきたがな」

馬借たちは総じて気が荒く、刃傷沙汰も頻繁に起こる。商いを巡るいざこざで、合戦顔負けの大騒動になることも珍しくないのだという。

「しかし、一度会っただけの俺を、よく覚えていたな」

「そのくらいじゃないと、商いなんてできないからな」

笑いながら、太郎丸は椀の酒を呷る。

「それで、南朝のお偉方は、俺に何をしろって？」

「今から半年のうちに、播磨で赤松家が挙兵する」

太郎丸の顔から、笑みが消えた。

「赤松の連中は、京の屋敷を焼いて播磨に帰国し、兵を挙げる。そこには、大覚寺義昭様も加わる。当然、幕府は追討軍を送り込むだろう。だが、食い物がなけりゃ、大軍もただの烏合の衆だ」

「俺たちに、幕府軍の糧道を断て、と？」

多聞は頷いた。

「なるほど。しかし、それだけで幕府が倒れるとは思えんな」

太郎丸の表情は冷ややかだった。

「俺は籤引き将軍が嫌いだが、南朝も好かん。あの連中が黴の生えた大義とやらを振りかざし、あちこちでいらぬ戦を起こすたびに、民草は迷惑している。北だの南だの、俺たちにとってはどうでもいいことだ」

「その戦で、あんたたち馬借は潤ってるんじゃないのか？」

太郎丸のこめかみが、かすかに震えた。

「関東の戦が長引いてるおかげで、ずいぶんと儲かってるようだな。幕府軍に届ける米は、商人どもが売り惜しんで溜め込んだものだろう。京じゃ、薄い粥をもらうために長蛇の列ができてるってのに」

「こっちも商いだからな。きれいごとだけじゃ、下の連中を食わせてやれん。だがな、俺たち馬借は、戦のための駒じゃない。お前は儲け話と言ったが、砂金の山を積まれたってご免だな」

太郎丸は、多聞の椀になみなみと酒を注いだ。

「昔のよしみで、何も聞かなかったことにしてやる。こいつを呑んだら帰れ」

「どうせ聞かなかったことにするなら、最後まで言わせろよ」

「いいだろう。好きにしろ」

「俺たちの狙いは、籤引き将軍の首だ」

幕府の大軍が播磨へ下り、手薄になった京へ南朝の精鋭二百が潜伏し、機を見て洛中へ火を放つ。その混乱に乗じて将軍御所を襲い、義教の首を獲る。同時に、勧修寺に幽閉された小倉宮を救出し、義昭を征夷大将軍に任じる。

元々、諸大名の多くは義教の治世に不満と不安を抱いている。義教が討たれて義昭が将軍になれば、先を争って帰順するだろう。足利家の幕府は存続することになるが、北朝は廃され、南朝の皇統が帝位に返り咲く。それが、南朝と赤松家との間で交わされた盟約だった。

「あんたたちも、籤引き将軍の世にはうんざりしてるだろう。この機を逃せば、次はないぜ」

太郎丸は腕を組み、考え込んだ。

「俺は、上の連中が言う大義ってやつに欠片も興味がねえ。けど、この糞みたいな世の中は、心の底からひっくり返してやりたいと思ってる。あんたも、こっち側の人間じゃないのか？」

しばしの沈黙の後、太郎丸は腕組みを解き、大きく息を吐いた。

「そこまで聞かされたからには、断れば、俺は斬られるのだろうな」

「あんたは断らない。儲け話を持ってきたと言っただろう」

「南朝の世になったら、国でもくれるのか。言っておくが、俺たち馬借はそんなもんじゃ動かないぞ」

「京を押さえて将軍に任じられれば、義昭様は徳政を出す」

太郎丸の目が、商人のそれに変わった。

徳政、すなわち土地や金品の債務を破棄する法令である。

「今のうちに、土倉で銭をたんまり借りておけよ。もっとも、あんたたちが協力してくれなけりゃ、徳政が出ることもないがな」

「この人でなしめ。京の土倉が軒並み潰れるぞ」

「為替を右から左に動かすだけであぶく銭を稼いでる連中がどうなろうと、知ったことじゃないな。むしろ、喜ぶ民の方が多いんじゃないか？」

「確かにな」

太郎丸は手を叩いて新しい酒を命じ、再び笑みを浮かべた。

「博打は嫌いじゃない。その話、乗った」

二

若菜は船縁に手をつき、海を眺めていた。

何にも遮られることなく降り注ぐ陽光。甲板を吹き渡る風。海鳥の鳴き声。きらきらと光る水面は、見飽きることがない。体が潮でべとつくのだけは閉口させられるが、大和の山奥にいる時よりもずっと気持ちがいい。

船は瀬戸内を抜け、九州の東岸を南下している。目指す先は、日向国櫛間。大覚寺義昭の潜伏先だ。畿内は花の盛りだが、このあたりの日射しは真夏のようだった。

「そろそろね」

艫の屋形から出てきた敦子が、隣に立って言った。

赤松家の挙兵に向けて、義昭を播磨まで連れていく。それが、敦子の役目だった。若菜は、敦子と義昭の護衛である。

このところ、敦子と組んで動くことが多かった。多聞は近江馬借の調略、弥次郎は菊童子の指揮と尊秀の護衛、雉丸は方々にいる味方との連絡役を務めている。顔を合わせることも、ほとんどなくなっていた。

敦子との旅は、嫌いではなかった。敦子は南朝の偉い大人たちのように口うるさくないし、下卑た目を向けてもこない。菓子も買ってくれる。役目を帯びた旅でも、ずいぶんと気が楽だった。

役目なんてどうでもいい。このまま、どこか遠い異国にまで行ってくれればいいのに。そんなことを思いながら、次第に近づいてくる湊を眺める。

船着場につくと、水夫が手際よく船を舫(もや)った。

「若菜、不審なところは？」

「大丈夫そう」

「では、まいりましょう」

敦子の後に従い、船を降りた。訛りの強い言葉で挨拶する野辺家の武士たちに、敦子は笑顔を向けている。

初めて会った時は、精一杯虚勢(きょせい)を張っているのがありありと見て取れたが、今ではずいぶんと丸く、穏やかになっていた。長旅で疲れきっているはずだが、そんな様子は微塵(みじん)も見せない。

義昭の御所は、野辺家の館から福島川を挟んで東にある、永徳寺(えいとくじ)に置かれていた。嘘か真実(まこと)か、三百年以上も前に建立されたという古刹(こさつ)だ。かつては広大な寺領に無数の伽藍堂舎(がらんどうしゃ)を構えていたというが、南北朝の戦乱でほとんどが廃(すた)れ、今は往時の面影(おもかげ)はない。ただ、将軍一族の御所とあって、本堂の周囲には高い塀(へい)と空堀(からぼり)が巡らされ、野辺家の兵が警護に当たっている。

「お久しゅうござる。もう、一年ぶりになりますか」

永徳寺本堂の広間で、義昭が穏やかな笑みを見せた。

広間の縁から遠目で見る義昭は、髭を蓄えたせいか、以前よりも武士らしく見えた。この一年は、武芸の鍛錬を欠かさず、馬も毎朝駆けさせているという。

「いよいよ、決戦が近づいてきましたね」

「はい。義昭様には苦しき時もございましょうが、新たなる世のため、耐えていただかねばなりません」

「無論、覚悟の上です。これまで、私はひたすら隠れているだけでした。戦場で共に苦しみを分かち合えるならば、どこへなりともまいりましょう」

本当の戦を知らない人は気楽でいいと、若菜は思った。

戦は疲れるし、斬られれば痛い。血と糞便の入り混じった死体の臭いは、ただただ不快だった。敵を殺すことは何とも思わないが、痛いのも、殺されるのも嫌だ。苦しみなど、誰とも分かち合えるはずがない。

「今宵は、野辺盛仁が送別の宴を開いてくれるそうです。貴女も、船旅の疲れを癒やされませ」

「承知いたしました。では、出発は明朝」

出された食事を腹に詰め込み、敦子の寝所の外で不寝番に当たった。警固役は戦に出るよりもずっと楽だが、夜を一人で過ごすことが多い。

夜は嫌いだ。闇は、嫌な記憶を呼び起こす。

幼い頃の若菜にとって、夜はただひたすらやり過ごすものだった。筵にくるまり、耳を塞ぐ。そうしていても、母のみだらな声や男の荒い息遣いは嫌でも聞こえてくる。それだけならましな方で、時には母を買った男から、「酌をしろ」と蹴り起こされることもしばしばあった。

母は、若菜が十歳を過ぎた頃から病がちで、体を売ることができなくなった。父は顔も名も知らず、母も若菜が誰の子かわからないようだった。当然、頼れる相手などどこにもいない。

仕方なく、若菜が母に代わって客を取った。大人の女よりも幼い童を好む下衆(げす)はどこにでもいたし、後ろめたさからか、えてしてそんな手合いの方が銭払いは良かった。

母が死んだ時も、涙は出なかった。元々、死んだようにしか生きていなかった人だ。本当に死んだところで、さほど変わりはない。

初めて人を殺したのは、母が死んでほんの数日後のことだ。

まぐわいの最中に首を絞めてきたので、怖くなって枕元にあった男の脇差を抜いて刺した。刃は男の肋骨(ろっこつ)の間にするりと入り込み、こちらが拍子抜けするほど呆気なく、男は死んだ。

男は、奈良の大寺院で飼われている僧兵だった。露見すれば、仲間の僧兵が報復にやってくる。仲間を殺したとなれば、相手が女童(めらわ)でも容赦しないだろう。その夜のうちに、若菜は家に火を放ち、男の脇差と巾着(きんちゃく)を握りしめて奈良の町へ出た。若菜と母が暮らしていた集落は、遊女や物乞(ものご)いばかりで、何の未練もない。

それからは、体を売るふりをして人気のないところへ誘い込み、刃物で銭を脅(おど)し取って暮らしていた。実際に体を売るよりも手っ取り早く、病をうつされる恐れもない。

危ない目には何度も遭ったが、どういうわけか生き抜くことができた。若菜の容姿に、男はつい油断するらしい。泣き真似の一つもすれば、簡単に隙を見せる。そのわずかな隙で、命を落とすとも知らずに。

そんな日々にいきなり現れた尊秀の誘いに、若菜は深く考えることなく乗った。尊秀が、どこで自分のことを見ていたのかはわからない。南朝の大義と言われても、何のことかまるで理解できない。だが、明日食べる物を心配しなくてもいいというだけで、若菜には十分だった。

あれから何年が経ったのか。あの頃思っていたよりも、長生きできている。それが喜ぶべきことなのかは、自分でもわからない。

夜が明けようとしていた。あと四半刻ほどで、日が昇る。

かすかに建物が揺れたような気がして、若菜は顔を上げた。

庭へ降り、地面に耳をつけた。確かに、地鳴りがする。屋根の庇に手をかけ、よじ登った。

軍勢。南西の方角から、こちらへ向かってくる。数は、二千はいそうだった。先頭はすでに、櫛間の湊を通り過ぎ、野辺家の館の手前まで来ている。

「敵襲！」

叫びながら、屋根から飛び降りた。警固の兵たちが慌てて起き出す。昨夜の宴で、寝入っていた者も多いらしい。若菜は内心で舌打ちした。

「姫さま！」

寝所に飛び込むと、敦子はすでに起き上がっていた。袴を着け、腰に両刀を差している。

「数は？」

「二千はいる。防ぎきれない！」

「島津か……」

このあたりでそれほどの軍を集められるのは、薩摩、大隅、日向三国の守護を兼ねる島津家しかいない。義昭がここにいることが露見したとしか考えられなかった。

広間で、従者を連れた義昭と落ち合った。義昭の顔は、さすがに蒼褪めている。そこへ、野辺盛仁が駆け込んできた。鎧を着ける暇もなかったのだろう。直垂も烏帽子も乱れている。

「かかる仕儀と相成り、面目次第もございませぬ。何故、義昭様のことが漏れたのか……」

「今は、そのようなことを言っている時ではありません」

敦子に遮られ、盛仁が恐懼の態で平伏する。

「盛仁殿。私は何としても、義昭様を播磨へお連れしなければなりません。逃げ道を教えていただけますか？」

「はっ。湊はすでに、敵に押さえられております。真っ直ぐ東に進んでいくつか山を越え、海に出る他ないかと」

「では、案内の者を付けてください。私たちは、すぐにここを発ちます」

「ははっ。では、我らはここで防ぎ矢つかまつる。義昭様、どうかご無事で」

「すまぬ。そちの働きには、いずれ必ず報いよう」

馬蹄の響きが近づいてきた。敵は野辺の館を素通りして、永徳寺に攻め寄せてきている。敵は、義昭がここにいると知っているということだ。

境内に矢が降り注ぎ、いくつもの悲鳴が重なった。まだ日が昇っていないのが救いだ。闇に乗じて、すぐ裏手の山へ入った。案内の者も含め、一行は七人。若菜は最後尾についた。三人いる義昭の従者はいずれも僧侶で、戦力にはならない。追いつかれれば、見捨てるしかないだろう。

このあたりの山は大和よりもずっと勾配がきつく、すぐに僧侶たちが喘ぎはじめた。

ほとんど進まないうちに、日が昇ってきた。急がなければ、大規模な山狩りがはじまる。

ようやく、勾配がなだらかになってきた。振り返ると、永徳寺から火の手が上がっている。戦いはまだ続いているが、追手がかかるのも時間の問題だ。

「死にたくなかったら急いで！」

膝をつきそうになる僧侶たちを叱咤しながら、尾根を駆ける。

不意に、肌が粟立った。右手の木々の合間に、いくつかの影。

「伏せて！」

叫ぶと同時に、右手の木々の間から矢が放たれた。頭上を矢が掠め、悲鳴が上がる。僧侶の一人が、首を射貫かれて倒れた。別の僧侶の胸にも、矢が深々と突き立っている。

「た、助けてくれ、わしは……！」

立ち上がった僧侶が、数本の矢を浴びて倒れた。

敵が弓を捨て、飛び出してくる。五人。頭巾に覆面、筒袖、筒袴。手にしているのは、やや短い直刀だ。まともな武士ではない。島津家の裏の仕事をする者たちだろう。

立ち上がりながら、懐に忍ばせた小柄を立て続けに放つ。そのうちの一本が、こちらに向かってきた一人の目に突き刺さった。脇差を抜き、動きを止めた相手の喉を抉る。

二人が、同時に斬りかかってきた。地面を転がり、一人の膝頭に斬りつける。振り向き、喉を突いてとどめを刺す。直後、もう一人の斬撃がきた。

鍔元でかろうじて受け止め、相手の小指を掴んでへし折る。さらに頭を抱えて下へ引き、顎に膝を叩き込んだ。ぐしゃ、という音とともに、骨が砕ける感触が伝わってくる。白目を剝き、男が崩れ落ちた。

視界の隅で、敦子が義昭を守りながら、二人を相手に斬り結んでいた。案内役の野辺家の武士は、すでに斬られて死んでいる。

　敵の直刀を拾い、投げつけた。一人が振り返り、叩き落とす。その顔面に、さらに石を投げつけた。避けきれず、男は鼻から血を噴き出してよろめいた。駆け寄り、突き出された刀をかわして懐に潜り込む。腕を取って投げ飛ばし、喉元に脇差を突き立てた。

　最後の一人の注意が、わずかにこちらへ向いた。その隙を逃さず、敦子の太刀が下から上へ跳ね上がる。首筋から血飛沫（ちしぶき）をまき散らし、男が倒れた。

「姫さま、大丈夫？」

「大事ありません。大丈夫。若菜は？」

「大丈夫。たいした腕じゃなかったから」

「では、急ぎましょう。義昭様、太刀をお納めください」

　義昭は太刀を構えたまま、全身を強張（こわば）らせている。

「わ、わかった」

　義昭が頷き、震える手で刀を鞘に戻す。

「すまぬ。偉そうなことを言っておきながら、いざとなると、体がまるで動かなかった」

　恥じ入るように、義昭が言う。

　道案内を失ったのは痛いが、ひたすら東へ進めば海に出られるはずだ。そこから先は、その時に考えるしかない。

　再び歩き出そうとした刹那、義昭の呻き声がした。振り返り、若菜は息を呑んだ。義昭の胸から、赤く染まった刀の切っ先が突き出ている。

刃が抜かれ、義昭が倒れた。義昭を刺したのは、若菜が膝で顎を砕いた男だ。とどめを刺しておくべきだった。悔やみながら駆け出し、男を一刀で斬り伏せる。

義昭の首筋に手を当て、敦子は首を振った。足音が聞こえる。島津の軍兵だろう。

「姫さま、急いで」

義昭の骸に手を合わせ、敦子が立ち上がる。

「私はまだ、死ぬわけにはいかない。若菜、私を守って」

言葉とは裏腹に、力強い、凜とした声音。

役目も、南朝の大義もどうでもいい。だがなぜか、敦子が死ぬのは嫌だと思った。

「わかった。姫さまは、絶対に死なせない」

三

河内の山野は、新緑に覆われている。

畠山従三位入道持国は、庭に面した縁に腰を下ろし、沈みゆく夕日を眺めていた。剃り上げた頭を撫でる。出家して一月半あまりが経つが、まだ慣れてはいない。

河内国、八尾の真観寺。義教の命で畠山家当主の地位を剝奪された持国は、この寺で出家し、今は隠棲の身である。河内、紀伊、越中の守護職も奪われ、守護所の河内高屋城からも追われた。

義教の逆鱗に触れることを恐れ、訪れる者はほとんどいない。

発端は、義教から命じられた結城城攻めを持国が拒否したことにあった。畠山家は連年の大和攻めに幾度も出兵し、少なからぬ犠牲を出している。東国へのさらなる出兵など、論外だった。

無論そこには、義教が畠山家には手を出せないという打算もあった。

畠山家は、細川、斯波と並ぶ管領家にして、三カ国の守護を兼ねている。そして持国は、義教の治世の初期から、重臣として幕政を支えてきた。持国を幕政から排除することは、義教にはできない。そう踏んでいた。

だが、義教の増長ぶりは、持国の予想をはるかに超えていた。永享十三年一月、義教は突如、持国から畠山家の家督を剝奪し、持国と不仲だった弟の持永(もちなが)に与えると通告してきたのだ。

大人しく河内へ帰り、出家して隠棲すれば、命までは取らない。持国の屋敷を訪れた義教の使者は、そう言った。

脅しではあるまい。迂闊に動けば、一色義貫、土岐持頼と同じ運命を辿(たど)ることになる。一部の畠山家重臣たちも、あっさりと掌を返し、持国に隠棲を要求してきた。すでに義教、持永と通じていたのだろう。

受け入れるしかなかった。兵を集めて抗う暇さえも与えられない、完全な敗北である。京を離れた持国に朝廷から従三位の位階が贈られたのは、義教からの餞別(せんべつ)のようなものだろう。

傍から見れば、家督交代は穏便(おんびん)に行われた。だが、持国の腸は煮えている。

持国はこれまで、義教と延暦寺の争いを仲裁し、無能な管領細川持之に代わって諸大名をまとめてきた。還俗した義教の元服式で、加冠(かかん)役も務めた。自分がいなければ、義教の政はとうに破(は)綻(たん)していたはずだ。あの恩知らずに、それなりの報いを与えてやらねば気が収まらない。何よりこのままでは、いつ討伐の対象とされるかわかったものではない。

起死回生の策は、すでに用意してある。仕度も進んでいた。あとは、決行の時を待つだけだ。

遠からず義教は討たれ、新たな将軍には大覚寺義昭が就く。持国は機を見て兵を挙げ、京へ乗り込むつもりだった。風向きを読んで上手く立ち回れば、家督を取り戻すどころか、幕府の実権はすべて自分の掌中に収まるのだ。

持永は、目の前で首を刎ねてやるか。あるいは、すべてを奪い取った上で、生きながらの苦しみを与え続けるのも悪くはない。想像するだけで、頬が緩んだ。

不意に、錫杖の音が聞こえた。庭の隅。編み笠を深くかぶった僧侶だ。

「来たか。上がれ」

編み笠を軽く上げ、小さく頭を下げた。この男はいつも、案内の者を通さず庭に現れる。人払いをし、書院で向き合った。

この男と初めて会ったのは、もう十年以上も前だ。持国は四十四になったが、男はほとんど歳を取っていないように見える。

「大覚寺義昭が、殺されました」

男が、感情の籠もらない声で言った。

「何だと?」

「迎えに出向いた玉川宮敦子が櫛間に着いた翌朝、島津の軍勢に襲われたそうです。恐らく野辺家の中に、島津への内通者がいたものと」

「おのれ、義教……」

拳を固め、床に叩きつけた。

「どうする。義昭がおらねば、策は潰えるぞ。代わりを用意するにも、義教の兄弟は周囲を厳重に固められておる。味方に引き入れるのは難しかろう」

「播磨の山奥に、足利直冬殿の孫という者がおります。今は僧籍にあるとのことですが、赤松家の者が説得に赴いたとの由」

足利尊氏の庶長子に当たる直冬は、母が白拍子という出自のために父から冷遇され、南朝と結んで幾度となく幕府と戦った人物だ。一時は京を制したこともあったが、最後には勢力を失い、石見で病没したと言われている。

「直冬の孫か。義昭に比べれば足利家嫡流との繋がりは薄いが、こうなったからには致し方あるまい。太刀を突きつけてでも、こちらへ引き入れよ」

「御意」

「義教は討たねばならんが、赤松の力が強まりすぎるのも困りものだな」

「赤松家を切り回しているのは、左馬助則繁です。義教を討った後に彼の者を始末すれば、まとまりは失われましょう」

「よかろう。だが、今は人手が足りておるまい。赤松のことは、義教を討った後でよい。それより、馬借衆の調略はいかが相成った？」

「丹波の太郎丸なる者を通じて進めております。大津、坂本の馬借衆はあらかた、こちらに与するでしょう」

「よし、ようやった」

すべてを手にするか、あるいは何もかもを失い、滅びるか。

　危険な綱渡りには違いないが、持国の心は昂ぶっていた。京で義教の顔色を窺いながら保身に汲々としていた頃よりよほど、生きていると感じる。

「わしは今、これまで生きてきた中で、最も心が浮き立っておる。そなたを拾い、ここまで育てた甲斐があったというものよ」

　男が、唇の前で人差し指を立てた。錫杖を手に、音もなく立ち上がる。錫杖の鞘を払うや、刃を床に突き立てた。

　ほんの一瞬の出来事だった。引き抜かれた刃から、血が滴り落ちている。

「将軍家の密偵か？」

　刃の血を拭いながら、男が「いえ」と首を振る。血の量からすると、かなりの深手だろう。

「このところ、私の身辺を嗅ぎ回っている者がおりましてな。なかなか腕が立つので手を焼いておりましたが、ようやく尻尾を捉えました」

「どこの手の者だ」

「武部直文配下の忍びです」

「武部……ああ、一色義貫の倅か」

　今は、丹後や若狭で旧義貫派の残党を集め、新当主一色教親への抵抗を続けているという。

「この寺の周囲に、手の者を潜ませております。逃げきれはしますまい」

「わしとそなたの繋がりが露見するのは面倒だ。まとめて始末しておけ」

　直文を味方に引き入れたのは失敗だったか。所詮、飼い慣らせる男ではなかったということだ。

旧義貫派をまとめさせるのに恰好の人材だったが、致し方ない。

男が仕込み杖を納め、踵を返す。

「尊秀」

持国は男の名を呼んだ。

「わしは、そなたを我が子とも思い、恃みにしておる。義教が首との対面、心待ちにしておるぞ」

軽く頭を下げ、尊秀はふわりと庭へ下りていく。

尊秀が去ると、持国は再び思案を巡らせた。

義昭が討たれたのは、大きな痛手だ。代わりの御輿には、いささか不安が残る。義教の弟で、元大覚寺門跡でもある義昭と、どこの何者とも知れない直冬の孫では、雲泥の差があった。

いくらか、策を練り直す必要があるだろう。確実に、義教の首を獲れる策。

しばし考え、思い当たった。義教が欲しがる餌。それを目の前に垂らしてやれば、釣り上げるのは造作もない。

持国が謀議に参画していることを、赤松家は知らない。尊秀を通じて、新たな策を伝える必要がある。面倒だが、今はまだ、自分が表に出る時ではない。

そこから先は、状況を見て機敏に立ち回るしかないだろう。上手くいけば、赤松も細川も共倒れになる。尊秀は、事が成った後で機を見て始末すればいい。

覚えず、くぐもった笑い声が漏れた。

最後に生き残った者こそが勝者だ。そしてそれは、自分以外の何者でもない。

四

兵たちが動き出す気配で、直文は目を覚ました。

粥の匂いが漂っている。直文は夜着をしまい、小袖と袴に着替えた。

丹後府中から南へおよそ二里、宇野ヶ岳の中腹に構えた小さな砦である。三月ほど前から、直文はこの砦を拠点にしていた。

砦といっても、幾棟かの長屋の周囲に柵を巡らせ、物見櫓をもうけただけの簡素なものだ。兵力はおよそ五十。他にも、丹後から若狭、丹波にかけての山中に四つの拠点があり、総勢では二百ほどになる。

「朝餉をお持ちいたしました」

粥をよそった椀を運んできたのは、小弥太という若い兵だった。一色家家臣の子で、今は直文の従者といったところだ。父は直文の配下で、大和で武田信栄の軍と戦って死んでいる。

稗と粟、山菜がわずかばかりの貧相な粥だが、量は十分にある。これも、南朝からの軍資金援助のおかげだ。

「朝餉を終えたら、山を駆ける。皆に伝えておいてくれ」

兵の多くは若く、実戦経験に乏しい。武装して山を駆けさせる調練は欠かせなかった。

まだ、本格的な戦は行っていない。せいぜいが、年貢を京へ運ぶ行列を何度か襲ったくらいのものだ。軍勢の中心は信栄襲撃の際に集めた一色家家臣たちの生き残りだが、他は野伏せり同然の質の悪い兵も多く、一人前に育てるには時がかかる。調練を積み、武具と兵糧を蓄えるのにあと一月と、直文は見ていた。

南朝からは月に一度、連絡役が送られてくる。雉丸という、若い男だ。

尊秀は赤松家と結び、大規模な蜂起を企てていた。その時、直文がどう動くかはまだ決めていない。尊秀からも、何かを依頼されることはなかった。

求められたのはただ一つ、近江馬借の荷は襲うな、ということだけだ。どうやら近江の馬借たちは、南朝方に与するらしい。

粥を掻き込んだところで、外が騒がしくなった。

「武部様!」

小弥太が、蒼褪めた顔で駆け込んでくる。

報告を聞くや、立ち上がって表に出た。砦に入ってすぐのところに、人だかりができている。兵たちを掻き分ける。忍び装束の男が一人、倒れていた。その傍に、膝をつく。

「弘元坊、しっかりしろ。誰か、手当てを。急げ!」

傷は深く、かなりの血を失っている。ここまで来られたのが、信じられないほどだ。

「武部様、よくぞご無事で……」

弘元坊が薄く目を開き、掠れた声で言った。

「無事ではないのはお前の方だ。すぐに手当てをさせる」

「申し訳ござらぬ。河内真観寺に忍び入ったところ、不覚を取り申した」

「真観寺か」

この正月に失脚した畠山持国が逼塞しているという寺だ。尊秀は、持国を味方に引き入れようとしたのか。

「追手はどうにか振り払い申したが、ここも危のうございます。すぐに、撤収の仕度を……」

「わかった。皆の者、聞いた通りだ。かかれ！」

周囲の兵が、慌てて散っていく。弘元坊は声を潜め、さらに続けた。

「鳥羽尊秀は、畠山持国が育てた股肱の臣です」

「何だと？」

「この耳で、しかと聞きました。南朝はとうに、持国が意のままに操れる道具と化しております」

南朝が、畠山持国の道具。ならば、これまでの戦いはいったい何だったのか。

「敵襲！　数は、五百以上。旗印は、木瓜に一文字！」

物見櫓の上から見張りの兵が叫んだ。木瓜に一文字は一色家の旗だ。教親麾下の軍勢だろう。教親は、この砦の存在を知らないはずだ。恐らく、尊秀の手の者が密告したのだろう。尊秀と持国の繋がりを、よほど知られたくないらしい。

「なかなかに、面白き生に……ござった。御礼、申し上げ……」

そこまで言うと、弘元坊の目から光が消えた。

瞼を閉じてやり、数瞬の間だけ瞑目する。立ち上がり、兵たちに命じた。

「長屋に火を放て。二人一組となり、煙に乗じて思い思いに落ち延びよ！」

弘元坊の亡骸を一瞥し、直文は駆け出した。

小弥太と共に、山中を半刻近く駆けた。

二人とも、腹巻に籠手と脛当てだけの軽装だ。小弥太は弓を手にしているが、さほどの腕ではない。幸い、敵と出くわすことはなかった。

小弥太の息が上がりはじめている。足取りも、かなり辛そうだ。

「少し休むぞ。水を飲め」

頷くのがやっとの小弥太を横目に、周囲を窺う。追手の気配はない。

腰を下ろし、大木の幹に寄りかかる。

北西の方角に、煙が上がっていた。砦からは、一里近く離れている。速やかに撤収したので、被害は出ていないはずだ。そのまま逃亡する者もいるだろうが、致し方ない。一息つき、思案を巡らせた。

尊秀が持国と密会すること自体に、おかしなところはない。

失脚した大名を味方に引き入れるのは、南北朝合一以前からの、南朝の常套手段だ。南北朝の動乱がこれほど長引いているのは、足利将軍家と対立した大名でも、南朝に降って抵抗を続けることができたから、という面がある。

だが、尊秀が持国の股肱の臣だったとなると、話はまるで違ってくる。

尊秀の存在を幕府が摑んだのは、もう六年も前のことだ。恐らくそれ以前から、尊秀は持国の意を受けて、南朝に潜り込んでいたのだろう。そして畠山家からの支援を受け、まとまりを失い衰退していた南朝を立て直した。だとすると、持国の狙いはどこにあったのか。

考えられるのは、足利将軍家に抗する〝敵〟を潰さず、残しておくということだ。狡兎死して走狗烹らるの喩え通り、南朝という敵が完全に滅びてしまえば、有力な大名は将軍家にとって脅威となる。

実際、南北朝がいったん合一される前後から、将軍義満は強大化した山名家や大内家を討ち、その勢力を大幅に削っていた。持国は山名、大内の轍を踏まぬよう、股肱の臣を送り込み、簡単に潰されない程度に南朝の力を強めさせたのだ。

そしてもう一つ。自分と義教が対立した場合に備え、南朝を強化しておいたということも、十分にあり得る。現に、幕府内で失脚した持国は、南朝を使って復権を目論んでいるのだ。

すべては、持国が生き残るためか。声に出さず呟き、直文は唇を歪めた。父は、桐乃は、弘元坊は、遠藤玄蕃や配下の者たちは、何のために死んでいったのか。

「小弥太」

声に殺気が籠もったのか、小弥太はびくりと体を震わせた。

「ここから先は、一人で行け。俺にはまだ、やらねばならんことがある」

「しかし、武部様……」

「ここでの戦は終わりだ。味方と合流するも、どこかへ逃げるも、好きにすればいい。行け」

「わ、わかりました。では」

小弥太が立ち上がって一礼し、踵を返す。

次の刹那、殺気が肌を打った。周囲の森から、いくつかの影が湧き出てくる。

影の一つが小弥太の脇を駆け抜ける。首から血が噴き出した小弥太が倒れるより早く、直文は太刀を抜いた。影は三つ。全員が小柄で、忍び装束に身を包んでいる。

前に転がりながら、斬りかかってきた一人の脚を斬り飛ばす。振り向き、うなじに太刀を突き立てた。小弥太を斬った敵が、身を低くして突っ込んでくる。直文は突き出された直刀を弾き、円を描くように横へ回り込む。

踏み込み、首筋を斬り裂いた。さらに胸倉を摑んで引き寄せ、その体で別の一人が放った斬撃を受け止める。

死体を放し、太刀を突き出す。喉を深々と抉られ、男は体を震わせて崩れ落ちた。

「見事なものだな」

声が聞こえた。一人が、姿を現す。いくらか年嵩だが、まだ二十歳そこそこだろう。直刀ではなく、太刀を佩いていた。森の中には、まだいくつかの気配を感じる。

「話には聞いていたが、瞬く間に三人も斬るとはな」

「菊童子か」

「いかにも。俺は弥次郎という。一騎討ちを所望いたす」

弥次郎が太刀を抜き、正眼に構えた。多聞や他の者たちとは、構えもまとう気配も違う。

「元は、武家の生まれのようだな。大方、つまらん戦で潰れた家の子弟だろう。尊秀に、家の再興でも約束してもらったのか？」

喋りながら、弥次郎を見据えた。隙は見えない。腕も、かなりのものだろう。勝てたとしても、無傷ではすまない。

「哀れなものだ。尊秀にどう唆されたのか知らんが、お前たちは所詮、使い勝手のいい駒にすぎん。用済みになれば、弊履のごとく捨てられるだけだ」

「黙れ」

弥次郎の声音に、わずかだが怒りが滲んだ。

「尊秀様を、貴様ら薄汚(うすぎたな)い武家と一緒にするな」

「そのわりには、お前は武家の生まれであることに拘(こだわ)っているように見えるがな。いや、縋(すが)っていると言った方がいいか」

ほんの一瞬、弥次郎の太刀先が震えた。

「知っているか？　お前が崇(あが)める鳥羽尊秀は、畠山持国が南朝を乗っ取るために送り込んだ、間者にすぎん。お前たち菊童子は、薄汚い武家の手先の、そのまた手先ということだ」

「出まかせを……」

「そう思うなら、調べてみろ。そして、少しは己の頭で考えてみることだ」

「必要ない」

弥次郎が凄まじい速さで踏み出し、斬撃を放った。かわしながら、直文は太刀の切っ先で足元の土を撥(は)ね上げる。

ほとんど同時に、逆袈裟(けさ)に斬り上げた。弥次郎はきわどいところで、後ろへ跳んでかわす。

直文は踵を返し、駆け出した。弥次郎と、他にも数人が追ってくる。倒木を飛び越え、木々の合間を縫うように走った。

一町ほど駆けたが、足音はむしろ近づいてくる。足ではやはり勝てないか。諦め、振り返った。

先頭を駆ける弥次郎と馳(は)せ違う。弥次郎の左頬から耳にかけて、血の筋が浮かんだ。

こちらも、脇腹を浅く斬られている。振り返るより先に、別の一人が斬りかかってきた。かわして懐に入り、柄頭を鼻に叩きつける。そのまま、首を掻き斬った。

直後、背中に一太刀浴びた。振り返りざまに、太刀を横に薙ぐ。刃が、相手のこめかみを強かに打つ。相手は白目を剝いて頽れたが、直文の太刀も音を立てて折れた。

太刀を捨て、再び走る。だが、背中の傷は深かった。思うように、足が動かない。

それでも十間ほど走ると、森が途切れ、切り立った崖に出た。

直文は舌打ちした。敵はこの地形を知った上で、直文を追い込んだのだろう。

かすかに水音がする。首を伸ばして覗くと、はるか下に谷川が流れているのが見えた。

「ここまでだ、武部直文」

弥次郎が言った。敵は弥次郎も含め、残り四人。横に広がって、逃げ道を塞いでいる。

「お前も武士の端くれだろう。潔く腹を切るというなら、介錯してやる」

「あいにく、潔さというやつに縁がないものでな」

答えると、弥次郎は蔑むような目で軽く息を吐き、「かかれ」と命じた。三人の菊童子が、同時に地面を蹴る。勝ち目はない。だが、まだ死ぬわけにもいかない。

直文は身を翻し、谷に向かって跳躍した。

五

一昨日からの雨は、今日も止む気配がない。

義教は、朝から続く頭痛に顔を顰めた。このところ祝宴続きで、宿酔を癒やす暇もない。

一年にわたって籠城を続けていた下総結城城が落ちたのは、四月十六日のことだ。結城氏朝、持朝父子は自害し、捕らえた足利春王丸、安王丸兄弟は京への移送中、美濃で斬首させた。

越智維通を失って以来、南朝は鳴りを潜めている。幕府内で隠然たる勢力を持っていた畠山持国も失脚させた。島津家を動かし、大覚寺義昭も討ち取った。さらに結城城が落ちたことで、義教に公然と逆らう者はいなくなっている。

将軍の座に就いて十二年。ようやく、ここまで来た。足利幕府の歴史で、ここまで将軍の権力が強まったことはないだろう。亡父義満でさえ、これほどの力は持たなかったはずだ。

春王丸、安王丸兄弟の首級が京へ届いたのは、今から一月前の五月十九日。それ以後、諸大名は戦勝祝いと称し、競うように自邸へ義教を招き、饗応している。大名たちにしてみれば、何としても義教の機嫌を取っておこうというところだろう。

それと同時に、義教は頻繁に寺社へ参詣していた。

神仏に戦勝を感謝するためではない。将軍を迎えた寺社は、戦勝の引き出物として多額の銭を献納してくる。その額は、幕府にとって馬鹿にならないほどのものだった。

「上様、そろそろ出立の刻限にございます」

近習の赤松貞村の声に、「うむ」と気怠い声で答えた。今日も、相国寺へ参詣することになっている。

「出立の前に、これを」

中へ入ってきた貞村が、一通の書状を差し出す。

書状は、赤松彦次郎教康からだった。病と称して自邸に引き籠もっている、満祐の嫡男である。

洛中に放った間者によれば、結城城が落ちた後、義教は赤松家に矛先を向けるだろうと言われていた。満祐から播磨を取り上げ、貞村に与えるという噂も、まことしやかに囁かれているという。それほど、将軍家と赤松家の間柄は冷え切っていた。

読み進め、義教は笑みを浮かべた。

「彦次郎教康か。まだ若いと聞いたが、耄碌した満祐入道などよりよほど、頭が回るようだな」

「南朝と手を組んだところで、先はない。そのことを、ようやく理解したのでしょう」

赤松家が裏で南朝と繋がっていることは、間者の調べでわかっていた。義教との対決に備えてのことだったのだろうが、教康は頑迷な満祐を見限り、義教に膝を屈してでも家を存続させることを選んだということだ。

書状の内容は、「一部の家臣が密かに進めていた南朝との盟約は、反故にする。その証を戦勝祝いとして献上したいので、是非とも赤松邸に御成りいただきたい」というものだ。

教康の言う証とは、南朝が担ぐ御輿の一つだ。

御輿の名は、玉川宮敦子。後醍醐帝の玄孫に当たる女子だ。足利持氏への使者に立って挙兵を説き、大覚寺義昭が潜んでいた日向の櫛間にまで訪れていたというから、ただの御輿ではないのだろう。鳥羽尊秀と並ぶ、南朝方の中心と見ていい。

その敦子を、教康の手の者が捕らえ、屋敷に幽閉しているとのことだった。詳細は記されていないが、教康は敦子の居場所を知っていたということになる。しらを切ってはいるが、南朝との盟約は教康も承知していたのだろう。

「いかがなさいます。赤松邸に御成りあそばされれば、上様は満祐入道と和解したものと見做(みな)されますが」

貞村の表情は険しい。赤松本家が義教と和解すれば、貞村の立場は難しいものとなる。それを恐れているのだろう。

「悪くない引き出物じゃ。来いと言うならば、行ってやろうではないか」

「しかし……」

「教康はまだ若く、三カ国の守護は荷が重かろう。一国は、そなたにくれてやる。ひとまずは、それでよしといたせ」

「承知いたしました。上様の御計らい、恐悦至極。では早速、日取りを検討いたします」

「任せる。ただし、南朝の皇女については誰にも知らせるな」

「ははっ」

貞村が出ていくと、義教は笑みを浮かべた。

記憶が確かならば、敦子はあの女の妹だ。

洛北の外れに、絶世の美女がいる。そう耳打ちしてきたのは、まだ家督を継ぐ前の畠山持国だった。あれは永享三年十二月、今から十年ほど前のことだ。

女で機嫌を取ろうなど、ずいぶんと下衆な真似をする。醒めた思いで聞き流していたが、持国が続けた言葉には興味を引かれた。

「その女子の家は貧しく、日々の糧にも難儀する有り様ゆえ、身なりなどはひどくみすぼらしいとのことですが、磨けば光る珠と、公家どもが噂しておるとの由」

長く僧籍にあった義教は、女の美醜になど露ほども関心がない。興趣を覚えたのは、その女が南朝の宮家の出というところだ。

女の父である玉川宮家の当主は、後醍醐帝の孫にして南朝の三代帝、長慶帝の皇子である。南北朝合一の後に京へ移ったものの、当人には何の才もなく、さしたる後ろ盾もないため、誰にも顧みられることなく暮らしていた。幕府からはわずかな捨て扶持を与えられているが、そのほとんどはあろうことか、宮の酒と博打に消えていくらしい。

「憐れよな。かつての南朝の皇子が、酒と博打に狂うておるとは」

持国の話を聞き、義教は嗤った。

「よかろう。その宮の娘、御所で侍女として使ってやる」

「侍女に、でございますか？」

「さよう。後醍醐帝ゆかりの女が、どんな顔で足利将軍の御所にやってくるか、見ものではないか。宮にはたんと銭をくれてやれ」

それから十日ほど後、持国を通じて召し出された宮の娘が、室町第に伺候してきた。宮は使者が差し出した銭の山を見て、小躍りせんばかりだったという。

「晴子と申します」

涼やかな、しかしどこか艶を感じる声音で、女が名乗る。

身にまとう真新しい小袖や打掛は、持国が調えた物だろう。まだ十七歳と聞いていたが、その落ち着いた所作は幼さを感じさせない。

噂通り、美しい女だった。義教の妻妾の中にも、これほどの美貌を持つ者はいない。絶世の美女などという陳腐な表現も、確かに頷ける。世が世ならば、宮家の皇女として何不自由なく生きられただろう。加えてこの容姿だ。侍女として武家に仕えるなど、恥辱の極みに違いあるまい。

だが、晴子の声音に口惜しさは微塵も感じられない。肩透かしを食ったような気がして、義教は軽い落胆を覚えた。

その夜、義教は晴子を寝所に召した。

「玉骨はたとひ南山の苔に埋もるとも、魂魄は常に北闕の天を望まんと思ふ」

義教は腰を使いながら、晴子の耳元で囁く。

「存じておろう。そなたの高祖父、後醍醐帝が遺された最後の言葉よ。娘を銭で足利将軍家に売り飛ばしたそなたの父を、後醍醐帝はさぞやお嘆きであろうな」

晴子は唇を引き結んだまま、答えない。

「そなたも同じぞ。後醍醐帝の玄孫でありながら、父に命じられるがまま、よりにもよって足利将軍の前で股を開いておる。まこと、敗けるとは惨めなことよ」

苦しげに、晴子が顔を歪める。気分が高揚し、義教はさらに激しく腰を突き動かす。

精を放ったしばし後、晴子が呟くように言った。

「宮家に生まれたことに意味などありませぬ。上様が足利の血を享けておられるのと同じように」

「何だと？」

「人は、どんな親を持つか、いかなる血統に連なるか、選ぶことができませぬ。そして場合によって、それらは人を縛る呪いにもなりまする」

「何が言いたい」

「私も上様も、同じ呪いを受けております。血、あるいは家という呪いを」

覚えず、声を上げて笑った。

「見かけによらず、面白きことを申す女子よ。天下人たる余と、そなたが同じとはな」

言いながら、義教の脳裏には亡き父、義満の顔が浮かんでいた。


それから義教は、側室の一人に加わり「東の御方」と呼ばれるようになった晴子を寵愛した。いや、溺れたと言ってもいい。

だが、幾度交わっても、晴子が心を開くことはなかった。組み敷かれながら、哀れむような目で義教を見上げてくる。

この女の中には、いまだ折れない強い芯のようなものがある。いつかその芯を叩き折り、身も心も屈伏させてやる。義教は戦に臨むような心持で、晴子と交わった。

しかしそんな日々も長くは続かず、大和で南朝方の勢いが増すにつれ、晴子に伽を命じる機会は減っていく。大和での戦に延暦寺との対立、ままならない諸大名の統制と、多忙を極めるうち、次第に晴子の存在も忘れていった。いや、忘れようとした。

晴子が室町第から逃亡を試み、捕縛(ほばく)されたという報せが届いたのは、永享九年の冬だった。はじめに疑ったのは、南朝方の企てだった。だが、間者の調べではそうした形跡は見当たらないという。晴子は誰の手引きもなく、一人で室町第を抜け出したらしい。

「何故、逃げた。どこへ行くつもりだった？」

御所の一角、暗く、ひどく寒い牢へと足を運び、格子(こうし)越しに晴子に訊ねた。

「この身を縛める呪(いまし)いから、己を解き放つためにございます。行き先など、どこでもようございました」

晴子に会うのは数年ぶりだが、牢の奥は暗く、その表情は窺えない。

「諦めよ。人は、持って生まれた定めから逃れることなどできん」

晴子は押し黙ったまま、何も言わない。

「本来なら首を刎ねてくれるところだが、死一等を減じ、流罪(るざい)といたす。そなたは、南朝皇胤(こういん)でありながら足利将軍の妾となった哀れな流人として、その生を終えるのだ」

晴子がどんな顔をしているのか見てみたい。思ったが、何も言わず踵を返した。

その後、晴子は義教の近習と密通したということにして、流罪に処した。それが今になって、晴子の妹と対面することになるとは。

晴子の妹は何を思い、南朝方に身を投じたのか。牢の中で、どんな顔をしているのか。

久方ぶりにできた楽しみに頬を緩め、義教は相国寺への出立を命じた。

六

洛中の土倉、能登屋の一室に、主立った者たちが集まっていた。

鳥羽尊秀、名和長時の他、菊童子の多聞、若菜、弥次郎、雉丸、そして丹波の太郎丸。赤松家からは、左馬助則繁と重臣の安積行秀が出席している。

連絡役の雉丸は別として、弥次郎や若菜と顔を合わせるのはずいぶんと久しぶりだ。とはいえ、近況を語り合うことなどない。互いにどんな役目に就いているか、話さないのが掟である。

情勢は、雉丸からおおよそ聞いていた。

赤松家が播磨で挙兵し、防備が緩んだ京を南朝方が襲う。その策は、御輿となる大覚寺義昭が討たれたことで破綻した。代わって尊秀が練り上げたのが、結城城攻めの戦勝祝いを口実に義教を赤松邸に招き、そこで謀殺するというものだ。義教に招きを受けさせる餌である敦子は、すでに赤松邸の牢に入っている。

「すでに聞いているだろうが、五日後の六月二十四日、義教が赤松邸を訪れる」

最初に、則繁が口を開いた。

「饗応のため、庭に設えた舞台で能が催されることになった。我らはその最中に宴席に斬り込み、義教の首級を挙げる」

「義教が屋敷に来るなら、赤松の家来だけで十分だろう。俺たちが加わる必要があるのか？」

多聞の不躾な言葉遣いに腹を立てることもなく、則繁が答えた。

「念には念を入れるということだ。万が一にも討ち漏らすようなことがあれば、赤松家も南朝も終わりだからな」

確かに、もう後がない。結城城が落ち、表立って義教と事を構える武家はいなくなった。ここで義教を討たなければ、赤松家は潰され、南朝は名実ともに滅び去るしかない。

則繁が、懐から取り出した大きな絵図を床に広げた。

「屋敷の見取り図と、当日の配置だ。頭に叩き込んでおいてくれ」

「武部直文は加わらないのか？」

疑問を口にすると、それまで無言だった尊秀が答えた。

「彼の者は来ぬ。先日、一色教親の軍勢と戦い、行方知れずだ。恐らくもう、生きてはおるまい」

「あいつが？」

にわかには信じ難い話だった。あの男が、たかが数百人相手の小戦で討たれるとは思えない。

「残念だったな、多聞。彼の者と決着をつける機会は、もうなくなった」

「どうだかな。あいつが、簡単に死ぬとは思えねえ」

黙って聞いていた弥次郎の表情が、かすかに動いた。

「何だ、弥次郎。お前も、あいつと勝負したかったのか？」

「いや、俺は……」

「死んだ者のことはもうよい」

弥次郎の言葉を遮るように、尊秀が言う。

「それより、義教を討った後の策について、話しておこう」

七

嘉吉(かきつ)元年六月二十四日、未(ひつじ)の刻。義教は相伴衆、すなわち供奉(ぐぶ)の大名、公家たちを引き連れ、西洞院(にしのとういん)二条上ルの赤松邸に入った。

室町第からはさしたる距離もないが、不穏な噂の絶えない赤松家の屋敷とあって、義教の周囲は五十人の武者が固めている。

梅雨(つゆ)が明けていてもおかしくない時季だが、空には厚い雲が立ち込め、ひどく冷たい風が吹きつける。朝から降り続く雨も、止む気配がなかった。

網代車(あじろぐるま)を降りた義教を、赤松教康が出迎えた。

「此の度は格別なご配慮を賜り、恐悦至極にございます」

「つまらぬ挨拶はいらぬ。例の〝証〟とやらを見せよ」

「では、こちらへ」

案内されたのは、屋敷の奥まった場所にひっそりと建つ、古びた小さな建物だった。入口に立つ二人の番兵が、教康を見て片膝をつく。

「ここから先は、余一人でよい」

「しかし上様……」

「余が、一人で会うと言っておるのだ。不服か？」

訊ねると、教康は口を噤んだ。

手燭を受け取り中へ入る。かなり古くから使われているのか、外の雨と相まって、じめじめと不快な気が漂っている。中には、牢がただ一つ。太い格子の向こうに、女の影が見えた。

白小袖をまとい、床に端座している。南朝の皇胤とあって、さすがに縄までは打たれていない。

義教の脳裏に、晴子と最後に会った時の記憶がまざまざと蘇る。

「玉川宮敦子だな」

「名を訊ねるなら、先に名乗るのが礼儀というもの」

凛とした声音に、臆したところは見えない。なるほど、女だてらに肝は据わっているらしい。

手燭を近づけ、義教は思わず目を見開く。灯りに照らされたその顔は、晴子と生き写しだった。

姉妹なのだから当然だ。己に言い聞かせ、敦子を見下ろす。大人しく捕らえられたのか、体は無傷のようだ。その顔に表情らしきものはなく、感情は読み取れない。

「征夷大将軍、足利義教である」

「あなたが悪名高き、籤引き将軍ですか」

敦子が口の端を少し上げて笑う。

「捕らえた敵の顔をわざわざ見に来るとは、将軍というのはよほどお暇なようですね」

「さよう。結城城を平らげ、赤松も余に尻尾を振ってまいった。世が平らかとなったゆえ、いささか退屈しておるのだ」

皮肉で応じると、敦子は声を上げて笑った。

「何が可笑しい？」

「民は貧窮に喘ぎ、武士も公家も商人も、いつ将軍の怒りを買うかと怯えながら生きる。そんな世が平らかとは、笑わずにいられましょうか」

「貧しいのも、怯えながら生きねばならんのも、その者の弱さゆえ。己が望むような世にしたければ、力を持てばよい」

「力無き者たちの声に耳を傾けるのが、為政者たる者の務めでしょう。己の権威を高めることのみに執着し、弱き者を踏みにじるしか能のないあなたに、政を行う資格などありませぬ」

ぴくりと、こめかみのあたりが震える。数カ国を領する大大名でさえ、自分にこれほど激しい言葉を浴びせたことはなかった。

「幼子の首を晒し、満足ですか。そんなことで、将軍家の権威が高まるとでも？」

春王丸、安王丸の首級のことだろう。敦子の声音に、かすかな怒気が籠もっている。鎌倉へ下った時に、顔を合わせたのかもしれない。

「女子にはわかるまいが、耳に心地よいだけのきれい事で政は回らぬ。理想を掲げた後醍醐帝の政が、いったい何を遺した。二つに割れた朝廷と、長きにわたる戦乱だけではないか」

「錦旗を手にするために北朝を建てて朝廷を割り、南北朝合一が成った後も、両統迭立の和約を反故にした。争いの種をまき散らしたのは、足利将軍家にございましょう」

「口の減らぬ女子よ」

義教は苦笑した。持氏や赤松家への使者を務めたのは、血筋だけでなく、弁舌の才を買われてのことかもしれない。

「まあよい。余は、政について議論するつもりはない。捕らえられた南朝の姫君がどんな顔をしておるのか、見物しに来たまでよ」

「では見物ついでに、一つお教えください」

「申してみよ」

「我が姉、玉川宮晴子は、何処に？」

「ほう、知らんのか」

敦子が頷く。覚えず、義教は頬に笑みを浮かべた。

「死んだ。三年余り前、隠岐へ流罪となって、すぐのことだ」

答えると、敦子の目がわずかに見開かれた。

「世を儚んでの自害と聞いておる。つまらぬ噂が立つのも面倒ゆえ、秘しておった」

「あり得ません。姉上は、自ら命を絶つような人ではなかった」

「人は変わるものだ。いや、そもそもそなたが知る姉の姿など、ほんの一面にすぎぬ。たとえ姉妹であろうと、他人のすべてを理解することなど、できはせぬ」

敦子は唇を嚙み、俯く。敦子がはじめて見せる感情の揺らぎに、義教は興奮を覚えた。

「そなたの母は、貧しい公家の生まれで、たいそう美しかったそうだな。だが、落ちぶれた宮家に嫁がされたことを恨み、娘たちに舞だの歌だのをずいぶんと厳しく仕込んでおったとか」

見上げる敦子の目が、刺すように鋭くなった。

「大方、どこぞの大名家の妻として、高く売り込もうと考えておったのだろう。その甲斐あって、姉の方はめでたく将軍家に嫁いだ。そして、味をしめた母は、ますますそなたに厳しく接するようになった」

義教の間者が、玉川宮家に出入りする商人から聞き出した話だった。

「だがそなたは、舞も歌も、まるで身につかなかった。そのせいで、母からひどく打擲されることもあったそうではないか。そんな妻と娘を、玉川宮は見て見ぬふりをしておったとか」

敦子の総身から、殺気が滲み出る。義教に向けたものか、それとも記憶の中の父と母に向けたものなのか。

「やがて、そなたは宮家から出奔し、南朝方に身を投じた。大方、鳥羽尊秀あたりに唆されたのであろう。将軍家を倒せば、姉を助け出せるとでも言われたか？　残念であったな。その晴子はもう、この世にはおらぬ」

敦子の目が、義教に注がれる。

数拍の後、敦子が大きく息を吐いた。肌がひりつくほどだった殺気が、霞のように消えていく。代わりに、その目には憐憫の色が浮かんでいた。晴子が義教に向けたのと、同じ目だ。

「哀れな方です。姉上に愛されなかったことが、よほど心残りなのでしょうね」

「余が、あの女に愛されることを望んでいたと？」

全身の血が沸き立つような心地がした。この女が何を言っているのか、まるで理解できない。

「あなたは姉を流罪にしたことを、心の底では悔やんでいる。だからこそ、わざわざ私の顔を見るためこのようなところまで足を運んだ。違いますか？」

「愚かな。余は……」

「あなたは、将軍となるべきではなかった。いかに学問に優れていようと、寺と御所しか知らず、愛する女子にどう接すればよいかもわからぬ。その程度の人物が天下の政を執るなど、民にとってもあなたにとっても、不幸でしかない」

「……黙れ」

「今からでも遅くはありません。将軍の座から退き、寺へ戻られませ。そうすれば、もう無駄な血が流れずにすみます」

斬るか。太刀の柄に手が伸びかけたが、堪えた。

ここで斬り捨てるのは造作もないが、この女は笑いながら死んでいくだろう。そして晴子のように、消えないしこりとなって義教の胸の中で生き続ける。

雨音が大きくなった。風が強まり、遠雷の音も聞こえる。

「よかろう」

殺すのはやめだ。流罪にもしない。後悔と屈辱の中で、死んだように生き続けさせてやる。

八

この日のために急遽建てられたという客殿は、真新しい木の香に包まれている。

義教は、いくらか奥まった上段の間に腰を下ろした。

一段低い下の間には、管領の細川持之、侍所頭人となった山名持豊の他、京極高数、大内持世、一色教親ら大名衆に、赤松貞村、山名熙貴ら近習、公家の正親町三条実雅が居並んでいる。

この正月に畠山持国に代わって畠山家当主となった持永の姿もあった。

具足姿で庭先に控える十数人は、走衆(はしりしゅう)と呼ばれる警固役だ。将軍家直臣(じきしん)の中でも最も腕の立つ者たちで、何かあれば義教の盾となって死ぬのが役目である。

「此度は上様に御成りいただき、恐悦至極に存じます」

饗応側の主人である赤松教康が進み出て、恭しく挨拶する。

「入道の姿が見えぬようだが」

「はっ。上様をお迎えしながらまことに申し訳なき仕儀にございますが、父満祐はこの長雨で体調を崩し、昨夜から床に臥せっておりまする」

「さようか。入道ももう歳じゃ、養生いたせと伝えよ」

「ははっ。ありがたきお言葉、父も喜びましょう」

大方、義教になど会いたくないと、臍(へそ)を曲げているのだろう。満祐の顔を見ると癇の虫がうずき、苛立ちが募る。この場にいないのはむしろありがたかった。

「余と入道の間にはとかく不和の噂が立っておるが、赤松家は長く将軍家を支えてきた、忠義の家である。今後は入道に代わり、教康が当主として、余に忠義を尽くしてくれよう」

事実上、教康の家督相続を認める言葉だ。一同から、吐息が漏れた。

巷(ちまた)では、義教がこの宴の席で、赤松家から播磨、美作を取り上げるという噂も流れていた。そうなれば再び大きな戦となり、諸大名は大きな負担を強いられる。それが避けられたという意味での、安堵の吐息だろう。

教康が改めて戦勝の祝いを述べ、金覆輪(きんぷくりん)の太刀を献上すると、祝宴がはじまった。

盃が巡り、白拍子が舞い唄う。義教が赤松家との和睦を宣したためか、大名や公家たちの表情は穏やかなものだ。方々から、笑い声も聞こえてくる。

義教は黙々と盃を重ねながら、一同の様子を眺めた。

この中で、自分に心からの忠義心を抱いている者が、どれだけいるのか。恐らく、一人もいないだろう。大名も公家も、直臣たちですら、恐怖心から義教に従い、頭を垂れているにすぎない。

だがそれでいいと、義教は思っている。忠義心などというあやふやなものは、いつ憎しみに変わるかわかったものではない。武士も公家も民も、逆らえば殺されるという恐怖を植えつけなければ、御していくことはできないのだ。弱き者の声に耳を傾けろなどと言うのは、政を知らない者の戯言でしかない。

さらに盃が数巡し、庭に設えた舞台で猿楽がはじまった。雨風は弱まり、鑑賞に支障はない。聞いたことのない一座だが、囃子方も謡いの声も、悪くはなかった。シテの舞もなかなかのものだ。拙い芸であれば世阿弥のように流罪にしてやろうと思っていたが、教康は抜かりなく、選りすぐりの一座を招いたのだろう。

手にした盃を取り落とした。近くに侍る白拍子が、慌てて新しい盃を運んでくる。

常になく、酔いが回っているようだ。赤松家の屈伏と敦子の捕縛で、いくらか浮き立っているのかもしれない。義教は苦笑した。たまには、こんな日があってもいいだろう。

赤松家が降ったことで、義教に逆らう大名はいなくなった。あとは、衰退した南朝を完全に滅ぼすだけだ。南朝の皇胤を根絶やしにすれば、この国は真の意味で統一され、愚かしい戦乱も絶えて無くなる。それは、歴代の足利将軍が誰一人として成し遂げられなかった偉業だ。

見ておられるか、父上。心の中で、亡き義満に呼びかけた。

あなたが必要ないと言った不肖の息子が、あなたを超える将軍となったのです。さぞや、ご自分の不明を恥じておられることでしょう。

白拍子が差し出す盃を受け取ったその時、地鳴りのような音が響いた。

「何事か」

「はて、雷でございましょう」

実雅が酔いに緩みきった顔で答えた直後、馬の嘶きと人の叫び声が聞こえた。

「暴れ馬だ。門を閉ざせ！」

雷鳴ではなく、馬が逃げ出したらしい。笛と鼓の音色、謡いの声が鳴り止み、代わっていくつもの足音が聞こえてきた。庭に控える走衆も、慌ただしく動き出している。

癇の虫が騒ぎ、義教は顔を顰めた。将軍を迎えるという日に、何という不始末か。

「太刀を」

小姓から太刀を受け取り、下の間へ下りた。

「上様、晴れの場にございます。何卒……」

細川持之が血相を変えて懇願するが、無視した。馬蹄の響きは止まず、喧噪はやまない。

いいだろう。暴れ馬も、それを押さえられない馬丁たちも、まとめて首を刎ねてくれる。太刀の鯉口を切った義教は、宴の場に赤松教康の姿がないことに気づいた。

不意に、背筋が震えた。何かがうなじを撫でたような、心地の悪さ。

この感じは、よく知っている。義教が湯起請にかけた罪人、失敗を咎めて斬り捨てた下人。そうした者たちが最期に義教へ向けた目に籠められていた、何か。

そうか。これは、殺気だ。思い至った刹那、障子を荒々しく開く音がした。

振り返る。義教が座っていた場所のすぐ後ろから、抜き身を提げた数人の鎧武者が雪崩れ込んできた。白拍子たちが悲鳴を上げて逃げ惑い、宴席は瞬く間に叫喚に包まれる。

武者たちの一人と目が合った。唇を歪めて笑うその顔には、見覚えがある。赤松左馬助則繁。かつて義教の近習だったが、些細な諍いで同僚を斬って逐電した、満祐の弟。

義教はすべてを悟った。この饗応も、そして敦子の捕縛も、自分を誘い出すための罠だ。怒りに、目の前が暗くなる。

赤松家の者たちは、義教さえ討てば改易を免れると考えたのだろう。だが、義教が亡き者となれば、苦心して高めた幕府の権威は地に堕ち、諸大名は互いに喰い合いをはじめる。後に残るのは、際限のない混乱と、秩序無き戦乱だけだ。

「おのれ、下郎！」

叫んだのは、近習の山名熙貴だった。腰刀を抜いて、上段の間に駆け上がる。だが、その後に続いたのはほんの数人にすぎない。

怒号と剣戟の音が響き、斬り合いがはじまった。血飛沫が上がり、細川持春の腕が飛んだ。赤松則繁が、京極高数を斬り伏せる。献上品の太刀を抜こうとしていた実雅が、逆に斬られて卒倒した。血溜まりの中に倒れているのは、大内持世だろう。

斬り合いの中から、一人が飛び出してきた。打刀を手にした、頬に傷のある小柄な男。返り血に塗れ、獣じみた気を放ちながら、こちらへ向かってくる。

「上様をお守りせよ！」

庭から駆け込んできた遠山次郎が、男の前に立ちはだかった。走衆の中でも一、二を争う遣い手だ。遠山の放った斬撃を、男は打刀で弾き返す。甲高い音が響き、火花が散る。

「上様、今のうちに……！」

細川持之が、蒼褪めた顔で義教の袖を引いた。

「たわけ、余は将軍ぞ。敵に背を向けられるか」

持之を振り払い、太刀の鞘を払った刹那、視界に逃げ遅れたらしい白拍子の姿が映った。目障りな。さっさと逃げろと怒鳴りかけた刹那、信じ難いほどの速さで白拍子が動いた。

目の前に、白拍子の顔がある。白粉と、焚きしめた香の匂い。こちらを見上げる白拍子が、口元に薄い笑みを湛えている。

何の真似だ。言おうとしたが、声が出せなかった。なぜか、体に力が入らない。手にした太刀が床に落ち、音を立てる。耐えきれず、義教は膝をついて倒れた。

白拍子の手には、血に塗れた短刀が握られている。腹のあたりが、焼けるように熱い。直衣を濡らしているのは、自分の血なのか。

刺された。理解するや、激烈な痛みが全身を駆け巡った。

ここで死ぬのか。言葉にして考えた途端、とてつもない恐怖と不安が襲ってきた。遠山が斬り伏せられ、頬に傷のある男がこちらへ向き直る。

「俺たちの狙いは、こいつだけだ。死にたくなかったら、さっさと失せろ」

斬り合いにも加わらず、呆然と立ち尽くす相伴衆に向け、男が言った。

細川持之は義教を一瞥するや、身を翻して駆け出した。赤松貞村や一色教親らの大名たちも、堰(せき)を切ったように逃げていく。いずれも、義教の引き立てで栄華を極めていた者たちだ。

足音が遠のくと、喧噪もやんだ。戦っている者は、もういないらしい。斬り合いが行われていたのは、ほんのわずかな間だった。

「多聞、若菜、ご苦労だった。後は我らに任せてくれ」

赤松則繁が、傷の男と白拍子に向かって言った。

「哀れなものだな」

義教を見下ろし、則繁が言う。

「貴公を恐れ、上辺だけ敬う者なら世にいくらでもいるが、貴公のために己が命を顧みず戦う者は、数えるほどしかいない。恐怖で作り上げた権威など、所詮はその程度のものだ」

なぜだ。私は籤(くじ)という天意によって、将軍の座に就いたのだ。

神に選ばれた将軍の政に、間違いなどあろうはずがない。たとえ一時は悪名を着たとしても、時が経てば、乱世を終わらせた足利幕府中興の祖として、歴史に記されるのだ。

その自分を、神は見捨てるというのか。だとすれば、自分を将軍にしたあの籤は、いったい何だったのだ。

「行秀(ゆきひで)、首級を」

則繁に促され、武者の一人が太刀を手に近づいてくる。

「助けて……くれ……」

掠れた声が漏れた。口惜しさに、涙が溢れ出す。

「そうやって命乞いする者の首を、貴公はいったいどれだけ刎ねてきたのだ？」

則繁が言うと、行秀と呼ばれた武者が太刀を振り上げた。

己が築き上げた恐怖の世が、最後に自分自身に牙を剝く。これも、因果応報というものか。

すべては、足利の血を享けて生まれたせいだ。血は呪い。晴子の言葉が、耳に蘇る。

目を閉じ、晴子の顔を思い浮かべようとしたが、上手く像を結ばない。

次の刹那、刃風を感じ、すべてが闇に消えた。

九

暗い牢の中で敦子は目を閉じ、耳を澄ませていた。

しばらく続いていた喧噪は、すでに止んでいる。供奉の者たちもあらかた逃げ去ったのか、喧しかった足音も絶えた。

静寂の中、かつて暮らしたあの家の光景が脳裏に浮かぶ。

この世のすべてを憎むように常に苛立ち、些細なことで泣き叫ぶ母。酒に溺れ、目の前の現実から逃げ続ける父。家は貧しく、母から「あなたは帝に連なる血筋なのです」と言われても、とても信じることなどできない。

歌も舞や笛も一向に上達せず、毎日のように母の怒声を浴びる敦子を姉は庇い、慰め、優しく頭を撫でてくれた。気位ばかり高い母は近在の子らと遊ぶことを禁じていたので、敦子が気軽に言葉を交わせる相手は、五つ上の晴子しかいない。

女としての器量を磨くこと。身分の高い男に見初められ、その家に嫁ぎ、跡継ぎを産むこと。それが、女子の戦なのです。そんな母の口癖は、敦子の耳には呪詛としてしか響かなかった。それはきっと、姉にとっても同じだっただろう。

「いつかこの家を出て、二人だけで暮らそう。私たちが帝の血を引くなんて誰も知らない、どこか遠い土地で」

夢見るような顔つきでそう言っていた姉は結局、家のため、敦子のために室町第に上がり、義教の側室に収まった。

嘘つき。家を出る姉に向かって、敦子は叫んだ。振り向いた姉の悲しげな顔は、今も目に焼きついている。そしてその時、父と母は使いの者から受け取った銭を、満面の笑みで数えていた。

姉が家を出ると、母の指南はさらに厳しくなった。姉の成功に味をしめ、妹も早く銭に替えようと逸っていたのだろう。やがて、母は怒声だけでなく、手も上げるようになった。

鳥羽尊秀と出会ったのは、それから一年ほどが経った、ひどく寒い冬の日のことだ。

「姉上を、お助けしとうはありませぬか？」

僧侶に扮した尊秀は、河原で一人、笛の稽古をする敦子に声を掛けてきた。

父と母以外の大人を知らない敦子の耳に、尊秀の穏やかな声音は心地よく響いた。

世人を苦しめる籤引き将軍を倒し、より良き世を創るのだと、尊秀は言う。その頃の敦子に尊秀の言葉は半分ほども理解できなかったが、姉を悪い将軍の下から救い出せるのならば、命など惜しくないと思った。

「どこで命を落とすやも知れぬ、険しき道です。三日後、また参ります。それまで、しかと考えられませ」

考えるまでもなかった。三日後、敦子は父と母を捨て、尊秀に連れられて家を出た。今思えば、この境遇（きょうぐう）から一刻も早く抜け出したかっただけなのかもしれない。

あれから、武芸を磨き、多くの書物を読み、戦場にも出た。耐えられたのは、いつか姉に会えると信じてきたからだ。

だが、その姉はもう、この世にいない。しかも、姉の死は三年余りも前のことだという。密通の咎で流罪になったとは聞いていたが、どこへ流されたかまでは公にされていなかった。

義教が、姉の死因を偽る理由はない。姉が自害したのは、事実なのだろう。室町第で、配流（はいる）先の隠岐で、姉は何を思い、自ら命を断ったのか。それを知る術は存在しない。自害の前に、配流先を突き止めることができていれば。そう悔やんだところで、姉はもう、帰ってはこない。

暗闇に一人取り残されたような心地がして、敦子は小さく肩を震わせた。

外から人の声が聞こえ、敦子は目を開いた。入口の木戸が開き、光が射し込んでくる。

「姫様、お待たせいたしました」

赤松家の馬丁に扮した雉丸だった。馬を放って門を閉めさせたのも、雉丸だ。

「策は成功です。見事、義教を討ち果たしました」

笑顔を見せる雉丸に、敦子は無言で頷いた。

「いかがなさいました、姫様。もしや、義教と会った時に何か……」

「いえ、何もありません」

敦子は微笑を作り、頭を振る。姉の死は、あくまで敦子個人の問題だ。

「さあ、皆のところへまいりましょう」

牢を出て、客殿へ向かった。外は相変わらず肌寒く、雨も降り続いている。

客殿へ近づくにつれて、血の臭いが濃くなった。敦子の姿を認めた尊秀や則繁、教康ら主立った者たちが、片膝をついて頭を下げる。

「則繁殿、首尾は？」

「すべて手筈通りに。義教公の首級は、安積行秀殿が挙げております。他の相伴衆、走衆はことごとく逃げ散り去り申した」

こちらの狙いは義教一人だったが、幾人かは斬らざるを得なかったという。相伴衆は、近習の山名熙貴の他、走衆数人が死亡。大内持世、京極高数、細川持春と公家の正親町三条実雅は瀕死(ひんし)の重傷を負い、家来が運び出している。

首の無い義教の亡骸の傍(かたわ)らに、敦子は膝をついた。

宿願を果たしたものの、自分でも不思議なほど、喜びの念は湧いてこない。

籤にさえ当たらなければ、今頃はどこかの寺で、経でも読んでいたのだろう。万人に恨みを買うことも、首を獲られることもなかったはずだ。その意味では義教も、政という冷徹な仕組みの犠牲者と言えなくはない。

瞑目(めいもく)してひとしきり手を合わせ、敦子は立ち上がった。

「これで、長らく万人を苦しめてきた恐怖の世は去りました。しかしまだ、すべてが終わったわけではありません。尊秀殿」

「はっ」

「そなたは大津へ向かい、件の策を進めてください。教康殿、則繁殿は手筈通り播磨へ下り、戦仕度を。私はしばし、洛中に潜んで情勢を見極めます」

各々が「御意」と頭を下げる。

義教の死で、幕府は大きく動揺するだろう。後継は恐らく、まだ八歳の義教の嫡男、千也茶丸。管領は引き続き細川持之が務めるだろうが、義教を見捨てて逃げた持之に、諸大名が従うかどうかはわからない。赤松家に同心する者がいるのではないかと、大名たちは疑心暗鬼に駆られるだろう。義教に排斥された者の中にも、これを好機と見て兵を挙げる者が現れるかもしれない。

敦子は、血に塗れた客殿の床を眺めた。これからも、まだ多くの血が流されるだろう。

だがそれも、策が成就して、再び南北朝が合一されるまでのことだ。朝廷が一つになり、幕府がまともな政を行うようになれば、世は平穏へと向かう。武士も民も、無駄な血を流す必要はなくなる。

この世界に、晴子はもういない。それでも、新しい世が来ると信じて、今は戦い続けるしかなかった。

第七章
乱世を招く者

一

都大路を騎馬で悠然と進みながら、畠山持国は恍惚に浸っていた。

沿道では、物見高い京童たちが鈴なりになって、持国と畠山勢を見物している。また戦かと不安げな者もいるが、民の目には、義教生前のような怯えの色は見えない。

義教を失った幕府の動揺ぶりは、実に無様なものだった。義教が討たれたその日のうちに、赤松一党は京の屋敷に火を放ち、播磨へと下向していったが、追撃を主張する者は誰もいなかった。疑心暗鬼に駆られた大名たちは自邸に籠もりきり、京童の中には赤松一党に喝采を送る者もいたという。

幕府では、細川持之の呼びかけで諸大名が協議し、後継を千也茶丸と定め、赤松追討軍の陣容を決定した。総大将は、侍所頭人で但馬、備後守護の山名持豊。他に赤松一門の貞村、細川家からは一門の持常が参陣を命じられている。

だが、山名勢は兵糧調達と称して洛中で乱暴狼藉を働き、一向に出陣しようとしない。結局、持豊が京を発ったのは、義教の死から実に一月以上が過ぎた、七月二十八日のことだった。

持国はこの間隙を衝いて挙兵し、河内若江城を奪回、上洛して持永を討つ構えを見せた。これに慌てた幕府は、持国を畠山当主と認めて河内、紀伊、越中の守護職に再任し、持永には隠居を勧告する。持永はわずかな近臣と共に、京から落ち延びていった。

八月三日、持国率いる畠山勢三千は、山名勢の去った京に入った。憎き持永を討つことはかなわなかったが、持永にはすでに何の力も残っていない。放っておいたところで、何もできはしないだろう。

それにしてもと、持国は秋の澄んだ空を見上げる。

義教がこの世にいないというだけで、気分は晴れやかだった。もう、あの男の気まぐれや驕慢(きょうまん)さに悩まされることはない。家督と守護職を取り戻し、京へも復帰した。赤松家も、幕府の大軍が相手では、遠からず滅びるのは目に見えている。あとは、管領となって幼い新将軍千也茶丸を擁し、幕政を掌握するだけだ。赤松邸から逃げ帰った細川持之は信望を失い、追い落とすのはわけもない。

ようやく、いい風が吹いてきた。事実上の幕府の頂に、自分が立つのだ。ゆくゆくは、権威の失墜(しっつい)した足利将軍家に成り代わって、持国自身が征夷大将軍の座に就くことも夢ではない。

半年ぶりに幕府へ出仕すると、室町第は火が消えたように静かだった。主立った大名が出征していることもあるが、それだけではない。多くの大名が、すでに細川持之を見限っているのだ。

入京の報告を聞く持之の顔は、ひどいものだった。持国より二つ下の四十二歳だが、髪はすっかり白くなり、顔色も悪く老人のようにやつれている。心労で体調を崩していると間者の報せにあったが、思っていたよりも悪いらしい。

「義教公亡き今、幕府は苦難の時を迎えており申す。今後は細川家と畠山家で手を携え、上様を守り立てていただきたい」

腹の底では、持国を殺したいほど憎んでいるはずだ。だが、それを面に出さず、助力を求めざるを得ないほど、持之は追い詰められている。

「無論、そのつもりで上洛いたした。我が畠山も全力で上様をお支えいたすゆえ、細川殿も御身をいとわれよ」

「かたじけない。持国殿の忠義、決して忘れまい」

交わされる会話のあまりの空々しさに内心で苦笑しながら、室町第を辞した。

その後、持国は京の自邸にとどまり、情報を集めることに腐心した。

進発した幕府軍は、細川持常、赤松貞村らが摂津から播磨へ、山名教清が伯耆から美作へ、そして総大将の山名持豊が但馬から播磨へ攻め入る構えを取っている。

これに対し、赤松軍は主力を本国の播磨に集めて防戦するつもりのようだった。赤松一党が擁する足利直冬の孫が還俗し、義尊と名乗りを改めたという報せも入っている。

どう足掻いたところで、赤松家に勝ち目は無い。赤松家に呼応する大名も、現れはしないだろう。義教を討った赤松家に内心で喝采を送っていても、家の存亡を賭けて味方するほどの義理はないのだ。

赤松家滅亡後、台頭してくるのは山名持豊か。恩賞として赤松領を併呑すれば、山名の勢力は畠山のそれを凌ぐことになる。それまでに、細川持之を追い落として足元を固めておかねばならない。山名の勢力を削るための謀略も、用意しておいた方がいいだろう。

覚えず、口元に笑みが浮かぶ。情勢を読み、権謀術数を巡らせる。それが、持国にとって至福の時だった。

畠山家の嫡男として生まれ、何不自由なく生きてきた。

先々代将軍義持の治世はおおむね安定し、大きな戦乱もない。戦場での命のやり取りも、飢えや貧しさにも無縁で、当主としての将来も約束されている。だが持国にとってそれらは、生まれた時から与えられたものでしかない。

あらかじめ決められた、つまらない一生。それをある意味で救ってくれたのは、義教だった。

あの男の下では、一つ間違えば、権勢どころか命さえ失いかねない。そうした緊張の中で謀の糸を張り巡らせ、どう転んでも己に利が回ってくるよう試行錯誤を重ねる。日々は薄氷を踏むような緊迫したものとなり、生き延びることそのものが生き甲斐となったのだ。

後鳥羽帝の末裔と称する若者を南朝へ送り込んだのも、生き残るための策の一つだった。そしてその若者は今や、南朝の旗頭となり、義教を討つという予想以上の成果を上げている。

鳥羽尊秀と初めて会った時のことを、持国は思い起こす。

あれは雪が降りしきる、ひどく寒い夜だった。京の畠山邸を訪れたみすぼらしい身なりの若者に、持国は息を呑んだ。

この世に生きるすべての者を憎んでいるかのような、殺気に満ちた双眸。手を差し出せば咬みつかれそうな、獣じみた気配。あの時感じた得体の知れない恐怖は、今もはっきりと思い出すことができる。

あれから、十八年の歳月が流れた。尊秀は三十路をいくつか越えたくらいだろうか。思いがけず長い付き合いになったが、それもそろそろ潮時だ。持国が管領となって幕政を掌握すれば、南朝の存在は邪魔にしかならない。

いずれ、南朝は消し去らねばならない。畠山家の当主が南朝の旗頭と繋がっていたなどと世間に知られれば、何かと面倒だ。尊秀との関係を清算し、後醍醐帝の皇胤を根絶やしにして、南朝方の武士もことごとく滅ぼす。そうしてはじめて、自分の権勢は盤石なものとなるのだ。そのための謀も、練っておかねばならない。

策を巡らせるうち、また気分が高ぶってきた。すべてが思い通りに事が運んだ時の快感は、他の何事にも代えられない。

持国にとって権勢を巡る駆け引きとは、力のある家に生まれた者だけが興じられる、この上ない遊戯だった。

八月も半ばを過ぎると、ようやく幕府軍と赤松軍が本格的に戦端を開いた。

最初にぶつかったのは、摂津の細川持常、赤松貞村の軍と満祐の嫡男教康だった。教康は寡兵ながら奮戦し、摂津、播磨国境付近で激しい戦いが続いていた。但馬から播磨へ攻め入ろうとする山名持豊も、国境の真弓峠で赤松軍と激しい攻防を繰り広げているという。

おおむね、予想通りの展開だ。持豊が真弓峠を突破すれば、教康も本城の坂本城に引き上げざるを得ない。赤松家の命脈は、じきに尽きるだろう。

持国は、赤松討伐軍が京へ戻る前に細川持之を追い落とすつもりだった。今、持国は在京している守護大名の中で最大の兵力を擁している。畠山軍三千で室町第を囲み、細川持之の管領職罷免を要求すれば、誰も拒むことはできない。

いや、実際に兵を動かす必要もないだろう。病で気が弱っている持之は、武力をちらつかせれば簡単に折れるはずだ。

いつ事を起こすか勘考していると、廊下から慌ただしい足音が響いてきた。

「大津、坂本にて馬借を中心とする土一揆が蜂起。およそ三千が、京へ向かっております！」

「何だと？」

播磨攻めの影響で米価が高騰し、民が不満を募らせていることは無論、把握していた。だが大津、坂本の馬借衆は、鳥羽尊秀が押さえているはずだ。それが蜂起したということは、尊秀の制止が利かないほど、一揆の気運が高まっていたのか。

脳裏を過ったのは、今から十三年前に起こった正長の土一揆だった。

近江馬借の蜂起にはじまった一揆は畿内近国の土豪、百姓を巻き込み、史上例を見ないほどの規模にまで広がった。当時、幕府は一揆衆の求める徳政令を出さなかったものの、多くの土倉や酒屋が襲われ、膨大な借銭の証文が焼き払われた。結果、銭の流れは大きく混乱し、幕府の財政は大打撃を受けている。一つ対応を誤れば、あの時の二の舞にもなりかねない。

「土一揆の要求は？」

「代替わりの徳政を求めておるとの由にございます」

やはり、十三年前と同じだ。あの時も、義量から義教への代替わりの時期だった。

「それで、幕府はどう出る？」

「侍所頭人京極持清様が御自ら兵を率い、清水坂へ出陣なされました」

侍所の兵力などたかが知れているが、持国への援軍要請はなかった。京極持清は、前侍所頭人の山名持豊に代わってその任に就いたばかりで、功を焦っているのだろう。

再び足音が響き、別の家臣が駆け込んできた。

「一大事にございます。鳥羽、伏見(ふしみ)、西岡(にしおか)で土一揆が発生。一揆衆は、洛中へ進軍中との由！」

　思わず、持国は腰を浮かせかけた。

　偶然などではない。明らかに大津、坂本の一揆と示し合わせてのことだ。一揆の首謀者たちは、播磨攻めで京ががら空きになった隙を衝いてきた。ただの馬借や土豪にできる芸当ではない。

「……まさか」

　将軍が討たれたから一揆が起きたのではなく、一揆を起こすため、将軍を討ったとすれば。

　将軍が赤松一党に討たれれば、幕府は総力を挙げた討伐軍を出さざるを得ない。そして蜂起した一揆衆を使い、がら空きになった京を攻め落とす。思い至り、肌に粟(あわ)が生じた。

「馬鹿な」と頭を振る。耄碌(もうろく)した赤松満祐や若輩(じゃくはい)の教康に、それほど大掛かりな策が弄(ろう)せるとは思えない。

　いや、一人だけいる。大津、坂本の馬借と赤松家、それぞれに繋がりを持つ男。

「鳥羽、尊秀か……」

　あの男が、裏切った。ならばその狙いは、幕府を倒し、再び南朝の世を築くことか。それとも、後鳥羽帝の末裔という血筋をもって、自らがこの国の頂点に立つつもりなのか。

　いずれにせよ、持国が義教謀殺に加担したのは、尊秀にとって渡りに船だったということだ。

　握りしめた拳が震えた。とめどなく湧き上がる殺意を面に出さぬよう堪え、命じる。

「御所へ参る。仕度いたせ」

二

清水坂の上から、多聞は洛中を見下ろしていた。

八月二十八日、払暁。義教の横死から二月が過ぎた京の都は、これから起こる事態に怯えているかのように、じっと息を潜めている。

多聞の後方には大津、坂本の馬借衆を中心とする一揆勢三千。米価の高騰と、それへの幕府の無策に憤る土豪や百姓も多く加わっていた。ほとんどの百姓は、村を守るために武具を持ち、体も鍛えている。統率の取れた軍とは到底言えないまでも、士気は高い。

一揆勢に混じる若い男女は、弥次郎率いる菊童子だ。この数年で、百人近くまで増えている。

「いよいよだな」

胴丸(どうまる)に粗末な兜をつけた太郎丸が、槍を手に言った。頷いた多聞の視線の先、清水坂の麓には、侍所の軍勢およそ二千が楯を並べ、陣を布いている。

「皆の者、聞け！」

後方から、声が響いた。真紅の鎧兜を身につけた、鳥羽尊秀だ。白馬に跨り、普段からは想像もつかない大音声で一揆勢に語りかける。

「我が名は鳥羽尊秀、かの後鳥羽帝の末裔に当たる者だ。私がここにいるのは、すべての虐げられた者たちを、圧政から解き放つためである」

一同は咳一つ漏らさず、尊秀の言葉にじっと耳を傾けている。

「世に戦は絶えず、武士も民も、貧窮の極みにある。明日の米は手に入らず、妻子が病に苦しんでいても、薬さえも買えぬ者も多くいよう。未来は見えず、希望などどこにもない。そんな、生きることそのものが苦行となるような世を創り出したは、いったい誰か？」

尊秀が太刀を抜き放ち、正面に向けた。

「あの洛中に巣食うごく一部の武士と、有徳人どもである。己の欲得しか頭にないあの者たちのために、この国に住まう者の多くが貧しさに喘いできた。だが、それももう終わりだ」

尊秀の太刀が、登りはじめた朝日を照り返して目映く光る。一揆勢は熱に浮かされたような顔で、尊秀を見つめていた。目の前に神仏が顕れたかのように目を潤ませ、手を合わせて拝む者さえいる。感情を面に出さない弥次郎まで、崇めるような目で尊秀を見上げていた。

多聞は、尊秀と初めて会った日のことを思い出していた。あれから八年。幾度も死線をくぐり抜け、数えきれないほどの敵を殺した。体は傷だらけで、今生きていることが不思議なほどだ。

それでも、後悔したことはない。あの日、尊秀と出会わなければ、今も甚右衛門の下で奴婢としてこき使われるか、さもなくばどこかで野垂れ死んでいただろう。

南朝方が掲げる大義などに、興味は無かった。誰が天下を治めようと、知ったことではない。多聞が命じられるままに戦ってきたのはあくまで、その日を生き延びるためだった。百姓が田畑を耕し、商人が物を売るのと同じように、戦うことが生業になったというだけのことだ。

だが義教を討った今、この戦にどんな意味があるのか、知りたいと思う。幕府を倒し、人が生まれながらにして、人として生きていける、そんな世を作る。あの日、尊秀はそう言った。本当にそんな世が来るのなら、見てみたい。その思いは、渇望に近かった。

「虐げられしすべての同胞よ、今こそ起つべし。戦って、この国にあるべき姿を取り戻すのだ！」

怒濤のような喊声が沸き起こった。誰もが手にした打刀や竹槍を高く掲げ、声を放つ。

「多聞、かかれ！」

尊秀の下知を受け、刀を抜いて駆け出した。先頭を行く多聞の後に、弥次郎と菊童子が続く。

敵陣から放たれる矢を刀で叩き落としながら、坂を駆け下った。菊童子の若さに、敵は戸惑っている。飛んでくる矢も、勢いが弱い。構わず、菊童子は走りながら礫を打つ。敵の射手が次々と倒れ、飛んでくる矢はほとんどなくなった。置かれた楯を踏み台に高く跳躍し、飛び降りざまに刀を振り下ろす。物頭らしき鎧武者が、首筋から血を噴き上げて倒れた。

菊童子が楯を蹴り倒し、陣に雪崩れ込む。見た目と慣れた戦いぶりの落差に、敵は完全に混乱していた。そこへさらに、後続の馬借衆が突っ込んでくる。早くも、得物を捨てて逃げ出す敵兵が続出していた。

「おのれ！」

武者の一人が、多聞に向けて喚いた。

「童を戦の道具にいたすとは、恥を知れ！」

「そうさせたのは、あんたたち大人だろう」

一刀で斬り伏せ、落とした武者の首を刀の先に刺して掲げると、敵は完全に敗走に移った。

味方から歓声が上がる。圧勝だが、討ち取った敵の数はさほどでもない。それだけ、崩れるのが早かったということだ。味方は、十数人が手負った程度で、死人は一人も出ていない。

緒戦としては、まずまずだった。

「皆、よくやった。見事な働きである！」

坂を下ってきた尊秀が、一揆勢に向けて命じる。

「追い討ちは無用。整然と隊伍を保ち、六波羅まで進め」

尊秀の顔が、多聞に向けられた。でかしたと言うように、その口元には笑みが浮かんでいる。

誇らしいような気分で、多聞は頷きを返した。


敦子は床几に腰を下ろし、九月の澄んだ空を見上げていた。

紺地の鎧直垂に赤糸縅の鎧、総髪に烏帽子をつけ、腰には黄金造りの太刀を佩いている。周囲にいるのは、護衛役の若菜と数人の南朝の武士たちだ。

これから、都はさらに激しい嵐に見舞われる。苦しむのは、多くの罪なき民だ。できることなら、戦は必要最小限に抑えたい。祈るような思いで、正面に顔を向ける。

昇りはじめて間もない朝日に、東福寺の伽藍が照らされていた。創建二百年を誇る、京都五山第四位の古刹だ。その手前には門前町が広がり、多くの家屋がひしめいている。

門前町の南を流れる小川の対岸には、積み上げた土嚢と逆茂木が巡らされ、武装した僧兵や寺に雇われた足軽が陣を組んでいた。数は、せいぜい二百ほどだろう。

敦子が率いるのは鳥羽、伏見で蜂起した一揆勢、およそ二千。京の南端に当たる伏見口を経て、東福寺の南に布陣している。

先月の二十八日には、尊秀率いる三千が侍所の軍を破り、京の東の入口である粟田口一帯を占拠していた。一揆勢は他にも、鳥羽口、丹波口、長坂口、鞍馬口、大原口に向かっている。

赤松追討軍が出陣した隙を衝いて徳政一揆を起こし、京へ至る七つの入口を封鎖、物流を止めて幕府を締め上げる。その上で、幕府に赤松家の赦免と足利義尊の将軍就任を要求するというのが、尊秀の立てた策だった。

赤松家が奉じる義尊は無能で、とても将軍の器ではないとのことだったが、あくまで一時だけ担ぐ御輿にすぎない。義尊を将軍に据えた後は、赤松家が幕政を主導し、北朝の帝から小倉宮への譲位を実現させる。そして、いずれは幕府という仕組みそのものを廃し、朝廷の名の下に天下を一つにまとめるという。

想像しただけでも険しく、長い道のりだ。義尊が将軍の座に就いたところで、従わない大名はいるだろう。赤松家の中にさえ、幕府をなくすことに抵抗をする者がいるかもしれない。それらを順に討伐していくとなると、戦がどれほど続くのかわからなかった。

だがそれでも、成し遂げなければならない。武士が政の頂点にある限り、権力を巡る争いは果てることなく続くのだ。

「姫様」

鎧兜に身を固めた名和長時が、前衛から戻って報告した。

「そろそろ刻限にございます。東福寺からの返答は、いまだありませぬ」

こちらの降伏勧告は、黙殺されたということだ。戦はできる限り避けたいが、致し方ない。

「わかりました。総攻めをはじめなさい。くれぐれも、火は出さぬよう」

「心得ております」

一礼し、長時が引き返していく。

法螺貝の音が響き、鉦や太鼓が打ち鳴らされた。喊声が沸き起こり、一揆勢が動き出す。

矢と礫の雨を浴び、対岸の陣は早くも浮足立った。先頭を切って、名和長時の手勢二百が川を渡る。この中では数少ない、統制の取れた軍勢だ。逆茂木を蹴散らし、土嚢を乗り越えて敵陣に斬り込んでいく。勢いづいた一揆勢も、その後に続いた。

ぶつかり合いが続く中、連絡役の雉丸が駆けてきた。播磨から夜通し駆けてきたのだろう、泥と埃に塗れ、荒い息を吐いている。

「山名持豊率いる幕府軍、坂本城への総攻めを開始。今日にも陥落は必至かと」

清水坂の戦いがあったのと同じ先月二十八日、山名持豊の率いる軍が但馬、播磨国境の真弓峠を破り、播磨へ侵入していた。守護所のある坂本城が囲まれたところまでは、敦子も聞いている。摂津、美作、備前との国境も破られ、残る拠点は坂本城、城山城の二つのみとなっていた。

「則繁様は、全軍挙げて城山城へ移り、さらに籠城を続けるおつもりです。今しばらくは持ちこたえてみせるゆえ、都の事はお頼み申すとの仰せでした」

坂本城は平時に政を行う守護所で、戦時は詰めの城である城山城が防備の中心となる。坂本よりはいくらか守りは堅いだろうが、大軍相手にどれほどもつのかはわからなかった。

「ご苦労でした。下がって、しばし休みなさい。誰か、雉丸に水と食べ物を」

前方から鯨波が上がった。見ると、対岸の敵陣が完全に崩れ、敗走に移っている。長時の手勢が、逃げる敵を追って境内に雪崩れ込んでいくのが見えた。

ほどなくして、敵が降伏してきたとの報せが届いた。若菜たちを引き連れて川を渡る。

門前町では、一揆勢による略奪が繰り広げられていた。このあたりは、東福寺や他の寺社が営む多くの酒屋、土倉、米屋などが軒を連ねている。借銭に苦しんできた一揆勢は、積年の恨みを晴らすように店に乱入し、証文を焼き払い、米や金目の物を奪い取っていた。

一揆勢のほとんどは、借銭の帳消しや今日食べる米を求めて集まった烏合の衆だ。無益な殺しと女子供の手籠めは厳罰に処すと通達してあるが、どれほど守られるかわかったものではない。ある程度の略奪を容認しなければ、離れていく者も出るだろう。

とはいえ、その狼藉ぶりは目に余るものがあった。

「襲うのは、銭貸しと、売り惜しみで米の値を釣り上げた店だけにせよ。まともな商いをしている者に手出しすることは許さぬ！」

敦子は声を張り上げたが、猛り立った群衆の耳にどれほど届いているのかはわからない。

「無駄だよ、姫さま」

さらに声を出そうとした敦子の袖を、若菜が引いた。

「あの連中は、もう見境なんてつかない。無理に止めようとしたら、今度は姫さまが襲われるよ」

若菜の醒めた言葉に、敦子も口を噤むしかなかった。

方々から、町人たちの泣き叫ぶ声が聞こえてくる。身ぐるみを剝がされた有徳人。呆然と座り込み、家が荒らされる様を見つめる男女。袋叩きに遭っているのは、土倉を営む僧侶だろう。これから先も、同じ光景は幾度となく繰り返される。

耳を塞ぐな。目を背けるな。

これが、自分たちの起こした戦の結果だ。

三

九月九日、室町第の会所には、在京の諸大名が集っていた。

十人ほどの大名たちの顔は、いずれも判で捺(お)したように重く、沈鬱(ちんうつ)だ。中でも上座に就いた細川持之の顔色は蒼白で、頬はやつれ、評定がはじまってからずっと胃の腑のあたりをさすっている。心労が重なり、座っているだけでもやっとという様子だ。持病の胃痛が、かなり悪化しているらしい。細川邸に潜り込ませた間者からは、血を吐いたという報せも届いている。

不運な男だと、畠山持国は思った。今この時に管領の座にあるというだけで、すべての重圧が双肩にのしかかっているのだ。

「……つまり、京の七口はすべて、一揆勢の手に落ちたということか」

侍所頭人京極持清の報告を受け、細川持之は絞り出すような声で言った。

「はい。一揆勢は今や、京を完全に包囲しております。その陣所は……」

床に広げた絵図に、京極持清が筆で印をつけていく。

東寺(とうじ)に三千。今西宮、西八条寺にそれぞれ一千。北野、太秦寺(うずまさでら)には三千。清水、六波羅、阿弥陀峰(あみだみね)、東福寺にも、それぞれ一千から数千の一揆勢が陣を置いている。陣の数は、少なくとも十六ヶ所に上るという。

八月二十八日、近江から攻め寄せた馬借衆が清水坂で侍所の軍勢を破ったのを皮切りに、洛中洛外に一揆の嵐が吹き荒れていた。

九月三日には洛南から押し寄せた一揆勢に東福寺が占拠され、五日には本圀寺が炎上、東寺が降伏した。五日には洛外の吉田、八日には丹波口の土倉が襲撃され、一帯が占拠されている。一揆勢はおおむね統率が取れていて、小規模な略奪は起きているものの、無秩序に土倉、酒屋を襲ってはいない。

この一揆は明らかに、何者かの意図の下に動かされている。寺社に陣を構えて京を丸ごと包囲するなど、並の武将では思いつかないほどの大掛かりな策だ。

首謀者は鳥羽尊秀に間違いないと、持国は確信していた。だがそれは、幕府内の誰にも告げていない。一揆の背後に南朝がいることさえ、この場の誰も気づいてはいないだろう。

「一揆の総勢がどれほどかは摑めておりませんが、二万は下らぬかと」

「京極殿。洛中におる味方は、いかほどか？」

「京極の兵が二千。畠山殿の三千と在京の大名衆の留守居役を合わせても、一万には届かぬかと」

「何たることじゃ。彼奴らが洛中へ雪崩れ込んできたら、我らに防ぐ手立ては無いではないか」

苦悶の表情を浮かべる細川持之に、京極持清が「いえ」と首を振る。

「敵は、洛中へ攻め入る必要すらありませぬ」

「どういうことじゃ？」

「我らと十万を超える京の民が一日に食べる米は、膨大な量に上ります。しかし、我らはどこからも米を運び入れることができません。敵は、我らが力尽きるのを待つだけでいい」

「洛中に、米が無いわけではあるまい。米商人どもが売り惜しみをして、蔵に蓄えておるのだ。それを吐き出させればよかろう」

赤松攻めで兵糧米の需要が高まることを見越した商人たちが買い占めに走った結果、米価は高騰し、それにつられた大名たちも京の屋敷に蓄えた米を売り払って(うはら)いた。

「しかし、買い占めた分を吐き出させたところで、せいぜい数日分でしょう。根本的な解決にはなり得ませぬ。山名殿らの軍が赤松を討って京へ戻るまで、洛中を死守する他ありますまい」

「山名持豊は何をしておる。あ奴はいつ、京へ戻るのじゃ！」

持之が叫ぶが、答えられる者はいない。赤松一党が拠る城山城は、断崖の上に築かれた堅固な城で、落とすのにどれほどかかるかはわからない。

「最早(もはや)、徳政令を出すしかあるまい」

はじめて、持国は口を開いた。

「一揆勢の怒りは、土倉や米商人、そしてそれを守る幕府の政に向けられておる。まずはその不満を和らげることであろう」

米商人によって米価が釣り上げられたことで、民は日々の食糧を得るために土倉から銭を借りざるを得なくなった。しかし、赤松攻めに加わる大名も米を売った利だけでは足りず、矢銭を土倉に頼ったため、金利は途方もなく跳ね上がっている。

結果、武士も民も借銭が際限なく膨らみ、一部の土倉や米商人だけが潤うという歪(いびつ)な構図が出来上がっていた。これを正すには、債務を帳消しにする徳政令を出すしかない。

しかし幕府、特に細川持之には、それができない事情がある。

「ならん」

案の定、細川持之は拒絶した。

「一揆勢には、あくまで鎮圧の方針をもって臨む。これは、足利将軍家の武威に関わる事態じゃ。政を執る者が、地下の民の要求に屈するわけにはいかん」

「ほう、それはご立派なお考えにござるな。されど、いやしくも幕府管領たる御方が、一部の商人の賂で政を左右するのはいかがなものかと」

「何じゃと？」

持之の目がこちらへ向いた。そこには、驚きと怯えの色がありありと浮かんでいる。

「四日前の晩、細川殿の屋敷を数人の商人が訪れましたな。いずれも、洛中の有力な土倉とか」

「そ、それがいかがした。珍しいことではあるまい」

「それ自体はよろしい。だが、土倉たちはその場で細川殿に銭一千貫文を進呈し、徳政令を出さぬよう求めたとの由」

列席する大名衆がざわついた。一千貫文といえば、相当な大金である。

「そ、そのような出まかせを……」

「土倉の奉公人からそれがしのもとへ密告がござってな。密かに調べ、証も得ておりまする。お望みとあらば、この場に証人として呼んでもかまいませぬが」

実際は細川邸に放った間者からの情報だが、土倉の奉公人にも銭を摑ませ、証人となる承諾を得てある。

「細川殿、それはまことか！」

「賂で政を決めるなど、言語道断。当家は、一揆勢との戦に兵は出せぬ！」

大名たちは口々に糾弾するが、この中に賂を受け取ったことのない者などいないだろう。それでも持之を責め立てるのは、ただ単に、戦に駆り出されることを避けたいからだ。

「静粛に」

持国は一同を鎮め、上座の方へ膝を進めた。穏やかな声音で、持之に語りかける。

「貴殿のこれまでの働きは、誰もが認めるところ。だがその御体では、管領の重責には耐えられまい。ここは誰か代役を立て、養生に努められてはいかがか？」

身を乗り出し、他の誰にも聞こえぬ声で続ける。

「さすれば、賂の件は無かったことにしてもよい」

この場で管領を代行する資格があるのは、自分の他にいない。苦渋に顔を歪め、肩で息をしながら、持之は絞り出すように言った。

「畠山殿。わしは最早、管領の任は務まらぬ。後の事は、貴殿にお頼み申す」

「承知いたした。すべて、それがしにお任せあれ」

限界に達したのか、腹を押さえて蹲る。持之は家臣に両脇を抱えられ、会所を後にした。

持国は改めて上座に就き、一同を見回す。

「お聞きの通り、細川右京大夫殿のご意志により、この畠山持国が管領代行を務めさせていただく事と相成った。方々、異存がおありならば今のうちに申されよ」

大名たちは互いの顔を窺っているものの、敢えて声を上げる者はいない。

重苦しい空気を払うように、持国は声を張り上げた。

「一揆を起こすまで民を追い詰めたは、我ら為政者の不徳の致すところ。民をここまで苦しませたことは、人の上に立つ者として猛省すべきであろう」

喋りながら、頭の中では思案を巡らせている。

徳政令は出す。だがそれは、農民に限ってのものだ。武家や公家までも含むすべての者の債務帳消しを認める均一徳政令を出せば、京の土倉と酒屋はほとんどが商いを続けられなくなる。幕府の税収の源である土倉、酒屋を潰すわけにはいかなかった。

地下の民の要求によって幕府の政が動かされるなど、本来ならばあってはならない。それでも徳政令を出すのは、まず一つ、幕府と持国自身が生き延びるため。いま一つは、鳥羽尊秀ら南朝残党と一揆勢を分断するためだ。

尊秀は、幕府が徳政令を出せないと見越してこの一揆を起こしたのだと、持国は見ていた。そしてこちらが要求を拒めば、「悪政を布く幕府を倒す」という大義名分が得られる。

だが一揆勢の大半を占めるのは、京とその周辺の土民だ。彼らのほとんどは、南朝の思惑（おもわく）など知る由もない。自分たちの借銭が帳消しになれば、土民たちは満足して一揆から離脱するはずだ。

加えて、持国自身の事情もある。一揆に加わっている山城国西岡の土豪衆には、畠山家の被官も混じっているのだ。一揆を武力で鎮圧するとなると、持国は自身の被官を討つことになる。家中に禍根（かこん）を残さないためにも、それは避けたい。

「困窮した民を救うため、我らが採り得る手段はただ一つ。百姓に限り、徳政令を出すことである。方々のお考えはいかがか」

やはり、反対する者はいない。後は、一揆を上手く処理して権力を盤石なものとすることだ。

できることなら、山名持豊の軍が京へ戻る前に、事を終わらせたい。

「まずは、洛中の守りを固める。京極殿」

「はっ」

「在京の兵は、御所と内裏の守りに集中させよ。下手に洛中全域を守ろうとすれば、そのぶん兵力が分散し、防備は薄くなる」

「承知いたしました。兵糧の件は、いかがなさいます？」

「買い占めを行っていた米商人を締め上げる。刀を突きつけてでも、米を出させるのだ」

飢えた洛中の民が米商人を襲うようなことになっては、それこそ収拾がつかなくなる。まずは何を置いても、洛中の混乱を鎮めることだ。この危機を上手く乗り切れば、持国の声望は大いに高まる。赤松一党を討った山名持豊さえも、問題にはならないだろう。

それには、秘密裡に鳥羽尊秀を消し、持国と南朝の繋がりを闇に葬ることが絶対の条件だ。事が公になれば、持国は管領どころか、討伐の対象にさえなりかねないのだ。首だけになった尊秀をこの目で見るまでは、枕を高くして眠ることはできない。

評定が散会すると、持国はいったん自邸に戻り、陰で働く者たちの棟梁に訊ねた。

「今、何人動かせる？」

棟梁は邸で働く老いた中間に扮しているが、実際の歳どころか、名前すら持国は知らなかった。畠山家に代々仕える忍びだが、領地ではなく銭で雇っているので使い勝手がいい。

「下働きの者まで含めると、二十三人にございます」

「他の仕事はすべて後回しにせよ。鳥羽尊秀の居場所を突き止め、首を獲れ。褒美は弾む」

「承知いたしました」

足音も無く歩き去る棟梁の背を見つめ、持国は薄気味の悪い男だと思った。

四

盃を片手に、赤松左馬助則繁は麓の敵陣を見下ろしていた。

無数の星々が瞬く夜空の下、同じくらいの松明の灯りが見える。

敵の総勢は、三万は下らないだろう。これだけの大軍を相手に堂々と渡り合ってきたのだと思えば、いくらか誇らしい気分にもなる。

西播磨を流れる揖保川の西側にそびえる急峻な山々。城山城は、その頂近くに築かれていた。

その歴史は古く、白村江の戦いで大敗した大和朝廷が、大陸からの侵攻に備えて築いたものだという。その遺構を基に、満祐の祖父に当たる赤松則祐が足掛け十二年にわたって改修、強化した堅固な要害である。

九月三日に本城の坂本城を放棄してこの城山城へ入り、六日が経つ。諸方から攻め入ってきた幕府軍が集結を終え、総攻めを仕掛けてきたのが今日、九日の払暁だった。

足音に振り返ると、満祐嫡男の教康だった。

「こんなところにおられましたか、叔父上」

則繁は最後の宴を抜け出し、本丸の東に位置する郭にいた。ここからは、麓がよく見渡せる。

「今日の戦では、見事なお働きにござった」

「何の。教康殿こそ、よく搦め手を守りきってくれた」

早朝から夕刻まで続いた敵の総攻めを、味方はどうにか撃退していた。急峻な地形を利用して矢と礫、岩や熱湯まで浴びせてかろうじて防ぎきったのだ。

だが、味方にも五十人近い犠牲が出ている。城山城に籠もっているのは、わずか五百余り。そのうちの五十を失うのは、かなりの痛手だった。

「明日も、敵は早朝から仕掛けてまいりましょうな」

「間違いあるまい。恐らく今頃、京は一揆勢に取り囲まれておる。その報せも、届いていよう」

山名持豊としては、一刻も早く城山城を落とし、京へ戻りたいはずだ。明日の攻撃も、熾烈なものとなるだろう。

「それで、それがしに何か？　別れの盃を交わしに、というわけでもあるまい」

「私はこれより、義尊様を伴い、城から落ち延びます」

声を潜め、教康が言った。

「兵たちは疲弊の極みにあり、矢も、投げ落とす岩も尽きかけています。明日の総攻めは到底、防ぎきれますまい。だが、赤松家の嫡流を絶やすわけにはいかない。しばらく身を隠し、再起の秋を待つ所存です。父上とは、すでに別れをすませてまいりました」

「そうか」

事実上の当主である教康が逃げることを、卑怯だとは思わなかった。武家の主は、命ある限り家の存続に努めなければならない。潔く死を選ぶのは、すべての道が断たれた時だけだ。

「義尊様の様子は?」

「かなり怯えてはおられますが、城を落ちると言うと、力を取り戻されたようです」

足利義尊という男は、とんだ愚物だった。次期将軍候補として赤松家に迎えられると、戦の陣頭に立つでもなく、連日のように酒宴に興じていたのだ。所詮は担ぎ上げるだけの御輿だと割り切ってはいるものの、期待外れの感は否めない。

「御屋形様は、腹を切られるおつもりか」

「父は老い、病も得ております。捕らえられて恥を晒すよりは、と考えているようです」

自分が最後まで城に籠もって戦えば、息子はいくらか逃げやすくなる。兄らしい死の選び方だと、則繁は思った。

「落ちる先に、当てはあるのか?」

「伊勢の北畠家を頼ろうと思います」

妥当なところだ。伊勢北畠家は、かつては南朝の忠臣で、赤松家とも親しい間柄にある。

「ついては、叔父上も誘いにまいりました。赤松家の再興に、叔父上のお力は欠かせません」

「ふむ、どうしたもんかな」

少し考え、腰に提げた瓢の酒を盃に注ぎ、教康に押しつけた。

「俺は、いましばらく城にとどまる。総攻めの時に城に俺がいなければ、怪しまれるからな」

「そうですか。かたじけなく存じます」

「まあ、ここで死ぬつもりもないがな。京の一揆がどうなるか、見定めてからでも遅くはあるまい。さあ、呑め」

頷き、教康が酒を呷る。

「その盃は預けておく。次に会った時に返してくれ」

「承知しました。では、いずれまた」

踵を返した教康の背をしばし見送り、則繁は本丸へ向かった。

方々で座り込む兵たちは、多くが傷つき疲れ果てているが、その表情は沈んではいなかった。則繁に気づいて笑顔を向けてくる者もいる。義教を討ち、万人恐怖の世を終わらせたという誇りが、兵たちに士気を保たせているのだろう。

本丸の主殿では宴が続いていたが、兄の姿はない。満祐が寝所としている小さな長屋に向かい、声を掛けた。

「兄上、起きておられますか」

「則繁か。入れ」

燭台が一つあるだけの薄暗い部屋で、満祐は何をするでもなく床に胡坐(あぐら)を掻いていた。

還暦を過ぎた満祐は、則繁とは父子ほども歳が離れている。三尺入道(さんじゃくにゅうどう)とも仇名(あだな)されるほど小柄(こがら)で、一見したところ、幕府で重きを成す大名家の当主とは思えない。

「そなたも城を落ちるか」

「いえ、あと少しだけ、お供いたします」

「そうか。まあよい、好きにいたせ」

浮かべた小さな笑みは、やわらかい。とうに、覚悟は定まっているのだろう。

厳格で、一族や郎党にも厳しい主だった。若い頃には反発を覚えたこともあったが、則繁が義教の勘気を蒙った時は、すべてを投げ打つ覚悟で庇い、逃がしてくれた。九州で商いをしていた則繁が謀叛に加担したのは、その恩を返すためだ。

「この城の命運も、明日には尽きる。戦うにしろ落ちるにしろ、悔いのないようにいたせ」

「このような仕儀と相成り、まこと申し訳ござらん」

「何の。そなたと教康が背中を押してくれねば、わしは籤引き将軍に膝を屈したまま生涯を終えていたやもしれぬ。こうして武士の面目を施した上で、天下の大軍を相手に最後まで戦って果てることができるのだ。そなたたちには感謝しておる」

「もったいなきお言葉にございます」

「だが、ただ一つ、気にかかっていることがある」

「それは」

「我らは、南朝再興のための捨て石にされたのではあるまいか。そもそも鳥羽尊秀は、まことに南朝再興を目指しているのだろうか」

則繁も、疑念に思っていることだった。

将軍を討つことで幕府軍を播磨に引きつけ、京で代替わりの徳政一揆を起こす。その圧力で足利義尊を将軍に就け、赤松家を赦免する。それが、今回の策の骨子だった。

だが実際のところ、則繁は鳥羽尊秀という男に、どこか信頼しきれないものを感じていた。赤松家も義尊も見殺しにして、幕府そのものを潰そうと考えていても、おかしくはないだろう。

それでも南朝と手を組むことを選んだのは、玉川宮敦子がいたからだ。尊秀が約を違えようとすれば、敦子は必ず抗うだろう。尊秀としても、敦子の存在は無視できないはずだ。

南朝方との折衝(せっしょう)は、則繁と教康が中心となって行ってきた。満祐は一度も、尊秀と会ってはいない。だがだからこそ、見えるものもあるのかもしれない。

「南朝再興が望みでないとすると、いったい何のために、これほど大掛かりな企てを」

「わからぬ。だがわしの目には、尊秀が何か別のことを目論んでおるように見えるのだ」

「南朝のためではないとすると、まさか……」

思い当たることがあり、則繁は口を噤んだ。

満祐は答えない。恐らく、則繁と同じ考えに至ったのだろう。

鳥羽尊秀について深く知る者は、南朝の中でも少ない。いつの頃からか南朝方に加わり、旗頭とまで目されるようになったのだという。後鳥羽帝の血筋だというが、それも定かではなかった。

「明日、戦がはじまったら、俺は適当なところで城を抜け出ます」

「京へ行くか」

「はい。この先の天下が、日ノ本という国がどうなるのか、この目でしかと確かめてまいります」


翌九月十日卯(う)の刻、則繁は大手門の櫓(やぐら)に立ち、動き出した敵を睨んでいた。

山名持豊は、本陣を揖保川の西へ進めてきた。昨日の失敗を踏まえ、楯を並べて密集しながらじりじりと距離を詰めてくる。

「さすがは山名持豊。当代一の名将と言われるだけはありますな」

隣に立つ安積行秀が、笑みを浮かべて言う。家中でも指折りの勇士で、義教の首級を挙げたのも、この行秀だった。

「法雲寺様が白旗城で新田義貞の大軍を迎え撃った時も、こんな光景だったのでしょうな」

法雲寺様とは、赤松家を一介の土豪から大大名へと押し上げた赤松家中興の祖、赤松円心則村のことだ。鎌倉幕府の打倒で功を挙げた円心は、建武の新政が瓦解すると足利尊氏に与し、播磨白旗城で新田義貞の大軍を五十日にわたって足止めした。

「どうだろうな。嘘かまことか、その時の新田勢は、六万もの大軍だったそうだぞ」

「ならば三万程度の敵など、どうということもありませんな」

「確かにな」

顔を見合わせて笑うと、喊声と地鳴りのような足音が近づいてきた。

「まだだ。ぎりぎりまで引きつけろ」

敵の先手が、郭のすぐ下にまで迫ってきた。こちらの矢や礫を防ぐため、楯を高く掲げている。

「よし、やれ」

城壁の内側に控えた兵たちが、次々と油の入った壺を投げ落とした。割れた壺から流れた油が、楯や敵の体を濡らしていく。

続けて、火矢が放たれた。眼下で火の手が上がり、炎に包まれた敵兵の絶叫が響く。

「さて、派手にまいるとしようか」

則繁と行秀は櫓を下り、太刀を抜いた。合図を出し、門を開かせる。則繁と行秀を先頭に、百五十の兵が斜面を駆け下った。炎に巻かれ混乱する敵に向け、芝居がかった大音声を放つ。

「我こそは赤松兵部少輔満祐が弟、左馬助則繁。幕府の狗ども、いざ討ち取って手柄とせよ！」

火の手を免れた敵兵が、一斉にこちらを見た。

飛び出した一人の首筋を、すれ違いざまに斬り裂く。さらに別の一人の腕を飛ばし、横合いから突きかかってきた雑兵の槍を摑んで引き寄せる。そのまま腕を取って投げ倒し、喉元に太刀の切っ先を突き入れた。

「何をしておる。囲んで討ち果たせ！」

叫んだ敵将が、膝を折って倒れた。その向こうで、行秀が血の滴る太刀を手に、にやりと笑う。

敵の先手が崩れ立ち、敗走していく。深追いはせず、則繁は手勢をまとめて城内に引き上げた。

肉の焼け焦げる臭いは、城の中にまで漂っている。則繁も戻った兵たちも、顔が煤で真っ黒だった。

「まあ、こんなところか」

「行かれますか？」

訊ねた行秀に、頷きを返す。

「すまんな。兄上のこと、頼めるか？」

「お任せを。則繁殿も、お気をつけて」

明日もまた会うかのように笑みを浮かべるが、行秀はこの城を枕に死ぬつもりだろう。則繁も微笑を返し、兜を脱いだ。

西側の攻め手は赤松満政の受け持ちで、攻撃は大手ほど激しくない。同族との戦とあって兵の士気は低く、抜け出すのは難しくないだろう。粗末な衣服に着替え、太刀を背負い、塀を乗り越えた。急な斜面を下り、敵の死角を縫って、茂みから茂みへと素早く進んでいく。

敵が再び大手に攻め寄せたのか、喊声が大きくなった。だがその声も、次第に遠くなった。

山を二つ越えると、戦の気配はほぼ消えた。城山城の方角に、黒々とした煙が上っている。城は落ちたか、落ちる寸前なのだろう。束の間手を合わせ、踵を返して駆け出す。

やがて、日が沈んできた。周囲はまだ、深い山だ。獣に落ち武者狩り。危険はいくらでもある。だが、何に出くわそうと、死ぬつもりなどさらさらない。

義教を討ったこと。この戦で、赤松家のほとんどが死に絶えること。それに如何なる意味があるのか確かめるまで、死ぬわけにはいかない。

五

「ひどく大人しい、口数の少ない御子でございました」

目を細めて記憶を辿り、老人がぼそりと言う。

寂れた漁村の片隅に建つその古い小屋は、潮の臭いに満ちていた。狭い土間には漁網や魚籠が雑然と置かれ、柱は強い海風を受けてがたがたと音を立てている。

徳利を突き出すと、老人は拝むように盃で受け、ありがたそうに啜る。かつては近在の領主の城に奉公し、中間頭を務めていたという老人だが、暮らしは楽ではないのだろう。妻や子がいるようにも見えない。

「母御前と共に城へ移られた時、あの御方はまだ元服前、御年十二でございました。しかし、童らしい闊達さも無邪気さも、とんとございません。同じ年頃の童も多くおりましたが、そこに混じって遊ぶようなこともなく、いつも書物を読んでおられました。今だから申せますが、その境遇には同情しながらも、どこか気味の悪い童だと噂しあったものです」

少年のことを語る老人の声は、重く苦しげだ。

狭い島のことで、母子のことは城でもとうに噂になっていた。

少年の父は、帝の末裔として島内でも崇められる一族の当主だった。とはいえ、長い時を経て一族は力を失い、〝御所〟と呼ばれる館も荒れ果てている。ごくごく一部の者を除き、顧みる者もいない。

少年の父は残り少ない財を食い潰そうとしているかのように、酒と色欲に溺れ、無為な日々を送っていた。そんな彼に見初められたのが、少年の母だった。

彼女の来歴を知る者は、島にはいない。都落ちした白拍子とも、歩き巫女とも言われているが、真相は定かではなかった。

「母御前は、美しい御方でした。色が白く嫋やかで、心根もお優しい。城の者たちは誰もが慕っておりましたよ。それゆえ、前の夫が非業の死を遂げていても皆、自業自得よと……」

少年の父が死んだのは、御所の火事が原因だった。御所とは呼ばれていても、奉公人の一人もいない。母子は命からがら脱出したものの、酔って寝ていた父は崩れた母屋の下敷きになって命を落としたという。

老人が仕えていた領主は、少年の父にわずかな扶持を与え、暮らしを支えていた。それは代々のしきたりに従ったものだが、領主は以前から、少年の母に懸想していたという。家を失った母子が領主の城に迎えられたのも、そうしたいきさつからだった。

「前の夫が、酔うと妻子に乱暴を働いていたという噂は？」

訊ねると、老人はゆっくりと頷いた。

「間違いありますまい。あの男の生前、お二人の顔や体に残るひどい痣を、近隣の者が幾度も見ております。まことおぞましき話ですが、あの男は己が息子に夜伽をさせていたという噂も……」

その後、領主は少年の母を側室とし、少年を養子に迎えた。収まらないのは、領主の正室と、その間に生まれた嫡男である。

ほどなくして、様々な形での嫌がらせがはじまった。十四歳になる嫡男は、剣や相撲の稽古と称しては近習たちを使って少年を打ち据えさせ、投げ飛ばし、嗤い物にする。正室は城の女中たちに命じて少年の母を無視し、聞こえるように陰口を叩く。

だがそれも、一年と経たずに収まった。きっかけは、嫡男の死である。

それは、毒によるものだった。領主が少年に与えた菓子を奪って食べた嫡男はいきなり昏倒し、全身を震わせながら瞬く間に死んだのだ。

嫡男が口にしたのは、正室が菓子好きの領主のために、出入りの商人から購った干菓子だった。

領主は正室を疑い、離縁して放逐する。

「解せんな。城内に〝あの御方〟を疑う者はいなかったのか？」

「信じられぬ話でしょうが、その頃には城内の者の大半が、あの御方に手なずけられておったのです。金銭か、それとも弱みでも握ったのか、あるいは己の境遇を語って憐れみを誘ったのか。恐らくは、そのすべてでしょうな」

大きく息を吐き、老人は盃を呷る。

「あの御方は、鵺のようなものじゃ」

顔は猿、手足は虎、尾は蛇という、異形の物の怪だ。不吉な声で啼き、凶事を呼ぶという。

「ある時は憐れな童を演じ、ある時はやんごとなき血筋を武器にして、他人の懐に入り込む。そして気づいた時には皆すでに、あの御方に取り込まれておる」

酌を受け、老人は続けた。

「その翌年、流行り病でご領主様がお亡くなりになると、あの御方が元服し、跡を継がれました。無論、異を唱える者などどこにもおりません。思えばあの頃が、あの御方の最も満ち足りた日々だったのやもしれませぬ」

元服した少年は、領主の名字ではなく、生まれた一族の鳥羽を名乗った。諱は尊秀。その時、尊秀はまだ十四歳だった。

老人によると、その頃の尊秀はよく笑い、よく喋るようになっていたという。それが元々の資質なのか、良き領主を演じるための芝居だったのかはわからない。

「それでも、城内の諍いは消え、誰かが不可解な死を遂げることもなくなった。日々は平穏でございましたよ。あんな事さえ起こらなければ」

記憶がまざまざと蘇ってきたのか、老人の手が震え、盃から酒が零れた。

ある冬の夜、城は突如、数百の軍勢による襲撃を受けた。襲ってきたのは、隠岐守護代を務める隠岐家の軍勢だった。隠岐家は、隠岐守護の京極家の一族であり、前領主が離縁した正室の実家でもある。

不意の夜襲に、城方は為す術もなかった。さして堅固な城でもない。城門は容易く破られ、敵が城内に殺到する。そして混乱の中、本丸は炎に包まれた。

その日、老人は母の看病のため、家に戻っていた。生き残った者の話によると、城内の侍はほとんどが討たれ、尊秀の母も命を落としたという。

「あの御方の戦いぶりは、まさに悪鬼羅刹の如きものであったそうな。とてつもない数の敵兵が斬り伏せられ、隠岐家の名のある武者も多くが討たれた。そしてあの御方は、笑いながら炎の中へ消えていったそうです」

「だが、死んではいなかった」

老人が頷く。

それから一月後、前領主の元正室が亡骸となって見つかった。その前日、寺に参詣に出かけたまま戻らなかったのだ。

見つかった骸は木に吊るされ、内臓が引きずり出された、見るも無惨な姿だったという。同行した侍女や護衛の武士も、一人残らず殺されていた。隠岐家は威信にかけて島中を捜索したものの、結局下手人は見つからず、やがて誰もが事件を口にしなくなった。

「あの御方は、この狭い島を出られたのだ。そう思い、わしは安堵いたしました。どこかで出家でもして、亡き母御前の菩提を弔っているのだろう。そう思って、いや、願っておったのです」

大きく息を吐き、老人は盃を置いた。

「わしが話せるのはここまでじゃ、お侍様。これ以上のことは、島の誰も知りますまい」

老人の話を思い起こしながら、武部直文は彼方（かなた）から聞こえる鬨（とき）の声に耳を傾けていた。京、六条河原。木の棒と筵だけで作った、粗末な小屋だ。身なりも物乞いとさして変わらず、誰も直文のことを気にはかけない。

鬨の声は、東から聞こえていた。川向うの六波羅、清水寺周辺には、無数の幟（のぼり）が翻っている。そのすべてが、一揆勢のものだ。鴨川（かもがわ）の東は、完全に一揆勢の手に落ちているのだろう。

直文が京へ入ったのは、八月末のことだ。菊童子の襲撃から、五ヶ月が過ぎている。

あの高い崖から落ちて生きていられたのは、途中に生えていた木の幹を目がけて飛んだからだ。そこで落ちる勢いを削いでいなければ、谷底を流れる川に落ちた時点で死んでいただろう。

だが、その代償は大きかった。左腕の骨は折れ、あばらも何本かやられた。逃げる途中で見つけた炭焼き小屋がなければ、獣に襲われて死んでいたかもしれない。

罠を仕掛けて捕らえた獣の肉で食い繋ぎ、息を潜めて過ごした。傷が癒えるまでに一月、体力が戻り、元のように動けるまでさらに一月がかかった。

それから丹後へ戻り、仲間と合流しようとしたが、残る三つの隠し砦はことごとく焼き払われ、誰とも会うことができなかった。聞いた話では、主立った者のほとんどは討たれるか、丹後守護所のある府中に連行され、処刑されたらしい。

家を失い、妻も、自分に従う者たちもことごとく殺された。頼るべき相手も行くあてもない。この世にはもう、自分の居場所などどこにもないように思えた。

途方に暮れ、呆けたように諸国を流れ歩くうち、義教が討たれたという噂を聞いた。討ったのはやはり、赤松満祐だという。それから間もなく、畠山持国が当主に復帰し、上洛を果たした。

このまま、尊秀と持国の思い通りに事が運んでいくのか。そう思うと、ふつふつと怒りが湧いてきた。この身一つで、いったい何ができるのかはわからない。だがそれは、畠山邸に乗り込んで斬り死にするといったことではないはずだ。そして直文は、隠岐へと向かった。

だが結局、鳥羽尊秀の足取りは隠岐を出たところでぷっつりと途切れていた。それきり、尊秀と畠山家を繋ぐ糸は見つけられてはいない。

ならば直接、当人に訊ねるしかない。そう思い定めて京へ入ったところで、この一揆騒ぎだった。恐らく、一揆を主導しているのは尊秀だ。尊秀と持国が繋がっているとすると、この一揆を持国の復権に利用するつもりだろう。

京の七口を閉ざして物流を止め、洛中にいるすべての人間を飢えさせる。それは、規模こそ大きいものの、軍略としては常道と言っていい。だが、洛中には数万、あるいは十万を超える人々が暮らしている。包囲が長引けば、最初に飢え死にするのは銭も力も持たない無辜の民だ。

己が権勢を得るためならば、その程度の犠牲はやむを得ないと考えているのだろう。いや、そもそも呵責など、感じてすらいないのかもしれない。

幕府や南朝がどうなろうと、知ったことではなかった。だが、あの者たちの望みばかりがかなうのは癪だ。自分に従って死んでいった者たちの仇は取らせてもらう。死んだ者がそれを願うか否かさえも、問題ではない。

己の内奥から込み上げる、渇きにも似た思い。それを果たすことだけが、直文のすべてだった。

六

九月十二日午の刻、清水寺の本堂に、主立った者たちが集まっていた。

上座の敦子に、鳥羽尊秀、名和長時、楠木正理ら、南朝の将たちである。京周辺の土豪衆、太郎丸をはじめとする近江の馬借、車借衆の棟梁らは、この場にはいない。

「すでにお聞き及びでしょうが」

一同を見回し、敦子は口を開いた。

「今朝、洛中の方々に侍所頭人京極持清の名で、高札が掲げられました」

土民に限り、徳政を認める。土民の借銭は帳消しとし、質物も返還されるという触れである。

これにより、一揆勢の大多数を占める百姓たちは浮足立ち、勝手に陣を引き払おうとする者も現れていた。借財が消えたことで、彼らの目的は達せられたのだ。これ以上、危険を冒して戦に加わる理由は、彼らにはない。

「しかし、我らの目的はあくまで、身分の別なき均一徳政と、足利義尊殿の将軍就任、そして赤松家の赦免にあります。これがかなわぬことには、京の囲みを解くわけにはまいりませぬ」

「ですが」

楠木正理が声を上げた。

「徳政が出たとなれば、百姓どもを繋ぎ止めるのは難しいかと。稲の刈り入れ時も近うござる。

一日も早く自分たちの在所に帰りたいというのが、あの者たちの願いにござろう」

「幕府は、一揆に加わった者の赦免には一切触れておりません。徳政は出すが、一揆に加わった罪は問う。幕府がそうやって掌を返すことも、十分に考えられる。そのことを、すべての一揆勢に周知してください」

そもそも、武士と土民との間に明確な境目など存在しない。多くの下級武士は自身で田畑を耕し、商いを行う者もいる。そして百姓の中には、下級武士よりも豊かな者などいくらでもいた。

「これは、一部の者にだけ利を与えることで一揆勢に不和を生じさせる、姑息な分断策にすぎません。惑わされず、本来の目的に邁進することこそ肝要です」

無論、包囲が長引けば長引くほど、洛中の民の苦しみは増す。すでに、飢え死にする者が出ているという報せも入っていた。

だが、世が変わる時、犠牲が出るのは避けられない。誰かがその罪を背負わねばならないとしたら、自分がその誰かになる。一揆を起こすと決めた時から、敦子はそう覚悟を定めていた。

土民に限った徳政が幕府の詐術であることを周知し、いま一度一揆勢の引き締めを図る。評定の結論が出たところで、外が騒がしくなった。

駆け込んできたのは、播磨で物見に当たっていた雉丸だ。城山城を囲む幕府軍にまぎれ込み、戦況を窺っていたという。

「九月十日夕刻、城山城陥落。赤松満祐様はご自害なされた由にございます」

諸将の何人かが、腰を浮かせた。敦子も、覚えず拳を握りしめる。

「彦次郎教康様、左馬助則繁様、足利義尊様、御三方の亡骸は見つかっておらず、生死は依然、不明。ただ、則繁殿は総攻めがはじまった十日の朝に、大手門付近で目撃されております」

間に合わなかったか。唇を噛み、しばし瞑目する。

「いかがなさいます、姫様。これで、一揆勢の動揺がさらに広がるは必定にござるぞ」

名和長時の問いに、目を開いた。

数日のうちにも、播磨の幕府軍は京へ引き返してくる。そうなれば、こちらに勝ちは望めない。数では勝っていても、所詮は土豪と百姓の寄せ集めなのだ。

ここは、土民に限るものであっても、徳政令を勝ち取ったことでよしとするか。だがそれでは、この国はこれまでと何も変わりはしない。

「方々」

敦子が答えを出すより先に、それまで無言だった尊秀が口を開いた。

「事ここに至った以上、悠長に交渉を続けている暇はありますまい。我らが為すべきは、ただ一つ。将軍御所を襲い、幕府を倒すのみ」

「待ちなさい、尊秀殿。それは……」

敦子の言葉を無視して、尊秀が続ける。

「まずは、全軍をもって洛中へ攻め入って幕府軍を引きつけ、町屋に火を放つ。その混乱に乗じ、精鋭をもって室町第へ攻め入り、将軍家後継ぎの千也茶丸と細川持之、畠山持国ら重臣をことごとく討ち果たす。同時に、内裏を襲って今上帝を虜とする。今上帝を人質にすれば、山名持豊とて手も足も出まい」

束の間、敦子は言葉を失った。

「何ということを……。尊秀殿、本気で申しているのですか？」

「我らが勝つ方策は、他にございませぬ」

「だからといって、都中に火を放つなど、正気の沙汰とも思えませぬ。何万もの民が、命を落とすことにもなりかねません」

「それがどうしたと言うのです？」

冷ややかに問われ、敦子はぞくりと背筋が震えた。

「そもそもこの策が、少なからぬ民の犠牲を前提としていることは姫様もご承知のはず。その多寡はもはや、問題ではござらぬ。我らはもう、引き返せぬところにまで来ておるのです。方々は、いかがか？」

「確かに、尊秀殿の申される通りかと存ずる」

名和長時が賛同し、楠木正理も「いかにも」と頷いた。他の諸将も、異を唱える者はいない。恐らく、すでに根回しはしてあったのだろう。

尊秀は、こうなることを望んでいたのではないか。ふと、そんな疑念が芽生えた。

義尊を将軍に就け、赤松家を赦免して幕政を掌握し、小倉宮への譲位を進める。そうした迂遠とも言える策よりも、力ずくで将軍家を滅ぼし、幕府という仕組みそのものを消し去る道を、尊秀は選んでいたのかもしれない。

だとすれば、徳政や義尊の将軍就任はあくまで、味方を集めるための方便にすぎないということだ。赤松家も、義教を討ち、幕府軍を播磨へ引きつけるための捨て石でしかなかった。

「姫様、ご決断を」

一同を窺った。皆、敦子が拒めば強硬な手段も辞さないという顔つきだ。

「わかりました。こうなったからには、致し方ありません」

諸将の顔に、安堵の色が浮かぶ。

「では、決行は明日の夜明け。狼煙(のろし)を合図に、一斉に洛中へ進軍を開始いたします。皆の士気を高めるため、敦子様にも何卒、陣頭にお立ちいただきたい」

「承知しました。ただし、洛中の民の犠牲は最小限に抑えること、しかと約束してください」

「無論、努力いたします」

背筋を正して言うと、尊秀はあらかじめ決められていたかのように、諸将の配置を伝えていく。

その声を聞きながら、敦子は思案を巡らせた。

京を焼き、千也茶丸と重臣たちを殺し尽くせば、天下はどう転ぶのか。

北朝の帝を人質に取ったところで、恐らく、従う者よりも反発する者の方が多いだろう。何よりも、民の支持を得られない。幕府に従ってきた武士たちも、抵抗を続けるだろう。泰平(たいへい)の世を築くどころか、訪れるのは終わりの見えない乱世だ。

いや、そもそもこの策には無理がある。大火に乗じて今上帝を虜にすると言うが、もしも帝の身に何かあれば、策そのものが破綻する。そんな危ない綱渡りを、尊秀がするだろうか。

「まさか」

思わず、声が漏れた。背中に、じわりと汗が滲む。

軍議が散会すると、敦子は尊秀一人に残るよう命じた。

「最初から、こうするつもりだったのですか?」

「当然、予想はしておりました。起こり得るすべての事を想定しておくのが、将たる者の務めにございますゆえ」

「味方を欺き、盟友を捨て石にする。それも、将たる者の務めであると？」

抑えようと思っても、声音に怒気が滲む。

「そう思われるのも無理はありませぬ。されど、私は南朝の大義のため、新たな世を築くため、心を鬼にして戦ってまいりました。年端もゆかぬ童を戦に用い、場合によっては同志をも切り捨てる。その罪業は、甘んじて受け入れる覚悟にございます」

「尊秀」

丹田に力を込め、敦子ははじめて尊秀を呼び捨てにした。

「上辺だけの言葉で語るのは、もうやめにしましょう」

「ほう。私が偽りを述べていると？」

「あなたの胸にあるのは、南朝の大義などではない。日ノ本全土を乱世に陥れ、その混乱に乗じて自らが帝位に就く。その野望ではありませんか？」

斬り込むつもりで発した言葉を、尊秀は冷ややかな微笑で受け止めた。低く、小さな笑い声が、その口元から洩れる。

「なるほど、それが貴女の結論ですか」

「違う、と？」

「違いはしません。この国はもう一度、乱世に見舞われねばならないのです。かつての南北朝の動乱をはるかに凌ぐ、凄絶な戦乱に」

「わかりません。乱世を招くことに、何の意味が？」

「力を持たず、ただ権威のみによって存続してきた朝廷。その下で武力を持ち、政を行う幕府。そうした体制こそが、この国の歪みの根本です。後醍醐帝はそれを正すべく、天皇親政を目指して鎌倉の幕府を倒した。しかし結果はこの通りです。足利家をはじめとする武家の力に敗れ、二つに割れた朝廷は、大名同士の争いに旗印として利用されるだけの存在に成り下がった」

「ゆえに、我らは幕府を倒し、朝廷を再び一つにしようと戦ってきたのではありませんか」

「それだけでは、同じことの繰り返しです。力を持った誰かが、朝廷の下で政を行う。その者が力を失えば、また別の誰かが立つ。それが幕府という形を取らなかったとしても、実質は変わりませぬ」

「では、どうすればよいと？」

「私はかつて隠岐にいた頃、実につまらぬ理由で起こった小さな戦で、すべてを奪われました」

はじめて聞く話だった。この男が己の過去を語るところを、敦子は見たことがない。

「隠岐を出た後も、飢えと貧しさに苛まれ、この世に生まれ落ちたことを恨んだ。そして考えました。なぜ、この世は戦が絶えないのか。戦を起こした者が罰せられることもなく、のうのうと生きていられるのか。やがて、一つの結論に至りました」

暗い淵を覗き込むような目で、尊秀は宙を見つめている。その様は敦子に、狂気にも似たものを感じさせた。

「この国に必要なのは、力と権威を兼ね備えた覇者です。乱世を勝ち抜き、絶対的な力を手にした覇者が頂点に立ち、政を行う。国の隅々に至るまで目を光らせ、いかに小さな戦でも、それを起こした者は容赦なく罰せられる。そうした者が生まれる土壌を作るために、今ある秩序は一度、徹底的に破壊しなければならない」

「まさか、破壊されるべき秩序とは……」

「朝廷、ひいては天皇家」

自らが後鳥羽帝の末裔と称しているとは思えない、冷めた声音だった。

敦子は、肌が粟立つのを感じた。天皇家を廃する。言葉は理解できても、それがどういうことなのか、上手く飲み込めない。

「驚くほどのことでもありますまい。唐土では、王朝が代わることなど珍しくも何ともない。力ある者が王となり、天下を統べる。失政を犯せば、また別の者に取って代わられる。それこそが、国というものの自然な姿でしょう」

力を持たず、権威のみを有するがゆえに争いに利用されがちな天皇という存在を廃し、その時に最大の力を持った者が、王なり皇帝となって政を行う、ということだろう。

「ですが、皇統が二つに分かれているとはいえ、天皇家は古来、この国に住まう者たちすべての拠り所です。それを奪えば、とてつもない混乱が巻き起こる。この国は柱を失い、修羅の巷と化しましょう」

「それでよいのです。その修羅の巷を生き抜き、勝ち抜いてきた者こそが、新たなこの国の柱となる。それは、形骸と化した古き柱よりも、ずっと強靭なものとなることでしょう」

狂っているのか。だが、尊秀の目から、理知の光は失われてはいない。

「明日の内裏襲撃は、弥次郎とその麾下の菊童子に命じました。あの者たちならば、北朝の帝を弑逆することに、いささかの躊躇いもありますまい」

　やはり、大火に乗じて今上帝を殺すつもりだったか。

　帝の弑逆。まともな大人ならば決して為せないような行いをさせるため、尊秀は菊童子を組織したのだろう。無垢な童を集めて己に都合のいい考え方を吹き込み、意のままに操る。非道とも言えるやり口に込み上げる憤りを抑え、尊秀を見据えた。

「帝を弑逆して新たな王を名乗ったところで、民も武士も、そなたには決して従わぬ。それがわからぬそなたとも思えませぬ」

「私は、自らが王や皇帝になるつもりなどありません。ただ、この国が真の意味で生まれ変わるきっかけを作りたいのです」

　古の聖人を思わせる穏やかな声音で、尊秀は続ける。

「私の言うような覇者が現れるまで、何十年という時がかかるでしょう。あるいは、覇者など生まれぬまま、海の外の異国に呑み込まれるやもしれない。神仏ならぬ我が身に、そこまで先のことはわかりません。しかし、長い戦乱を経て鍛えられた新たな日ノ本は、強く豊かな、異国とも対等に渡り合える国になると、私は信じております」

「それが、すべてですか？」

「嘘偽りは申しませぬ。ここまで話したのも、姫様ただ一人にございます。民の苦しみに思いを馳せ、幼くして戦場へ送られる者たちに心を痛める。その一方で、情に流されず、大局を見ることもできる貴女だからこそ、お話しいたしたのです。何卒、私の考えにご賛同いただきたい」

　その声、その眼差しには、これまで見たことがないほどの強い力が籠もっている。

尊秀の過去に何があったのかはわからない。だが、自分には思いも及ばないほどの苦しみを味わってきたのは想像に難くない。でなければ、己が生きる国を乱世に叩き込むなどという考えが、思いつくはずがない。

乱世という苦しみを経ることで、強く豊かな国が生まれる。確かに、尊秀の言う通りなのかもしれない。子や孫の代に豊かな国を残すため、今を生きる者たちは苦難を甘受すべき。そうした考えも、一面では正しいのだろう。

以前の、何も知らず、何も持たない自分であれば、きっと容易く騙されていただろう。

だが、今は違う。

多くの人と出会い、数えきれないほどの死を見届け、自らも手を汚してきた。その今の自分の勘が、この男に惑わされるなと告げている。

深く息を吐き、心と体を落ち着かせた。

尊秀の目を真っ直ぐ見つめ、「わかりました」と応じる。

「そなたの考えに、賛同いたします」

「わかっていただけましたか」

「これ以上の悲しみを増やさないためにも、この国は生まれ変わらねばならない。それがどれほど血塗られた道であろうと、私はそなたとともに、歩み続ける所存です」

「ありがたきお言葉、尊秀、胸に刻みつけまする」

尊秀が、口元に微笑を湛える。その目の奥はやはり、笑ってはいない。

敦子の言葉が上辺だけのものに過ぎないと、見抜いているのだろう。

寝所に使っている僧房に戻ると、若菜が待っていた。

勝手に部屋に上がり込み、どこかから持ってきた菓子を頬張っている。張り詰めた心がほんの少しだけ緩むのを感じながら、腰を下ろした。

「姫さま、これでいいの？」

菓子を飲み込み、若菜が言う。

「聞いたの？」

「弥次郎が言ってた。内裏を襲って、北の帝を殺すって」

内裏の襲撃は、菊童子が受け持つことになっていた。若菜は引き続き、敦子の護衛を命じられたという。

「都を焼けばたくさん人が死ぬけど、いいの？」

若菜らしい、直截（ちょくせつ）な物言いだった。

「若菜は、どう思う？」

「姫さまがそれでいいって言うなら、従う。あんまりいい気分はしないけど」

「じゃあ、こんなことは間違ってる、どうにかして止めると言ったら？」

若菜の目の奥の光が、かすかに強さを増した。

「何をしたらいいか、言って。あたしにできることなら、何でもやるから」

いつになく真剣な面持ちは、尊秀などよりもよほど信頼できる。

「わかった。よく聞いて、若菜」

尊秀の目論見を、若菜にもわかるように嚙み砕いて、すべて語った。

「私はそれを、許すことができない。だから、何としても止めるつもり」

肚は決まった。だが、事を起こすには味方が必要だ。しかし南朝の主立った者たちは、ほとんどが尊秀に取り込まれていた。

菊童子の兵たちも、敦子ではなく尊秀に忠誠を誓っている。弥次郎も雉丸も、どちらかを選べと言われれば、尊秀に付くだろう。

敦子が信頼できる相手は、若菜ともう一人だけだ。

「多聞は今、どこに？」

「清水坂の麓の陣。近江の馬借衆と一緒」

近江馬借の頭梁の一人が、多聞と顔見知りだったらしい。そのため、多聞は今、馬借衆を統率する立場にある。

「若菜、多聞を味方につけられる？」

少し考え、若菜は頷く。

「たぶん。あいつは馬鹿だけど、騙されていいように使われてたって知ったら、きっと怒る」

その言いように苦笑した刹那、若菜の目がにわかに鋭くなった。

足音。具足の鳴る音。若菜の手が、腰の脇差に伸びる。

「ご無礼いたす」

現れたのは、弥次郎と四人の菊童子だった。すでに、太刀の鞘を払っている。

「何事か」

「敦子様。貴女に、幕府方と内通したとの嫌疑がかかっております。本堂へご同行願いたい」

先手を打たれた。唇を噛み、若菜に視線を投げる。

行って。声に出さず言った直後、若菜が跳躍した。一人を蹴り飛ばし、もう一人の足を払い、縁に飛び出す。

一瞬だけこちらを振り返った若菜の唇が動いた。生きて。そう言っている。

「逃がすな、追え！」

弥次郎の目が離れた隙に脇差に手をかけたが、すぐに悟られた。

「手荒な真似はしとうありませぬ。大人しく、ご同行を」

弥次郎の太刀の切っ先が、こちらへ向けられる。

息を吐き、脇差から手を離した。恐らく、殺されはしない。ここで自分が死ねば、味方に少なからぬ動揺が広がり、明日の策にも支障を来す恐れがある。事が終わるまで、境内のどこかに幽閉するといったところか。

「わかりました。案内なさい」

若菜、お願い。心の中で唱え、敦子は腰を上げた。

第八章

狂宴

一

明朝の総攻めを前に、陣は沸き立っていた。

多聞と太郎丸の指揮する坂本の馬借衆二千は、清水坂の麓に陣を布いていた。八月二十八日に侍所の軍を破った後には近隣の土豪衆も続々と馳せ参じ、兵力は四千に膨れ上がっている。

日はすでに西に傾き、方々に作られた車座では、酒が振る舞われていた。

「明日は朝から戦だ。呑み過ぎるんじゃねえぞ」

配下に声をかけて回る太郎丸の顔も、ずいぶんと赤くなっている。あちらこちらで笑い声が上がり、唄い踊る者、相撲や博打に興じる者も多くいた。いずれも、馬借や車借として働く気の荒い男たちだ。ようやく暴れられるとあって、気分が昂ぶっているのだろう。

多聞は胡坐を搔いて椀の酒を舐めながら、刀の目釘(めくぎ)を確かめていた。幕府軍と正面からぶつかるとなれば、相当な激戦になる。死者もかなりの数に上るだろう。この場にいる者がどれほど生き残れるかもわからない。

だが、明日は事実上の決戦だ。勝てば、幕府は崩壊し、尊秀の言う新たな世が訪れる。

その後、自分はどうするのか。尊秀は、幕府を倒せば領地も官職も望みのままだと言ったが、そんなものに興味はない。政に関わるなど、考えただけで身の毛がよだつ。銭をたんまりともらって遊んで暮らすか。それとも、太郎丸と組んで馬借でもやるか。どちらもしっくりと来ない。

「よう、久しぶりだな」

不意にかけられた聞き覚えのある声に、顔を上げる。

その声の主を確かめ、多聞は啞然とした。

「あんた、何でこんなところに」

「ちょっと知りたいことがあってな、城を抜け出してきた」

何でもないことのように答えたのは、赤松則繁だった。破れた蓑笠に襤褸同然の小袖と袴。太刀と脇差を腰に差しただけの姿は、そのあたりの溢れ者と変わらない。

播磨の城山城が陥落したのは今から二日前、九月十日のことだ。その前に城を抜け、幕府軍の目をかいくぐって京まで来たのだろう。その道のりの厳しさは、則繁が左の二の腕に巻いた、血の滲む晒しが物語っている。

「鳥羽尊秀は、どこにいる？」

「清水寺だ。会ってどうする」

「聞きたいことがある。最初から、俺たちを捨て石にするつもりだったのか、とな」

答える則繁の目は険しく、かすかな殺気さえ漂っていた。

教康は城を抜けたらしいが、満祐は城山城で自害して果てたという。赤松家は、滅亡したも同然だ。則繁の疑念も無理はないと、多聞は思った。

「わかった、俺が案内する」

今は、内輪揉めをしている時ではない。万一、則繁が尊秀に太刀を向けるようなことになれば、自分が止めるしかない。その思いが伝わったのか、則繁が表情を緩めた。

「安心しろ。俺は、あの男の本音を聞き出したいだけだ」

二人で歩き出そうとしたところで、陣の一角がにわかに騒がしくなった。見ると、誰かが清水寺の方から駆けてくる。

若菜だ。傷を負っているのか、左の肩を押さえている。

「すまんが、何かあったらしい」

則繁に断り、若菜に駆け寄った。太郎丸ら、この陣の主立った者たちも駆けつけてきた。

「おい、どうした。誰にやられた？」

「姫さまが、捕まった」

座り込んだ若菜が、荒い息を吐きながら答えた。肩の傷は深くはないものの、出血が多い。運ばせた水を飲み干し、続ける。

「尊秀は明日、北の帝を殺すつもり。姫さまはそれを止めようとしたんだけど、先手を打たれて捕まった。幕府に内通してるって濡れ衣を着せられて……」

「敦子様が、捕えられただと」

口を挟んだのは、則繁だった。ここに則繁がいることに驚きながらも、若菜は頷く。

「今上帝の弑逆など、正気の沙汰ではない。そんな真似をして、南朝が支持を得られると思っているのか」

「尊秀は、幕府も朝廷もなくすつもりだって、姫さまが言ってた。この国を乱世に放り込めば、いつか新しい強い王が現れて、この国は今よりずっと強くなる。そのために、幕府も朝廷も滅ぼす。それが、尊秀の考えだって」

帝を殺し、朝廷をなくして乱世を招く。あまりに話が大きすぎて理解が追いつかない。

「狂ったか。いや、最初から、狂っていたのか」

ぼそりと、則繁が呟いた。

「ちょっと待て。将軍家を滅ぼすなど、我らは聞いておらんぞ！」

「しかも、畏れ多くも今上帝を弑し奉るなど……」

言ったのは、京近郊に領地を持つ武士たちだった。徳政を求める一揆には加わったものの、元は幕府に仕える身だ。

「姫さまは、多聞なら味方になってくれるって信じてる。お願い。姫さまを助けて」

額に玉の汗を浮かべながら、若菜が訴える。長い付き合いだが、若菜がこれほど必死になった姿を多聞は見たことがなかった。

「おい、どうする？」

太郎丸が体を寄せ、囁く。だが、答えを出すより先に「そこまでだ」という声が聞こえた。

弥次郎。三人の菊童子を従えて歩いてくる。

「多聞、その女を引き渡せ。謀叛人の一味だ」

弥次郎は足を止め、刀の鯉口を切った。他の三人も、横に広がり構えを取る。

「その傷、あいつにやられたのか？」

若菜が頷く。多聞は立ち上がり、刀の柄に手をかけた。弥次郎の表情からは、仲間と斬り合いになるかもしれないという戸惑いや葛藤は微塵も見られない。

尊秀に拾われて間もない頃のことを思い起こす。あの厳しい山中での修業中、弥次郎は誰よりも、仲間のために体を張っていた。口数こそ少ないが、失敗した者は庇い、弱い者はさりげなく助ける。名和長時から幾度も「甘い」と叱責されていたが、己を曲げることはなかった。あの頃の弥次郎は、もういないということだろう。

「俺の頭じゃ、尊秀と姫様のどっちが正しいかはわからねえ。けどな、謀叛の濡れ衣を着せて身内を斬ろうなんてやり方には反吐が出る」

「落ち着け、多聞。若菜の言葉に惑わされるな。俺は、お前と斬り合いたくはない」

「お前の方こそ、尊秀の言葉に惑わされてるんじゃないのか？」

弥次郎の目つきが変わった。総身から、殺気が滲み出す。

「大人しく、若菜を渡せ。命までは取らん。しばらく、牢に入れるだけだ」

「信用できねえな。馬借衆や侍連中を騙して、帝の命を取ろうって連中の言うことなんか」

馬借や土豪たちが、「そうだ！」「鳥羽殿を呼べ！」と声を上げる。騒ぎを聞きつけ、得物を手にした数十人が集まってきた。

「そこまでにしておけ」

進み出た則繁が、多聞と弥次郎の間に割って入る。

「貴様、赤松則繁か」

「いかにも。弥次郎といったな。ここは引け。引いて、尊秀に伝えよ。愚かな企ては捨てて、敦子様を解き放て。さもなくば、こちらにも考えがある」

則繁を睨みながらも、弥次郎は思案を巡らせているようだった。

「いいだろう」

分が悪いと判断したか、弥次郎が構えを解く。

「尊秀様には、そのようにお伝えしよう」

身を翻し、弥次郎たちは駆け去っていった。

「おい、考えって何だよ」

訊ねると、則繁は「決まっているだろう」と笑みを見せ、清水寺を指差す。

「あそこを襲って、敦子様を救い出す」

「できるのか、そんなことが」

「やるさ。まずは味方を集め、策を練る。総攻めの開始は、明朝だったな？」

「ああ。卯の刻だ」

「ならば、勝負は今宵のうちだ。時が無いぞ」

則繁は集まった馬借や土豪たちに向け、声を張り上げた。

「皆、聞いての通りだ。鳥羽尊秀は、借銭に喘ぐ者たちの苦しみにつけこみ、徳政一揆を起こさせた。だがそれは、彼の者の歪んだ望みを叶えるための手段にすぎない。彼の者にとっては、徳政令が出ようと出まいと、何らの関心もないのだ」

集まった者たちの間に困惑と動揺、そして欺かれた憤りが拡がっていく。

「ここにいる皆も赤松家も、尊秀の都合のいいように利用された。朋輩や親兄弟を失った者もいるだろう。その報いは、受けさせせねばならん。違うか？」

則繁の弁に、一同が喚声を上げて応えた。武士であれ百姓であれ、この国に生きる者が最も重んじるのは、命よりも面目だ。騙され、利用されたとあらば、報復せずにはいられない。

「多聞、お前はどうする？」

「俺は……」

帝を中心とし、すべての人々が等しく生きられる。そんな世を目指した後醍醐帝の志を継ぐのだと、尊秀は言った。そして八年という決して短くない時を、尊秀の下で過ごした。奴婢の境遇から拾い上げられた恩もある。手駒として使われるのは、承知の上だった。

だが、あの男が真に創ろうとしているのは、今よりもずっとひどい乱世だ。多くの童が親を失い、自分のように奴婢になるか、武芸を仕込まれて誰かに利用されるのだろう。

「気に入らねえな」

そんな呟きが、口を衝いて出た。尊秀の考えが正しいか否かなど、わからない。だが、あいつは俺を騙し、虚仮(こけ)にした。そして敦子を捕らえ、若菜を傷つけた。

「一発、ぶん殴(なぐ)ってやらなきゃ気がすまねえ」

言うと、則繁が歯を見せて笑った。

「決まりだな」

二

弥次郎が報告している間、清水の舞台に立つ尊秀はこちらに背を向け、夕闇が迫る京の町並みを見下ろしていた。

「すぐに兵を繰り出し、麓の陣を攻めるべきかと。多聞や太郎丸のみならず、赤松則繁まで加わっているとなると、少々厄介です」

「確かにな」

弥次郎に背を向けたまま、尊秀が言う。

「ここは、時を置かず攻めかかるが上策かと。敵は烏合の衆。ご下命いただければ、鎧袖一触(がいしゅういっしょく)で蹴散らしてご覧に入れます」

清水寺の陣は、尊秀直属の精鋭三百の他、楠木、名和らの南朝軍、さらには菊童子が固めていた。総勢は二千五百。対する敵は馬借、車借、土豪の寄り合い所帯だ。まともにぶつかれば、蹴散らすのは難しくない。

敦子と若菜、そして多聞の離反に、弥次郎の腸は煮えていた。尊秀の崇高(すうこう)な考えを理解しようとしないばかりか、これまで共に戦ってきた仲間を裏切ったのだ。女子を斬りたいなどとは思わないが、多聞だけは、この手で討たねば気が収まらない。

「お前と菊童子は明日、大事な役目がある。麓の陣は、楠木党に任せるとしよう」

「しかし」

「多聞が敦子様についたのは、予想の内だ。赤松則繁まで現れるとは思わなかったがな」

言いながら、尊秀がこちらを向いた。その顔に浮かぶ笑みは、祭りを前にした童のようだ。

「楠木正理に伝令。二千の兵を率いて直ちに出陣し、叛徒(はんと)どもを根絶やしにせよ」

それからほどなくして、楠木の軍勢が清水寺から出陣し、清水坂を下りはじめた。

正理率いる楠木党に加え、河内、大和、紀伊の南朝方も加わっている。将も兵も、長年幕府軍と戦い続けてきた精鋭だ。

敵はこちらが出陣したと見るや、西へ後退し、六波羅蜜寺へと逃げ込んだ。正面からぶつかっても勝ち目はないと判断したのだろうが、援軍の当てがない籠城など、悪手の極みだ。

弥次郎は、尊秀と共に清水寺仁王門の楼上に立った。ここから六波羅蜜寺までは、五町程度しかない。日はすでに落ちているが、松明の灯りを追えば、おおよその戦況は把握できる。

味方が火矢を射込み、寺から火の手が上がった。

「思いのほか早く、片がつきそうですな」

「そう甘くはあるまい」

尊秀が言った直後、六波羅蜜寺の門が開いた。

飛び出してきたのは、敵兵ではなく、猛り狂った馬の群れだ。馬借の商いに使う駄馬だろうが、数百頭はいそうだ。意表を衝かれた味方に、混乱が生じる。

そこへさらに、敵兵が襲いかかった。敵は土嚢を積んだ荷車を押し立て、突き進んでくる。正理が兵を後退させると、敵もすかさず寺内に引き上げ、再び門を閉ざした。

「寄せ集めの一揆勢にしては、よく戦っているな」

「俺に行かせてください。必ずや、赤松則繁の首を獲ってまいります」

「そう焦るな。六波羅蜜寺に籠もった敵の狙いは、こちらの主力を引き出し、釘づけにすることだ。そして手薄になった清水寺を少数の精鋭で襲い、敦子様を救出する。そんなところだろう」

「それがわかっていて、二千もの軍を出したのですか？」

「せっかくの戦だ。愉しまねばもったいなかろう」

そう言って、尊秀は悪戯っぽく笑う。

「面白くなってきたな。彼奴らがここまで辿り着けるかどうか、見物だぞ」

弥次郎を少なからず動揺させた多聞の離反も、尊秀にとってはさしたることでもないようだ。

やはり頂点に立つべき御方は、自分のような凡愚とは違うのだと、弥次郎は改めて思った。


物心ついた頃から、武士であることだけをよすがに生きてきた。

祖父の代には没落していたものの、弥次郎の家は清和源氏に連なるれっきとした武士の家系で、かつては南朝方として足利尊氏とも戦ったことがあるのだという。

父の語る祖先の武功譚を聞くたび、幼い弥次郎は胸を躍らせ、まだ見ぬ戦場に想いを馳せた。元服の暁には、父のような立派な武人になる。そしていつか、戦で手柄を立て、大きな屋敷を構える。その思いで、貧しさにも、父の課す厳しい武芸の稽古にも耐えることができた。

父は領地こそ小さいものの、剣術に秀で、主君である伊勢北畠家で指南役を務めていた。謹厳実直で曲がった事を嫌う父は、北畠家当主・満雅からの信頼も厚い。そんな父が、弥次郎にとっては誇りそのものだった。

だが父は、人付き合いが下手で、処世の才にも恵まれていなかった。加えて、地位や家柄に忖度せず、厳しい稽古を課すために上役や朋輩から疎んじられ、出世には縁遠い。賂も取らないために家は貧しく、借銭は日に日にかさんでいく。弥次郎の着る物はいつも継ぎ接ぎだらけで、道を歩けば周囲の童たちから嘲りと憐れみの入り混じった目を向けられた。

多くの武士は身分に胡坐を搔き、腐りきっている。父は、口癖のようにそう言っていた。戦があれば、手柄を立てて出世し、腐った武士たちを家中から追い払えるのだと。

戦さえ起これば、父や自分を嗤う連中を見返すことができる。幼い弥次郎は、そう信じて疑わなかった。

父子が願ってやまない大戦が起きたのは正長元年、弥次郎が九歳の時のことだった。明徳の和約に違反し続ける幕府に業を煮やした小倉宮が京を出奔し、北畠満雅を頼ってきたのだ。

建武の新政を支えた北畠親房を祖とする伊勢北畠家は代々、南朝に与して足利将軍家と戦ってきた。南北朝合一の後にも、満雅は和約の履行を求めて兵を挙げ、和睦に持ち込んでいる。

小倉宮を迎え入れた満雅は、鎌倉公方の足利持氏と密約を結んで再び挙兵したものの、頼みの綱の持氏が約を破って挙兵せず、北畠家は幕府の大軍を相手に孤立する。満雅はその年の十二月に討死にを遂げた。満雅を失った北畠家は、まだ幼い満雅の遺児を当主に立て、降伏して家を存続させることを選ぶ。

満雅亡き後の北畠家に、父の居場所はなかった。幕府に屈することを潔しとしない父は家を追われ、再仕官もかなわないまま、流行り病でこの世を去る。母も後を追うように病没し、天涯孤独の身となった弥次郎は、父の借銭のかたとして人買い商人に引き取られた。

売られた先は、河内に所領を持つ土豪の屋敷だった。領地は小さいものの、手広く商いを行い、銭貸しまでしている富裕な家だ。

弥次郎は小作人として、朝から晩まで牛馬のごとくこき使われた。それで得られるのは、ほんの一握りの稗や粟。少しでも手を休めれば屋敷の下人たちから口汚く罵られ、拳や足が容赦なく飛んできた。目つきが悪い。態度が気に入らない。そんな理由で、氏も素性も定かでない連中から足腰が立たなくなるまで殴られ、蹴られる。逆らえばさらに痛めつけられ、食い物も与えられない。

　身分や血筋など、力か銭を持たない者には何の意味もない。弱く貧しい者は、強い者たちの前で這いつくばり、言いなりになるしかない。それがこの世の本当の姿なのだと、弥次郎は思い知らされた。

　銭など、望むべくもない。だがせめて、力が欲しい。何者にも虐げられない、強い力が。弥次郎は痛みと空腹に耐えながら、それだけを念じ続けた。

　それから二年ほどが過ぎたある夏の夜、すべてが変わった。

　寝床にしている厩で目を覚ますと、馬たちがざわついている。何かが焼ける臭いが鼻を衝き、慌てて外へ飛び出す。

　燃えているのは、屋敷の母屋だった。悲鳴に混じって、馬蹄の響きと無数の足音、剣戟の音が聞こえてくる。屋敷の男女が逃げ惑い、得物を手にした男たちがそれを追っていく。

　夜討ち。襲ってきたのは野盗か、それとも対立するどこかの豪族か。だが、そんなことはどうでもいい。この恥辱に満ちた暮らしから抜け出す、千載一遇の好機だ。

　何か、武器になる物を。そう思って厩へ戻り、鋤を摑んで外に出ると、人影が近づいてきた。

　屋敷の下人の一人だ。手には、抜き身の打刀を提げている。どこか斬られているのか、足取りは覚束ない。

「弥次郎。てめえ、俺たちを恨んでいたな」

　言葉の意図がわからず黙っていると、いきなり下人が喚いた。

「てめえが手引きしやがったんだろう、この糞餓鬼が！」

襲いかかってきた下人の斬撃を、弥次郎は難なくかわした。

手にした鋤で、下人の胸を突く。拍子抜けするほど呆気なく、下人は絶命した。躊躇いも恐怖も、罪の意識も湧いてはこない。殺されないために、殺す。当然のことをしたまでだ。

地面に落ちた刀を拾い上げたところで、背後から声がした。

「若いな。この屋敷の下人か？」

あたりには、誰もいなかったはずだ。首筋に鋭利な刃物を突きつけられた心地で振り返る。

長身の、若い武士。屋敷を襲った者の一味だろうか。身に着けた具足こそ粗末だが、男の泰然とした佇まいからは、野盗や野伏のような卑しさは漂っていない。

男は刀も抜かず、悠然と立っているだけだ。それでもなぜか、斬りかかっても勝てるという気がしなかった。

「俺は、下人ではない。武士だ」

絞り出すように言って刀を構えると、男は弥次郎の目をじっと見つめた。

弥次郎の深いところまで見通すような視線。だがそれでいて、不快さは感じない。

「なるほど。虐げられながらも、武士の矜持を失ってはいないか」

独り言のように言って、男は端整な口元に笑みを浮かべる。

「我らは、南朝の大義のために戦う者だ。腐りきった武士たちを一掃し、この世をあるべき姿に作り替える」

「あるべき姿、だと？」

「そうだ。そなたが苦しいのは、そなたのせいではない。今ある世の形が間違っているからだ」

脳裏に、痩せ衰えた父の死に顔が浮かぶ。

そうか。この世が正しい形であれば、父はあんな死に方をせずにすんだのか。俺は誰に虐げられることもなく、武士として胸を張って生きていられたのか。

憑き物が落ちたような心地で、弥次郎は構えた刀を下ろした。

「私と一緒に来い。そなたに、力を与えてやろう。その力で何を摑み取るかは、そなた次第だ」


足音が、弥次郎を現へと引き戻した。

梯子を登ってきたのは、配下の菊童子だ。

「申し上げます。敵の別働隊、およそ三百が南から迂回し、こちらへ向かっております」

三百か。思ったよりも多いが、それでも清水寺にはまだ、五百の軍勢がいる。不意を衝くつもりだったのだろうが、予想できてさえいれば、恐れるに足りない。

「尊秀様、ここは俺が」

「いや。名和長時に三百の軍をつけて迎え撃たせる」

「しかし、万一ということも」

「その万一の時のために、お前を手元に残しておくのだ」

それだけ自分は信頼されている。そう思うと、誇らしさで胸が満たされた。

南から清水寺を衝くには、狭く曲がりくねった急峻な山道を登らなければならず、高所に陣取るこちらに地の利がある。敵が腕の立つ者を揃えていたとしても、突破して境内まで攻め入るのは不可能だ。

だが、やはり万一ということも考えられる。特に多聞は、単身で寺に忍び入り、尊秀の首を狙うことまでやりかねない。念のため、菊童子を周辺の山中に潜ませ、網（あみ）を張っておくべきだろう。

配下にその旨を命じると、尊秀が言った。

「本堂に移るとしよう。清水の舞台から戦見物というのも、また一興ではないか」

三

敦子は舞台の欄干（らんかん）に手をつき、闇の底に目を凝らしていた。

南東の方角に、松明の灯りが見える。あれが、名和長時の軍だろう。尊秀の言葉が真実なら、その南から、多聞や則繁の軍がこちらへ向かっているはずだ。

敦子は横目で、隣に立つ尊秀の顔を窺った。目を細め、長時の陣をじっと見つめるその表情から、敦子に対する警戒は窺えない。

押し込められた宿坊からここへ連れてこられたのは、つい今しがたのことだ。持ち物を奪われただけで、縛り上げられているわけでもない。今のところ、殺すつもりはなさそうだ。

だが、隙を衝いて逃げ出すことはできそうもない。舞台には尊秀の他に、弥次郎もいる。敦子が何かしようとすれば、たちまち組み伏せられるのは目に見えていた。舞台から飛び降りようとしても、同じことだろう。

やがて、遠くから喊声が聞こえてきた。

「はじまりましたな」

戦場の方角に目を向けたまま、尊秀が言う。

「同じ目的のために戦ってきた味方同士が殺し合う。これで、あなたは満足ですか？」

言うと、尊秀はこちらへ顔を向けた。

「多少の誤算はありましたが、まあ致し方ありますまい。悪しき芽は、早めに摘み取っておくに限ります」

「自ら育てた多聞や若菜に背かれて、何も思うことはないのですか？」

「私は、あの憐れな子供たちに力を与えただけです。その力をどう使うかは、あの者たちが自身で選ぶこと。私に刃を向けるというのであれば、受けて立つまで」

そう語る尊秀からは、子飼いの者に裏切られた怒りも悲しみも感じられない。むしろ、この状況をどこか愉しんでいるようにすら見える。

「じきに、あの者たちの首が運ばれてまいりましょう。多聞や若菜とも、もうすぐ会えますぞ」

「そう簡単に事が運ぶと思ったら大間違いです。天は、あなたを赦さない。いつか必ず、報いを受ける時が来ます」

「神も仏もいないからこそ、この世はこれほど醜く、穢(けが)れているのでは？」

冷ややかな笑みを湛える尊秀の目は、底無しの巨大な洞(ほら)のように見えた。ぞくりと、背筋が震える。

「この戦が片付けば、明日には京の都は焼き払われ、幕府も朝廷もこの世から消え去る。新たな世の始まりを共に、この最高の舞台から見届けるといたしましょう」

喊声が大きくなった。長時の陣の松明が、大きく揺れている。ここから見た限りでは、味方は善戦しているようだ。

「敵の指揮は恐らく、赤松則繁でしょう。寄せ集めの軍で長時を苦戦させるとは、さすがと言っておきましょうか」

口元に浮かんだ笑みは、消えていない。負けるとは露ほども考えていないのか、それとも本当に、この状況を愉しんでいるのか。

ふと、疑問が浮かんだ。尊秀の目は本当に、日ノ本の未来を見据えているのだろうか。

いや、尊秀の本心がどうであろうと、もはや問題ではない。何としてでも、この男を止めなければ。尊秀の望む世にしないためなら、この身がどうなってもかまわない。

いざとなれば、尊秀の体に組みついて、この舞台から飛び下りてやる。その覚悟を固め、敦子は戦場に視線を戻した。

四

深い闇の中を、多聞は這うようにして進んでいた。

すでに、清水山の頂に近いはずだ。西へいくらか下ったあたりからは、ぶつかり合いの音が聞こえてくる。

味方の三百を指揮しているのは、赤松則繁だ。敵もほぼ同数だが、高所に陣取っているため味方が不利になる。加えて、味方は一揆衆から腕の立つ者を抜き出した寄せ集めだが、戦況はほとんど互角と言っていい。それだけ、則繁の用兵の手腕が優れているということだろう。

振り返り、数間遅れて進んでくる若菜の様子を窺った。息が荒くなっている。普段ならこの程度の山などどうということもないはずだが、出血のせいで体力をかなり失っているのだろう。

だから、大人しくしていろと言ったんだ。心の中で毒づき、視線を前に戻す。

ここから北西に二町ほど下れば、清水寺の奥の院に出る。

太郎丸の率いる一揆衆が六波羅蜜寺に籠もって敵の主力を引きつけ、則繁の三百が南から迂回して清水寺を衝く。だが、その三百も囮だった。則繁が寺を守る敵の精鋭を釘づけにし、その隙を衝いて寺へ潜入した多聞たちが、敦子を連れて脱出する。それが、則繁の立てた策だ。

勝ち目は限りなく薄いが、烏合の衆に近い味方が形勢を逆転するには、他に手立てはない。

救出に成功すれば、敦子の名で一揆衆に尊秀討伐を命じ、幕府との和睦を模索する。幕府がどう出るかはわからないが、徳政令の発布と引き換えに尊秀の首を差し出し、一揆の解散を申し出れば、この混乱はひとまず収まるというのが、則繁の考えだった。

「大丈夫か？」

ようやく追いついてきた若菜に、声をほとんど出さず訊ねた。若菜の表情は険しく、息は荒い。

「傷が痛むなら、さっさと戻れ」

「嫌だ。姫さまは、あたしが助ける」

忠義などまるで無縁の若菜が、これだけ必死になって救おうとしている。大した姫さまだと、多聞は内心で舌を巻いた。

「しょうがねえな。足手まといになるんじゃねえぞ」

嘆息混じりで言い、再び歩き出そうとした刹那、何かが肌を打った。気配。かすかだが、間違いない。右手の木々の向こうに、何かがいる。

「おい」

男の声。中腰になり、背に負った刀の柄を握る。

「どこへ行く。寺に、何の用だ？」

聞き覚えのあるその声に、多聞は目を見開いた。

「お前、まさか……」

言いかけた時、人影が姿を見せた。

「ほう。こんなところで会うとは、奇遇だな」

「やっぱり、生きていやがったか」

武部直文。丹後で一色教親の軍勢と戦って敗れ、行方知れずになったと聞いていた。

「何でこんなところにいやがる。返答次第じゃ……」

多聞は抜刀し、構えを取った。かつて戦場で剣を交えた相手だが、今は南朝方のはずだ。生きて京へ逃れ、尊秀のために働いているということも考えられる。

「お前ら、仲間割れを起こしているらしいな。たった二人で、鳥羽尊秀の首でも獲りに行くつもりか？」

構えを取るでもなく、直文が言う。

「訊いてるのはこっちだ。ここで何をしていやがる」

「そういきり立つな。俺は、鳥羽尊秀に貸しがある。それを、あいつの首で返してもらおうと思ってな」

「何だと？」

「問答している暇はなさそうだ」

直文が言うと同時に、若菜がぶつかってきた。倒れる途中、視界の隅を何かが過る。

地面に突き立ったのは、菊童子が使う短い矢だ。認めたくはないが、若菜に突き飛ばされなければ死んでいた。

さらに飛来した数本の矢を、地面を転がって避ける。立ち上がると、周囲にいくつかの人影が見えた。影が一斉に動き出し、たちまち斬り合いがはじまる。敵は十人ほどか。目まぐるしく動き回り、入れ代わり立ち代わり襲いかかってくる。

弥次郎が鍛えた菊童子だろう。いずれも若く、顔にあどけなさを残した者までいるが、一人一人の腕はかなりのものだ。多聞は菊童子から離れた役目が多かったため、見知った顔はない。

横からの斬撃を転がってかわし、摑んだ石を投げつけた。不意を衝かれた相手の膝を断ち割り、返す刀でもう一人の腕を飛ばす。

鍛えられてはいるが、実戦の経験は少ない。そう踏んで、多聞は奇策を多用した。転がりながら脛を斬りつけ、指で目を突き、耳を摑んで顔面に膝を叩きつける。

若菜が、二人を相手に押されていた。素早く駆け寄り、一人の膝の裏を斬りつける。もう一人の脇腹を、若菜の脇差が抉った。

視線を転じると、直文が残った最後の一人と向き合っていた。睨み合ったまま膠着(こうちゃく)しているが、相手はすでに手傷を負っている。

菊童子が絶望的な叫びを上げ、踏み出した。同時に、直文も前に出る。一瞬の後、菊童子の首が胴を離れ、残った体が膝から崩れていった。直文が太刀を振り、鞘に納める。その足元には、いくつかの骸(むくろ)が転がっていた。

ぞっとするような太刀筋だった。数年前に斬り合った時より、さらに磨きがかかっている。それだけ、多くの死線をくぐり抜けてきたのだろう。怖いと同時に、立ち合ってみたいという思いも込み上げてくる。

倒した敵の中にはまだ、息のある者が何人かいた。だが訊ねたところで、敦子の居場所は知らないだろう。知っていたとしても、吐く者などいない。

「さて、どうする。俺はこのまま清水寺に向かうが」

こちらへ歩み寄り、直文が言う。

「お願い」

声を上げたのは、若菜だった。

「姫さまが、寺のどこかに囚われてる。助け出すのに、手を貸してほしい」

若菜が他人に頭を下げるところなど、初めて見た。驚く多聞をよそに、直文が訊ねる。

「お前とは確か、賀名生(あのう)の戦で斬り合ったな。名は？」

「若菜」

「姫さまというのは、玉川宮敦子様のことか？」

「そう。尊秀は、朝廷も幕府も滅ぼすつもり。姫さまは、それに反対して……」

「なるほどな。そういうことか」

直文は、さして驚いたようでもなかった。

「それで、あんたは何で、尊秀の首を狙ってるんだ？」

「一色教親に俺たちの砦を襲わせたのは、尊秀だ。奴と畠山持国の繋がりに気づいた俺たちが、邪魔になったんだろう」

「ちょっと待てよ。尊秀は、畠山と繋がってたってのか？」

「そうだ。尊秀は、持国が南朝を己の都合のいいように動かすため送り込んだ間者だ。義教の謀殺も、失脚した持国が復権のため、尊秀に命じたことだろう」

「だったら、何で尊秀は幕府を潰そうとするんだよ」

「あの男は最初から、己の目的のために持国を利用するつもりだったのだと、俺は踏んでいる。そして、義教の死に乗じてついに己の野心を解き放った。そんなところだろうな」

「ふざけやがって……」

多聞は奥歯を嚙みしめた。いったい、自分は何のために幕府と戦い、この手を血で汚してきたのか。越智維通（おちこれみち）も、大覚寺義昭や足利持氏の遺児たちも、幕府との戦で死んでいった菊童子や南朝の兵たちもすべて、尊秀の掌の上で踊らされていただけだというのか。

「尊秀は明日、都中に火を放つ。その混乱に乗じて、北の帝と幕府の連中を皆殺しにするって」

若菜が言うと、直文は小さく舌打ちした。

「時がないな。夜が明けるまでにけりを付けるぞ。まずは敦子様がどこにいるかを探る。多聞」

「何だよ」

「敦子様の居場所がわかったら、寺に火を付け、俺とお前で敵を引きつける。若菜、お前は混乱に乗じ、敦子様をお救いしろ」

「わかった」「指図するんじゃねえよ」

若菜と多聞が同時に答えた。若菜が、叱るような目で睨みつけてくる。

「しょうがねえな」

腹立たしくはあるが、若菜と二人よりも、成功の見込みはぐっと高まる。

「言っておくが、あんたと組むのはこれっきりだからな」

「俺もそのつもりだ」

苦笑しつつ、直文が答える。

「最優先はあくまで、敦子様の救出だ。尊秀を見つけても、軽率に斬りかかったりするなよ」

「指図するなって言ってるだろ」

直文は清水寺に向かって歩き出した。若菜もそれに続く。

束の間、多聞は倒れた菊童子たちに目をやった。息のあった者たちは、すでに自裁している。捕らえられる前に、自ら命を断て。そう、叩き込まれているのだ。

自分がこうならなかったのは、己が道具として生きることを肯(がえん)ずることができるか否かという、紙一重の差だ。ここに倒れているのが自分でも、おかしくはなかった。

小さく首を振り、若菜と直文の後を追って駆け出す。

前方から、斬り合いの音が聞こえてきた。山中に潜んだ菊童子は、あれですべてではなかったということか。

なかなか骨の折れる戦になりそうだ。駆けながら、多聞は手にした刀を握り直す。

五

なぜ、こんなことになってしまったのだろう。

徐々に近づきつつある争闘（そうとう）の気配を肌で感じながら、雉丸は半弓（はんきゅう）に矢を番（つが）えた。

周囲は闇に包まれている。それでも、敵が近づいていることは察せられた。清水山の南に潜む菊童子は、二十人。すでに、半数以上が倒されている。敵はたったの三人だが、味方は実戦経験の少ない者も多い。だがそれを差し引いても、敵が相当の手練（てだ）れであることは間違いないだろう。

「敵、か」

誰にも届かない小声で呟く。その〝敵〟というのは恐らく、多聞と若菜だろう。もう一人が何者かはわからない。

状況は理解していた。敦子が幕府と内通していたことが露見して捕らえられ、多聞と若菜、そして一揆勢の一部が謀叛を起こした。そこには、赤松則繁も加わっているという。

だが、どうしてそんなことになるのかが、雉丸には皆目わからない。なぜ、つい先刻まで同じ目的のために戦っていた味方同士が殺し合うのか。なぜ、敦子たちは尊秀を裏切るのか。明日には北の帝が討たれ、幕府も滅び、皆で目指した新しい世がやって来るというのに。

多聞も若菜も、多くの苦難を共にした大切な仲間だ。敦子は、氏も素性も持たない雉丸たちにも分け隔てなく接してくれた。誰とも戦いたくはない。しかし、本当に尊秀を裏切ったのなら、許すことはできない。

かすかな気配に、雉丸は潜んでいた藪から顔を上げた。

「雉丸殿」

物見に出していた、十郎という菊童子だ。

「勘介と喜八、それに智がやられました。敵は、およそ一町先まで来ております」

倒されたのはいずれも、十五歳にもならない若い兵だ。この方面に配された菊童子では、雉丸が最も年嵩だった。

「ここで網を張る。俺が矢を放ったら、一斉に仕掛けろ」

味方は残り七人。だが、敵もかなり疲弊しているはずだ。四方から一斉に襲えば、必ず勝てる。

「承知」

まだ幼さの残る声で小さく言い、十郎が闇の向こうに消えた。

殺された菊童子たちの顔を思い浮かべ、雉丸は唇を噛んだ。多聞たちへの怒りが込み上げる。

あと少しだ。あと少しで、こんな争いは終わる。尊秀が描く新たな世が訪れれば、誰もが戦に怯えることなく、平穏な暮らしを送ることができる。そのためには、私情は捨てなければ。

風の中に、かすかな血の臭いが混じった。猟師だった父のおかげか、鼻は利く。

気配が近づいてくる。闇に目を凝らす。影が三つ、互いに距離を取りながら、こちらへ向かってくる。この暗さで、顔まではわからない。

これは狩りだ。相手は、かつての仲間などではなく、ただの獲物だ。思い定め、弦を引き絞る。影の一つに狙いをつけ、矢を放った。外すはずのない間合い。だが、影はわずかに身を捻っただけでかわす。動揺を抑え、次の矢を番えた時には、影が動き出していた。

凄まじい速さで、間合いを詰められる。矢を射る暇はない。咄嗟に後ろへ跳んだ。目の前を刃が一閃し、半弓が弾き飛ばされる。腰の打刀を抜き、間合いを取った。

「雉丸だな」

多聞の声。その背後では、飛び出した菊童子と、残る二つの影が斬り合いをはじめている。腕の差は歴然としていた。味方は一人、また一人と斬り伏せられていく。

「やめとけよ。お前は、斬りたくねえ」

低く構えを取りつつ、多聞が低く言った。

「それはこっちが言うことだよ、多聞。何で、尊秀様を裏切ったんだ。あと一息で、南朝の世が来る。そうすれば、戦なんかなくなって、みんなが幸せに暮らせるのに……」

「南朝の世なんか、来やしねえよ。あいつは、朝廷そのものを滅ぼすつもりだ」

「何を馬鹿な……」

「あいつの望みはな、朝廷も幕府も潰して、今よりもずっとひどい乱世を招くことだ。あいつは俺たちを、そんなわけのわからない野心のために、都合よく使ってたんだよ」

多聞が何を口走っているのか、まるで理解できない。朝廷を潰す？　それなら、尊秀がこれまで繰り返し説いてきた南朝の大義とは、いったい何だったのか。

いや、考えるな。菊童子は、尊秀の駒なのだ。尊秀が命じた通りに動き、役目を果たせばそれでいい。ただの駒が、考える必要などない。そして尊秀の考えが、誤っているはずがない。親兄弟を野盗に殺されたあの日、運良く尊秀に拾われなければ、自分はどこかで野垂れ死んでいた。

——お前たち童は、この国の宝だ。

尊秀はそう言って、この非道な世界で生き抜く力を与えてくれた。それを否定することはすなわち、自分自身を否定することだ。

「ごめん、多聞。俺は、尊秀様を裏切れないよ」

自分の役目は、裏切り者を倒すこと。それ以外、何も考えるな。己に言い聞かせ、柄を握る手に力を込めた。

「馬鹿野郎が」

多聞の総身から、獣じみた殺気が滲み出た。幼い頃、狩りの途中で出くわした狼(おおかみ)を思い出し、思わず足が竦(すく)む。

視界の隅で、十郎が血を噴き出して倒れた。斬ったのは、太刀を手にした男だ。太刀筋を見る限り、雉丸が遠く及ばないほどの遣い手だろう。

残るは、雉丸一人だった。せめて、多聞だけでも。恐怖を振り払うように叫び声を上げ、刺し違える覚悟で踏み出す。

立て続けに斬撃を放った。多聞は円を描くような足捌きで、いとも容易くかわしていく。

多聞の腕は、信じられないほど上がっていた。賀名生の山奥で修業していた頃とはまるで別人だ。主に連絡役を務めていた自分よりも、ずっと多くの修羅場をくぐり抜けてきたのだろう。

勝てない。殺される。再び、恐怖が頭をもたげる。

だが、逃げるわけにはいかない。歯を食い縛った。渾身の力を込め、刀を振る。

甲高い音を立て、多聞の刀が飛んだ。千載一遇の好機。がら空きになった多聞の胸元へ、雉丸は渾身の力で突きを放つ。

なぜか、刃は空を斬った。そこにいたはずの多聞の姿がない。消えたとしか思えない速さだった。

いきなり背後から伸びてきた腕が、首に絡みついた。そのまま、後ろへ倒れ込む。

「悪いな、雉丸」

耳元で、多聞の声がする。

ああ、ここで死ぬのか。悔しいなあ。薄れゆく意識の中、父と母、兄と弟が立っていた。

みんな、ごめん。精一杯やったけど、結局何もできなかった。父は「そんなことはない」と首を振り、母は穏やかな微笑を浮かべていた。兄と弟は、「一緒に遊ぼう」と雉丸を手招きする。

直後、目に見えるすべてが闇に覆われた。

六

荒い息を吐きながら、若菜が戻ってきた。

「姫さまは、本堂の舞台。縛られてはいないけど、すぐ側に尊秀と弥次郎がいる。境内は菊童子と尊秀の兵が固めてて、気づかれずに舞台へ近づくのは無理」

「そうか。厄介だな」

直文たちがいるのは、清水寺境内の東側に位置する高所だった。眼下に見えるのが奥の院だ。本堂の舞台は、さらにその先にある。

「兵の数は？」

「百以上。二百を超えるかも。菊童子の数はわからない」

境内の方々では篝火が焚かれ、兵が屯（たむろ）しているのはここからでも見えた。

敵は、こちらの動きも人数も把握していると見るべきだろう。すでに、奇襲は不可能だ。諦めて次の機会を待つか。だが恐らく、そんな機会は二度と訪れない。

清水山の南では、いまだぶつかり合いが続いていた。赤松則繁は健闘しているが、あの敵を突き破って境内に攻め入るのは難しい。

六波羅蜜寺の味方も、いつまで持ちこたえられるかわからない。菊童子との戦いで、直文たちは三人とも、全身に手傷を負っていた。深手ではないものの、戦力は大幅に低下している。いちかばちかで斬り込んだとしても、舞台に辿り着く前に全滅するのは目に見えていた。

「完全に、手詰まりだな」

呟いた直文に、多聞が「冗談じゃねえ」と食ってかかった。

「ここまで来て、引き下がれるかよ。一人でも俺は行くぜ。尊秀の野郎に一発かましてやらねえと、気が収まらねえ」

「あたしも行く。姫さまは、あたしが助けなきゃ」

「馬鹿言うな。俺一人でいい。お前は引き返せ」

「大丈夫。多聞が斬り刻まれてる間に、あたしは姫さまを連れて逃げるから」

「何が大丈夫だ」

「ごめん、多聞。あたしと姫さまのために死んで。ちゃんと供養はするから。ね？」

「ね？　じゃねえよ。いいから帰れ」

「嫌だ」

まったく、強情な連中だ。直文は不毛な言い争いに呆れつつ、内心で呟いた。

「もういい、わかった」

どうせ、たまたま拾った命だ。投げ捨てたところで、さして惜しくもない。

「俺は、敗けるための戦はやらん。もう少し勝ち目がありそうな策を考えるぞ。二人とも、知恵を貸せ」

七

名和長時は本陣の床几に腰を据え、戦況を睨んでいた。

本陣は、清水寺の南に位置する泰産寺に置いている。前方では、すでに半刻近く押し合いが続いていた。こちらが押せば敵は退き、下がれば矢と礫を放ちながら押し寄せてくる。味方は疲弊し、死者もかなり出ていた。敵も同様のはずだが、退却する気配はない。

細い山道での戦いである。容易に決着がつかないのはわかっていたが、敵は予想よりもはるかに手強く、粘り続けている。敵の将が誰か定かではないが、およそただ者ではあるまい。考えられるのは、赤松左馬助則繁だ。だとすると、六波羅蜜寺の一揆勢は、誰か別の者が指揮しているということになる。敵将が赤松則繁ならば、厄介な任を押しつけられたものだ。

長時は首を捻り、後方の清水の舞台を仰ぎ見た。尊秀は恐らく、あそこで戦の様子を眺めている。長時の戦ぶりを、不甲斐ないと笑っているかもしれない。そう思うと、腹の底が煮えた。

あの男を世に出したのは己だと、長時は自負している。自分がいなければ尊秀は、南朝の旗頭どころか、何処とも知れぬ道端で無縁仏になっていたはずだ。

隠岐へ配流の身となっていた後醍醐帝を庇護して鎌倉打倒の兵を挙げ、楠木正成らと共に建武の新政を支えた名和伯耆守長年は、長時の四代前の祖先に当たる。

名和本家は南朝の衰退と共に九州へ下り、やがて幕府に降ったが、伯耆に残った長時の分家は、細々と領地を経営するだけの、世に掃いて捨てるほどいる地方豪族へと転落していた。

足利義持の治世は、おおむね安定している。時折、南朝の残党が反乱を試みてはいるが、その規模はささやかなもので、長時も加わる気にはなれなかった。

この先も、さしたる浮き沈みもないまま歳を重ね、一介の土豪として生を終えるのだろう。かつての南朝の忠臣だった祖先の偉業を子や孫に語り伝え、自らは何を為すこともなく、老いて死んでいく。それでも、家名を絶やしさえしなければ、自分にしては上出来の人生だ。

そう割り切っていた長時のもとを一人の痩せ衰えた少年が訪ねてきたのは、今から十八年前のことだ。鳥羽尊秀と名乗るその少年は、自らを後鳥羽上皇の末裔と称した。

伯耆から海を挟んだ隠岐国にそうした一族がいることは、長時も幼い頃から聞き知っていた。だが、貴種を祖先に求めるのは武士に限らず、家というものの常。名和家も村上源氏を称しているが、眉唾ものだ。後鳥羽上皇が好んだという菊の紋が入った短刀を実際に見せられなければ、長時は少年を門前払いしていただろう。

しかしそれ以上に、長時には異様なほどの殺気を身にまとったこの少年が、とてつもない何かを秘めているように思えてならなかった。

かの名将、名和長年の末裔である貴殿が、誰に知られることなく鄙に骨を埋めるおつもりか。南朝を再興し、武人として天下に名を挙げようという望みはないのか。

尊秀の言葉に耳を傾けるうち、若かりし頃に抱いた、そして今は心の奥底に封じ込めたはずの野心が、頭をもたげてきた。一介の土豪のまま、終わりたくはない。〝名和長年の末裔〟ではなく、長時自身の名を、天下に知らしめたい。

だが長時は、南朝への忠義など、微塵も抱いてはいなかった。そうでなくとも、滅亡寸前の南朝の旗を掲げて起ったところで、虫けらのごとく擦り潰されるのは目に見えている。

「ならば潰されぬよう、手を打てばよいのです」

怜悧な口ぶりで言い、尊秀は温めていたらしい策を披露した。

南朝が完全に滅亡し、将軍家の権力が強まることを喜ばない大名は、天下に多くいる。そうした大名に取り入り、その支援の下に南朝方を強化する。そして時機を見て、真の南朝方として兵を挙げ、幕府を討ち倒す。

この若さで政の汚泥と人の世の醜さを知り尽くしたようなその策に、長時は不気味さと同時に惹かれるものを感じた。首尾よく運べば、想像もしなかったほどの高みに上れるかもしれない。

そして長時は、あらゆる伝手を辿って畠山家に渡りをつけ、尊秀を売り込んだ。そして自らも、伯耆の領地を捨てて大和の山中に潜み、泥の中を這い回るような戦いを続けてきた。

尊秀の器量は、長時が見込んだ以上のものだった。頭の切れと謀の才に加え、武勇と将器も兼ね備えている。成長するにつれ、剝き出しだった殺気は内に潜め、出自に相応しい威厳も身にまとうようになった。

何より、人を惹きつける術を知り尽くしている。でなければ、拾い集めた孤児を意のままに動かすことなどできはしなかっただろう。

義教謀殺が成功した時には、歓喜で全身が震えた。これまで誰も成し遂げられなかった、足利将軍の首を獲るという偉業を成し遂げたのだ。

後は幕府を滅ぼし、北朝の帝を虜にして南朝の帝を立てれば、というところまで来ている。

小倉宮を帝に立てた後は、尊秀が関白として政を補佐し、長時は武門の棟梁として全国の武士を統率する。それが、尊秀と長時の間で交わされた暗黙の了解だった。

だが今、長時の胸には疑念が生じていた。

尊秀は室町第を襲うと同時に、畠山持国も討って、己と幕府の繋がりを葬るつもりだ。以前には、秘密を知った武部直文を、菊童子を送り込んで始末させていた。持国が討たれれば、尊秀が幕府の間者だったことを知るのは長時だけとなる。

尊秀はいずれ、長時の口も封じようとするのではないか。いや、そもそも本当に南朝再興の意志があるのか。芽生えかけていた疑念は、敦子の捕縛と多聞らの離反で、より大きくなっていた。

敦子も多聞も、尊秀が味方に引き入れ、育てた者たちだ。どんなやり取りがあったのかはわからないが、躊躇うことなく敦子を捕縛し、多聞たちを殺せと命じる尊秀に、長時は今さらながら底知れぬ恐ろしさを感じる。

自分は、とてつもない化け物を世に放ってしまったのではないか。そんな危惧がこのところ、頭から離れない。


不意に、本陣の後方が騒がしくなった。

振り返ると、寺の一角から火の手が上がっている。目を見開き、長時は立ち上がった。

「何事だ！」

「敵の間者らしき者が、僧房の一つに火を……！」

兵の一人が答える間に、いくつかの悲鳴が聞こえた。

敵の一部が背後に回り込んだのか。いや、そんなはずはない。迂回を阻止する手配りは万全だ。

「申し上げます。間者は男女二名。信じ難いほど素早く、死人、手負いが続出しております！」

たった二人だと？　しかも、女がいる。頭に浮かぶのは、多聞と若菜だった。並の兵の手に負える相手ではない。ここへきて、敵は切り札を出してきたということか。

さらに別の僧房から、炎が上がった。味方は二人の動きに翻弄され、捉えきれずにいる。

戦場から聞こえる喊声が大きくなった。ここを先途と、正面の敵が死力を振り絞って攻め寄せてくる。前衛の味方が浮足立ち、崩れかける。

「本陣から三十人を出して、前衛を支えよ。残りの者は一つ所に固まり、襲撃に備えよ。敵は手練れぞ、軽々に手出しいたすな！」

下知を出した直後、背後に殺気を感じた。振り向きざまに抜き打ちを放つが、刃は空を斬る。身を屈めて抜き打ちをかわしたのは、雑兵の身なりをした見知らぬ男だ。

気づくと、長時の右腕の肘から先が消えていた。痛みを感じる間もなく、男の太刀が長時の喉元に突き立つ。

「何者、だ……」

「一色家家臣、武部直文」

男が低く答える。

なぜ、この男が。死んだはずではなかったのか。

「すまんが、貴殿の首が必要でな」

言うや、直文が切っ先を引き抜いた。噴き出した自身の血が、長時の視界を赤く染める。

こんなところで終わるのか。何と呆気ない。

自嘲の笑みを浮かべながら、長時は血溜まりの中へ顔を埋めた。

八

「武部直文、名和長時殿を討ち取った！」

戦場を圧する大音声で、直文が叫んだ。

多聞を追っていた兵たちは突然の出来事に足を止め、呆然と立ち尽くしている。

「てめえらの大将は討たれたぜ。どうする？」

多聞は燃え盛る僧房の炎を背に、一歩前へ出た。敵兵が、怯えたように後退る。

「者ども、聞け！」

切り取った長時の首を掲げ、直文が再び叫んだ。

「名和長時並びに鳥羽尊秀は、南朝の大義を捨て、幕府と通じた裏切り者だ。この者らは、管領畠山持国の命を受けて玉川宮敦子様を幽閉し、小倉宮様を討たんと企てる逆賊である。これに与する者も同罪ぞ！」

兵たちは互いに顔を見合わせ、戸惑っている。己がどうすべきか、判断がつかないのだろう。大将を討たれて気を呑まれたか、直文に斬りかかる者もいない。

「信じられぬという者は、我らに合力せずともよい。得物を捨て、この場から立ち去れ」

不意に、南の方角が騒がしくなった。敵の前衛を切り崩した則繁の軍が、敗走する敵を追って境内に攻め入ってきたのだ。

「見よ、勝利を収めるは我らぞ。南朝の大義は、玉川宮敦子様と共にある！」

直文のその一言で、武器を捨てて逃げる者が出はじめた。雪崩を打つようにその人数が増え、制止しようとしていた者も、やがてはその波に加わった。

「何とか勝ったな」

直文に近づき、声をかけた。

「まさかあんたの口から、南朝の大義なんて言葉が出てくるとはな」

「ただの方便だ。大義などと口にする者に、ろくな奴はいない」

「同感だ」

ふと見ると、若菜が地面に置かれた長時の首の前に膝をつき、手を合わせている。

「こんな奴に手を合わせることねえだろう」

「こんな奴でも、あたしたちにとっては育ての親みたいなもんでしょ」

「まあ、確かにな」

多聞も若菜に倣い、膝をついて手を合わせた。

修業中は、何度も死にそうな目に遭わされた。いつか殺してやる。そう思わなければ、とても耐えられなかっただろう。それでも、いざ首だけになって再会すると、複雑な思いが込み上げてもくる。

「やはり、お前たちだったか」

則繁の声に、多聞は立ち上がった。こちらへ歩み寄ってきた則繁が、直文に顔を向ける。

「貴殿は？」

「元一色家家臣、武部直文。わけあって、お味方いたす」

「なるほど、生きておられたか。義貫殿の御子息が味方とは、心強い」

そう言って、則繁は返り血に濡れた顔で笑う。

「それにしても、無茶な真似をしたものだ。清水寺へ忍び込むのは難しかったか？」

「ああ」と多聞は素直に認めた。

「山の中で菊童子が網を張ってやがった。尊秀は、姫さまと一緒に清水の舞台にいる。まともにやってたら、近づけそうもねえ」

「それで、まずは泰産寺の敵を崩すことにしたか」

則繁にあらかじめ策を伝えている余裕はなかった。

まずは長時を討つと決め、多聞と若菜が囮となり、雑兵に化けた直文が長時に近づく。出たとこ勝負の雑にも程がある策だが、首尾よく運んだのは、まだこちらに運があるということだろう。

「まあ、博打は嫌いじゃない。次はどう勝負するか、考えてあるんだろうな？」

「まあな」

策を説明すると、則繁は束の間呆れたような顔をし、それから「無謀だが、面白い」と声を上げて笑った。

九

名和長時が討死にし、泰産寺の軍は潰走。

弥次郎はその報告を、信じ難い思いで聞いていた。だが実際に、泰産寺は敵に占拠され、長時麾下の兵は続々と清水寺に逃げ込んできている。

そしてそれ以上に驚いたのが、長時を討ったのは、あの武部直文だということだ。

あの男には、借りがある。弥次郎が暗殺を命じられて仕損じたのは、直文ただ一人だ。この手で討ち取ることも、骸を確かめることもできなかったのだ。その名は屈辱とともに、弥次郎の記憶に刻まれている。

その直文が生きていて、再び敵として現れる。巡り合わせのようなものを、弥次郎は感じた。

「尊秀様、御下知を」

振り返った尊秀に、表情らしきものはなかった。長時の死にも、微塵も動揺していない。

「我が麾下の兵を、そなたに預ける。好きに使うがよい」

「俺が、ですか?」

「私はここで、敦子様をお護りせねばならん。できぬとあらば、別の者に命じるが?」

「いえ、命に代えても」

「弥次郎」

尊秀の隣に立つ敦子が、声を掛けてきた。

「今からでも、遅くはありません。考え直してはくれませんか?」

「何を考え直すと?」

「尊秀の目指す世に、光などない。あるのはただ、いつ果てるとも知れない戦と混沌、憎悪と怨念に満ちた修羅の巷です。あなたのような孤児たちはいつまでも、戦に駆り出され、使い捨てにされ続ける。そんな世を、あなたは本当に望んでいるのですか?」

「そうした苦しみを経てこそ、この国は生まれ変わることができるのです。大義の前に、犠牲はやむを得ません」

「大義を掲げる者は皆、その言葉を口にする。しかしその犠牲を払うのはいつも、大義などとは無縁に日々を生きる、力無き者たちです。そしてその犠牲は、新しい世が来たとしても報われることはない」

視線を動かし、尊秀を窺った。弥次郎と敦子のやり取りに、口を挟む気はないらしい。

「弥次郎、目を覚まして。尊秀は……」

「今さら問答など無用」

敦子の訴えかけるような視線を無視し、舞台を後にした。

これだから女というものはと、弥次郎は嘆息を漏らす。目の前の些事に囚われ、大義よりも情を重んじ、大局を見ようとしない。敦子や若菜は大切な同志だと思っていたが、所詮は女でしかなかったということだ。

頭を振り、目の前の戦に考えを巡らせる。

泰産寺から清水寺境内へと続く細い坂、そしてその先にある奥の院が、決戦の場となるはずだ。まずは、泰産寺の戦を見届けてきた菊童子の報告を聞き、戦況を整理した。

「武部直文がいたというのは、間違いないのだな？」

「はい。加えて、泰産寺を攻めていた敵を指揮していたのは、恐らく赤松則繁かと」

清水山の周辺に配した菊童子は、雉丸をはじめ、そのほとんどが戻っていない。やったのは間違いなく、多聞と若菜だ。泰産寺に火を放ったのも、あの二人だろう。これに武部直文、赤松則繁まで加わっているとなると、難しい戦になるのは間違いなさそうだ。

尊秀麾下の二百と逃げ戻った長時の兵を合わせれば、三百にはなる。だが、多聞や若菜はどこから侵入してくるかわからない。尊秀麾下の半数は、境内の要所に配さねばならないだろう。

これに敵味方の疲労の具合を考え合わせれば、戦力は互角と見るのが妥当なところか。残った菊童子は二十人ほど。これをどう使うかが、勝敗の鍵となるはずだ。

この重要な局面で、自分が采配を任される。課された役目の重大さに、弥次郎は身震いすると同時に、誇らしさを覚えた。

暗殺や攪乱のような、陰の役目ではない。小勢といえども軍を率い、武人として堂々と采配を揮うのだ。幼い頃に抱いた夢が、ようやくかなう。これもすべて、尊秀に従えばこそだ。

だが、目指す先ははるかな高みにある。俺は、負け犬のまま終わった父とは違う。いつの日か、きらびやかな大鎧に身を包み、万軍を率いて日の当たる道を進んでみせる。奴婢同然に扱われていたこの俺を、誰もが仰ぎ見るようになるのだ。それにはまず、この戦に勝たねばならない。

尊秀の期待に応え続ける。それが自分の前にある、ただ一つの道だ。

直文は、太刀の刃毀れを確かめながら空を仰いだ。

夜明けまで、あと半刻足らずといったところか。残された時は短い。夜が明ければ、京を囲む一揆勢が洛中へ攻め入り、都は火の海と化す。

泰産寺から清水寺までは、およそ一町。もう、目と鼻の先だが、清水寺の境内にどれほどの敵が残っているのかはわからない。赤松則繁の率いる兵は長い戦いで疲弊し、満足に戦える者は二百もいないだろう。加えて、敵には敦子という人質がいる。状況はかなり厳しい。

「皆の者、これが決戦ぞ！」

燃え盛る僧房の炎を背に、則繁が太刀を掲げて叫んだ。

「政のありようだの、この国の未来だの、つまらぬことは考えずともよい。親兄弟や女房、好いた女子の顔を思い出せ。我らが敗れれば、その者たちは苛烈(かれつ)な乱世に呑み込まれ、塗炭(とたん)の苦しみを味わうことになるのだ」

兵たちは声も立てず則繁を見つめていた。疲れきっているはずのその目に、覇気が蘇っていく。

「何としても勝つぞ。勝って、今より少しでもましな明日を、この手で掴み取るのだ！」

どっと喊声が上がり、二百足らずの全軍が動き出す。直文も、その波に加わった。

右手は木々の生い茂る山、左手は下りの急斜面。道幅は狭く、数人が並んで駆けるのがやっとだ。前方に目を凝らす。敵の前衛は三十人程度。坂の中ほどに楯を並べ、迎え撃つ構えだ。さらにその先にも数十人ずつ、計三段構えの陣が布かれている。

敵陣から矢が放たれた。先頭を駆ける数人が倒れるが、味方の足は止まらない。

直文は味方を掻き分け、前に出た。飛んできた矢を太刀で叩き落とし、一気に間合いを詰める。楯を蹴り倒し、弓を捨てて刀を抜こうとする敵兵を斬り伏せ、さらに一人、二人と薙(な)ぎ払(はら)う。

前衛に小さな穴が開いた。そこへ押し寄せた味方の兵が、穴を押し拡げていく。たちまち前衛は崩れ立ち、敗走に移った。

勢いを止めず、敗走する敵兵と入り乱れながら、二段目の陣へ雪崩れ込む。二段目、三段目を突き破るのに、さして時はかからなかった。勝ちに乗った味方が、奥の院へ向かって駆けていく。

直文は立ち止まり、後続の則繁を待った。

「どこか、おかしくはないか？」

「確かに、尊秀直属の軍にしては、脆(もろ)すぎるな」

則繁が答えると同時に、前方でいくつもの悲鳴が重なった。

伏兵。やはり罠か。舌打ちした刹那、右手の木々の合間から人影が降ってきた。
十、いや、二十近くいる。いずれも小柄で軽装、身のこなしが尋常ではない。
「気をつけろ。菊童子だ！」

則繁たちの周囲にいる味方は三十人ほど。密集し、身動きが取り難しい。それを見越したかのように、菊童子は縦横に動き回り、こちらの兵力を削っていく。

「ここまで来て、童の相手とはな」

吐き捨てた則繁が、太刀を一閃させた。菊童子の一人が血を噴いて倒れる。直文は横合いから斬りかかってきた一人の刀を受け止め、押し返した。相手はまだ、十二、三歳。膂力（りょりょく）はさほどでもない。たたらを踏んだ相手を、味方が数人がかりで斬り伏せる。

童相手の戦ほど、気が滅入（めい）るものはない。そしてそれは、童に戦を仕込んだ尊秀への怒りへと変わっていく。

背後に殺気を感じ振り返ると、目の前に斬撃が迫っていた。辛うじて、鍔元で受ける。初陣なのか、幼さの残るその表情には、恐怖と狂気とが入り混じっていた。

「得物を捨てて降れ。餓鬼を斬るのはうんざりだ」

「黙れ、謀叛人が！」

やはり、言葉は通じないか。内心で嘆息し、両腕で相手の刀を押し返した。身を捻り、肘で顎を打ち抜く。膝を折ったところで柄をうなじに叩きつけると、相手は斜面を転がり落ちていった。

運が良ければ、命だけは助かるだろう。

近づいてきた則繁が、荒い息を吐きながら言った。

「ここは我らで何とかする。貴殿は、先へ行ってくれ」

頷き、乱戦を抜け出した。崖を挟んだ左手前方に、清水の舞台が見える。篝火の近くに、人影が二つ並んでいた。恐らく、尊秀と敦子だろう。その周囲は、十数人の兵が固めている。

奥の院に足を踏み入れると、そこも激しい乱戦になっていた。味方は圧倒的に押されている。

いきなり、右手から突きがきた。斬撃は鋭く、力強い。数合、刃を交えてようやく斬り伏せた。

坂の途中に布陣していた敵と比べると、練度も気迫も一段上だった。恐らく、あちらは泰産寺から逃げ戻った敗残兵で、ここにいるのが尊秀麾下の兵なのだろう。

敗残兵を囮に使ってこちらに勢いをつけさせた上で、伏兵にした尊秀直属の精鋭で横腹を衝き、菊童子には則繁の首を狙わせる。その策に、まんまと嵌められたということだ。

群がる敵を薙ぎ払いながらさらに進むと、右手に大きな仏像が見えた。その手前に、太刀を手にした一人の男が立っている。

「ようやく来たな、武部直文」

聞き覚えのある声。丹後で砦を襲った菊童子を指揮していた男だ。

「確か、弥次郎といったな」

仏前の燭台の灯りに照らされた横顔に、狂気の滲んだ笑みが浮かぶ。

「者ども、手を出すな。この男は、俺の獲物だ」

直文に剣を向けていた敵兵が、道を譲るように後退っていく。

「刺客ふぜいが、ずいぶんと出世したもんだな。尊秀の夜伽でもして、偉くしてもらったのか?」

「相変わらず、安い挑発が得意なようだな」

二間ほどの間合いを取って、弥次郎が太刀を構える。

「本堂に行きたければ、俺を倒すことだ」

「若造の相手をしている暇はないんだがな、そういうことなら致し方ない」

低く構え、向き合った。殺気に肌がひりつく。前回立ち合った時のような心の脆さは感じられない。あれから、相当な修錬を積んできたのだろう。

きわどい勝負になりそうだ。覚えず、直文は口元に笑みを浮かべた。

弥次郎は武部直文と向き合いながら、少しずつ右手へ移動した。

骸が散乱する屋内から、奥の院の舞台へ。本堂の舞台ほどではないが、斬り合いができる程度の広さはある。直文も、間合いを保ったままついてきた。

舞台の両端で焚かれる篝火(かがりび)が、向き合う二人を照らす。ここなら、本堂の尊秀からも自分の働きがよく見えるだろう。能役者にでもなったような心地に、弥次郎はわずかに頬を緩めた。

「どうした、威勢がいいのは口だけか?」

挑発しながら、直文を窺う。腰を落とした低い構え。胴は腹巻に守られ、隙は見えない。だが、これまでの戦いでかなり消耗しているのは、呼吸を見ればわかる。

隙がないなら、崩れるまでこちらから攻め続ける。決断し、弥次郎は踏み出した。斬撃と突きを織り交ぜながら、前に出る。直文はそれを捌きながらも、じりじりと後退っていく。

弥次郎の放った片手突きが、直文の左の肩口を捉えた。深くはないが、はじめて直文の顔が歪む。さらに、立て続けに突きを放つ。

下がり続けた直文の腰が、欄干にぶつかった。もう後はない。直文は決死の反撃に出るが、焦ったのか、大振りだ。弥次郎の脳天目がけて振り下ろされる斬撃を、刀で横から弾く。

直文の太刀が、音を立てて折れた。直文が残った太刀を投げつけてくる。それも、難なくかわした。直文は脇差に手をかけるが、それより早く、弥次郎は喉元を狙い、刀を横に薙ぐ。

勝った。確信した刹那、直文が後ろへ飛んだ。

斬撃が空を斬り、直文が遠ざかる。

追いかけるように踏み出した刹那、何かが視界を塞いだ。

燃え盛る、いくつもの薪。直文が、篝火を蹴り倒したのだ。

顔に向かってきた薪を払い落とすと同時に、直文が腕を振る。脇差を投げた。瞬時に見て取り、体を傾げてかわす。同時に、直文が踏み込んできた。組み打ちを仕掛けるつもりだろう。応じるか、それとも刀で勝負を決めるか。

ほんの一瞬の迷い。次の刹那、右側の視界が暗くなり、焼けるような痛みが襲ってきた。

いや、実際に焼かれている。直文は火の点いた薪を摑み、弥次郎の右目に押し当ててきたのだ。

肉の焦げる臭いが鼻を衝いた。口から、自分のものとは思えない獣じみた叫び声が溢れ出る。

「おのれ……！」

右手に握る刀を、力任せに振った。が、直文は弥次郎の腕を摑み、脇に抱えたまま倒れ込む。ごきり、という鈍い音と共に、肩が外れた。とてつもない激痛に、再び叫び声を上げる。

「終わりだ」

直文が立ち上がった。塵芥でも眺めるような冷ややかな目で、こちらを見下ろしている。

痛みを上回る殺意が、弥次郎の全身を満たした。まだだ。こんなところで終わってたまるか。

俺は、もっと上へ行く。立身出世を果たして、日の当たる道を……。

落ちた刀を取ろうと伸ばした左手を、踏みつけられた。

「お前の敗けだ。諦めろ」

直文の足に力が加えられる。音を立てて、指の骨が数本折れた。

「……殺せ」

「甘えるな。お前が殺してきた者たちは、生死を選ぶことすらできなかった」

「この期に及んで説教か」

「どうとでも取れ。お前が生きようが死のうが、俺の知ったことじゃない」

「殺しておかなければ、必ず後悔するぞ」

「そいつは楽しみだ」

直文は鼻で笑い、弥次郎の刀を拾って踵を返す。

屋内ではいまだ斬り合いが続いているが、劣勢だった敵が、盛り返しつつあった。敵の後続が駆けつけてきたらしい。赤松則繁を襲わせた菊童子は、全滅したということだろう。

敗けるのか。このまま何者にもなれず、みじめに終わるのか。痛みと口惜しさに涙が込み上げ、半分になった視界が歪む。

この手で殺してやる。もはや、この戦の行く末さえどうでもいい。

憎悪に身を焦がしながら、遠ざかる直文の背中を見据え続けた。

十

弥次郎が敗れる様を、敦子は本堂の舞台から見届けた。

ここからでは顔まで見えないが、弥次郎を倒したのが、武部直文なのだろう。

味方ながら、恐怖を感じるほどの戦いぶりだった。火の点いた薪を顔に押しつけられた弥次郎のぞっとするような悲鳴は、ここまではっきりと聞こえてきたのだ。

弥次郎が敗れたこともあって、奥の院の戦いは味方が優勢に転じつつあった。本堂を守る武者たちの表情にも、わずかだが動揺が見え隠れしている。

目を凝らしても、多聞や若菜の姿は見えない。だが、二人はきっと生きている。あの凄惨な戦場を生き延びて、この舞台まで辿り着いてくれる。

不意に、尊秀がくぐもった笑いを漏らした。

「何が可笑しいのです？」

「よもや、これほど愉しませてくれるとは。これが、笑わずにいられれましょうや」

「この戦、いえ、殺し合いが、そなたは愉しいと？」

「実に愉しゅうございますな。己が信じる大義を掲げる者たちが、別の大義を掲げる者を相手に繰り広げる、醜く愚かな殺し合い。怒り、憎しみ、恐怖に悲哀。様々な感情が混然一体となった、最高の見世物です。それをこの最高の舞台から眺められる。これほどの余興はありますまい」

尊秀の嬉々とした語りに、思わず言葉を失った。共に戦ってきた者たちが殺し合う様を、余興と言ってのける。そんな男を、今まで旗頭と仰いできたのか。敦子は己の愚かさに唇を嚙んだ。

「ご自分を責めることはありません」

敦子の心の動きを読み切ったように、尊秀が言った。

「私は人よりも少々、人を動かす術に長けておりましてな。他人が心の底で何を望んでいるかを読み、相手が欲しがる言葉を与えれば、その者はもはや傀儡も同然。その呪縛は、容易には解けませぬ。無論、例外もいくらかおりますが」

敦子に向けて微笑し、尊秀は視線を上げる。

「そろそろか」

敦子も、清水山の先に目を向けた。稜線の向こうが、かすかに白みはじめている。

「夜が明ければ、狼煙を上げます。さすれば、京を囲む一揆勢が一斉に洛中へ攻め入り、市中に火を放つ。当初の予定にいささか狂いは生じましたが、さしたる問題ではありません」

「菊童子が壊滅した今、帝を弑逆せよなどという下知に従う者はいないのでは？」

「仰る通り。ですが、洛中全域を焼く炎の中で帝が生き延びられるか否か、見届けるのも一興というものでしょう。帝が焼け死んで皇統が絶えればよし。運良く生き延びたとして、その後、事態がどう進むかにも興をそそられますな」

「そなたは、朝廷を滅ぼすために長い時をかけ、策を巡らせてきたのではないのですか？」

「朝廷や幕府を滅ぼすことに、さしたる執着はありませぬ。どうせ乱を起こすならば、そのくらい大きな目標を持った方が面白い。そう思うただけのことです」

「ならば……ならばそなたは、目指す世を創る手段として乱を起こしたのではなく、乱を起こすことそのものが、目的であったと？」

「いかにも」

難解な公案を説いた弟子を褒める師のように、尊秀は満足気に頷いた。

「しかしなぜ、そのような……」

「さて、その問いに答えるのは、なかなかに難しゅうございますな。人の心とは、時とともに移ろいゆくもの。明確な回答など、ありはしませぬ」

「そなたと禅問答をするつもりはありません」

見据える両目に力を籠めると、尊秀は苦笑交じりに答えた。

「強いて言うならば、私自身が愉しむための祭り、といったところでしょうか」

「そんな……」

再び、敦子は言葉を失う。

己の愉しみ。たったそれだけのために、これほどの大乱を引き起こしたというのか。皇統を断絶させ、乱世を招くという大それた行いさえ、この男にとっては余興に過ぎなかったのか。

これまで死んでいった者たちの顔が、脳裏に次々と浮かんだ。越智維通、大覚寺義昭、幼くして首を刎ねられた足利持氏の遺児たちと、菊童子の若者たち。

「人の一生など、所詮は夢幻。ならば、愉しめるだけ愉しんだ方が得というものでしょう。そして私にとっての愉しみとは、他者を支配し、己の意のままに操ること。そして、欲望を剥き出しにした愚劣な者どもが、互いに殺し合いに興じる様を眺めること」

洞のような目を虚空に向け、尊秀は愉悦に浸るような顔つきで続ける。

「名和長時、畠山持国、足利持氏、南朝の将兵、弥次郎や菊童子の者たち。彼らは私の思惑通り、実によく働いてくれました。できることなら一人ずつ手を取って、礼を言って回りたいくらいです。もちろん、敦子様、あなたにも」

拳を固めて殴りつけたい衝動を、唇を噛んで堪えた。

この男だけは生かしておけない。何としても、この場で討たなければ。

「そろそろ、よろしいでしょう」

尊秀が振り返り、兵の一人に命じた。

「狼煙を上げよ。人々の欲で穢れきった京の都を、我らの手で焼き浄めるのだ」

十一

木々の合間から空が見えた。あたりは薄っすらと明るい。朝日が昇りつつあるのだろう。

徐々に、記憶が蘇ってきた。獣じみた殺気を放つ多聞の顔が、脳裏に浮かぶ。

薄目を開け、雉丸は周囲を窺った。人の気配はない。手足を動かしてみる。いくつかの擦り傷が痛んだが、筋も骨も問題はなさそうだ。

生きている。しかも、深手を負っているわけでもない。何故だと、雉丸は思った。何故、多聞は自分を殺さなかったのか。あのまま息の根を止めることなど、容易かったはずだ。

手加減した、ということか。この程度の相手なら、殺す必要もない。そう判断したのだろう。屈辱に、全身の血が沸き立つような心地がする。

尊秀は幕府も朝廷も潰し、乱世を招こうとしている。多聞はそう言ったが、そんなことがあるはずない。尊秀は自分のような孤児たちのために、新たな世を創ろうとしているのだ。

だがもしも、多聞の言うことが正しかったら。尊秀が自分に語る言葉がすべて嘘だったとしたら、自分はどうすべきか。自問した途端、足元の地面が崩れるような不安が襲ってきた。

ふと、血の臭いが鼻を衝いた。あたりを見回すと、配下の菊童子たちが倒れている。息のある者が一人もいないことは、見ただけでわかった。

まだ年端もいかない、雉丸や多聞と同じ孤児たち。幕府を倒し、新しい世を創るという志のために、共に戦った仲間。それを奴らは裏切り、殺して回っている。

許せるものか。拳を握り、唇を嚙む。こんな行いを為せる者が、正しいはずはない。落ちていた半弓を拾い、弦の具合を確かめた。矢筒には、まだ十本以上の矢が残っている。

清水寺の方角に目を向けた。奥の院で、かなりの数の兵が激しく斬り合っている。気を失っている間に、敵は清水寺の境内まで攻め入ってきたらしい。

落ち着け。己に言い聞かせた。まずは、尊秀のもとへ戻らなければ。尊秀は本堂の舞台にいるはずだが、ここからでは見えない。奥の院を避け、迂回して本堂へ向かうべきだろう。

どこに敵が潜んでいるかわからない。息を殺し、身を低くして森の中を駆けた。急な斜面を慎重に下り、境内の北側へ入る。本堂の北に位置する地主神社は、気味が悪いほど静かだった。敵はまだ、ここまでは来ていないらしい。

いや、あまりに静かすぎる。敵はともかく、味方の兵が一人も見当たらないのはおかしい。視線を左右に走らせる。数間先の社の陰に、人の足が見えた。うつ伏せに倒れたまま、ぴくりとも動かない。

気配を殺して近づく。倒れているのは、尊秀直属の兵だ。うなじに何か棒のような物が突き刺さっている。引き抜いてみると、影働きの者たちが使う棒手裏剣だった。

突然、背後に気配が生じた。

振り返る。黒装束に身を包み、刀を手にした何者かが、腕を振った。棒手裏剣。首を捻ったがかわしきれず、頬と耳朶から血が噴き出す。

雉丸は咄嗟に、手にした棒手裏剣を投げつけた。黒装束は身を捻ってかわし、斬撃を放つ。横に転がって避けながら、腰の刀を抜いて膝頭を斬りつけた。倒れたところへ、逆手に握り直した刀を背中に突き立てる。

不意に、背中に凄まじい痛みが走った。棒手裏剣。深く刺さっているが、致命傷ではない。咄嗟に判断し、弓を摑んで駆け出す。庫裏の陰に飛び込み、矢を番えた。

地面に落ちた影が、不自然に動いた。正面の蔵の屋根から、一人が飛び降りてくる。すかさず弓を上に向け、矢を放った。喉元を射抜かれた黒装束が、どさりと地面に落ちる。

続けて社の陰から現れたもう一人に向けて次の矢を放つが、籠手で弾かれた。さらに矢を番える余裕はない。弓を捨て、体ごと相手にぶつかる。

組みつき、転がりながら馬乗りの形に持ち込んだ。相手の右腕を膝で押さえつけ、動きを封じる。腰の矢筒から矢を一本抜き、鏃を相手の目に突き刺した。

悲鳴が上がった。矢柄を両手で握り、さらに押し込む。相手は体を大きく震わせ、それから動かなくなった。

二度、三度と、大きく息を吐いた。この連中が何者なのか、考えようとしても頭が回らない。とにかく、尊秀のもとへ。弓を拾い立ち上がったところで、腹のあたりが濡れていることに気づいた。視線を下げる。左の脇腹が、血で赤黒く染まっていた。返り血ではない。揉み合いになった時に、刺されたのか。理解した途端、眩暈に襲われた。

壁に手をつき、這うように進む。まだ、死ぬわけにはいかない。

本堂から、斬り合いの音が聞こえてきた。尊秀直属の兵が、黒装束の者たちに襲われている。加勢しようにも、体が思うように動かない。

歯を食い縛り、顔を上げる。本堂の舞台が見えた。そこに置かれた狼煙台から、一本の太い煙が立ち上っている。

それは、京を囲む一揆勢に総攻めを告げる狼煙だった。

十二

間に合わなかった。

立ち上る狼煙を成す術なく見上げながら、敦子は歯嚙みした。

ここで行動を起こし、狼煙台を蹴散らしたところで意味はない。周囲の兵が敦子を取り押さえ、狼煙を上げ直すだけだろう。

遠からず、京を囲む一揆勢が動き出す。それを止めるには、攻撃中止を命じる狼煙を上げるしかない。だがそれには、本堂の敵を排除し、尊秀を討つか捕らえるかする必要がある。

視線を動かし、奥の院に目を向けた。味方は優勢に転じているものの、敵を敗走させるまでには至っていない。則繁や直文が鬼神の働きを見せてはいるが、他の味方には疲労の色が見えはじめている。奥の院を突破し、本堂に攻め入るのは難しいかもしれない。

もはや、万策尽きたのか。冷たい絶望が込み上げ、敦子は頭を振った。

諦めるな。望みを捨てた時、すべてが終わる。

「諦められませ」

敦子の思考を先回りするように、尊秀が言った。

「すでに、そちらの勝ち目は消え失せました。奥の院で戦う者たちに、降伏を呼びかけられよ。潔く降れば、命は助けましょう。これ以上、無益な血を流すこともありますまい」

「この期に及んで、私がそなたの言葉を信じるとでも？」

「信じていただけぬとあらば、致し方ありますまい。あなたに従う者たちは皆、首と胴が離れることとなりますな」

「我らを殺し尽くしたとて、勝ったとは思わぬことです。神仏は、そなたを赦しはしない」

「神仏、ですか」

気の利いた戯言を聞いたかのように、尊秀は頬を緩めた。

「神仏とやらがまことに居るのだとすれば、まことに頼りなき者どもですな。朝な夕な、熱心に念仏を唱えていた我が母は、私の目の前で雑兵どもの慰み者にされた末に切り刻まれ、肉の塊と化しました」

尊秀が肉親について語るのを聞くのは、初めてだった。

その凄惨な光景を想像し、敦子は息を呑む。かつて隠岐国で起こり、尊秀がすべてを失ったという戦でのことだろうか。だが、この男の言葉を鵜呑みにすることはできない。

「その時、私は悟りました。神も仏も、誰一人として救えはせぬ。人を裁くことができるのは神でも仏でもなく、同じ人でしかないのだ、と。此度の乱は、我欲に塗れた愚かな人々を裁くため、私が与えた罰でもあるのです」

「思い上がるな、尊秀。他者を人として扱えぬそなたに、誰かを裁く資格などない。そなたの母上も、あの世でさぞや嘆いておられよう」

「人は、死ねば無に帰するのみ。地獄も極楽も、坊主どもが己の欲得のために作り上げた紛い物にすぎませぬ」

不意に、尊秀の顔に張り付いた皮肉な笑みが消えた。

「無粋な者どもよ」

かすかに苛立ちを滲ませ、こちらに向き直る。

「ちと、邪魔が入ったようです」

尊秀が言った直後、どこかからけたたましい悲鳴が聞こえた。

奥の院からではない。もっと本堂に近いどこか。続けて、方々から無数の足音と斬り合いの音が聞こえてきた。周囲の兵たちが、慌ただしく動き出す。

多聞と若菜か。それとも、他に別働隊がいたのだろうか。

本堂の中から、一人の兵が舞台へ出てきた。ふらふらと数歩進むと、膝をついて前のめりに倒れる。その喉元に、短い棒のような物が突き立っていた。尊秀が骸の傍らに屈み、棒を引き抜く。五、六寸の、釘のような武器。棒手裏剣という物だろう。

「畠山の鼠どもか」

棒手裏剣を投げ捨て、尊秀が立ち上がる。

畠山というと、持国のことか。尊秀の裏切りを知って、刺客を送ってきたのかもしれない。

「さしたる数ではあるまい。狩り出せ」

尊秀の下知を受け、舞台の兵が散っていく。

敦子は視線を左右に走らせた。舞台に残るのは敦子と尊秀、そして長刀を手にした四人の雑兵。二間ほど先の床には、尊秀が投げ捨てた棒手裏剣が落ちている。

不意に、本堂の屋根に人影が現れた。黒装束をまとい、短く反りの無い刀を手にしている。

黒装束が飛び降りながら、空中で腕を振った。次の刹那、眉間に棒手裏剣を浴びた雑兵が倒れる。

すぐさま、尊秀が動いた。太刀が一閃し、着地した影が血を噴き出して倒れる。

さらに数人の黒装束が、本堂から舞台へ飛び出してきた。応戦した雑兵たちが倒されていく中、尊秀は舞うような動きで刺客の刃をかわし、斬り、突き伏せていく。

尊秀が実際に人を斬るところを見るのは、これが初めてだった。殺気はまるで感じられない。円を描くような足捌きで、敵が斬撃を放った時には、すでにそこからいなくなっている。次々と相手を血祭りに上げながら、その表情は涼しげで、妖艶ささえ漂っていた。

尋常な強さではない。敦子が斬りかかったところで、勝てる見込みは皆無に等しいだろう。

それでも、やるしかない。斬り合いの模様を窺いつつ、大きく息を吸い、吐く。

二人の黒装束が、左右から尊秀に襲いかかった。尊秀はこちらに背を向けている。

敦子は身を低くし、地面を蹴った。地面に落ちた刀を拾い、尊秀の背中へ向けて突きを放つ。

捉えた。そう確信した刹那、顔に何かが降りかかった。

尊秀の太刀が、黒装束の一人の首筋を斬り裂いている。顔にかかったのは、噴き出した血か。

構わず、敦子は刀を突き出す。次の刹那、尊秀はもう一人の黒装束を盾にした。敦子の刀が、黒装束の体を貫く。

「惜しいところでしたな」

尊秀は二間ほど間合いを取り、悠然と立っている。

黒装束の体から引き抜いた刀を、敦子は構え直した。袖で顔の返り血を拭い、左右を窺う。舞台には無数の屍が転がり、立っているのは敦子と尊秀だけだ。本堂から聞こえていた斬り合いの音も、今は止んでいる。

「つまらぬ真似はやめて、刀を捨てられませ。あなたが死んでは、張り合いがなくなってしまう」

「案ずるには及びません。そなたも、ここで死ぬのだから」

今の惨状を招いたのは、尊秀の本性を見抜けなかった自分の責任だ。この命に代えても、尊秀を止めなければ。

刺し違える覚悟で踏み出した。無心で、立て続けに斬りつける。刃は空を斬り、尊秀には届かない。それでも、刀を振り続ける。

床の血溜まりに足を取られ、体が傾いだ。その刹那、腹に凄まじい衝撃が走り、後ろへ吹き飛ばされる。蹴りを食らった。理解すると同時に、背中が欄干に叩きつけられた。

息が詰まる。蹲り、激しく咳き込んだ。尊秀がゆっくりと近づいてくる。その顔つきは穏やかなままで、息一つ乱れていない。

結局、何もできなかった。京は焼かれ、帝は殺される。この国はいつ果てるとも知れない乱世に叩き込まれ、民は塗炭の苦しみに喘ぎ続ける。

口惜しさに、涙が込み上げた。都が焼かれる様を見せられるくらいなら……。刀を握り直し、自身の首筋にあてがい目を閉じる。

「諦めないで」

どこかから、そんな言葉が聞こえた。声は、若菜のものだ。

目を開く。尊秀には聞こえなかったらしい。あるいは、幻聴だったのか。

「この国が滅びゆく様をご覧いただけないのは残念ですが、あなたにばかり構ってもいられませぬ。これで終わりといたしましょう」

尊秀が両手で太刀を握り、突きの構えを取る。

ここまでか。息を呑んだその時、視界に何かが飛び込んできた。

どこから現れたのか、敦子の正面、西側の欄干の上に、人が立っている。

その顔を確かめ、敦子は声を上げた。尊秀は視線をそちらへ動かし、頰を緩める。

「やはり来たか、多聞」

「ああ。あんたに一つ、訊ねたいことがあってな」

肩で息をしながら、多聞が不敵に笑う。

「まったく、無茶な真似をしたものだ。この舞台まで、身一つで這い上がってくるとは」

「悪かったな、遅くなって。さすがに、鉤縄（かぎなわ）も無しにここまで登ってくるのは骨が折れたぜ」

敦子は驚嘆した。いくら多聞が身軽でも、一つ間違えば命取りになる。

身を軽くするためか、多聞は鎧も身に着けていない。武器は、背に刀を負っているだけだった。

多聞は欄干から床に飛び降り、狼煙台を蹴り倒した。床の血溜まりで、火と煙が消える。

「して、私に訊ねたいこととは？」

「いや、もう訊くまでもねえ」

敦子を一瞥し、多聞が言った。刀を抜き放ち、切っ先を尊秀に向ける。

「決めた。あんたは殺す」

十三

大口を叩いたものの、多聞は足が竦（すく）みそうになるのを感じていた。

間合いはおよそ二間。尊秀は構えを取るでもなく、悠然と立っているだけだが、隙はどこにも見えない。

尊秀が相当な遣い手であることは、わかっているつもりだった。だが実際に向き合ってみると、想像をはるかに超えている。直文や弥次郎のような、まっとうな気迫とも違う。妖気とも言えそうな異様な圧力が、多聞の全身を捉えていた。

顎の先から、汗が滴り落ちた。残りの体力を考えると、さほど長くは戦えそうにない。

視線をわずかに動かし、周囲を窺う。何者かはわからないが、黒装束をまとった者たちの骸が転がっていた。尊秀の兵らしき骸もいくつかある。舞台の東側の欄干近くにいる敦子は、腹を押さえて片膝立ちになったままだ。到底、戦力にはならないだろう。

一人でやるしかなさそうだ。腹を括り、丹田に力を込めた。

床を蹴り、間合いを一気に詰めた。立て続けに突きを放つが、尊秀には掠りもしない。喉元を狙った両手突きがかわされた直後、足払いをかけられた。

背中から床に倒れる。ほとんど同時に振り下ろされた刃を、転がって避けた。立ち上がりざまに刀を薙ぐが、尊秀はひらりと舞うような動きで後ろへ跳んでかわす。

「相変わらず、馬鹿正直な剣だな。それでは、私は斬れんぞ」

そう言って笑う尊秀は、まるで息を切らしていない。

「化け物が……」

吐き捨てた刹那、尊秀が動いた。

上からの斬撃。受け止めようとした瞬間、何かが光った。咄嗟に横へ跳んで間合いを取ったが、右の脇腹に鋭い痛みを覚え、多聞は思わず片膝をつく。

「多聞！」

敦子が叫ぶ。視線を下ろすと、小袖が大きく裂け、右脇腹のあたりが血に染まっていた。

いつの間にか、尊秀は左手に太刀、右手に脇差を握っていた。斬撃を繰り出すと同時に、脇差で抜き打ちを放ったのだろう。

傷そのものは深くはないが、あと少し反応が遅れていれば、確実に死んでいた。

「もう少し愉しませてくれるかと思ったが、期待外れだったようだな」

「うるせえ。まだ、終わっちゃいねえぞ」

虚勢を張ったものの、まるで勝てる気がしない。多聞の内心を見透かしたように、尊秀は薄っすらと笑みを浮かべている。

「今なら、まだ間に合う。我が麾下に戻れば、すべてを水に流し、一軍の将に取り立ててやろう」

「ご免だな。菊童子も、どうせ安上がりの手駒程度にしか考えてなかったんだろう？」

「それの何が悪いのだ？」

心底理解できないといった様子で、尊秀が問い返す。

「私は一人として、無理強いしてはいない。食い繋ぐため、あるいは力を得るため、お前たち自身が選んだ道ではないか」

「らしくねえ屁理屈だな。何も知らねえ餓鬼を、口先でたらし込んだだけだろうが」

「放っておけば朽ち果てるだけの無価値な命を、意味あるものにしてやったのだ。感謝こそされても、罵られる覚えはないな」

「その言葉、あの世で死んだ連中に言ってみろよ」

「やはり、そなたとはわかり合えぬようだ」

諦めたように、尊秀は小さく嘆息を洩らした。

「幕府と朝廷を滅ぼした後には、力だけがすべての乱世がやって来る。そなたのような何も持たぬ者にとっては、理想の世だ。それを見ずに死ぬとは、愚かなことよ」

「嘘だ！」

不意に、聞き慣れた声が響いた。数間先、本堂の中に人影が見える。

雉丸だった。番えた矢を、尊秀に向けている。

「嘘だと言ってください、尊秀様。でなければ、俺は……」

その声は弱々しく、弓を構える手も震えている。誰にやられたのか、かなりの深手を負っているようだ。

尊秀の目が、雉丸に向けられた。

「嘘ではない。まことのことだ。そう答えたら、どうすると言うのだ？」

尊秀の嘲るような口ぶりに、雉丸は顔を歪め、意味を成さない叫び声を上げる。

矢が放たれた。と同時に、尊秀の腕が見えないほどの速さで動く。

雉丸の矢と尊秀の投げた脇差が、空中で交錯した。尊秀はわずかに体を捻り、外れた矢が南側の欄干に突き立つ。

雉丸が両膝をついた。その胸には、脇差が深々と突き刺さっている。

雉丸の目が、多聞を向いた。

ごめん。雉丸は血で汚れた唇をそう動かし、前のめりに崩れる。

「愚かな」

尊秀が呟いた。

「戦いに私情を挟むなと、教えたはずだ」

抑えようのない殺意が、全身を満たしていく。尊秀を見据え、立ち上がった。湧き上がる怒りが、痛みを遠いものにしている。

「まだわからんのか。怒りに任せた剣で、私は斬れんぞ」

「その減らず口、首と胴が離れても叩けるかどうか、確かめてやるよ」

言うや、床を蹴って飛び出した。

この男だけは、殺す。でなければ、手駒にされて死んでいった者たちに、あの世で合わせる顔がない。


鬼気(きき)迫る形相で刀を振り続ける多聞を、敦子はじっと見つめていた。

尊秀は、多聞の繰り出す斬撃をいとも容易くかわし、反撃しようともしない。多聞の体力が尽きるのも、時間の問題だろう。

西の欄干越しに見える京の町からは、幾筋かの黒煙が上がっている。狼煙の合図を受けた一揆勢が、町に火を放ちはじめたのだ。

本堂では、雅丸が蹲るように倒れている。最後の矢を放つ寸前まで、雅丸は尊秀を信じ、敬愛していたのだろう。その信頼を、尊秀は嘲笑(あざわら)うかのように裏切り、命まで奪った。

自身の胸を抉られたかのような痛みに、敦子は呻き声を洩らす。

覚えず、刀の柄を握る手に、力が籠もった。自分が加勢したところで、役に立たないことはわかっている。だがせめて、多聞の盾になるくらいは。

立ち上がりかけたところで、何かが袖を摑んだ。

「振り返らないで、姫さま」

若菜の声。小さいが、確かに聞こえた。

やはり、幻聴などではなかった。目立たないよう、小さく頷く。

声は、敦子の背後、下の方から聞こえる。恐らく、欄干の下の柱にしがみついているのだろう。

若菜も、多聞と共にこの舞台まで這い上がってきたということか。多聞といい、やはり菊童子の膂力は並外れている。

「そこにある、棒手裏剣を」

声を潜め、若菜が言う。すぐ近くにある黒装束の骸の傍らに、棒手裏剣が一本落ちている。

そっと手を伸ばして摑んだ棒手裏剣を、後ろ手で若菜に渡した。

「姫さま、よく聞いて」

棒手裏剣を受け取ると、若菜は敦子の手の上に、そっと掌を重ねた。

「これから何が起きても、姫さまは生き延びて。生きて、このどうしようもない殺し合いを終わらせるの。いい？」

「わかった」

若菜にだけ届く声で、敦子は答えた。

若菜は、左手で舞台を支える柱を摑み、右手で敦子から受け取った棒手裏剣を握った。

目から上だけを出し、多聞と尊秀の斬り合いを見つめる。

多聞の斬撃は、速さも力強さも、かなり落ちていた。尊秀はそれを、ひどくつまらなそうな顔で容易くかわしている。

だが尊秀の動きも、ほんのわずかだが衰えてきていた。流れるようだった足捌きからは滑らかさが消え、斬撃をかわすのではなく、太刀で受け流す回数が増えている。尊秀の体力も、無尽蔵ではないということだ。

じきに、尊秀は反撃に転じる。そして、多聞がそれをしのぎきることはできそうもない。恐らく、多聞は斬られるだろう。尊秀にわずかでも隙が生じるとすれば、その一瞬だけだ。気の毒だが、多聞には犠牲になってもらうしかない。

尊秀を殺すことに、躊躇いはなかった。弥次郎や雉丸のように、尊秀を慕う気持ちもない。朝廷がどうなろうと、誰がどんな政を行おうと、興味も無い。

それでも、尊秀の口から語られた新しい世には虫唾が走る。

力だけがすべて。そんな世が訪れれば、血筋も家柄も関わりなく、己の才覚だけで、どこまでも上を目指せるようになるのだろう。それを喜ぶ者も、少なくないのかもしれない。

だが、すべては強者の理屈だ。女子供や力の無い者たちは、今の世でさえ虐げられ、物のように売り買いされ、欲望の捌け口にされている。

脳裏に、幼い若菜を組み伏せる男たちの、下卑た顔つきが蘇ってきた。弱い者たちを踏みつけながら恍惚の表情を浮かべ、これが世の理だと嘯く。あの恥知らずな連中が大手を振って歩く世など、死んでも願い下げだ。

抗ってやる。それでも踏みつけようとするなら、その足を斬り飛ばしてやる。

「てめえ、いつまで逃げ回ってるつもりだ？」

業を煮やしたように、多聞が喚いた。

「そうだな。そろそろ、こちらから行かせてもらうとしよう」

遊び飽きた童のように言って、尊秀が踏み出す。

甲高い音と共に、刀がぶつかった。鍔迫り合いの形になるが、やはり多聞が押されている。

尊秀の膝が、多聞の腹にめり込んだ。多聞は体をくの字に曲げ、後退る。

数歩たたらを踏んだ多聞が、逆に前に出た。二人が交錯する。

尊秀の首が飛んだ。いや、飛んだのは兜だけだ。数瞬の後、多聞が前のめりに倒れる。

その刹那、若菜は欄干の上に飛び乗り、さらに跳躍した。尊秀はこちらに背を向け、倒れた多聞を見下ろしている。

跳びながら、若菜は棒手裏剣を放った。同時に、腰の脇差を抜き放つ。気配に振り返った尊秀の左肩に棒手裏剣が突き立ち、体勢がわずかに崩れた。

尊秀の首筋を狙い、空中で斬撃を放った。

が、尊秀は素早く体勢を立て直し、仰け反るようにして間合いを取る。

切っ先は、尊秀の額を掠めただけだった。着地すると同時に、脇腹に蹴りがくる。避けきれず、まともに食らった。天地が回り、背中を欄干に打ちつける。

「ようやく現れたな、若菜」

低い声で、尊秀が言った。額から流れる血で、顔の半分が紅く染まっている。

「多聞が斬られるまで待っていたのは褒めてやろう。だが、所詮は女の浅知恵。せいぜい、私の顔に傷を付ける程度だ」

　尊秀から、先刻までの余裕は消えていた。血が目に入り、視野も狭まっている。だが、若菜も足に力が入らない。横目で多聞を窺った。息はあるが、動けそうもない。

　ふと、視界の隅で何かが光った。恐らく、尊秀には見えていない。

　若菜は顔を上げ、にやりと笑ってみせる。

「あんた、本当は女が怖いんじゃないの？」

「何だと？」

　尊秀の眉間に皺が寄る。

「あんたみたいな男、童の頃からうんざりするほど見てきたよ。女が恐いから、力でねじ伏せる。恐いから、人として扱わない。そういう男に限ってなぜか、母親だけは神か仏みたいに崇めてたりする。どうせ、あんたもその口でしょ？」

「聞いたふうな口を叩くな」

　初めて、尊秀の声音に怒りが滲んだ。その総身から、剝き出しの殺気が溢れ出ている。そうだ、もっと怒れ。思いながら、さらに言葉を重ねる。

「やっぱりね。いい歳してみっともない。見てるこっちが恥ずかしくなるよ。あんたの母親がどこの誰だか知らないけど、今のあんたを見て、何て言うかな。もしかして、褒めてもらえるとでも思ってる？」

「黙れ、売女が……！」

　尊秀は、これまでが嘘のように醜く歪んだ顔で、太刀を振り上げた。

次の刹那、尊秀の死角から一本の矢が飛来する。

尊秀の首を、矢が貫いた。尊秀は見開いた目を、本堂の方へ向ける。

その視線の先。雉丸の骸の傍らに、弓を手にした敦子がいた。

「おのれ……」

掠れた声で言うや、尊秀は大量の血を吐き、膝をつく。

若菜は立ち上がり、尊秀に歩み寄った。

「女の浅知恵、舐めんな」

吐き捨て、脇差を握る両手に力を籠める。

十四

若菜が脇差を振った。

尊秀の首が落ち、残った胴が血を噴き上げながら崩れていく。その様が、敦子の目にはひどくゆっくりしたものに映った。

床に転がった尊秀の首は、笑っているようにも、泣いているようにも見える。

不意に、膝が折れそうになった。蹴りを受けた箇所が、軋(きし)むように痛む。かろうじて踏みとどまった敦子に、若菜が駆け寄ってくる。

「姫さま！」

「大丈夫」

敦子はその場に膝をつき、雉丸の亡骸に向かって手を合わせた。

「若菜こそ、怪我はない？」

弓の腕に自信があったわけではない。しっかりと狙いをつけられたのは、若菜が尊秀の気を引き続けてくれたからだ。

「うん。それよりも」

若菜が奥の院に目をやった。尊秀が討たれたとも知らず、敵も味方も斬り合いを続けている。

頷き、敦子は立ち上がった。体は疲れきっているが、為さねばならないことは山のようにある。

大きく息を吸い、奥の院に向けて叫んだ。

「皆の者、聞け！　京を焼き、幕府と朝廷を共に滅ぼして乱世を招こうとした鳥羽尊秀は、我らが討ち取った。最早、我らが戦う理由はない。この無益な戦は、これで終わりだ！」

尊秀の兵たちは呆然と立ち尽くし、味方からは歓声が上がる。

「おい」

背後からの声に、振り返った。

「お前、俺が斬られるまで待ってやがったな」

体を起こした多聞が、若菜に向かって恨めしそうに言う。斬られた左右の脇腹は血に染まり、顔は蒼白い。

「あんた、よくそれで生きてるね」

若菜が半ば呆れたように応じると、多聞は「当たり前だ。俺は不死身……」と言いかけ、再びうつ伏せに倒れた。

「多聞！」

慌てて駆け寄り、息を確かめる。気を失っているだけだ。たぶん、血を流しすぎたのだろう。

「まずは、多聞の手当てを。若菜、手伝って」

面倒臭そうな若菜を井戸へ追い立て、敦子は庫裏で道具を集めた。若菜が運んできた水で脇腹の傷口を洗い、針と糸で傷を縫い合わせる。膏薬（こうやく）を塗り、晒しをきつく巻きつけた。

「後は、多聞の生きる力次第」と、若菜は言う。ならば、死ぬことはない。根拠（こんきょ）はないが、そんな気がした。

その間に、味方は本堂へ集まっていた。赤松則繁も、あちこちに傷を負ってはいるが、深手ではなさそうだ。

攻撃中止と撤退を命じる狼煙が上げられた。さらに敦子は、各陣の大将へ事情を説明する使者を送るよう命じた。六波羅蜜寺を攻め立てていた楠木正理（くすのきまさみち）の軍も、四散しつつあるようだ。

「どうにか、間に合い申したな」

敦子の傍らに立って、則繁が言った。

「できることなら、この手で打ち果たしとうござったが」

尊秀の首に目をやって呟くと、則繁は隣に立つ男を指した。

「こちらは、武部直文殿にござる」

頷き、片膝をついた直文に向かって言った。

「弥次郎との一騎討ち、しかと見届けました。お味方、かたじけなく存じます」

「何の。俺は、私怨から戦ったまで。幕府にも南朝にも、与するつもりはありません」

「わかりました。ところで、弥次郎はどうなりました？」

「さあ。なにぶんひどい乱戦だったもので、気づいた時には姿を消しておりました。逃げたとしても、それほど遠くはありますまい。追って、討ち果たしますか？」

「いえ、その必要はありません」

　諦めと安堵が入り混じる思いで、敦子は答えた。

　たぶん、弥次郎がこちら側に戻ってくることはないだろう。それほど、弥次郎は尊秀に心酔していた。次に会うことがあれば、互いの命を奪い合うことになる。

「一揆勢が退きはじめたぞ！」

　味方の一人が、洛中を指して叫んだ。目を凝らすと、洛中へ攻め入っていた一揆勢が撤退しつつある。放たれた火も、さほど大きくなってはいないようだ。

　一揆勢がすぐに撤退の下知に応じたのは、そもそも士気がさほど高くなかったからだろう。一揆に加わる土豪衆のほとんどは、幕府が倒れることも、京が灰になることも望んではいないのだ。

「よかったね、姫さま」

　いつの間にか隣に立っていた若菜に、頷きを返す。国を救ったなどという実感はない。だが少なくとも、京で生きる人々は守ることができた。

　尊秀の首に目をやった。

　結局、この男は何者だったのだろう。本当に、後鳥羽院の血を引いていたのか。その口から語られた来し方がどこまで真実だったのか。どれもわからずじまいだ。

いや、誰もが納得する〝真実〟など、本当はどこにもありはしないのかもしれない。

「まだ、何も終わってはおりませんぞ」

緩みかけた気を引き締めるように、則繁が言った。

「遠からず、赤松追討の軍が京へ戻ってまいりましょう。それまでに幕府との交渉をまとめ、一揆を解散させる。その前に、一揆勢や南朝方の主立った者たちも説得しておかねばなりますまい。なかなかの難事ですぞ」

「承知しております」

尊秀の死で、南朝方は屋台骨を失った。一揆勢も様々な利害や思惑が入り乱れ、一枚岩とは言い難い。これを上手くまとめながら、幕府と交渉して落としどころを探っていかなければならない。一つ舵取りを過てば、幕府との全面的な衝突を招きかねなかった。

「まずは、これ以上の戦や略奪を固く禁じる旨、味方に徹底いたします。一方で、幕府に迫り、一日も早く徳政令を出させる。それで、一揆衆の大半は納得させられるかと」

「それがよろしいでしょうな。問題は幕府、というより、畠山持国がどう出るか、ですが」

床に転がったままの尊秀の首に目をやり、敦子は答えた。

「私に、考えがあります」

十五

洛中へ押し寄せつつあった一揆勢が、なぜか退きはじめた。火を放たれた建物はそれほど多くはなく、ほどなく消し止められそうだという。

その報せに、室町第へ参集した大名たちの多くが、安堵の表情を浮かべていた。あのまま洛中へ攻め入られれば、こちらに防ぐ手立てはなかったのだ。

畠山持国は列席する大名たちを眺めつつ、思案を巡らせた。

この攻撃は、昨日布告した徳政に対する返答だろう。土民に限った徳政など認めない。武家、公家も含めた均一徳政を行うまで、京の囲みは解かない。一揆勢は、それを行動で示したのだ。

だが、それとは別な動きもあった。一揆勢の一部が離反し、六波羅蜜寺から清水寺の一帯で激しい戦があったというが、それも日が昇って間もなく終息している。洛中に攻め入った一揆勢が退きはじめたのは、戦が終わって間もなくのことだった。

これをどう判断すべきか。一揆勢内部に深刻な亀裂が生じたことは、間違いないだろう。その意味では、持国の離間策が当たったということになる。だが、本当にそれだけなのか。

深更(しんこう)過ぎ、影働きの者から、尊秀が清水寺にいるという報せがあった。持国は予定通り尊秀殺害を命じたが、それから連絡は絶えている。それと一揆勢が退いたことは、何か関係があるのか。

「仔細(しさい)はわかりませぬが、ともかくひとまずは助かりましたな」

大名の一人が言った。

「まだ終わってはおらぬ」

睨みつけると、その大名は俯いて黙り込んだ。

「いつでも洛中を火の海にできる。そのことを示して我らの心胆を寒からしめ、均一徳政を引き出す。それが彼奴らの狙いぞ」

思わず、声音に苛立ちが滲んだ。わからないことが多すぎる。尊秀さえ討てば、一揆は瓦解する。そう踏んでいたが、尊秀の生死はいまだ不明なままだ。

「やはりここは、均一徳政を認めるしかないのでは……」

大名の一人が出した案を、持国は「ならん」と一蹴した。

「均一徳政など行えば、洛中の土倉、酒屋はことごとく潰れる。さすれば、とてつもない混乱が巻き起こるぞ。将軍家は取れるはずの税を取ることができず、御所の銭倉は、じきに空となる」

一同を見回すが、不満げな表情を浮かべる者もいくらかいた。

この場にいる大名や幕臣の中にも、多額の借銭を抱え、内心では均一徳政を望んでいる者が少なくない。それほど土倉、酒屋から流れる銭は、この国のいたるところに行き渡っている。かく言う持国自身も、かなりの額の借銭を抱えていた。

だがそれでも、均一徳政を認めるわけにはいかない。土民が起こした一揆の要求をすべて呑んだとなれば、将軍家の威信は地に堕ち、持国はその弱腰を糾弾されることになるのだ。

「ならば、赤松追討の軍が戻るまで、御所と内裏を死守するしかありますまい」

言ったのは、京極持清だった。

「城山城はすでに落ち、赤松満祐の首級も挙がったと聞きます。追討軍が京へ戻るのも、時間の問題でしょう。我らは今しばらく京で耐えしのぎ、追討軍が戻ったところで、一揆勢を挟撃する。この窮地を脱する手立ては、他にないかと」

持清の言葉が正しいことは、持国も無論、理解している。だができることなら、それは避けたかった。この筋書きでは、功名の第一は赤松を討ち、一揆勢を蹴散らした山名持豊ということになってしまう。諸大名の信望は山名に集まり、持国の影響力は大きく削がれるだろう。

いや、そもそも山名持豊が、すぐに京へ引き返すという保証もなかった。幕府が一揆勢に押し潰されるのを待ち、その後で一揆勢を倒して自らの幕府を開く。よもやとは思うが、あの男ならば、そこまで考えていてもおかしくはない。

最早、一揆を利用して己の地位を高める、などという段階ではない。畠山家が、あるいは幕府そのものが生き残れるか否かという瀬戸際だった。

「ご無礼仕ります」

一礼して会所に入ってきた持国の近習が、耳打ちしてきた。その内容に、持国は一瞬眉を顰める。近習を下がらせ、一同に向かって言った。

「今日のところは、これ以上の動きはあるまい。ひとまず散会いたす」

足早に会所を出ると、急ぎ自邸へ戻った。持国の屋敷を、一揆勢からの使者が訪ねているという。その使者の名を聞き、持国は自ら会うべきだと判断した。

広間で待っていたのは、若い女子だった。その斜め後ろに、従者らしき男が控えている。

まだ、二十歳をいくつも過ぎていないだろう。高貴な血筋と聞くが、身なりは質素なもので、どこかの商家の娘と言われても違和感はない。従者の衣服も、ひどく粗末な代物だ。

「そなたが、玉川宮敦子殿か」

「はい。このような身なりでご無礼いたします。我らがここを訪れたこと、他の大名の方々には知られぬ方がよいかと」

「さようか。南朝の姫君に気を遣っていただけるとは、何とも光栄なことよ」

脇息に肘を突いたまま答える。仮にも皇統に連なる相手だが、持国は敢えて不遜に振る舞った。朝廷から認められた皇族ではない。むしろ、幕府に弓を引き、世を乱した逆賊の一味なのだ。

「して、用向きは？」

「無論、徳政の件にございます」

若いが、臆する様子は微塵も見えない。恐らく、こうした交渉の場は初めてではないのだろう。南朝の姫君といっても、ただの御輿ではなさそうだ。

「土民に限り、徳政を認める。それでは不満か」

「はい。土民の多くに、さしたる借銭はありませぬ。此度の我らの一揆は、土民に限らず借銭に苦しむ公家、武家を等しく困窮から救わんがためのもの。ゆえに、均一徳政が行われぬ限り、一揆を解くわけにはまいりませせぬ」

「詭弁じゃな」

薄笑いを浮かべ、持国は応じた。

「均一徳政ならば、幕府や朝廷の中にも利を得る者が多くなろう。自然、一揆を起こした者たちの処罰も和らぐ。まことの狙いは、そこにあるのではないか？」

「さようにございます」

意外にも、敦子はあっさりと認めた。

「しかしそれだけではありません。領主の多くが借銭に苦しんでいるのは、紛れもない事実。そして領主の借銭はそのまま、苛斂誅求となって領民にのしかかります。これでは一揆や逃散は絶えず、自領から年貢が取れぬとなれば、他人の領地を奪おうと考える領主も現れる。国中で戦が巻き起これば、やがて幕府の権威は失墜し、この国は、唐土の春秋戦国さながらの乱世となりましょう」

「それを防ぐには、均一徳政しかないと申すか。それは、敦子殿ご自身のお考えかな？」

「はい」

嘘ではあるまい。敦子の言葉は滑らかで、迷いは見えない。誰かの考えを代弁しているわけではなさそうだ。この若さ、しかも女子の身で、並の大名などよりもよほど見識がある。南朝方の中で重きを成しているというのも頷ける話だ。しかしそれだけに、危険な女子だった。

「だが、所詮は女子の浅知恵よ」

言うと、敦子の表情がかすかに曇った。

「武家の抱える借銭は、すべて合わせれば膨大なものとなる。それを帳消しすれば、この国は未曾有の混乱に見舞われよう。土倉と酒屋の多くが潰れ、銭の動きは滞る。国を人の体に喩えれば、銭は血のようなものじゃ。血の巡りが悪くなれば、どのような病を引き起こすかわからぬ」

「その混乱を最小限に抑えるのが、為政者たる者の務めでありましょう」

「女子の身なれば、何とでも言えよう。だが我らには、混乱そのものを起こさぬという務めもある」

「武家、百姓を問わず、現に今、多くの人々が苦しみ、貧窮に喘いでいるのです。それを、捨て置かれると？」

「致し方あるまい。借銭に苦しむのも、結局は己の責であろう。借りた物を返せぬ輩のためにいちいち徳政令を出しておっては、国は成り立たぬわ」

上体を起こし、持国は身を乗り出した。両目に力を籠め、敦子を見据える。

「そもそもそなたは、いかなる立場でここにおるのだ。南朝方の者としてか、それとも一揆の代表としてか。此度の一揆が南朝の企てであり、その首謀者が鳥羽尊秀なる者であること、こちらはとうに摑んでおる。話し合うならば、その者が出てくるのが筋というものではないのか？」

「彼の者は、もうこの世におりませぬ。今朝、我らが討ち果たしましたゆえ」

「何？」

敦子が手を叩いた。

縁に現れた一人の女子が、首桶（くびおけ）を運んでくる。持国の前に置かれたそれから取り出されたのは、紛れもなく尊秀の首だった。

「この者がそなたの子飼いであり、将軍謀殺がそなたの指示であったこと、我らもとうに摑んでおる」

敦子の口ぶりが変わった。

「だがこの者は、そなたの思惑を超え、この一揆を利用して幕府、さらには朝廷そのものまで滅ぼそうと企てた。我らはそれを阻止せんがため、清水寺にて尊秀を討ち果たした」

「馬鹿な。朝廷までも滅ぼすだと？」

「我らがこの者を止めねば今頃、将軍継嗣の千也茶丸殿も、北の帝も討たれていたであろう。無論、そなたもな」

敦子の端整な口元に、薄い笑みが浮かぶ。

「私がここにいる理由は、これでおわかりか？」

尊秀が、そこまで大それたことを企てていたとは。まさか、という思いと、あの男ならあり得るという思いが入り交じる。だが今となっては、死んだ者の目論見などどうでもいい。

「よかろう。そちらの事情はわかった。して、そなたはこの先いったい何を望む？　言っておくが、小倉宮への譲位などという話は呑めぬぞ」

「無論、さようなことを求めるつもりはございませぬ」

敦子の口調が戻り、口元の笑みは穏やかなものに変わった。

「我らの望みはただ一つ。この混乱を収め、都に平穏を取り戻すこと。それには、幕府が均一徳政を行い、一揆衆を納得させた上で、京の囲みを解くしかありますまい」

「均一徳政は認めぬ。赤松討伐軍が戻るまで、何としても京を死守する。そう申したら？」

「申し上げたはず。畠山殿と鳥羽尊秀の繋がりは、とうに摑んでおると。畠山殿が清水寺に刺客を送り、尊秀の口を封じようとしたことも」

「何が言いたい？」

「山名殿がこの事実を知れば、この窮地を脱したとしても、畠山殿は無事ではすみますまい。将軍家を支える畠山家の当主があろうことか、将軍謀殺に深く関わっていたのですから」

「そのような証が、いったいどこに……」

言いかけ、持国は口を噤んだ。山名持豊にとっては、証があろうとなかろうと構わない。そうした疑いがあるというだけでも、持国を排除する理由になる。力を持つ者が声高に訴え、それを信じる者が集まれば、どんな虚構も真実に変わる。それが、持国が知る政というものだった。

「均一徳政が行われるのであれば、我らは一揆勢を説き、京の囲みを解かせます。畠山殿と尊秀の繋がりについても、口を閉ざしましょう」

再び脇息にもたれ、敦子を見据えた。斬るか。生かしておくには、この女子は危険すぎる。

「ところで、まだこの者を引き合わせておりませんでした。さあ、ご挨拶を」

敦子に促され、それまで無言で頭を垂れていた従者が、初めて顔を上げた。

どこかで見た覚えがある。思い出すより先に、低い声で従者が名乗った。

「前一色家当主、一色修理大夫義貫が庶子、武部直文にござる」

思い出した。数年前、吉野を攻める際の軍議で会っている。あの後、義貫は討たれ、直文は南朝方へ転じていた。

だが半年ほど前、尊秀の放った刺客に討たれたはずだ。それがなぜ、生きてこの場にいるのか。

「そなたは死んだと、風の噂に聞いておったのだがな」

「運良く、命拾いいたしました。つまらぬ謀で、多くの配下の者を死なせてしまいましたが」

直文の視線を受け、ぞくりと背筋が震えた。

ここへ通す前に、太刀も脇差も取り上げてある。それでも持国は、野の獣と対した時のような恐怖を覚えた。これが、殺気というものなのだろう。

敦子を斬るという考えを、持国は捨てた。次の間に控える家臣たちが敦子を斬る間に、直文は持国の首を折るくらいのことはできる。無論、敦子もそのつもりで直文を連れてきたはずだ。

均一徳政を認める。それ以外の道は、すべて封じられた。あくまで拒み続ければ、勝っても負けても、持国を待つのは破滅への道だけだ。

「よかろう」

居住まいを正し、持国は敦子に目を向けた。

「均一徳政を出すこと、同意いたす。細々とした条件は、おいおい詰めていくとしよう。何なら、起請文でも書くか?」

「いえ、必要ありません。ご決断、ありがたく存じます」

「貧窮に喘ぐ者たちの苦しみに胸を痛めておるのは、わしとて同じじゃ。救えるものなら、救うてやりたい」

守るべきは幕府でも、洛中の民でもなく、畠山家と持国自身の地位だ。たとえ幕府が潰れ、国中が混乱に見舞われようと、生き残ることさえできれば後は二の次でいい。

「じゃが、気がかりなことが一つある。この一揆騒動が収まったとしても、南朝の者どもがまた何事か企て、世を乱すのではあるまいか」

「一つ、申し上げておきます。私自身は最早、南朝の再興など望んではおりません」

「ほう。これまで幾度も戦を起こし、治まりつつあった世を乱しておきながら、諦めると申すか」

「非は、両統迭立の約定を反故にし、南朝が決起するしかないところにまで追い詰めた幕府にもありましょう。しかしここで、それを議論するつもりはありません。義教公が討たれた今こそ、百年に及ぶ南北両朝の争いを終わらせる機と存じます」

確かに、今の幕府に南朝を掃討する余力はない。南朝の断絶に固執していた義教の死は、ある意味で好都合と言えた。

「ではそなたは今後、幕府に弓引く意志はないと申すのだな」

「はい。ただし」

敦子の口元から笑みが消え、視線が鋭さを帯びた。

「幕府がこの国に住まう者たちのためにならぬ政を続けた場合は、その限りではありません。虐げられた者たちのため、私はこの身命を賭して起つでしょう。そのこと、お忘れなきよう」

敦子の双眸から滲む気魄に、持国は圧倒されかけている己を感じた。込み上げる屈辱を、かろうじて押し殺す。

「では、細かな話し合いはまた、使いの者を差し向けます。今日のところはこれにて」

一礼し、敦子と直文が腰を上げる。

いつか殺してやる。心の裡で固く誓いながら、持国はその背を見送った。

十六

持国の殺気の余韻を背に感じながら、敦子は畠山邸を後にした。

ひとまず、言質は取った。敦子が会って感じた通り、持国が保身を第一に考える人物ならば、均一徳政を出すという約定を反故にはしないだろう。

門をくぐって通りに出ると、立ちくらみを覚えた。ふらついた敦子を、若菜が支える。

「大丈夫、少し疲れただけ」

昨日から、一睡もしていない。持国に悟られないよう化粧で隠してはいるが、顔には疲労の色が濃く出ている。

どうにか、落としどころは見えた。だがこれから先も、しばらくは持国との駆け引きが続くだろう。あくまで南朝の再興を志す者たちの説得も、続けなければならない。当分の間は、休む暇などなさそうだ。

万里小路（までのこうじ）を南へ下り、五条大路で東へ折れる。

洛中は、重苦しい気に満ちていた。辻々（つじつじ）には竹矢来が設けられ、大きな商家の前では、雇われの牢人衆が槍や長刀を手に、周囲を睥睨（へいげい）している。空腹のせいか、行き交う人々の足取りは重く、顔つきには怯えと苛立ちが入り交じっていた。

五条橋に差しかかると、ひどい臭いが鼻を衝いた。河原には、流民たちが棒と筵で作っただけの粗末な小屋が、無数に建ち並んでいる。

筵の上に座り、じっと虚空を見つめる男女。親とはぐれたらしき、泣き叫ぶ童。手を合わせ、何かに祈りを捧げる痩（や）せ細った老婆。橋の袂（たもと）では、若い女子がわずかな銭にありつこうと、客を引いている。

締めつけられるような痛みを、敦子は覚えた。思わず足を止め、欄干に手をつく。

一揆など起こさなければ。もっと早く、尊秀の本心に気づいていれば。

せめて、一日も早く京の囲みを解き、平穏を取り戻したい。そのためにも今、倒れるわけにはいかない。

「姫さま」

若菜が、そっと敦子の袖を引いた。

「自分ばかり責めちゃ駄目。身がもたないよ」

いつになく真剣な面持ちで、若菜が言う。

「姫さまはもっと、自分を大事にしなきゃ。それに、世の中で起きる悪いことを全部、姫さまが何とかできるわけじゃないよ。あたしも多聞もいる。だから、一人ですべて背負わないで」

「そうね」と答えてから、敦子は思わず噴き出した。

「何？」

「ごめん。若菜がこんなに流暢に喋るところ、初めて見たから」

「人が真面目に話してるのに」

不貞腐れてそっぽを向く若菜に、小さく「ありがとう」と声をかけた。聞こえないふりをしている若菜に、直文も頬を緩めている。

そうだ。私は独りじゃない。苦しい時に、苦しいと言える相手がいる。誰かを信じ、互いに支え合うことができる。それが尊秀との、何よりの違いだ。

「さあ、清水寺へ急ぎましょう。今頃、多聞が目を覚ましているかもしれない」

「あいつはずっと寝てた方が、静かでいい」

ぼそりと呟く若菜に、敦子は久しぶりに声を上げて笑った。

清水坂の手前まで来たところで、直文が足を止めた。

「では、それがしはここで」

「そうですか。やはり、行ってしまわれるのですね」

直文が頷く。引き止めようとする若菜を、敦子は首を振って制した。

「ご助力、ありがとうございました。何も報いて差し上げられないのは心苦しいですが」

「何の。己のためにやったことです」

「これから、何を？」

「さあ。何も決めてはおりませんが、戦も政も、少々倦み申した。しばらくは、あてどなく流れ歩いてみようかと思います」

それから直文は、若菜に顔を向けた。

「あいつが目を覚ましたら、言っておいてくれ。勝負の続きは、おあずけだ。またどこかで会うことがあれば、相手してやると」

「わかった」

若菜が頷くと、直文は背を向けて歩き出す。

遠ざかる直文に深く頭を下げ、敦子は若菜と共に坂を上りはじめた。

嘉吉元年閏九月十日、いまだ京の包囲を続ける一揆勢の陣は、歓声に包まれていた。

当初、山城一国に限っての均一徳政に拘っていた幕府側が、一月近くに及ぶ交渉の末についに折れ、全国一律の均一徳政令を発布したのだ。

これで、この国に住まうすべての人々が武家、公家、百姓の別なく借銭から解き放たれる。無論、数多くの土倉を営む比叡山延暦寺や有力な商人たちの反発は予想されるが、ひとまずは一揆側の完勝と言ってもいい。

「長うございましたな」

清水寺の舞台から京を眺めながら、赤松則繁が感慨を口にした。

「はい。まさか、これほど長引くとは思いませんでした」

交渉の間、敦子は包囲の一部を解き、洛中への物資の搬入を黙認した。これで、洛中の飢えはいくらかましになっている。

最終的に幕府側が折れたのは、山名持豊が残敵掃討を名目に、播磨から動かなかったからだ。持豊は、京へ戻って一揆勢と一戦交えるよりも、事態を静観することを選んだのだろう。

「則繁殿、知っていましたか？　この日ノ本の長い歴史の中で、土民の起こした一揆によって徳政令が出されたのは初めてのことだそうです」

「そうでしたか」

「悪しき政も、多くの民が力を合わせることで止められる。民百姓は弱くなどないということを、示すことができた。それはこの国の歴史において、大きなことです」

「この経験を忘れることがなければ、ですが」

幕府は、特に持国のような為政者は、土民の一揆に屈したという事実を矮小化しようとするだろう。この一揆の成功も、史書には捻じ曲げられて書き残されるかもしれない。

だが、史書に残るものだけが歴史ではない。史書に記されないならば、一人一人が胸に刻み、語り伝えていけばいいのだ。

「ともあれ、京もひとまずは落ち着きを取り戻しましょう。それがしも、これでようやく海の外へ戻ることができます」

「また、異国へ渡られるのですか？」

「元より、義教を討った後はそうするつもりでおりました。異国の水の方が、それがしには合っているようです」

海の外にも数えきれないほどの国があり、様々な色の目や髪、肌をした人々がいるというが、上手く想像することはできなかった。

誰も自分を知らない場所へ行ってみたい。血筋という呪いから解き放たれ、一人の人として、思うさま生きてみたい。束の間、そんな思いに駆られた。

「敦子様もいかがですかな？　海の外には、敦子様を縛る物は何もありません」

心惹かれるものを感じながら、敦子は「いいえ」と首を振った。

「私にはまだ、この国でやらねばならないことがありますゆえ」

徳政令が出て一揆が解散しても、それですべてが終わるわけではない。

尊秀の死によって、南朝方は分裂の危機にあった。楠木正理は本拠の河内に戻り、独自の動きを見せはじめている。弥次郎の行方もいまだ、杳として知れない。放置しておけば、また戦を企てる者も現れるだろう。すべてを投げ出して、この国を離れるわけにはいかない。

「そうですか。しかし、気が変わったらいつでも声をお掛けくだされ。お望みとあらば、何処なりとお連れいたしますぞ」

「ありがとうございます。しかと、心に留めておきます」

今は無理でも、いつか。そう思えるだけで、深い闇の中で小さな光を見つけたような気持ちになる。これがきっと、希望というものなのだろう。

「姫さま、そろそろ」

若菜の声に振り返る。

「わかりました。すぐに参ります」

一揆勢の主立った者たち十数人が、境内の庭に集まっていた。ようやく傷の癒えた多聞や、丹波の太郎丸の姿もある。南朝方の将、馬借や車借の棟梁、京周辺の土豪や百姓など、様々な生業の人々が、皆一様に晴れやかで、どこか誇らしげな表情を浮かべている。

「方々、この長い戦をよくぞ耐え抜いてくれました。心より、御礼申し上げます」

頭を下げ、一同を見回した。多聞は面映ゆそうに、頬を掻いている。

「一人一人はさしたる力も持たぬ我らが共に戦い、この国で誰も成し得なかったことを成し遂げた。それは誇ってもよいことだと、私は思います」

一同から歓声が上がり、敦子は微笑した。ようやく、勝利の実感が湧き上がる。

大きく息を吸い、宣言した。

「これにて、一揆を解散する。誇りを胸に、日々の営みに戻りましょう」

終章 死者と生者

一

深い闇の底に、無数の人が蠢(うごめ)いていた。

いや、人ではない。この者たちはすでに、人であることをやめている。鬼、あるいは生きた屍(しかばね)といったところか。いずれにせよ、人の世には受け容れられない、行き場のない者たちだ。

私は兜の目庇(まびさし)を上げ、夜空を見上げた。雲が多く、月は隠れている。周囲はいくつかの松明の灯りがあるだけで、闇に閉ざされていた。京は夜の底に沈み、聞こえるのは物具(もののぐ)の音と野犬の遠吠えくらいのものだ。

ここ神泉苑(しんせんえん)は、上京二条通から三条通にまたがる敷地を持つ、広大な庭園である。かつては天皇が雅やかな宴を催し、舟遊びに興じたというが、その面影はない。上京の中心にありながら、草木は伸び放題で、顧みる者もなかった。

竜神が住まうという広い池の畔(あぜ)には、およそ三百の兵が集い、息を潜めている。私のように鎧兜に身を固めた者もいれば、毛皮を羽織っただけの野盗同然の者もいる。だが、いずれも士気は高く、死を恐れる者はいない。大義のために己が命を捨てられる者だけを選びに選んで、この企てに加えたのだ。

嘉吉三年九月二十三日。清水寺での戦いから、すでに二年の歳月が過ぎていた。

汚泥の中を這いずり回るような二年間だった。味方は清水寺で壊滅的な被害を受け、将のほとんども討たれたのだ。

私は生き残った十数人の味方を率い、大和から紀伊に跨る山岳に拠って、勢力を一から作り直すことから始めるしかなかった。幸いと言うべきか、行き場をなくした者たちなど、掃いて捨てるほどいる。そこから使えそうな若い者を選び、戦う術と、今の世への憎悪を叩き込んだ。中には、十五歳に満たない男女も多くいる。かつての菊童子とは比ぶべくもないが、並の大名家の兵などよりよほど使い物になる。やはり兵にするには、無垢な心を残した童の方がいい。

この二年で、天下はいくらか平穏を取り戻していた。

徳政の影響で潰れる土倉、酒屋は少なくなかったが、民心は落ち着き、政情もおおむね安定している。幕府は正式に管領となった畠山持国が主導し、大きな乱れはない。

しかしこの七月、願ってもない僥倖が訪れた。亡父義教の跡を継ぎ、千也茶丸から名を改めた将軍義勝が、わずか十歳の若さで病没したのだ。

義勝の死から二日後、有力大名の合議を経て、後継ぎは畠山持国が推す義勝の弟に決した。だが、将軍宣下はいまだなされておらず、征夷大将軍の位は空位のままである。

まさに、好機だった。恐らく水面下では、畠山派と反畠山派の暗闘が繰り広げられている。大名たちは疑心暗鬼を生じ、こちらが事を起こしても、即座に対応することはできない。

私は手始めに、赤松家の残党が京に潜伏し、将軍御所である室町第の襲撃を企てているという噂を流した。そして実際に、自ら精鋭を率いて洛中へ入り身を潜める。

そして今宵、幕府は私の狙い通りに、在京の兵力を室町第に集中させていた。

「日野入道様がご着到なさいました」

麾下の一人が報告するや、似合わない大鎧をまとった僧形の男が近づいてきた。

日野前権大納言有光。足利将軍家と繋がりの深い公家、日野家の元当主で、かつては従一位に叙されていた朝廷の重鎮である。かつては幕府内でも権勢を振るっていたが、将軍家の不興を買って失脚し、出家の身にある。

今回の企てを持ちかけると、有光は自身の復権を条件に、朝廷と幕府の情報をこちらへ流すことを承諾した。

「ついにこの時が来たな」

公家らしい尊大な口ぶりで、有光が言う。

「はい。万事、ぬかりはございませぬ。実際の戦は我らに任せ、日野様は後方に控えておられるがよろしいかと」

「うむ。そうしよう」

有光は、己が総大将のつもりでいるのだろう。この企てが成功すれば、自身が摂政関白になれるとでも思っているらしい。愚かな男だと、私は腹の裡で失笑する。

「尊秀様。出陣の仕度、整いましてございます」

声を潜めて言った麾下の兵に、私は頷きを返した。床几から立ち上がり、低く声を放つ。

「者ども、時は来た。偽りの帝を討ち果たし、天下に我らが大義を示すべし」

狙いは室町第ではなく、内裏である土御門東洞院殿だった。警固の兵は室町第に集められ、手薄になっている。ここを襲撃して帝を殺害し、三種の神器を奪う。それが、私の立てた計略だ。

「いよいよだな、弥次郎」

言ったのは、河内から加わってきた楠木正理だった。

私は素早く抜き放った太刀の切っ先を、正理の喉元に突きつける。

「な、何を……」

「いま一度、我が名を申してみよ」

顔を引き攣らせながら、正理は搾り出すような声で答えた。

「……鳥羽、尊秀殿」

「弥次郎なる者はもう、この世にはおらぬ。二年前、清水寺で私の身代わりとなって死んだ。そう申したはずだが？」

「す、すまぬ。そうであったな……」

曖昧な笑みを浮かべ、正理が後退る。私は太刀を納め、曳かれてきた馬に跨った。内裏に向け、三百の将兵が動き出す。

鳥羽尊秀。それが、私の名だ。

後鳥羽上皇の後胤にして、衰退著しい南朝の旗頭。そして、腐りきったこの国を滅ぼし、真の王となるべき者。それ以外の何者でもない。


土御門東洞院殿まで、一気に駆けた。

三百の軍は、五つある門に分けて配してある。私は六十人を率い、西南に位置する四脚門の前に立った。到着と同時に、あらかじめ潜ませていた間者が内側から門を開く。

「かかれ」

下知を受け、開いた門から麾下が雪崩れ込んだ。私も馬を下り、太刀を抜き放つ。四脚門をくぐり、さらに中門を抜けて庭へ攻め入った。

敵襲だ。出会え。警固の青侍が口々に喚きながら庭へ飛び出してくるが、いずれも平服で、その数は哀れみを覚えるほどに少ない。

久しぶりに人を斬れる。血の昂ぶりを感じ、私は味方を掻き分けるようにして前へ出た。

「おのれ、狼藉者！」

一人が、太刀を振りかざして向かってきた。気魄も打ち込みの鋭さも、まるで物足りない。所詮は、ろくに戦も知らぬ青侍か。失望を覚えつつ難なくかわし、背後に回る。

信じられないといった表情の男に向かって踏み込み、胴を横一文字に斬り裂いた。男が、臓物をまき散らしながら崩れ落ちていく。それを見た敵は、恐れをなして逃げはじめた。

「つまらんな」

呟き、手近にいた敵を一人、二人と斬り殺していく。もっと、ひりつくような斬り合いがしたい。一歩でも間違えば、死が待っている。そんな相手が欲しい。

気づけば、庭の敵はあらかた逃げ散っていた。

「帝と神器を探せ。猶予はないぞ。急げ！」

室町第からここまで、さしたる距離ではない。遠からず、報せを受けた幕府の兵が押し寄せてくるだろう。

妻戸を蹴破り、清涼殿に上がった。公家や女官たちが悲鳴を上げて逃げ回る。兵たちが分かれて帝と神器の捜索に当たっているが、いまだ発見の報告はない。

几帳を斬り払い、寝所へ入った。御簾をくぐり、褥を確かめる。まだ温かい。

立ち上がったところで、麾下の兵が駆けてきた。神器のうち、宝剣と神璽が見つかったという。

運ばれてきた二つの神器を受け取り、中身を確かめた。

綿袋に入れられ、鞘に蒔絵を施された宝剣は、天叢雲剣、あるいは草薙剣とも称される両刃の銅剣。白木の箱に収められた神璽は、八坂瓊勾玉と称される瑪瑙の勾玉だ。宝剣の本体は熱田神宮に祀られていて、内裏にあったのは形代だった。その形代も、源平合戦で壇ノ浦に沈んだ後、伊勢神宮から献上されたものだという。

神々しさも、人智を越えた力も感じない。ただの、銅剣と勾玉だった。こんなものかとも思うが、面には出さない。

「よし。引き続き、帝と宝鏡の捜索に当たれ」

不意に、地面が揺れたような気がした。続けて、彼方から喊声が聞こえてくる。

「尊秀殿！」

飛び込んできたのは、楠木正理だった。

「幕府軍じゃ。少なく見積もっても、五百はおるぞ！」

「何だと？」

室町第からの距離を考えても、あまりに早すぎる。

企てが露見していたのか。もしや、味方に内通者がいたのかもしれない。

「尊秀殿、下知を！」

落ち着け。私は己に言い聞かせた。お前は、鳥羽尊秀だろう。この程度のことに狼狽して、王になどなれるものか。

「内裏に火を放ち、撤収する。予定通り、そなたは日野有光殿を連れ、百人で叡山へ向かえ。私は残り二百を率い、洛外へ出る」

「承知」

喊声はかなり近づいている。すでに、北門付近ではぶつかり合いもはじまっているようだ。

私は二百の手勢をまとめ、四脚門へ引き返した。燃え盛る内裏を出て東へ向かうと、高倉小路（たかくらこうじ）の北から現れた敵が正面を塞いだ。およそ数十人。

「突き抜けるぞ。洛外までひた駆けろ！」

馬上で叫び、味方の先頭を切って駆けた。まばらに飛んでくる矢を払い落とし、勢いのまま斬り込む。後続の味方も後に続き、弓兵を追い散らしていく。雑兵を薙ぎ払い、突き伏せ、噴き出した血を浴びる。逃げる敵兵を馬蹄にかけながら、さらに東へ駆けた。

追撃は厳しい。ほとんどが徒（かち）の味方は、敵の騎馬武者に追いつかれ、次々と討ち減らされていく。私は数町進んでは馬首を返して追手を食い止め、味方を鼓舞し続けた。

「足を止めるな。隊列を乱さず、整然と駆けよ！」

味方は、すでに半数ほどに減っていた。私の鎧にも、矢が幾本か突き立っている。兵たちに無傷の者はほとんどおらず、先刻までの覇気も消えていた。兵の大半が初陣ということを差し引いても、落胆は禁じ得ない。

私は太刀を高く掲げ、声を放った。

「者ども、気力を振り絞れ。怯懦（きょうだ）を恥じ、死を恐れるな。大義は我らにあるのだ！」

――大義とは、いったい何だ？

不意に、声が聞こえた。

——神器など奪ってどうするつもりだ？

——本当に、王になどなれると思っているのか？

——そもそも、お前は誰だ？

耳を塞いでも、声は消えない。声は、耳ではなく、頭に直接響いてくる。

やめろ。私は声を出さずに叫んだ。

私の名は、鳥羽尊秀だ。それ以外の何者でもない。別の誰かでなど、あるはずがない。

太刀を握る手が震え、全身から汗が噴き出す。体の中にもう一人の自分がいるような気がして、たまらなく不快だった。込み上げる吐き気を、唇を嚙んで堪える。

「冗談じゃねえ。何が大義だ」

誰かの呟きが、私を現に引き戻した。

言ったのは、麾下の一人だ。まだ十五歳かそこらの、私が拾った元奴婢。名は、忘れた。

「俺は降りるぜ。これ以上、付き合ってられるかよ」

その口ぶりに、記憶の奥底が疼いた。

元奴婢の顔が、別の誰かのものと重なる。頰に傷のある、いつも何かに挑むような顔つきをした誰か。よく知っているようでもあり、憎むべき敵のようにも思える。

私は馬を下り、元奴婢に歩み寄った。引き止められると思ったのか、無防備に私へ顔を向けてくる。

その刹那、私は抜き打ちを放った。喉元を斬り裂かれた元奴婢が、驚愕の表情を浮かべる。

さらに、太刀を一閃させた。首が落ち、残った胴が前のめりに崩れていく。

「よく見ておけ。これが、大義を忘れた者の末路だ」

骸（むくろ）を顎で指し、太刀を納めた。息を呑む兵たちに向け、続ける。

「我らは内裏を焼き、神器まで奪った。幕府を倒さぬ限り、お前たちは死ぬまで逆賊だ。この国のどこにも居場所などない。それを心しておけ」

再び馬に跨り、五条橋を渡り洛外へ出た。

残る味方は、わずか二十数人。あとは追手に討たれるか、乱戦に紛れて逃亡している。所詮はにわか作りの軍にすぎなかったということだ。

このまま東へ進めば、清水寺だ。馬で清水坂を進みながら、私は思案を巡らせた。

内裏を襲撃した後、楠木正理の率いる別働隊は、叡山で兵を挙げることになっていた。

神器を奪われたとあっては、幕府は追討軍を出さざるを得ない。その規模は、かなりのものとなるだろう。幕府と諸大名の目は叡山に引きつけられ、京の守りは手薄になる。

そこで、二百の麾下と共に清水寺に潜伏した私が室町第を奇襲し、新将軍と主立った大名衆を殺害、京を制圧する。それが、私が立てた策だ。

だが、味方の損害は甚大だった。倒幕の戦をはじめるにしても、兵力不足は否めない。ここはいったん矛を収めて、他日を期すべきか。

いや、まだ諦めるのは早い。正理が生きていれば今頃、叡山に迎え入れられているだろう。延暦寺とは、すでに話をつけてある。二千の僧兵と数千の馬借、車借衆を抱える比叡山延暦寺が倒幕の旗を掲げれば、幕府に不満を持つ者たちが次々と後に続くはずだ。

かつて、後醍醐帝は幾度も倒幕に失敗しながら、ついには鎌倉の幕府を倒し、建武の中興を果たしたという。今こそ、その不屈の闘志に倣うべきだ。

やがて、清水寺の仁王門が見えてきた。

二年前、裏切り者たちに敗れた因縁の場所だ。あの日の屈辱に比べれば、今の苦境など何ほどのこともない。萎(な)えかけていた気力が蘇るのを感じながら、馬を進める。

兵の一人が呼びかけると、すぐに門扉(もんぴ)が開かれた。

寺の協力は、半ば脅すような形で、すでに取りつけてあった。まずは兵たちを休ませ、策を立て直さねばならない。そんなことを考えながら、馬を下りて仁王門をくぐる。全員が境内に入ると、門が再び閉ざされた。

私はふと、違和を覚えた。

こちらをぐるりと囲むように篝火が焚かれ、あたりは眩(まぶ)しいほどだ。しかし、あまりにも静かすぎた。篝火の灯りのせいで、その先の闇は濃さを増している。

「そこまでにいたせ」

突然、声が響いた。女の声。あの、忌(い)まわしい女のものだ。

「玉川宮敦子か」

「いかにも」

この二年、南朝方の中にも敦子の姿を見た者はいない。

どこかの山奥に隠棲しているとも、海の外に出たとも言われているが、人を使って捜してみても、行方は杳として知れなかった。

恐らく、敦子は幕府と通じた上で、私の麾下に間者を潜り込ませていたのだろう。幕府の対応が予想よりも早かったのは、その線から私の策が漏れていたからに違いない。

「南朝の皇胤たるそなたが、まさか幕府に寝返るとはな」

「どうとでも取るがよい。だがそなたらの企ては、とうに潰(つい)えた。全員、得物を捨てて降参せよ。降れば、命までは取らぬ」

声は正面から聞こえる。距離は五、六間。当然、一人ではあるまい。どれほどの数かはわからないが、周囲に兵を伏せているはずだ。

視線を動かし、麾下の様子を窺った。ここまで逃げることなく付き従ってきた兵たちだ。多くが傷を負い、疲弊してはいるが、士気は萎えていない。

「元より、我らは大義に殉ずる覚悟。降る者など、おりはせぬ」

太刀を抜き、構えた。敦子の近くにいくつかの気配があるが、それほど多くはない。

「もう、終わりになさい。一人の帝と、一人の将軍。今のところ、それでこの国は治まっています。無理に変えようとすれば、また戦が起こり、数多(あまた)の犠牲を生むだけでしょう」

「ならば、これまで死んでいった者たちはどうなる。皆、犬死にだったと言うのか」

「死者のために、今を生きる者たちに犠牲を強いることを、私は許さない」

敦子の声音が、鋭さを帯びる。

「そなたの掲げる大義とやらはすべて、亡き尊秀の受け売りにすぎない。そんな中身のない物のためにこれ以上、若い者の命を無駄にいたすな」

「亡き尊秀だと？」

この女子は、何を言っているのか。そもそもなぜ、南朝の大義を理解しようとしないのか。

「わけのわからぬことを……。者ども、あの女子を黙らせよ！」

命じた刹那、兵の一人が倒れた。喉を、矢に射貫かれている。

「尊秀はとうに死んだ。そなたは亡霊に取り憑かれているのです。目を覚ましなさい、弥次郎」

敦子が口にした刹那、全身を憤怒が駆けた。

「その名で、私を呼ぶな！」

地面を蹴った。矢が兜を叩き、鎧の袖に突き立つ。構わず駆け、篝火を蹴り倒す。闇の中に一瞬、敦子の姿が浮かび上がった。距離は二間余。さらに踏み込み、太刀を振り上げる。

次の刹那、凄まじい殺気が肌を打った。右手から、鋭い斬撃が襲ってくる。足を止め、かろうじて鍔元で受けた。

「久しぶりだな、弥次郎」

頬に傷のある、小柄な男。腕は立つが、放つ気は野の獣のようだった。

「誰だ、貴様は？」

「つれねえな。長い付き合いだろう」

古い友人と再会したかのように、男が言った。先刻斬ったあの元奴婢と、どこか似ている。

思い出した。確か、多聞とかいう下賤の者だ。かつては、共に大義のために戦ったが、敦子に与して南朝の大義を捨てた裏切り者。ならば、敦子ともども斬り捨てねばならない。

「あの堅物の弥次郎が、尊秀の名を騙るとはな。聞いた時は、笑ったぜ」

「黙れ、下郎！」

両腕に力を籠めて押し返すと、多聞がたたらを踏んで後退した。膂力では、こちらの方が上だ。

すかさず追い打ちの斬撃を放つが、捉えたと思った次の瞬間、刃は空を斬った。

さらに三度、四度と太刀を振るが、多聞は舞でも舞うような動きで刃をかわす。

「遅ぇな。似合いもしねえ鎧なんか着てるからだ」

稽古に付き合うような口ぶりで、多聞が言う。

周囲でも、斬り合いがはじまっていた。敵はせいぜい十人ほどだが、いずれも腕が立つ。脇差を手に縦横に駆け回っている女は、どこか見覚えがある。

「よそ見してる暇はねえぞ」

多聞が、瞬く間に間合いを詰めてきた。左の二の腕に痛みが走る。続けて、喉元目がけて突きがきた。太刀で受け流すと、間髪容れず、膝を斬りつけてきた。後ろへ跳んで何とかかわす。こちらが反撃に移った時には、多聞はもう間合いの外にいた。

大きく息を吸い、呼吸を整えた。顎の先から、汗が滴り落ちる。

多聞の攻めは、大鎧の隙間を確実に狙ってくる。平服に腹巻、籠手と脛当てだけの多聞とは、速さでは勝負にならない。太刀を振り回していては、捉えられそうもなかった。

「お前、この二年、ろくに稽古してねえだろう。それじゃあ、俺には勝てねえぞ」

「よく喋る男だ」

腰を低く落とし、小さく構えを取った。鎧の隙間を減らし、両手で握った太刀を右の脇に引きつける。防御は鎧に任せ、打ち込んできたところへ鋭い斬撃を繰り出すための構えだ。

多聞はおもむろに背中へ手を回し、腹巻を外した。守りを捨てても、速さを増すつもりか。

「面白い」

ぞくりと、背筋が震える。恐怖ではなく、喜びだ。一歩間違えば死。ずっと、こんな斬り合いを待ち望んでいた。

多聞は確かめるように、その場で二、三度跳躍した。勝ちを確信したかのような笑みを浮かべ、膝を屈める。

来る。察すると同時に、多聞が動いた。伸び上がるように、片手突きを放ってくる。頭をわずかに動かしながら、下から太刀を振り上げた。

多聞の突きが兜に当たり、横に逸(そ)れる。次の刹那、私の太刀が多聞の刀を弾き飛ばした。

勝った。確信とともに、返す刀で首を狙い、太刀を横に薙ぐ。

突然、多聞が消えた。太刀が空を斬ると同時に、顎に凄まじい衝撃が走る。屈(かが)み込(こ)み、こちらの視界から消えた多聞が、伸び上がりざまに掌打を放ったのだ。

兜が飛び、口の中に血の味が拡がった。続けて、目の前に何かが近づいてくる。

次の刹那、視界が半分消えた。右の目に、指を突き入れられたのか。理解すると同時に、とてつもない激痛が襲ってきた。

太刀を取り落とし、後退る。鎧の肩紐(かたひも)を摑まれた。そのまま投げられ、地面に叩きつけられる。

痛みを堪えて立ち上がり、脇差を抜いた。顎に受けた一撃のせいで、膝が震えている。

多聞はすでに刀を拾い、構えを取っていた。

「お前の負けだ、弥次郎」

気づくと、十人ほどに囲まれていた。敦子や、脇差の女の姿もある。境内には、静けさが戻っていた。味方はすべて討たれるか、降伏したのだろう。

「諦めろ。お前は、尊秀の足元にも及ばねえ」

「何を言う。私は……」

「人はどう足掻いたって、別の誰かにはなれねえんだよ」

別の誰か。その言葉に、なぜか肺腑を抉られるような痛みを覚えた。

自分は何者なのか。足元の地面がぐらつき、今にも崩れ去りそうな不安に襲われる。

いや、今に始まった不安ではない。

いつの頃からか、深く暗い穴の中に閉じ込められたような、そんな思いに囚われていた。

穴の中は、凍てつくように寒い。足掻いてもどこへも行けず、見上げても、光は射してこない。

目に映る何もかもが色を持たず、薄墨で描かれただけのように見えた。

この穴から抜け出すには、別の誰かになるしかなかった。

何人も成し遂げられない何かを成し遂げ、自分がこの世に在ることを示す。そうして初めて、目に映るすべては色を取り戻す。自らが、この世を照らす光になるのだ。

今となっては、元の自分が何者だったかなどどうでもいい。思い出すこともできない。

「降るのです、弥次郎」

敦子が言った。

「神器を返せば、命まで取るつもりはありません。もう、仲間同士で殺し合うのはたくさんです」

その声はやわらかく、ほのかな温もりさえ感じる。だがそこに含まれたほんのわずかな憐憫に、私の腸は煮えた。

「……私を憐れむな」

血と折れた歯を吐き出し、左目で多聞を見据える。

「まだだ。まだ、終わってはおらぬ」

終わるわけにはいかない。ここで敗けを認めれば、自分は何者にもなれない。この世は、色を失ったままだ。

震える膝を殴りつけ、脇差を構えた。腹の底から雄叫びを上げ、多聞に向けて走り出す。

「……馬鹿野郎が」

呟き、多聞も前に出た。

白刃（はくじん）が閃く。左腕の、肘から先が消えた。

腕の一本くらい、くれてやる。脇差を握る右手に、すべての力を籠めて突き出した。

目の前を、光が凄まじい速さで駆け抜けた。半分になった視界が、赤く染まる。

不意に、幼い頃の光景が浮かんだ。

腕を組んで立っているのは、父だろうか。木剣（ぼっけん）を振る私を見つめる目は、厳しいが、どこか誇らしげでもある。

父のように、強くなりたい。立派な武士になって、誰に虐げられることなく、胸を張って生きていきたい。ただ、それだけだった。

どこで間違えたのだろう。噴き上げる自分の血を眺めながら、ぼんやりと思う。

「じゃあな、弥次郎」

多聞の声。

それから、何も見えなくなった。

二

不破の関を越えると、空が大きく拡がったような気がした。

周囲の山々は多くが残雪を戴いているが、街道の雪は解け、晴れ渡った空から降り注ぐ日射しはやわらかい。

さして大きくはない町だが、市の開かれる日らしく、往来は人で賑わっていた。行商人や買い出しの女たち。荷を山積みにした馬借や車借。遊行僧や、昼日中から客を引く遊女の姿もある。

五年前、鎌倉へ下った際に通った時には、人々の顔つきは暗く、不安に怯えていた。今は大きな乱もなく、義教のような圧政を布く将軍もいない。それだけでも、世情はずいぶんと明るさを増しているように見えた。

目指す金蓮寺は、美濃国垂井にある。騒がしい往来を抜けて境内に入ると、外の喧噪が嘘のように静けさが満ちていた。

「姫さま、あったよ」

若菜の声に、敦子は目深に被った編み笠を外した。二人とも、小袖に袴を着け、刀を差して男装している。

やや奥まった場所に立つ、小ぶりな二基の供養塔。途中で摘んだ花を供え、敦子は屈んで手を合わせた。若菜もそれに倣う。

この金蓮寺は、結城合戦で捕らえられた足利春王丸、安王丸兄弟が処刑された場所だった。二基の隣に立ついくらか大きな供養塔は、兄弟の乳母のものだという。

春王丸は享年十二、安王丸は十一。まだ、人として生まれた喜びもほとんど知らなかっただろう。鎌倉公方の家に生まれたというだけで周囲の大人たちに翻弄され、そして死んでいった。

彼らはどんな思いで、首を刎ねられる瞬間を迎えたのか。想像すると、胸が苦しい。

それでも、兄弟の宿願だった義教討伐は果たした。それで、彼らが自分を赦してくれるのか、義教を討ったことを喜んでくれているのか、敦子にはわからない。

義教を謀殺してからは、目まぐるしい日々が続いた。

徳政一揆と、清水寺での戦い。その後も、南朝方の残党が無用な乱を起こさないよう、方々に間者を放って監視した。

弥次郎が鳥羽尊秀の名を騙り、内裏襲撃を企てていると知ったのは、半年ほど前のことだ。決行まで時はなく、敦子たちには幕府へ急を知らせ、襲撃後に弥次郎を待ち伏せるという道しか残されていなかった。

宝剣は清水寺の僧侶から幕府を経て朝廷に返還されたものの、神璽の行方は今もわかっていない。恐らく、弥次郎が拠点としていた大和、紀伊国境の村々のどこかに運ばれたのだろう。

結局、弥次郎を救うこともできなかった。

もっと早く、弥次郎にかけられた尊秀の呪縛を解くことができていれば。せめて、内裏襲撃の決行前に止められていれば。意味などないとわかっていても、後悔は尽きることなく湧いてくる。

自責の念を断ち切るように、若菜の手が肩に置かれた。

目を開け、立ち上がる。ずいぶん長く、手を合わせていた気がした。

「ありがとう。遠くまで付き合ってくれて」

「いいよ。それで、姫さまの気がすむなら」

気持ちが晴れたわけではない。それでも、いくらかは胸のつかえが取れたという気がする。だがそれも、生きている者の勝手な都合だろう。

「それで、これからどうする？」

「さあ、どうしようか」

この半年ほど、敦子たちは京、四条の能登屋庄左衛門の屋敷に世話になっていた。

能登屋は、徳政一揆の際に幕府の命を待たず借銭を帳消しにしたため、略奪の被害を免れている。その後は南朝から離れ、ただの土倉として細々と商いを続けていた。

弥次郎を討った後、敦子も南朝との縁をほぼ断ち切っていた。

とはいえ、南朝はすでに壊滅したと言っていい。弥次郎の他、楠木正理、日野有光も比叡山で討たれ、参加した南朝の皇胤も大半が討たれるか、捕らえられ、流罪となっていた。南朝は今や大和、紀伊国境の山中でいくつかの村を支配するだけの、吹けば飛ぶような小勢力となっている。行方知れずの神璽を持っていたとしても、もう大規模な乱を起こすことはできないだろう。

出立前、能登屋には別れを告げてきた。もう、京に帰るつもりはない。かといって、何か当てがあるわけでもなかった。

「若菜はどこか、行ってみたいところはないの？」

しばし首を傾げて考え、若菜が微笑む。

「姫さまが一緒なら、どこでもいいよ」

「若菜……」

どう答えるべきか考えていると、若菜が続けた。

「でも、できれば寒くないところがいい。あと、食べ物に困らないところ。美味しいお菓子があれば、もっといいかな」

どこでもいい、というわけではないのか。内心で呟きつつ、編み笠をかぶり直した。

「わかった。じゃあ、南へ行こう」

船に乗って、九州へ。そこからもっと南へ行けば、琉球という国があるらしい。そのさらに南にも、数えきれないほどの国があるのだと、赤松則繁が言っていた。

その則繁は一揆の終結後、朝鮮に渡っていた。

能登屋に届いた書状によると、かつての仲間たちと共に商いをしているのだという。朝鮮だけにとどまっているわけではなく、明や琉球、さらに南の国々を股にかけ、忙しなく飛び回っているらしい。

いつでも連絡がつくよう、則繁からは書付を貰ってあった。これを則繁と旧知の肥前国唐津(からつ)の商人に見せれば、船を用意してくれるはずだ。

「まずは、唐津の湊を目指そう。いい？」

笑って頷いた若菜の目が、いきなり鋭くなった。

牢人風の男たちが、こちらへ向かってくる。数は十人。明らかに、敦子と若菜に視線を注いでいる。掃き掃除をしていた小坊主が、蒼褪めた顔で庫裏の方へ駆けていった。

尊秀、あるいは弥次郎の仇討ちか。それとも、畠山持国あたりが放った刺客か。恐らくは、後者だろう。今の南朝に、それほどの余裕があるとは思えない。

持国が今まで敦子を泳がせていたのは、弥次郎や楠木正理が不穏な動きを見せていたからだろう。両者が討たれた今、敦子の利用価値はなくなったということだ。

男たちが、横に広がりながら近づいてくる。動きを見た限り、忍びの者ではなさそうだ。銭で、溢れ者を雇ったのだろう。女二人と侮っているのか、刀の柄に手をかけた者は一人もいない。

「大丈夫、大して腕の立つ奴はいないよ。けど……」

若菜が言いたいことはわかった。敵は恐らく、敦子たちが京を出てからずっと跡をつけていたのだろう。ならば、どこかそれほど遠くないところに、監視役の忍びが潜んでいる。

寺の境内、しかも兄弟の墓前を血で汚すのは気が引けるが、やむを得ない。

「おいお前ら、聞いたか？　俺たちの腕は、大したことねえってよ」

頭目らしき年嵩の男が言い、汚れた歯を見せて笑った。

「ずいぶんと舐めた口を利いてくれるじゃねえか」

「頭、よく見りゃなかなかの見目ですぜ。殺す前に、皆で愉しませてもらいましょうや」

頭目の隣に立つ痩せた男が、下卑た目つきで言う。

「無論、そのつもり……」

言いかけた頭目の胸に、若菜の投げた脇差が突き立った。

頭目が倒れるより先に、若菜が飛び出す。敦子も抜刀し、地面を蹴った。敵は慌てて抜き合わせるが、動揺しているのは明らかだ。

若菜は駆けながら頭目の体から脇差を引き抜き、一人、二人と斬り伏せていく。敦子も、一人の足を斬り裂き、もう一人の腕を飛ばした。

やはり、大した腕ではない。最初に頭目を失ったことで、連携も上手く取れていない。立ち回りながら、若菜を見た。殺す必要はないと、目で伝える。若菜が小さく頷いた。

敦子はさらに一人の胴を薙ぎ、身を翻した。山門をくぐり、寺を飛び出す。

すぐ外にいた野菜売りの男が、短い悲鳴を上げた。だが、その目に怯えの色はない。

「姫さま、そいつ！」

後ろから、若菜が叫ぶ。男が天秤棒（てんびんぼう）を捨て、懐に手を入れた。素早く抜き出した手には、短刀が握られている。

突き出された短刀をかわしながら、刀を振った。血飛沫を上げ、男が崩れ落ちる。

この男が、監視役だったのだろう。刃に付いた血を払い、鞘に納めた。

振り返る。残る数人が、怒りを露わに追ってくるのが見えた。

「走るよ、若菜！」

血で汚れた手を、若菜に差し伸べる。

強く握り返した若菜の手も、血に塗れていた。

「あそこだ、逃がすな！」

「頭の仇だ、何としても捕らえろ！」

口々に喚く男たちの声を背に受けながら、二人並んで畦道（あぜみち）を駆けた。風が頬を撫で、景色は瞬く間に後ろへ流れていく。

これで刺客が送られなくなる、ということはないだろう。幕府から見れば、敦子は生きているだけで、大きな戦の火種になりかねないのだ。

だが、と敦子は思う。

自分の存在があろうとなかろうと、これから先もきっと、戦が絶えることはない。いつか本当に、尊秀が望んだような乱世が訪れるかもしれない。

それでも、生き抜いてやる。この世がどんなひどい有り様になっても、この手がどれだけ血に汚れても、命がある限り抗って、最後まで生ききってやる。それはきっと、この世に生まれた者に課された務めだ。

はるか後ろから、声が聞こえた。あの連中は、まだ諦めてはいないらしい。

捕まってなど、やるものか。追いつけるものなら、追いついてみろ。

なぜか、頬に笑みが浮かんだ。振り返り、若菜と視線を交わす。強く握り締めたその手は、不安など寄せつけないほどに温かい。

このまま、どこまでも駆けていける。そんな気がした。

三

両手ですくった水を喉に流し込むと、暑さでやられた体がほんの少しだけ生き返る心地がした。

我慢しきれず、水甕（みずがめ）に顔を突っ込んだ。顔を上げ、頭を振って水を払う。

「あーっ。多聞、何やってんだよ！　みんなの飲み水だぞ！」

見ると、鶴丸（つるまる）が顔を真っ赤にしてこちらを指差していた。水夫見習いの、唐津の湊で拾われた童だ。小柄なくせに気だけは強く、年上の多聞も遠慮なく呼び捨てにする。

「うるせえ、俺の顔が汚ねえってのか！」

「汚いに決まってるだろ！」

「何だと、この餓鬼！」

「頭に言いつけてやる！」

踵を返したところを羽交（はが）い絞めにすると、腕に嚙みつかれた。

「いでででっ……！」

「そこまでだ」

上から声が降ってきた。仕方なく放してやると、鶴丸はさっさと艫（とも）の矢倉の中に逃げていく。

「多聞、童相手に大人げないぞ」

矢倉の上から言ったのは頭——赤松則繁だった。今はこの『播磨丸』の船大将で、一癖も二癖もある連中を束ねている。

「ああいう生意気な餓鬼は、しっかりと躾（しつ）けといた方がいいんですよ」

「お前の口からそんな言葉が出るとはな」

愉快そうに則繁が笑い、多聞は「ふん」と鼻を鳴らした。

それにしても、夏の琉球の暑さはひどいものだった。明日の出航に備えて荷を積む作業をしていると、甚右衛門にこき使われていた若い頃を思い出す。

あの頃は、自分が日ノ本の外に出るなどとは、思ってもみなかった。いや、海の外にも国があるなどと、想像もしていなかった。


この船に乗るようになって、半年近くになる。

弥次郎の死で南朝方は勢力を失い、大きな戦を起こすことはないだろう。もう、誰かと戦う理由はない。だがそうなってみると、何をしていいのかまるでわからなかった。

武家への仕官など、想像しただけで吐き気がする。土を耕して生きられるほど我慢強くはないし、商いができるほどの才覚も元手もない。何より、その日を生き抜くのに精一杯で、戦が終わったら何をしたいかなど、考えたこともなかった。

結局、自分が持っているのは戦うための技だけだ。だが所詮、剣の腕などまっとうに生きるには大して役に立たない。そう気づいて落胆する多聞に、敦子が船に乗るよう勧めてきたのだ。

則繁は旧知の商人と手を組み、朝鮮や明、琉球と、手広く商いをしていた。

今では多くの船を抱え、琉球よりさらに南のルソンやシャムといった国々にまで交易船を出しているらしい。商いで揉めることがあればたちまち海賊に変貌するため、明や朝鮮の役人たちからは〝倭寇〟と呼ばれ恐れられているという。

どうせこの国にいても、やりたいこともないまま燻っているだけだ。それどころか、食い詰めて盗賊や物乞いに身を落とした挙句、どこかで野垂れ死ぬことも十分にあり得る。想像して、多聞は怖気を震った。

それならばいっそ、海の外に出た方がましかもしれない。どうせ最初から、命の他に、失う物など何もないのだ。腕一本でのし上がり、海賊として巨万の富を築くというのも悪くはない。見知らぬ南国の島で美女たちに囲まれ、美酒と美食をたらふく味わう。悪くないどころか、望み得る最高の幸福だ。決意した多聞は、敦子に書いてもらった則繁宛の書状を手に、意気揚々（いきようよう）と肥前の唐津へ向かった。

だが九州へ渡る途上の船で、多聞は重大なことを思い出した。船に乗ると、必ずひどい船酔いに襲われるのだ。

迂闊だった。これでは、巨万の富など夢のまた夢だ。愕然（がくぜん）とし、憔悴（しょうすい）しながら唐津へ辿り着くと、折よくと言うべきか、則繁の船が帰港していた。

「委細はわかった」

敦子からの書状を読んだ則繁は、多聞を強引（ごういん）に船に乗せ、海の外へと連れ出した。

「三月も乗っていれば、嫌でも慣れる。慣れなかったとしても、船酔いで死んだ奴はいない」

それから地獄のような三月を経て、ようやく船酔いはいくらかましになった。

だがひとたび海が荒れれば、吐き気は容赦なく襲ってくる。出航の前は、いつも気が重い。

「何だよ、多聞。辛気臭い顔しやがって」

船縁に寄りかかってぼんやり遠くを眺めていると、鶴丸が話しかけてきた。

那覇（なは）を発って数日。播磨丸は、順調に北へ進んでいた。明日か明後日（あさって）には、唐津の湊に着くだろう。幸い、今のところ海が荒れる気配はない。

「大変だな、船に弱いと。俺にはちっともわからねえけど」

そう言ってへらへらと笑う。鶴丸は生まれてこの方、船に酔ったことがないらしい。

鶴丸は肥前の漁師の家に生まれたが、父と漁に出た時に海賊に襲われたという。父は殺され、鶴丸は捕らえられて人買い商人に売り飛ばされた。その後、奴婢として湊でこき使われていたところを則繁が買い取ったのだ。

「うるせえ、俺を誰だと思っていやがる」

「帝と将軍に謀叛を起こした大悪人を倒して、日ノ本を救った英雄の多聞さま、だろ？」

「てめえ、信じてねえな」

頭を小突こうとすると、鶴丸が「何だ、あれ」と斜め前方を指差した。

目を細めるが、何も見えない。

「亥の方角に船影、二つ！」

やがて、帆柱の上の見張りが叫び、豆粒のような大きさの船が見えてきた。二艘とも帆を張り、総櫓でひた走っている。後方の船が、手前の船を追いかけているように見えた。

手前の船が、救いを求めるようにこちらへ舵を切った。だが、船足は後ろの船の方が速い。

後方の船が矢を放ちはじめた。手前の船の帆が破れ、さらに船足が落ちる。甲板で、矢を浴びた何人かが倒れた。追いつかれ、乗り込まれるのも時間の問題だろう。

「野郎ども、戦の仕度だ。あの船を助けるぞ！」

艫の矢倉から、則繁が叫んだ。戦に備え、播磨丸には二十人の侍衆と呼ばれる兵が乗り込んでいる。多聞もそのうちの一人だ。侍衆は各々の得物を手に、左舷に並んで待機した。

恐らく、手前の船は商船、後方は海賊だ。則繁は、商船を助けて謝礼をたっぷりいただく腹なのだろう。

「商船の左舷につけろ。侍衆、斬り込み用意！」

二艘が近づいてきた。海賊船はとうとう商船に追いつき、海賊たちが渡し板を渡って続々と乗り移っていく。商船にも護衛の兵はいるらしく、甲板では激しい斬り合いがはじまっていた。

多聞にとっては、播磨丸での初陣だった。海賊に襲われたことはあったが、遠くから矢を射掛けただけで逃げていったので、戦らしい戦はしていない。実際に敵船へ斬り込むのは初めてだが、波はさほど高くない。これなら、十分に戦える。

見ると、鶴丸が不安そうな面持ちでこちらを見つめていた。

気丈（きじょう）に振る舞っていても、戦は怖いらしい。それとも、海賊に襲われた時の記憶が蘇ったのか。

「心配するな。俺は、日ノ本を救った英雄だぞ」

「けど……」

「人は、別の誰かにはなれねえ。けどな……」

播磨丸が、商船の左舷にぶつかった。船が大きく揺れ、鶴丸が倒れそうになる。多聞はその手を掴み、にやりと笑った。

「お前のままでも、強くはなれる。元奴婢だってその気になりゃあ、海賊だろうが英雄だろうが、何にでもなれるんだよ」

船縁に足をかけ、高く跳躍した。甲板の海賊たちが、呆気に取られたようにこちらを見上げる。跳びながら背中の刀に手をかけ、着地と同時に抜き放った。

「てめえっ……！」

斬りかかってきた一人の胴を斬り裂く。

その拍子に、濡れた甲板に足が滑り、尻餅をついた。

目の前で、海賊が刀を振り上げる。かわそうと身を捻った刹那、耳元を何かが掠めた。

海賊の胸に、一本の脇差が突き刺さっている。そのまま、海賊は仰向けに倒れた。その胸に刺さった脇差には、見覚えがある。

振り返ると、そこにいたのはやはり若菜だった。小袖に袴、髪は後ろで束ね、男装している。

「危なかったねえ、多聞」

にやにやと笑いながら海賊の体を踏みつけ、脇差を引き抜く。

「危ないのはお前だ。俺に当たったらどうするんだよ」

「その時はその時。運が無かったって、諦めなよ」

いつかもこんなことがあったと思いながら立ち上がり、若菜を睨みつける。

「お前なあ……」

「喧嘩は後になさい」

割って入ったのは、敦子だった。若菜と同じように男装し、刀を手にしている。

どういうわけか、二人ともこの船に乗り合わせていたらしい。いや、二人が乗っていたから、この船が襲われたのかもしれない。

「わけは後で。まずは、ここを切り抜けることです」

「しょうがねえなあ」

これが、腐れ縁というやつなのだろう。内心で苦笑しつつ、刀を構えた。

周囲ではまだ、斬り合いが続いている。海賊は大した腕ではないが、数が多いのは厄介だ。

三人で背中合わせになり、円陣を組んだ。

「多聞、さっきみたいにすっ転ばないでよ」

「うるせえ、ちょっと油断しただけだ」

「二人とも、気を抜かない。こんなつまらない斬り合いで死んだら、許しません」

「わかってるよ、姫さま」

「俺を誰だと思ってるんだ」

なぜか、懐かしさに似たものを覚えた。若菜の言動も敦子の主君面にも腹が立つが、この二人になら背中を預けてもいいと思える。

甲板に、斬られた誰かの悲鳴が響いた。潮の香りと血の臭いが混じり合って鼻を衝き、多聞は顔を顰める。

どこまで行っても戦ばかりだ。体に染みついた血の臭いにも、夢に出てくる死者たちにも、いい加減うんざりする。

それでも、生きるには戦うしかない。戦がどこまでもついて回るというなら、勝って前に進み続けるまでだ。

「行くぞ、てめえら」

二人が頷く気配を確かに感じ、多聞は駆け出した。


（完）

参考文献

『土民嗷々　一四四一年の社会史』今谷明　創元ライブラリ
『闇の歴史、後南朝　後醍醐流の抵抗と終焉』森茂暁　角川ソフィア文庫
『室町幕府崩壊』森茂暁　角川ソフィア文庫
『南朝全史　大覚寺統から後南朝へ』森茂暁　講談社学術文庫
『室町幕府全将軍・管領列伝』日本史史料研究会監修・平野明夫編　星海社新書
『室町幕府将軍列伝』榎原雅治・清水克行編　戎光祥出版
『図説　鎌倉府　構造・権力・合戦』杉山一弥編著　戎光祥出版
『関東足利氏の歴史第四巻　足利持氏とその時代』黒田基樹編著　戎光祥出版
『室町・戦国期の土倉と酒屋』酒匂由紀子　吉川弘文館

◎本書は、月刊『潮』二〇二一年二月号〜二〇二三年年七月号に掲載の連載小説「吉野朝残党伝」（全三〇回）を修正の上、再編集したものです。
◎現代的な感覚では不適切と感じられる表現を使用している箇所がありますが、時代背景を尊重し、当時の表現および名称を本文中に用いていることをご了承ください。

天野純希（あまの・すみき）

1979年、愛知県生まれ。2007年、『桃山ビート・トライブ』で小説すばる新人賞を受賞しデビュー。13年に『破天の剣』で中山義秀文学賞、19年に『雑賀のいくさ姫』で日本歴史時代作家協会賞作品賞、23年に『猛き朝日』で野村胡堂文学賞を受賞。著書に『青嵐の譜』『南海の翼 長宗我部元親正伝』『戊辰繚乱』『信長 暁の魔王』『覇道の槍』『北天に楽土あり 最上義光伝』『蝮の孫』『燕雀の夢』『信長嫌い』『有楽斎の戦』『もののふの国』『乱都』など多数。

吉野朝残党伝

2023年12月20日　初版発行

著　者／天野純希
発行者／南 晋三
発行所／株式会社 潮出版社
〒102-8110
東京都千代田区一番町6　一番町SQUARE
電　話／03-3230-0781（編集）
03-3230-0741（営業）
振替口座／00150-5-61090
印刷・製本／中央精版印刷株式会社

ISBN978-4-267-02410-8 C0093

www.usio.co.jp